출간기념 — 파티

파티 출간기념

고은규 김종광 김학찬
박이강 반수연 방우리
부희령 이경란 이상욱
정명섭 채기성 하명희
한지혜

교유서가

일러두기

* 이 책은 교유서가 창립 10주년을 기념하여 기획하였다.
* 작가들은 모두 (주)교유당의 출판브랜드인 교유서가에서 책을 냈거나 낼 예정인 분들로, '책'이라는 키워드로 원고를 청탁하였다.
* 작품의 순서에 의미를 두지 않았다.

차례

1부
출간기념 파티 | 부희령 009
소년들은 자라서 어디로 가나 | 이경란 033
이것은 소설인가 | 고은규 063

2부
설탕공장이 있던 자리 | 반수연 099
우스운 사랑들 | 박이강 127
편지의 시절 | 하명희 153
시립 도서관의 이면 | 이상욱 185
가정식 레시피―이별하는 밥 | 한지혜 209

3부
ㅂ의 유실 | 방우리 243
내가 알고 있는 비밀이 | 김학찬 267
시간유영담 | 채기성 295
도서관의 괴물 | 정명섭 325
〈변강쇠가〉 해설 | 김종광 335

1부

출간기념 파티

―

부희령

소설집 『구름해석전문가』 출간
산문집 『가장 사적인 평범』 출간

이거 햅쌀입니다.

사양하는 말 한마디를 할 새가 없었다. 강 화백이 수녕의 차 바로 앞까지 쌀자루를 손수 들고 왔기 때문이다. 황급히 트렁크를 열었다.

섬 쌀이라 맛있을 거요.

감사합니다. 감사합니다.

수녕은 연거푸 고개 숙여 감사하는 것으로 작별 인사를 대신했다.

또 봐요.

손을 흔들고 서 있는 강 화백을 백미러로 흘깃 바라보면서 수녕은 시동을 걸었다. 미술관 진입로를 빠져나오면서, 정말 또 볼

일이 있을까, 잠깐 의심해보았다.

아파트 주차장에 차를 세우고 엘리베이터 앞에 섰을 때, 자동차 트렁크 안의 쌀자루가 생각났다. 다시 주차장까지 다녀오니 엘리베이터는 그새 17층까지 올라가 있었다. 안고 있던 쌀자루를 바닥에 내려놓으려는데 엊그제 꾼 꿈이 기억났다. 꼭 지금처럼, 들고 있던 쌀자루를 엘리베이터 옆 바닥에 내려놓았다가 그것을 잊은 채 빈손으로 집에 와버린 꿈이었다. 후회와 안타까움에 휩싸여 잠에서 깼다. 예지몽이었나? 수녕은 내려놓으려던 쌀자루를 그대로 품에 안고 엘리베이터를 기다렸다.

강 화백을 다시 만난 건 거의 육 년 만이었다. 어제 강 화백의 이름이 폰에 떴을 때 수녕은 잠깐 기억을 더듬어야 했다. 강 화백은 아직도 파주에 사느냐고 물었다. 얼마 전에 근처로 이사했다는 수녕의 말에 강 화백은 내일 파주 쪽 미술관에 일이 있다면서, 멀지 않으면 만나서 점심이나 먹자고 했다.

미술관 주차장에서 만난 강 화백은 그새 머리카락이 반백이 되어 있었다. 다큐멘터리 찍는 영화감독이라며 옆에 서 있던 사람을 수녕에게 소개했다. 다큐 감독은 키가 크고 서글서글한 인상이었다. 강 화백이 수녕을 가리키며 이쪽은 소설가 선생님, 이라고 말했다. 감독이 내미는 손을 잡으면서 수녕은 소설가가 아니라 번역가라고 정정하려다가 이내 말을 삼켰다. 얼마 전에 두번째 소설집의 출간 계약을 했던 터였다. 해물칼국수를 먹으러 가서는 주로 강 화백과 다큐 감독이 말을 주고받았다. 수녕이 처음 듣는 이름들이 언급되었고, 앞뒤 맥락을 짐작할 수 없는 촬영에 대해 논의했다. 대화에 끼어들지 못한 수녕은 조금 전 들은 감독의 이름을 검색해보았다. 전지형. 다큐멘터리 몇 편의 제목이 떴다. 상을 받았다는 기록도 있었다.

식당에서 나와 강 화백이 주차장으로 차를 빼러 갔다. 강 화백이 아는 카페에 잠깐 들러 커피를 마시기로 했다. 수녕과 전 감독은 어색하게 나란히 서 있었다. 강 화백의 SUV가 굉음을 내며 빠른 속도로 후진하는 걸 보고 수녕이 혼잣말처럼 중얼거렸다.

과격하시네.

저 연세에.

수녕과 전 감독은 마주보고 웃었다.

강 화백의 SUV가 다가왔다. 세 사람은 가까운 카페로 옮겨 짧게 차를 마셨다. 집으로 돌아오면서 수녕은 강 화백이 전 감독과의 점심 약속 자리에 자기를 불러낸 이유가 궁금했으나, 길게 생각하지 않았다. 언제나 특별한 이유가 없는 사람이었다.

며칠 뒤 강 화백에게서 메시지가 왔다. '전 감독이 양 선생 연락처를 묻길래 알려줬어요. 부탁할 일이 있답니다.' 마침 두번째 책 출간 날짜가 정해졌다고 통보받은 날이었다. 편집자는 가능한 한 수정 원고를 빨리 보내달라고 독촉했다. 바쁘다는 핑계와 고친다고 달라질 것도 없다는 자괴감으로 미루던 일을 더는 피할 수 없다는 의미였다. 소설집의 해설을 써줄 평론가를 찾는 일도 걱정이었다. 거의 십 년 만에 두번째 책을 내는 무명 소설가의 글을 누가 읽어줄 것인가. 마음이 복잡한 터라 수녕은 강 화백의 메시지를 곧 잊었다.

며칠 뒤 낯선 번호로 전화가 왔다. 전 감독이었다. 다음주 월요일에 섬에 있는 작업실에 가려는데 같이 가지 않겠느냐고 물었다.

작업실이요?

강 화백님이 섬으로 작업실을 옮겼잖아요.

그러고 보니 수녕도 언젠가 소식을 전해들은 기억이 어렴풋했다.

양 선생님도 쌀 받았죠? 그러니 섬에 한번 가봐야죠.

무슨 억지인가 싶었지만, 수녕은 그러겠다고 대답했다. 배를 타고 섬에 간다는 데 마음이 기울었다. 바람을 쐬고 오면 원고가 잘 풀릴지도 모른다는 핑계도 생각해냈다.

육지로 돌아오는 마지막 배가 오후 세시 반이라, 아침 일찍 들어가는 첫 배를 타기로 했다. 어차피 가는 길이라며 전 감독이 데리러 오겠다고 했다. 월요일 아침이 되었을 때, 수녕은 잠시 망설이다가 자신의 첫번째 책을 가방에 챙겨넣었다. 아직 동트기 전 이른 시각이었다. 아파트 주차장으로 내려가 전 감독의 차를 기다렸다.

요즘은 소설을 통 읽지 않아서요. 어떤 소설을 쓰셨어요?

차가 고속도로로 진입하자 말없이 운전에 열중하던 전 감독이 물었다.

소설을 많이 쓰지는 않았어요. 제목을 말씀드려도 잘 모르실 거예요.

  수녕은 무릎 위에서 자꾸 미끄러지는 가방을 위로 끌어 올렸다. 소설이라는 단어만 나오면 변명하는 말이 튀어나왔다. 못난 마음은 버렸다고 생각했는데 몸에 밴 습성은 쉽게 사라지지 않았다.

  요즘 강 화백님 그림을 촬영하고 있거든요.

  그림 작업하시는 걸 찍나봐요?

  무엇을 그릴 것인지 고민하고 준비하는 화가의 일상 같은 거지요. 작품 하나를 완성하는 과정을 기록하고 싶어요.

  전 감독은 잠시 말을 멈추었다.

  예술가에 대한 일반적인 이야기를 하고 싶은데 자꾸 강 화백님 개인에게 초점이 맞춰져서 고민이에요. 양 선생님이 도와주실래요?

  제가 뭘요?

  다큐도 작가가 있어야 하거든요.

  뜻밖의 제안이었다. 작업 자체는 흥미로워 보였으나 엄두가 나지 않았다.

  영상 쪽 원고는 한 번도 써본 적이 없어요. 저는 못 해요.

  수녕은 단박에 거절했다.

  선착장에 도착할 때까지 두 사람은 아무 말도 하지 않았다. 표를 사고 나서도 한 시간 가까이 시간이 남았다. 전 감독이 아침을 안 먹었다면서 매표소 근처 가게로 들어갔다. 구멍가게와 동네 편의점을 합쳐놓은 곳 같았다. 손님 하나가 구석 탁자에서 양은 냄비에 담긴 라면을 먹고 있었다. 수녕은 배고프지 않았으나 냄비로 끓인 라면을 보니 먹고 싶어졌다. 두 사람은 라면을 주문한 뒤 아직 불을 피우지 않아 싸늘한 난로 옆에 자리를 잡았다.

파주에는 언제부터 사셨어요?

침묵이 부담스러워 수녕이 물었다.

남편이 직장 옮기면서 갔으니까, 삼 년 된 거 같아요.

그럼 제가 이사 나올 즈음에 들어가신 거네요.

주문한 라면이 나와서 대화를 멈추었다. 수녕은 라면을 반 이상 남겼다. 기대와는 달리 면발이 덜 익었고 너무 짰다. 왜 그만 먹느냐고 묻는 전 감독에게 수녕은 빈속으로 배를 타면 멀미할까 무서워서 조금 먹어둔 거라고 변명했다. 난바다로 나가는 게 아니라서 멀미 걱정은 안 해도 된다고 하면서, 전 감독도 금세 젓가락을 내려놓았다.

배를 향해 성큼성큼 걷는 전 감독의 뒤에서 수녕은 몇 걸음 떨어져 걸었다. 카메라 장비가 든 배낭이 꽤 무거워 보였음에도 뒷모습이 꼿꼿했다. 굽실굽실한 긴 머리카락이 바람에 휘날렸다. 처음 만났을 때 악수를 청하던 전 감독의 억센 손아귀 힘이 기억났다. 전 감독이 결혼한 사람이라는 게 수녕에게는 의외였다. 아무 근거 없이 혼자 사는 사람일 거라고 짐작했다. 어색한 상황에서 쉽게 미소를 짓거나 실없는 이야기를 꺼내지 않는 단단함 때문이었을까. 편견일 테지만 수녕의 마음속에서 비혼과 기혼의 느낌은 난바다와 앞바다만큼이나 달랐다.

한 시간 반 남짓 걸려 배가 섬에 닿았다. 선착장으로 걸어나가니 강 화백이 기다리고 있었다. 작업실은 섬의 안쪽으로 차를 타고 십오분쯤 더 들어간 곳에 있었다. 추수를 끝낸 들판 한 귀퉁이에 농산물 창고처럼 보이는 조립식 건물이 서 있었다. 뒤로는 소나무 숲이 우거진 야산이 보였다. 강 화백은 섬사람들이 주로 벼농사를 짓는다고 설명했다. 배를 갖고 있는 사람도 별로 없다고 덧붙였다.

전 감독도 여기 작업실은 처음이지요? 와봤던가?

강가에 나가면 철조망이 보이던 작업실에는 가봤어요.

카메라 삼각대를 설치하면서 전 감독이 대답했다.

문산 작업실에 와봤군요.

수녕은 전시회에서 본 강 화백의 그림을 떠올렸다. 철조망에 감긴 강물이 시퍼렇게 몸부림치고 있고 그 위로 사람 같기도 하고 빨래 같기도 한 형체가 여기저기 널려 있는 풍경이었다. 강 화백의 그림에는 철조망이 자주 등장했고, 도록의 해설에는 분단의 아픔이라는 말이 쓰여 있었다.

섬으로 들어간다고 하셔서 바다가 보이는 곳에 작업실이 있을 거라고 상상했어요.

수녕의 말에 강 화백이 손사래를 쳤다.

내가 바닷가에서 태어났잖소. 질리도록 본 게 바다요. 여기 들어온 것은 자가 격리를 한다는 차원이었지.

격리는…… 왜요?

세상에 휩쓸리다보니 바닥이 드러나더라고. 우물이 마르면 새 우물을 파야 하지 않겠소.

수녕은 강 화백의 말을 잠시 새겨보았다. 새 우물을 판다는 말은 이제껏 천착한 주제에서 벗어나고 싶다는 뜻인가.

내가 철조망도 그리고, 중음신으로 떠도는 이들도 그리고, 한참 전에 걸개그림 할 때는 낫과 죽창도 그리고, 다 그려봤잖소. 사람들이 내 그림을 보고 그러더만. 분단의 아픔을 그린 거라고.

강 화백의 말에 전 감독이 정색했다.

분단이라는 주제를 많이 다루셨잖아요?

그림은 몸으로 그리는 거요. 몸이 아프니 아픈 것을 그리는 거지. 안 아픈데 억지로 아프게 해서 그리는 건 아니란 말이지. 내가 철조망이 보이는 동네로 일부러 작업실을 옮겼겠소? 학교 선생 그만두고 그림 그리려고 하는데 집값 비싼 데로 갈 여유가 어디 있겠어요. 싼 곳을 알아보러 다녔는데, 대한민국에서 땅값이 똥값인 곳이 다 철조망 근처더라고. 그렇게 얻은 곳에서 몇 걸음만 나가면 철조망이 보이는데, 명색이 화가란 놈이 그걸 그리지 뭘 그리나.

수녕은 답답함을 느꼈다.

화가가 반드시 아픔만을 그려야 하는 건 아니잖아요?

강 화백이 수녕을 물끄러미 바라보았다.

물론 이제는 철조망을 봐도 아픔을 느끼는 사람이 없어요. 당연히 그 자리에 서 있는 경계선이 되었어요. 분단의 아픔을 느끼는 사람이 아무도 없다는 게 이제는 제일 큰 아픔일지도 몰라요. 시절이 바뀐 거지.

　작업실에서 차를 마신 뒤 소나무 숲이 우거진 얕은 언덕을 넘어 바닷가 쪽으로 걸어나갔다. 머릿속으로 상상하던 흰모래가 깔린 해변은 보이지 않았다. 짙은 잿빛 뻘밭이 넓게 펼쳐져 있었다. 경운기가 다닐 수 있을 정도로 단단한 개펄이라고 했다. 수녕은 까마득히 멀어진 바닷물이 수평선을 이루고 있는 광경을 바라보았다.

　며칠 전에 여기서 해 지는 걸 봤어요. 아름답더라고. 나는 평생 아름다움이 불편했소. 노을이 아름답다는 건 노을이 아닌 자가 느끼는 거요. 아름다움에는 그런 함정이 있어요. 하지만 아픔은 스스로 아픈 처지가 되어야 아는 거지요.

　수녕에게 강 화백의 말은 의외였다. 화가는 아름다움에 민감하고 가장 이끌리는 사람인 줄 알았다.

　새삼스러운 질문이지만, 그림은 어떻게 그리기 시작하신 거예요?

　강 화백이 허허롭게 웃었다.

　초등학교 다니기 전이었을 텐데, 내가 굿판에 있었어요. 구경 나왔겠죠. 굿판 중심에 누군가가 커다란 깃발을 들고 있었는데 그림이 그려져 있더라고요. 바람이 세게 불어서 깃발이 펄럭이다가 둘둘 말리는 바람에 그림이 잘 안 보였어요. 그런데 어린 마음에 너무 궁금한 거라. 굿이 끝나고 내려놓은 깃발에 달려가서 내가 낑낑거리며 들춰보려 했는데 힘이 모자라 못 봤어.

나중에도 못 보셨어요? 전 감독이 물었다.

못 봤지요.

집으로 돌아오는 길에 전 감독이 혼잣말처럼 중얼거렸다.

나는 강 화백님을 잘 모르겠어요.

……

미술관에서 강연하실 때 누군가가 물어봤거든요. 분단을 주제로 삼은 이유가 무엇이냐고. 그랬더니 젊었을 때 축구하다가 허리를 다치셨대요. 수술을 받고 누워 있으면서 허리가 꺾인다는 게 이런 거구나, 하셨대요. 그때 분단의 아픔을 몸으로 느끼셨다는 거예요.

수녕이 웃음을 터뜨리자, 전 감독도 따라 웃었다.

분단을 계속 염두에 두고 있으면 그럴 수도 있지 않을까요?

아. 이렇게 정리해줄 작가님이 필요한 거예요.

강 화백을 잘 모르겠다는 마음은 수녕에게도 있었다. 잊을 만하면 한 번씩 연락해서, '내가 당신 사는 집 근처에 왔으니, 밥이나 같이 먹자' 하는데 영문을 알 수 없었다. 이유도 목적도 없었다. 어떤 날은 나갔더니 수녕이 전혀 모르는 사람 여럿과 함께 있어서 난감한 적도 있었다. 어색한 상황을 여러 차례 겪다보니, 그게 꼭 불편하기만 한 것은 아니라는 생각도 들었다. 규정할 수 없는 우연한 관계들이 세상과의 접촉면을 넓히는 느낌이 있었다.

처음 다큐 이야기를 들었을 때 수녕은 자기가 할 수 있는 일이 아니라고 생각했다. 하지만 섬에 들어갔다 나오면서 점점 호기심이 커졌다. 차에서 내리기 직전, 수녕은 가방 속에 들어 있는 책을 전 감독에게 건넬까 망설이다가 그만두었다. 그다지 중요한 일이 아니라는 생각이 들었다.

전 감독이 찍어준 주소에 가까워지자, 공장 건물이 늘어선 언덕이 나타났다. 도로 상태가 좋지 않아서 수녕의 경차는 비포장도로를 달릴 때처럼 덜컹거렸다. 언덕 꼭대기에 이르렀을 때, 조립식 건물 두 채가 기역 자로 이어져 있고 그 앞에 차 두세 대가 들어갈 넓이의 마당이 있는 공간이 나타났다. 간판은 없었으나, 마당에 흰색 녹색 붉은색 깃발이 달린 대나무가 세워져 있어서 한눈에 굿당임을 알 수 있었다.

근처 공터에 차를 세우고 굿당 안으로 걸어 들어갔다. 약속 시간인 열시가 채 안 된 시각이었다. 전 감독의 모습은 보이지 않았다. 폰을 확인해보니 메시지가 와 있었다. '갑자기 집안일이 생겨서 못 가요. 만신에게 작가님 간다고 전했어요.' 수녕은 난감했다. 일찍 연락을 줬으면 수녕도 굳이 여기까지 오지 않았을 터였다. 메시지가 아니라 직접 전화를 했으면 도중에 돌아가기라도 했을 것이고. 하지만 정말 되돌아갔을까? 전 감독 덕분에 나선 길이지만 수녕은 언제든 제대로 된 굿을 보고 싶다고 벼르고 있었다. 마침 예전에 전 감독이 진혼굿을 찍을 때 알게 된 김 만신이 특별한 굿을 한다고 했다. 전 감독은 강 화백과 김 만신을 연결해서 다큐를 풀어가고 싶어했다.

가을에서 겨울로 접어드는 스산한 날씨였다. 잠자리 날개처럼 고운 빛깔의 한복을 차려입은 젊은 여성들이 마당을 분주히 오갔다. 악기와 무구를 나르는 흰 두루마기 차림의 남성들도 눈에 띄었다. 굿이 시작되려면 조금 기다려야 할 것 같았다. 자주 하는 굿이 아니라는 말을 들었을 뿐 수녕은 구체적 내용을 알지 못했다. 분홍색 한복을 입은 오십대 여성이 소복 차림의 젊은 여성과 함께 나타났다. 품위와 위엄이 깃든 얼굴을 보고 수녕은 그가 만신일 것이라 짐작했다. 두 사람은 굿당 여기저기를 돌면서 기도하고 치성을 드렸다. 수녕은 눈치껏 따라다니면서 구경했다.

장구와 징, 꽹과리, 피리 소리가 흥을 돋우면서 마당에서 본격적인 굿판이 벌어졌다. 가사 내용은 이해할 수 없었으나 방울소리와 어우러지는 만신의 구성진 무가가 듣기 좋았다. 동서남북의 산신령님과 용왕님과 장군님을 청하고 모시는 품새로 볼 때 젊은 여성이 신내림을 받는 굿인 듯했다. 꽹과릿소리가 빨라지면서 젊은 무녀가 방울과 부채를 들고 하늘로 솟구치듯 뛰기 시작했다. 누가 왔느냐, 누가 왔다, 이런 문답이 이어지면서 무녀는 계속 옷을 갈아입었고 그에 따라 목소리와 태도가 달라졌다. 유독 기억에 남은 장면은 젊은 무녀가 갑자기 새된 목소리로 '저 예쁜 옷을 입고 싶어요!' 하고 소리쳤을 때였다. 무녀가 가리킨 것은 레이스와 망사와 깃털로 겹겹이 장식한 날개옷이었다. 만신의 얼굴에 엷은 미소가 스쳤다.

 한차례 굿이 끝나고 사람들이 주방으로 밥을 먹으러 들어갔다. 그만 집으로 돌아갈까 망설이는 수녕을 만신이 불러 세웠다. 갈 때 가더라도 점심을 먹고 가라고 했다. 수녕은 주춤주춤 주방에 붙은 방으로 들어갔다. 두레상이 세 개 펼쳐져 있었고, 상마다 너덧 명의 사람들이 앉아서 밥을 먹고 있었다. 사람들 사이에 끼여 앉아서 밥을 먹다가, 그 자리에 있는 이들이 모두 오늘 굿의 주인공인 젊은 무녀의 가족임을 귀동냥으로 알게 되었다. 친정 식구들, 남편, 시가 사람들이었다. 모두 표정이 그리 밝지만은 않았다.

 굿당 안에서 박수가 이끄는 굿이 시작되었다. 젊은 무녀의 가족들 사이에 두 시간여 앉아 있는 동안 수녕은 그 집안의 내력을 꿰게 되었다. 무녀는 이미 내림굿을 받았으나 점사도 잘 안되었고 손님도 안 들었다. 남편의 반대도 심했다. 그래서 김 만신을 신어미로 다시 내림굿을 받는 거였다. 박수는 지금 잡신들을 달래서 내보내고 신을 제대로 잘 앉히는 의식을 행하는 중이었다. 공수를 듣고 있자니, 진짜 목적은 조상 때부터 얽히고설킨 가족 간 감정의 앙금을 풀어주려는 것 같았다.

 몇 달 전 긴 번역을 끝낸 뒤 앉지도 서지도 못하던 때처럼 허리가 아프기 시작했다. 수녕은 기회를 봐서 굿당에서 나가려고 분위기를 살폈다. 앞에서 오락가락하던 박수가 수녕의 옆에 앉아 있던 무녀의 시어머니에게 물었다. 이 집안에 허리 다쳐서 죽은 사람 있어? 시어머니는 그런 사람 없다고 고개를 저었다. 그런데 왜 여기 오니까 허리가 아프지. 박수가 허리를 짚으며 돌아섰다. 수녕이 재빨리 일어나 몸을 움츠리고 빠져나오는데, 박수가 중얼거리는 소리가 뒤따라왔다. 굿 구경 다니는 사람도 반은 무당이야.

집으로 돌아가는 길에 수녕은 내림굿을 다시 받으면서까지 무녀의 길을 포기하지 않는 마음에 대해 생각했다. 지난 며칠 곧 출간될 소설 원고를 들여다보면서 수녕이 스스로에게 묻던 질문과 포개지는 것이었다. 왜 나는 소설쓰기를 그만두지 못하는 걸까. 객관적으로 자신을 돌아보면, 재능도 기회도 부족한 사람이었다. 무녀가 가리키던 날개옷이 머릿속에 떠올랐다. 풍요로운 소설의 육체를 갖지 못했어도 언젠가는 그 위에 날개옷을 걸치고 싶은 욕망이 남아 있는 건가.

소설을 읽을 때만 느끼는 즐거움이 있었다. 다른 아무것으로도 대체할 수 없는 행복이었다. 지극히 사랑하는 대상과 살을 맞대고자 애쓰듯 수녕도 깊이 사랑한 소설들과 가까워지는 자리에 이르고 싶었다. 그래서 소설을 쓰기 시작했을 것이다. 수녕도 누군가를 행복하게 하고 싶었을 것이다. 하지만 돌아보면 수녕의 소설은 늘 사랑받고 싶은 마음이나 사랑받지 못해 상처 입은 마음이 골방 안에서 복닥거리는 형국이었다. 밖으로 나가지 못해 구부러진 시선이 문제였는지도 모른다. 하지만 수녕의 눈에는 분홍색 날개옷을 입고 싶어하는 무녀가 어리석거나 추해 보이지 않았다. 욕망을 부정하는 마음이 더 어두운 것이었나.

오랜 세월 동안 몇 번이나 등을 돌리고 다른 곳으로 가려 했지만, 결국 돌아오곤 했다. 돌아온 게 맞나? 수녕은 여전히 가고 싶은 곳으로 가는 길을 찾지 못한 느낌이었다. 사람들이 좋아하는 글을 일부러 쓰지 않는 것 같다는 말을 들은 적이 있었다. '일부러'는 아니었다. 사람들이 아무리 좋아해도 아직 내 것이 아니면 쓸 수 없다는 마음이 있었다. 그렇다면 내 것은 무엇일까.

겨울이 끝나갈 무렵 수녕의 두번째 책이 나왔다. 인사해야 할 사람들에게 책을 보내면서 며칠 바쁘게 지냈다. 책이 나오고 보름 뒤에는 출판사의 주선으로 서울의 작은 서점에서 출판기념회 겸 독자와 만나는 모임이 예정되어 있었다. 수녕은 은근히 기대를 걸었다. 책의 내용에 대한 배경, 십 년 가까운 세월이 흐를 동안 책을 못 낸 소회를 글로 써서 준비했다. 책을 읽은 사람이라면 당연히 궁금해할 질문을 미리 뽑아보고 답변을 작성하기도 했다.

모임 당일에 떨리는 마음으로 삼십분 일찍 가서 기다렸다. 시작 시각이 오분 지난 뒤에도 모인 사람은 수녕의 지인 세 명을 제외하고 세 명이었다. 준비한 이야기를 삼십분쯤 하는 동안 두 사람이 더 와서 여덟 명이 되었다. 그중에서 책을 읽은 사람은 한두 명뿐, 나머지는 서점의 단골손님이거나 우연히 구경하러 온 이들이었다. 대부분 소설가로서 양수녕이라는 사람의 신상에 관한 호기심이 더 컸다. 책 내용을 질문한 사람은 한 명뿐이었다. 수녕은 예상보다 일찍 모임을 끝내고 지인이 선물한 꽃바구니를 들고 집에 돌아왔다.

베란다 구석에 쌓여 있는 출판사 증정본을 멍하니 바라보았다. 사람들이 읽고 싶어하지 않는 책, 읽어도 할말이 없는 책들은 쓸쓸해 보였다. 문득 강 화백과 전 감독에게 책을 보내야겠다는 생각이 떠올랐다. 두 사람에게 카톡으로 주소를 묻고, 첫 장에 제 이름을 적어넣고, 우체국에 가서 택배로 부쳤다. 며칠 지나서 책을 잘 받았다는 전 감독의 전화를 받았다.

우리 깃발 그림 보러 가요! 다음주에 강 화백님이 고향에 내려가신대요.

강 화백이 어린 시절에 보려다가 못 보았다는 굿판의 그림 이야기였다. 수녕은 시간이 될지 모르겠다고 얼버무렸다.

거기 가서 그림을 보고 나서 다큐를 같이 할지 말지 마음을 정해요. 아니, 그런 거 생각 말고 가볍게 봄맞이하는 기분으로 놀러가요. 가서 책 출간 파티도 하자고요!

전 감독이 출간 파티라고 말하자, 수녕의 미적지근한 마음이 들썩였다.

나주역에서 내리니 강 화백이 마중나와 있었다. 그곳에서 한 시간쯤 차를 타고 가야 강 화백의 고향이었다.

양 선생은 김 만신 굿을 보러 갔다면서요? 듣기로는, 재미난 걸 했나보던데.

솟을굿이래요.

조수석에 앉아 있던 전 감독이 대신 대답했다. 수녕이 날짜를 계산해보니 섬에 있는 작업실에 갔던 게 석 달 전의 일이었고, 만신의 굿을 구경한 것은 그보다 보름 뒤의 일이었다.

그렇습니까? 그건 내가 받아야 할 굿이었는데. 아무래도 신명을 다시 받아야 할 것 같소.

전 감독은 강 화백의 그림을 신명과 연결해서 풀어내고 싶어했다. 강 화백 말대로 온몸으로 그리는 게 그림이라면, 신명이 올라야 그림이 제대로 되는 게 맞는 것도 같았다. 수녕은 칼춤을 추며 하늘로 솟구치던 만신의 모습을 떠올렸다. 자기 몸에 신명이 실리는 것을 상상해보았으나 아무 느낌도 없었다. 소설가로서 수녕의 자아는 있는 그대로 펼쳐지거나 풍요롭게 흘러넘친 적이 한 번도 없었다.

마침내 강 화백의 고향 마을로 들어섰다. 강 화백의 어린 시절 추억담이 이어졌다. 저기가 우리 선산이고, 저기가 내가 다니던 초등학교이고, 강 화백은 특정한 장소마다 차를 잠시 세우고 긴 설명을 이어갔다. 슬슬 지루해지기 시작했을 무렵 고개를 하나 넘었고, 눈앞에 넓은 바다가 펼쳐졌다. 강 화백이 바닷가에 차를 세우고, 폰을 꺼내 누군가와 통화했다.

동네 어촌계 계장이 내 친구인데 저기 언덕 위 사당에 올라가면 뭐가 남아 있을지도 모른다네요. 지금 그쪽으로 온다니까 가봅시다.

사당은 바다를 굽어보는 산중턱에 자리잡고 있었다. 어촌계장의 안내를 받아 가파른 나무 계단을 숨이 가빠질 정도로 오르니, 황토색 벽에 붉은 기둥 그리고 푸른색 나무 대문이 달린 단출한 기와집이 나타났다. 묵직한 검은색 기와가 얹힌 지붕 아래로 금줄이 쳐져 있었다. 여기는 아무나 들어갈 수 없는 곳이라고 생색을 내며 어촌계장이 나무문의 빗장에 매달린 녹슨 자물통에 열쇠를 꽂았다. 열쇠가 헛돌았다. 이 열쇠가 아닌가? 어촌계장은 꽹과리 치고 장구 칠 사람이 없어서 요즘은 풍어제를 해도 농악은 안 논다고, 그렇게 된 지 오래되었다고 변명했다.

굿할 때 쓰던 무구들도 다 어디 처박혔는지 잘 모르겠고. 깃발 그림은 나도 본 것도 같은데, 뭔 그림이었는지 영 기억이 안 나네. 용왕님 얼굴이나 용을 그렸겠제.

떠들썩하게 놀아야 신이 오시는 거고, 신을 흥겹게 놀려야 제단에 앉힐 수 있는 건데요. 이제는 사물을 안 갖고 논다니, 용왕님이 재미없어서 안 오시겠어요.

사당에서 내려오는 길에 전 감독이 농담처럼 투덜거렸다.

어촌계장을 따라 동네 맛집에 가서 네 사람은 저녁을 먹었다. 서대회무침을 놓고 술도 몇 잔 마셨다. 어촌계장 혼자서 말을 많이 했다. 주로 강 화백의 유별난 어린 시절을 회상하는 일화들이었다. 두 사람의 술자리가 무르익는 듯하여 수녕과 전 감독은 먼저 자리에서 일어났다. 근처에 잡아둔 숙소로 들어가 각자의 방으로 흩어지기 전, 수녕은 전 감독에게 책 출간 파티는 어떻게 된 거냐고 물어보려다가 그만두었다.

　방에 들어와보니 창밖으로 바다가 보였다. 환히 불을 밝힌 어선 몇 척이 떠 있었다. 침대에 누워 기억을 더듬어보니, 수녕이 두 사람에게 책을 보낸 것이 일주일 전쯤이었다. 강 화백도 전 감독도 오늘 온종일 책에 대해서는 아무런 언급도 하지 않았다. 내용은 물론이고 하다못해 표지에 대해서도 아무 얘기가 없었다. 요즘은 소설 쓰는 사람이나 소설을 읽으니까. 수녕은 쓸쓸한 기분으로 천장을 바라보았다. 요즘 붓과 물감으로 미술 하는 사람이 어딨나. 요즘 다큐멘터리 같은 걸 보는 사람이 어딨나. 모두 지난 세기의 유물이야. 이런저런 트집을 잡다가 결론을 내렸다. 어차피 끼리끼리 모이는 거지. 까무룩 잠이 들면서 수녕은 생각했다. 깃발 그림을 끝내 확인하지 못했기 때문에 강 화백이 계속 그림을 그린 건 아닐까, 속 시원히 그림을 보았다면 그림이 아니라 다른 걸 하지 않았을까, 그것이 진짜 운명 아닐까.

　눈을 떠보니 방 안이 환했다. 창밖에 달이 보였다. 하늘에 뜬 달이 흐릿하고도 선명한 빛무리를 만들고 있었다. 다시 눈을 감고 잠을 청했으나 잠이 오지 않았다. 머릿속이 점점 더 맑아졌다. 눈을 떠서 시계를 보니 한 시간쯤 뒤에는 해가 뜰 것 같았다. 밖으로 나가 바닷가를 걸어볼까. 춥지 않을까. 사나운 사람이 돌아다니지 않을까. 귀신을 만나면 어쩌나. 수녕은 침대에서 일어나 방 안을 맴돌았다. 나가고 싶은데 나가면 안 될 것 같았다. 침대에 다시 누웠다가, 일어났다가, 안절부절못하고 있다가, 누군가가 부르기라도 한 듯 수녕은 벌떡 일어나 주섬주섬 옷을 입었다. 숙소 밖으로 나와 아스팔트 도로를 따라 걸었다. 걷다보니 낮에 올라갔던 사당으로 이르는 계단 앞이었다.

안개가 섞인 뿌연 달빛 속에서 계단을 올랐다. 무섭지도 않고 힘들지도 않은 걸 보니 꿈을 꾸고 있는 기분이었다. 과연 푸른빛 나무문이 활짝 열려 있었다. 안을 슬쩍 들여다보니 나무 제상이 긴 선반처럼 가로질러 걸려 있었다. 촛대와 스테인리스 제기 몇 개가 덩그러니 놓여 있었고, 그 옆에 올려져 있는 낡은 책 한 권이 눈에 띄었다. 사당 안으로 함부로 들어가면 안 된다던 어촌계장의 말이 떠올랐으나, 수녕은 금줄을 통과해서 안으로 들어갔다. 습기를 머금은 쿰쿰한 시멘트냄새가 났다. 수녕은 제상 위의 책을 향해 손을 뻗으려다가 멈췄다. 책을 열어보면 안 될 것 같았다. 저 책을 열어보면 다시는 책을 쓸 수 없을지도 몰라. 두려움이 몰려왔다. 그럼 안 되지. 나는 책을 계속 쓰고 싶어. 계속 써야 해. 마음속 깊은 바닥에서 간절함이 솟아올랐다.

솟을굿을 하는 내내 만신은 새로 들인 신딸에게 강조했다. 날마다 기도를 해야 한다고, 기도를 열심히 해서 영을 맑게 유지해야 한다고. 그래야 신이 떠나지 않는다고. 수녕은 간절한 마음으로 눈을 감았다. 세상에 태어나 처음으로 기도하는 것 같은 마음이 되었다. 자기 마음속에 그토록 강렬한 바람이 숨어 있음을 비로소 깨달았다. 내 것이 아니라고 지레 포기한 헛것들과 함께 휩쓸려 가버린 쌀알 같은 진심을 되찾고 싶었다.

딱 한 권만이라도 제대로 된 책을 쓰게 해주세요.

수녕은 두 손을 모았다. 생각 같아서는 깨끗한 물이라도 한 그릇 떠놓아야 할 것 같았으나 아무것도 없었다. 주위를 둘러보니 쌀자루 하나가 벽에 기대어 세워져 있는 게 눈에 들어왔다. 쌀자루가 놓여 있는 곳으로 다가갔다. 자루 입구를 동여매놓은 끈의 매듭을 풀고 쌀을 한 움큼 꺼냈다.

쌀을 제상 위에 올려놓으려다가 수녕은 마음을 고쳐먹었다. 누구한테 신명을 청하고 빌 것인가. 내 것을 돌려달라고 할 때는 나에게 빌어야겠지. 제상을 뒤로 한 채 사당에서 걸어나왔다. 아직 해가 뜨지 않아 세상은 어둡지도 밝지도 않았다. 수녕은 저 아래 세상을 향해 한 계단 한 계단 천천히 내려갔다. 손에는 쌀 한 줌을 소중하게 쥔 채. 강 화백에게도 전 감독에게도 자기가 꾼 꿈에 대해 함부로 말하지 않겠다고 다짐했다. 만신이 부르던 무가가 그림자처럼 수녕을 뒤따라왔다.

어떤 대감이 내 대감이냐
어떤 대감이 내 대감이냐
욕심이 많은 내 대감 탐심이 많으신 내 대감*

우리 대감 거둥을 봐라
얼마나 좋으신지 모르겠네

---

* 최형근, 「지노귀굿 무가」, 『서울의 무가』, 민속원, p. 47.

나갈 적에는 빈 바리요

들어올 적엔 찬 바리구나*

---

* 최형근, 앞의 책, p. 50.

소년들은 자라서 어디로 가나

이경란

장편소설 『디어 마이 송골매』 출간

낯선 이가 불쑥 들어오는 일에 통 익숙해지지 않아서 하루에도 몇 번씩 놀란다. 오늘도 그랬다. 언제 들어왔는지 모를 남자가 벌써 구석 자리를 잡고 앉아 있었다. 출입문에 매달 작은 종을 검색해봐야겠다는 생각은 잠시 미루고 남자에게 다가가 메뉴판을 내밀었다. 응대를 하고 음료를 준비하다보면 이번에도 종은 금세 잊게 될 것이다.

여기는…….

남자가 실내를 둘러보며 혼잣말을 했다. 덕분에 내 인사말은 흩어지고 말았다. 거의 모든 손님이 답하지 않는다고 인사를 생략할 수는 없다. 그건 태도이기 전에 의무니까.

남자는 말끝을 흐린 채 가게 안을 둘러보았다. 이럴 때 약간의 쾌감을 느꼈다. 그리고 남자가 하지 않은 뒷말도 대충 짐작할 수 있었다. 도대체 왜 인테리어를 하다 말고 문을 연 건가, 같이 가벼운 의문과 약간의 불쾌감이 드러날 법한 말들. 노골적으로 표현하는 사람도 물론 있었다. 당황하지는 않았다. 그런 반응이야말로 내가 노린 것이었다. 그러게요, 라고 답하며 어깨를 으쓱이고 나면 이어지는 반응은 둘로 나뉘었다. 안내문을 보고 벽지를 발라보든가 그러거나 말거나 원래의 목적에만 충실하든가. 후자의 경우는 마시거나 떠들거나 노트북을 꺼내 펼치는 일들.

메뉴판을 보지도 않고 중얼거리듯 오늘의 커피를 주문한 남자는 물음을 담은 눈으로 나를 올려다보았다. 그의 검지가 벽면을 따라 호를 그렸다. 나는 느슨한 웃음과 메뉴판의 뒷면을 함께 보여주었다.

……뭡니까?

남자는 메뉴판에 시선을 고정한 채 물었다.

그러니까 지금 벽지를 바르라는 건가요? 손님한테요?

나는 말없이 손가락으로 메뉴판 아랫부분을 짚었다. 볼드체로 강조한 바로 그 부분을.

원하신다면?

남자가 고개를 들어 벽면을 다시 훑어보고는 한쪽에 마련된 작은 작업 탁자를 이제야 발견했다는 표정으로 보았다. 거기에는 왜, 굳이? 하는 의구심이 들어 있었다.

이거, 무슨 퍼포먼스 같은 겁니까? 영상을 찍는다든가…….

그냥 재미죠. 지겹잖아요.

뭐가 지겨운지 말하지 않았는데도 남자가 동의한다는 표정을 지으며 표정과는 반대로 고개를 절레절레 흔들고는 작업 탁자 앞으로 가 섰다. 당신도 지겨운 거지, 라고 나는 속엣말을 했다.

이건 벽지가 아닌데요?

벽에 바르면 벽지가 되는 거죠.

새 책 같은데요? 일부러 찢어놓으신 건가요?

남자는 각이 어긋나게 쌓아둔 낱장을 넘겨보며 물었다. 그 서슬에 몇 장이 날려 바닥에 떨어졌다. 책장을 주워 남자에게 내밀었다. 흠, 하고 책장을 받아 든 남자는 옆에 준비된 풀을 발라 벽에 붙였다. 풀을 바르기 전 잠깐 손을 멈추는 걸 보았다. 양면에 활자가 가득 인쇄된 책장의 어느 면이 뒷면이 되어야 마땅한가, 같은 별것 아니지만 진지한 고민이 느껴졌다. 많다고요. 같은 페이지가 적어도 수백 장 있다고요. 말하려다 참았다. 어째서 그러냐, 왜 멀쩡한 책 수백 권을 이런 식으로 찢어두었느냐, 하고 물을까봐. 고민은 우려보다 빨리 끝났고 몇 초 만에 책 크기만큼 빈 벽이 채워졌다. 남자는 자신이 붙인 책장의 활자를 들여다보았다.

……두 번 만나고 난 다음 날 어른들이 날을 잡았다. 나는 아무래도 상관없다는 마음이었다. 살면 사는 거지 죽기야 하겠느냐고 오기를 부렸다. 그 무책임과 오만에 대해 평생 대가를 치르고 살아야 한다는 무서운 생각 같은 건 하지 않았다. 못 했다는 게 맞는

말일 것이다. 그때는 어렸고, 아는 게 없으면서도 모르는 게 없다고 믿던 시절이었다. 반짝이지만 부서지기 쉬웠고, 부서진 파편조차 찬란했던 젊은 날.

남자의 어깨 너머로 몇 줄이 눈에 들어왔다. 그랬다기보다 자꾸 눈이 갔다. 의식적으로 자제하고 있었지만 누군가 책장을 벽에 붙일 때 내 반응은 거의 그랬다.

소설입니까?

책장에서 눈을 거두지 않고 남자가 물었다. 굳이 확인해야겠다는 의지는 없어 보였다.

글쎄요.

장르를 따지자면 소설이 맞는 것 같았다. 책장을 들여다본 사람들 중 몇이 소설이네, 라고 말했기 때문이다. 지금까지 몇 사람이 같은 질문을 했고, 나는 그때마다 모호하게 답했다. 글쎄요, 뭐로 보이세요? 더 읽어보면 아실 거예요. 소설이면 어떻고 아니면 어떻겠느냐고 답할 때도 있었다. 처음이 어려웠지 몇 번 반복되자 아주 능숙하게 대처하게 되었다. 책은 읽지 않았다. 읽는 것보다 읽지 않는 것이 힘들었지만 기꺼이 그 편을 택했다. 그리고 책장을 계속 뜯어냈다. 읽지 않고 분해하기. 의미를 띤 활자보다 종이 자체의 물성에 충실한 것이 이 책들의 운명이라고 판단했다.

가게는 그리 잘되는 편이 아니었다. 종일 있어봐야 고작 커피 서너 잔이 매상의 전부인 날도 많았다. 그러나 내 기준으로는 벽지를 바르는 손님이 있느냐, 있다면 몇 명이냐, 그들이 얼마만큼의 책장을 소진했느냐 따위가 중요했다. 며칠이, 혹은 몇 달이, 아니면 몇 년이 지나야 책장을 모두 소진하게 될까? 벽을 몇 겹이나 덧발라야 할까? 짐작해보면 까마득했다. 그렇긴 해도 하루하루를 보내기에는 별로 나쁘지 않은 방법 같았다. 시간은 게으르게 흘러 하루가 길었다. 월세를 내야 한다면 얘기는 달라졌을 것이다. 살아보니 월세보다 무서운 것도 드물었다. 그것 때문에 비굴해지고 피로해지고 절망에 빠졌다. 월세를 내며 살다보면 한 달이 얼마나 빠른지 경악하게 된다.

처음 그 제안을 받았을 때 두 가지 마음이 동시에 들었다. 이제 와서 집 하나 주고 전부 퉁치자는 건가. 뻔뻔도 하지. 아니야, 그래도 집이잖아. 평생 벌어 모아도 못 산다는 서울 시내의 집. 전화를 몇 번 섞은 후 변호사를 통해 전달받은 내용이었다. 조건도 나쁘지 않았다. 세금은요? 취득세보다 증여세가 더 문제였다. 언제 불법체류자가 될지 모르는 불안한 상태인 내게 그런 큰돈이 있을 리가. 여기서 살기 싫어 떠난 마당에 거기도 그다지 정이 붙지는 않았다. 정도 안 붙는 곳에서 공부든 일이든 열심히 하고 싶은 마음도 생기지 않았고. 영감은 오래 만나지도 못한 내 사정을 꿰뚫고 있다는 듯 증여세를 분할해서 자신에게 변제하라는 조항을 달아놓았다. 쩨쩨하기는. 주려면 시원하게 다 해결하고 줄 것이지. 어쨌든 증여세 분할 변제는 주변 시세만큼의 임대료와는 비교도 할 수 없는 조건이었다. 한때 힙했다가 이젠 핫해진 동네의 단독주택 아닌가. 젠트리피케이션을 거치면서 어마어마하게 뛴 임대료 때문에 뭐든 차리고 망하기를 반복하는 동네. 서울에 살지 않아도 다 아는 이야기이다. 집을 포기하지 않아도 되는 금액, 그러나 일을 해야 갚을 수 있는 금액. 매달 부담해야 하는 금액은 딱 그 정도였다. 주도면밀한 영감 같으니. 한 이틀 고민하다가 문득 머릿속이 환해졌다. 영감이 일찍 죽어준다면 변제도 끝! 더는 갈등할 이유가 없잖아. 실버타운이란 본질적으로 요양원과 같은 곳 아닌가. 들어가면 죽어야 나오는 곳. 나도 그쯤은 안다. 나보다야 영감이 먼저 갈 거고.

바로 항공편을 예약하고 짐을 꾸렸다. 짐은 단출했다. 정리할 관계도 아쉬운 일도 없었다. 뿌리 내리지 못한 앙상한 나무를 뽑아내듯 가뿐했다. 어렵지 않았다. 문제는 영감에 대한 마음을 형식적으로나마 꺾어야 한다는 것이었다. 하지만 마음이란 건 꺾지 않고 버틴대도 그 집의 문고리 하나 값도 되지 않는 거니까. 그렇게 여기면 되는 거였다. 호락호락해 보이고 싶지 않아서 귀국 날짜를 엉터리로 알려주고 도착해서는 좀 떠돌았다. 제주도에도 가보고 부산에도 가봤다. 어린 시절 잠깐 살았던 대전에도, 대학 신입생 때 종주를 핑계로 갔다가 종주는커녕 숙소와 계곡을 오가며 술만 퍼마셨던 지리산에도 갔다. 귀국했다고 새삼 만나고 싶을 만큼 살가운 친구도 없고 혼자 다니는 데에는 이골이 난 터라, 계획 없이 내키는 대로 돌아다녔더니 문득문득 후련한 느낌마저 들었다. 어떤 곳에서는 심한 사투리를 쓰는 식당 주인이나 숙소 주인의 말을 반도 못 알아들었지만, 주눅 들지 않았다. 그건 대충 다 알아듣고도 접고 들어가는 타국의 이방인생활과 비할 바가 아니었다.

떠돌 만큼 떠돌고 결국 집으로 왔다. 돈 때문이었는데 마침 심드렁해질 즈음이라 미련은 없었다. 최근까지 영감이 살았던 건지 집은 낡긴 했어도 망가진 곳이 별로 없었다. 문짝도 아귀가 잘 맞았고, 보일러도 잘 돌아갔다. 세간이랄 것은 거의 없었다. 빈 대형 냉장고와 세탁기, 큰 자개장이 전부였다. 자개장은 할머니 물건이었다. 어릴 때 종종 그 안에 들어가서 놀았던 기억이 새록거렸다. 이불을 두어 채 꺼내고 들어가 개켜진 이불 위에 웅크리고 누우면 그렇게 아늑할 수가 없었다. 문을 열어두고 만화책을 보거나 안쪽에서 문을 끌어당겨 컴컴한 장 안에서 잠이 들기도 했다. 문짝 표면에 십장생이 찬란하고 복잡하게 장식된 장이었다. 할머니는 손가락으로 꾹꾹 짚어가며 사슴이며 바위며 거북이 같은 것들을 어린 내게 가르쳐주었고 더 자란 뒤에는 십장생 열 가지를 외워보라고 시켰다. 외우는 데 젬병이었던 나는 슬쩍슬쩍 커닝을 했다. 할머니는 어깨 너머로 장롱을 힐끔거리는 나를 혼내는 시늉을 하면서도 하나씩 맞힐 때마다 사탕 통에서 과일 맛 사탕을 꺼내 손에 쥐여주었다. 나는 그때마다 사탕 여덟 개를 두 손으로 모아 쥐었다. 왜 여덟 개인가 하면 애초에 자개장에는 십장생 중 두 가지가 빠져 있었기 때문이다. 그게 뭐였는지 기억이 안 나서 자개장 표면의 장식을 짚어보았으나 여전히 두 가지는 생각나지 않았다. 손바닥을 물끄러미 보다가 천천히 오므려보았다. 이제 여덟 개를 한 손에 쥘 수 있건만 할머니는 세상을 떴고 사탕 통은 캐리어에 들어 있었다.

영감은 자개장을 왜 이 집으로 옮겨놓았을까? 여자도 없는 집에. 살가운 데라곤 없는 성격에다 더욱이 할머니와는 냉랭한 사이였는데. 가운데 장의 문을 양쪽으로 열어젖히자 말끔하게 비어 있는 내부가 드러났다. 이불이 차곡차곡 들어 있던 칸이었다. 문짝 경첩은 뻑뻑했지만 내부의 옻칠은 아직 반들반들했다. 할머니의 자개장을 여기서 재회했을 때 도리 없이 이 집에서 살아야겠구나 하는 체념이 찾아왔다. 그 기분은 뭐랄까, 조건에 승복하여 별수 없이 살게 되었다는 느낌이 아니라 오래전부터 그렇게 설계되어 있었다는 어떤 깨달음에 가까웠다.

여기저기 떠돌아다니면서 했던 처음 생각은 집을 팔아버리자는 것이었고, 그다음으로는 임대를 하자는 것이었다. 그리고 제주도에서 사는 거지. 애월의 숙소에서 전화를 했다. 변호사는 안 된다고 잘라 말했다. 당연히 팔지 않는 조건입니다. 물론 임대도 안 됩니다. 그럼 뭐야, 비워놓으라는 겁니까? 임대료라도 받아야 증여세를 해결할 거 아닙니까? 저쪽에서 냈던 월세 수준이라면 충분히 가능할 거라고 말씀하셨습니다만. 저쪽에서 내던 금액이 증여세 할부금보다 더 높은 건 어떻게 알았을까. 귀신같은 영감. 거주하시든, 영업을 하시든 말입니다. 변호사는 그것이 영감의 지시인지 자신의 의견인지 밝히지 않았다. 다만 그는 이런 철딱서니 없는 놈을 봤나, 하는 한심함과 짜증이 가득한 목소리로 말끝마다 네네, 를 붙여 시답잖은 이야기 그만하고 전화 끊으라는 메시지를 분명히 전했다. 지나고 보니 미적거린 기간과 그동안의 부정적인 반응은 결국 일이 이렇게 되기까지의 과정에 불과했다. 어차피 이렇게 될 거였다.

  책이 발견된 건 며칠 후였다. 정확하게는 며칠 후와 그로부터 또 며칠 후 두 번에 나뉘어 발견되었다. 자개장을 2층으로 옮기다가—1층은 카페를 열고 2층에서 거주하는 게 최선의 선택이었다—아래쪽 서랍에 가득 들어 있는 책을 발견했다. 위쪽이 말끔하게 비어 있었기 때문에 서랍에 책이 들었으리라고는 예상하지 못했다. 그리고 며칠 후 내려가본 지하실에도 같은 책이 있었다. 서랍 세 개와 지하실의 박스. 모두 똑같은 책이었다. 영감은 서점이나 출판사를 운영한 적이 없었다. 주변의 누구도 그런 일을 했다는 말을 들어보지 못했다. 도대체 어떻게 된 일인지 물어볼 데도 없었다. 물론 영감에게 물어보면 되겠지만 그렇게까지 하고 싶지는 않았다.

  어떻게 해석해도 이건 영감의 메시지로 보였다. 어쨌거나 유일한 피붙이인 내게 집 자체 말고는 어떤 흔적도 남기지 않고 정리했으면서 굳이 이 책을 남겨둔 이유가 뭘까? 한두 권도 아니고. 설마 직접 쓴 건가? 저자명이야 가명을 쓸 수도 있었을 테고. 영감이 소설을 썼던가? 아니면 에세이인가? 엉킨 털실 뭉치처럼 정리되지 않는 질문들이 이어졌다. 실의 끝부분을 찾아내는 심정으로 영감이 책을 남길 정도의 글을 쓰던 사람인가부터 생각해봤지만 그 또한 알 수 없었다. 그럴 수도 있겠지. 쓰는 건 본 적 없지만 읽는 모습은 많이 봤으니까. 실은 본 정도가 아니었다. 영감은 젊은 날 대부분의 시간을 자신의 서재에 틀어박혀 있었다. 어린 시절의 기억으로 영감은 퇴근 후 서재에 들어가면 아침에나 나왔고, 엄마가 짐을 챙겨 나가던 날에도 서재에서 나오지 않았다. 영감이 안방에서 자기 시작한 것은 그러고도 한참 지난 후였던 걸로 기억한다.

그 남자가 또 찾아왔다. 남자는 처음과 똑같이 오늘의 커피를 주문했다. 메뉴판을 보지도 않고 들어서면서 주문했고 바로 책장을 집어 들었다. 오늘도 좀 붙여보겠습니다, 하는 태도였다. 그러시든가. 나는 속으로 그렇게 말하면서 고개를 살짝 숙여 호응했다. 남자는 키가 컸다. 의자 없이 천장과 벽면의 모서리에 책장의 윗면을 맞추어 책장을 붙였다. 그리고 그 아래, 또 그 아래, 바닥과 벽면의 모서리까지 빼곡하게 세로로 한 줄을 이어 붙이는 동안 커피가 준비되었고, 미지근하게 식었다. 나는 식은 커피를 가져다 개수대에 쏟고 새로 한 잔을 내려 탁자에 가져다놓았다.

오늘은 여기까지만이라는 듯 남자가 흡족한 표정을 지으며 한 발 뒤로 물러서서 자신이 방금 붙여 풀기도 마르지 않은 책장, 아니 도배지를 잠시 바라봤다. 제법 아귀를 맞춰서 공들여 붙인 티가 났다. 그럴 필요까지는 없는데 말이다. 자리에 앉은 남자가 맛을 분석하듯 천천히 커피를 입안에 머금었다 삼키고 다시 머금는 동안 남자의 뒤통수를 보게 되었다. 특별해 보이지는 않았다. 이 동네에는 혼자 오는 손님이 제법 많았고 그들은 하나같이 자신만의 시간을 어떻게 쪼개어 흘려보낼지를 잘 아는 사람들로 보였는데 그도 마찬가지였다는 뜻이다. 심심해 보이지 않았고 조급해 보이지도 않았다.

남자는 마시던 커피 잔을 들고 다시 벽 쪽으로 다가섰다. 눈높이에 붙여진 책장의 어느 부분을 읽는 듯했다. 그는 식어가는 커피를 한 모금 입에 물고 벽면을 재빨리 훑기 시작했다. 어릴 때 몇 달 다닌 속독학원에서 배웠던 것처럼 눈동자를 왼쪽 위에서 오른쪽 아래로 대각선으로 빠르게 움직였다. 그리고 그 옆 장으로, 위로, 바닥까지 아래로, 발돋움하고 허리를 굽히고 머리를 세시 방향으로 꺾으면서 훑었다.

다음 장은 어디 있을까요?

남자를 눈여겨보고 있다가 들켰다는 당황스러움에 헛기침이 나왔다. 그가 시선도 돌리지 않고 차분하게 물었기 때문이다. 다음 장을 찾는 사람은 처음이었다. 연 지 얼마 되지 않은 가게에서, 하루에 몇 되지 않는 손님들 중 같은 질문을 한 사람은 없었다. 조금 궁금해하다 대수롭지 않게 넘어간 사람은 있지 않았을까? 순서대로 꿰어 읽지 못하게 하려고 일부러 낱장으로 섞어둔 것을 남자는 알아차리지 못했을 것이다.

저도 모릅니다.

그제야 남자가 내 쪽으로 몸을 돌렸다.

순서가 뭐 중요하겠어요? 그냥 벽지에 불과한데요.

정말 그렇게 생각하느냐는 듯 남자가 눈썹을 치켜올리고 나를 탐색하듯 보았다.

궁금하지 않습니까? 아니, 물론 다 읽으셨겠죠?

나는 빙그레 웃고 말았다. 읽었다고 거짓말하고 싶지 않았다. 읽지 않았다고 솔직하게 답하고 싶지도 않았다. 책의 내용을 무시하기 위해 내가 얼마나 애를 쓰고 있는지 들킬 것 같아서. 그건 우습게 혹은 이상하게 여겨질 것 같아서.

남자의 질문은 강력한 후유증을 남겼다. 어떤 면에선 당연한 질문이 왜 나를 움직였는지 잘 모르겠다. 남자가 짚은 마지막 부분이 궁금해서 나는 남자가 가게를 나서자마자 벽 앞에 서서 그 장을 단숨에 읽었다.

마을로 내려간 친구들은 그 밤 안으로 돌아오지 못했다. 계곡물이 무섭게 불어났다. 텐트가 쳐진 곳은 안전해 보였으나 우리는 자연을 아직 잘 알지 못하는 애송이들이어서 섣불리 예측할 수 없었고, 따라서 마음을 놓을 수도 없었다. 3박 4일의 여행은 예정된 날짜를 훌쩍 넘겨 열번째 밤을 맞는 중이었다. 집에서 덜어 온 쌀은 진작 떨어졌고, 그때마다 이제 마지막이라며 사다 나른 라면도

동났다. 이번에야말로 진짜 마지막이라며 먹을 걸 사러 내려간 친구들의 행방도 안부도 알 수 없었다. 두려웠다. 그들이 정말 어디쯤에서 길을 잃었을까봐, 혹은 다시 계곡으로 돌아올 길이 막혔을까봐, 그래서 우리를 버려둔 채 귀갓길에 올랐을까봐 겁났다. 텐트 속에서 넷이 복닥거릴 때는 무서울 게 없었는데 두 명이 빠지고 둘만 남으니 넷이서 하던 어떤 일도 둘이서는 해내지 못할 것 같았다. 이를테면 텐트를 걷고 하산하는 일, 그게 아니면 아침까지 평정심을 잃지 않고 기다리는 일, 혹은 비명소리도 꿀꺽 삼켜버릴 물소리를 듣는 일 같은. 함께 내려갈 걸 그랬다는 뒤늦은 후회가 찾아왔지만 도리 없이 버티는 수밖에 없다는 것도 우리는 알았다. 비가 잦아들고, 해가 뜰 때까지는 방법이 없었다.

솔직해지자면 이렇게 써야 할 것이다. 내가 정말 두려워한 것은 위에서 언급한 몇 가지 불안과 걱정이 아니었다. 호의 숨소리가 너무 크게 들리는 게 문제였다. 정말 들었는지 확신할 수는 없다. 텐트를 때리는 빗방울소리와 계곡을 질주하는 물소리를 뚫고 실제로 숨소리가 들렸을까? 착각은 아니었을까? 모르겠다. 지금까지도 그 순간을 떠올리면 호의 가만한 날숨이 그날의 습기처럼 방안을 가득 메우는 듯하다. 하지만 호의 어깨가 미세하게 오르내리는 모습을 본 것은 분명 착각이 아니었다. 텐트 안이 온통 그의 달짝지근한 입냄새로 팽팽해진 느낌은 기분에 불과했겠지만. 호의 등에서 뜨거운 체온이 물기를 머금고 뿜어져 나오는 것 같아 나는 손가락 하나도 움직일 수 없었다. 호는 텐트의 출입구 쪽에, 나는 그 반대편에, 좁은 텐트 안에서 가능한 한 최대의 거리를 두고 앉은 상태에서 나는 두 가지 희망에 몸을 떨었다. 내려간 친구들이 빨리 돌아오기를 바라는 마음과 영영 돌아오지 않기를 바라는 마음이 빠르게 교차했다. 둘 중 누구든 팔을 뻗거나 다리를 뻗으면 닿을 거리에서.

그가 왜 다음 장을 기대했는지 알 것 같았다. 나 또한 이어질 내용이 궁금했지만 한편 다시는 책의 내용에 관심을 두지 말자고, 그러려고 책장을 분해한 거 아니었냐고 생각하며 마음을 단속했다. 그 책들은 그냥 활자가 박혀 있는 종이 묶음에 지나지 않는다. 저자명은 낯선 이름이었으니 필명이든 아니든 영감이 썼다는 증거도 없고, 썼다면 더구나 내가 읽을 필요는 없을 것이다. 읽지 않는 게 옳을 것이다. 이제 와서. 영감과 나의 연결고리를 끊어내려고 바다 건너 떠돈 햇수가 무려…… 흐트러지려는 마음결을 가다듬어보다가 어지간히 놀라고 말았다. 이십 년이었다.

이십 년 전 할머니는 자개장 앞 보료에 앉아 말했다. 안석에 등을 기댄 할머니의 몸은 바짝 마른 대추 같았다. 할머니는 내가 자라는 내내 통통하게 몸이 난 편이었는데 그 전해부터인가 눈에 띄게 살이 빠지더니 순식간에 자그마한 노인이 되어 있었다. 네 애비 환갑이나 지내고 가지 그러니? 할머니는 그 무렵 나를 주저앉히고 싶어 이런저런 말들을 애절한 음성으로 건넸다. 결혼을 하고

가는 게 좋지 않겠니? 여자친구도 없는데요. 그럼 선을 볼래? 약혼이라도 하고 같이 가게. 에이, 무슨 선을 봐요. 결혼정보회사도 있는데요. 그게 뭐냐? 그런 게 있어요. 비싸고 별로래요. 내가 내주련? 좋아하지도 않는 사람이랑 어떻게요. 다 좋아지게 마련이란다.

할머니의 만류는 그쯤에서 한숨을 내쉬는 것으로 끝나곤 했다. 선으로 시작해서 결혼정보회사로 넘어가고 이윽고 거절로 대화가 끝나면 언제나 회한에 찬 표정을 지었다. 당신의 아들이 결혼에 실패한 이유가 급히 한 중매결혼 탓이었고, 당신이 몰아붙인 때문이었다는 자책은 기회만 있으면 꺼내놓는 반성문 같은 거였다. 나는 할머니를 진심으로 좋아했지만 아버지의 결혼에 대해, 그 실패에 대해 제발 그만 말했으면 했다. 할머니는 그 이야기를 너무 일찍부터 시작해 마지막까지 지나치게 많이 했다. 나에 대한 안쓰러움을 표현하느라 자꾸 끄집어냈을 것이다. 혹은 영감은 잘못이 없다는 말을 하고 싶었는지도 모른다. 하지만 어떻게 영감의 잘못이 없을 수 있단 말인가. 최종 결정은 영감이 한 거였고 실패 또한 영감이 한 거였는데.

영감은 아내와의 관계에만 실패한 게 아니라 하나뿐인 아들과의 관계에도 실패했다. 도무지 잘해보려는 의욕과 의지를 상실한 사람처럼 굴었다. 자신의 삶을 실패라 규정한 다음에는 다른 어떤 것도 그 실패만큼 심각하지 않은 모양이었다. 영감은 오직 실패한 자신에게만 몰두했다. 그리고 자신의 실패에만. 영감이 실패를 붙잡고 살아가는 사람이라는 자각을 어렴풋하게나마 하게 된 건 내가 초등학교에 들어가고 나서였다. 열 살이 채 안 되는 어린아이도 집안의 무거운 공기에 짓눌릴 수 있었다. 그 무게와 압력 그리고 밀도가 오직 우리집에만 존재한다는 이상한 사실을 나는 친구집을 드나들지 않고도 저절로 알아차리게 되었다. 누가 가르쳐주지 않아도 알게 되는 것들은 그것들 자체가 압도적이기 때문이다. 모르거나 모른 척하기가 불가능해지는 한계선이 분명 존재하니까. 가령 학교에서 가져오라는 가족사진이 없다든가 하는. 부모가 한복을 입고 역시 한복을 입은 나를 가운데 앉히고 찍은 내 돌잔치 사진을 가져가느니 아무것도 가져가지 않는 게 더 현명한 대처임을 일찍 알게 되는 건 무척 슬픈 일이었다.

아마 그때였을 것이다. 영감의 슬픔과 나의 슬픔 중 어느 것이 더 깊은 것인지 가늠해보는 습관이 생긴 시점은. 고요한 습관이었다. 그래도 아빠는 할머니가 있지 않아? 나는 엄마도 없는데? 가늠의 끝에는 늘 그 물음이 매달려 있었고 거기까지 도달하면 나는 의기양양한 기분에 젖어들었다. 어쩐지 이긴 기분이었다. 영감이 아무리 서재에 틀어박혀 우울의 기운을 문밖까지 발산해도 엄마가 없는 나를 이길 수는 없다는 단호한 자신감 같은 게 생겼다. 그 문제를 제외하면 자신감이라는 추상적이고 관념적인 사태가 구체화되는 일은 거의 없었다. 전혀 없었다고 자신할 수 있다. 아닌가? 이렇게 되면 다시 거의라고 해야 하나?

낱장으로 분해되지 않은 책이 아직 수십 권 더 있었다. 남자가 짚은 페이지 이후를 찾아보고 싶은 충동과 싸웠다. 싸움은 의외로 격렬했다. 잠자리에 들면 그 생각으로 뒤척였는데 그러다 까무룩 잠이 들면 몇 번이나 잠의 가장자리로 기어 나왔다가, 다시 중심으로 빠져들었다. 가장자리에서는 어김없이 책을 떠올렸다. 마지막 박스 안에 책의 형태로 남은 것들이 감은 눈 안으로 진군하듯 들어오면 몸을 뒤척여 털어내고 다시 반대편으로 돌아누우며 밀어냈다. 어쨌거나 저자명 자리에 모르는 이름이 인쇄된 『여름, 비, 소년들』이라는 책을 책으로 대하는 일만큼은 거부하겠다. 이런 생각이 들면 잠결에도 놀랐다. 유혹이 생각보다 집요했고 그것을 뿌리치려는 저항도 균형을 맞추듯 질겼기 때문이다. 며칠 후 새벽녘, 더 버티지 못하고 일어나 책을 분해하기 시작했다. 가운데를 꺾어 거기서부터 한 장씩 뜯어냈다. 해가 뜨자 방 안 가득 부유하던 종이 먼지가 빛을 받아 반짝였다.

영감이 쓴 책이 아닐 수도 있다. 아닐 것이다. 그럴 리가 없다. 생각을 한쪽으로 몰아가면서도 나는 도저히 참지 못하고 그중 한 장을 집어 들었다. 그때까지 잘 참아온 나를 배신한다는 실망감과 분노도 그 행동을 저지하지 못했다. 오히려 그동안의 막무가내식 무시와 외면, 고집이 하찮게 느껴질 정도였다.

장미가 흐드러지게 핀 놀이동산이 아니었다면 나는 호의 제안을 거절했을 것이다. 호는 감질날 정도로 띄엄띄엄 연락을 해왔다. 호의 연락 수단은 주로 엽서였는데 뒷면의 내용을 누구라도 볼 수 있다는 특징이 주효했을 것이다. 누가 보더라도 별 내용이 없는 안부가 대부분이어서 나는 안심이 되면서도 야속함에 눈물이 날 지경이었다. 그러나 달리 무슨 방법이 있었을까? 내가 결혼을 하고 더구나 아이를 낳으면서까지 호를 밀어내지 않았던가? 호는 밀려났으면서도 나를 원망하지 않는 듯했다. 아니, 그건 아닐 것이다. 원망을 삼켰을 것이다. 적어도, 희망 없는 우리 두 사람이 오직 절망에만 머물지 않기 위해 택한 방법이었을 것이다. 나는 비겁했다. 호의 엽서를 책상 위에 놓고 한 글자 한 글자를 모조리 마음에 새기며 그 내용을 기억하고, 때때로 복기하면서도 답장하지 않았다. 영하의 날씨에 호가 옷을 입은 채 수평선을 향해 걸어 들어갔다는 소식을 듣던 날, 그러나 그가 누군가의 억센 팔에 이끌려 사장으로 끌려 나왔다는 이야기에 나는 찰나였지만 원망했다. 호가 아니라 호를 살려낸 그 누군가를. 호의 죽음이 두려운 게 아니라 살아 있는 호가 두려웠던 것일까? 내 삶으로 받아들일 수도 완전히 배제할 수도 없는 존재에게 더이상 휘둘리고 싶지 않아서였을까? 하지만 호가 그날 성공했다면 나는 어떻게 되었을까? 호가 바란 것은 바로 그것일지도 모른다. 고통에서 벗어나는 것이 아니라 되돌릴 수 없는 상처를 내게 남기고 회복될 기회를 봉쇄하는 것.

차가운 줄도 모르겠더라고.

아이의 양손을 하나씩 잡고 걸어다니다 호가 불쑥 말했다. 호는 아이의 손을 놓고 몇 걸음 빠르게 걸어갔다. 끝, 이라는 말이 혀끝까지 올라왔다. 호는 피에로 분장을 한 솜사탕 장수에게서 분홍색 솜사탕을 사 와 아이 손에 쥐여주었다.

 고맙습니다, 해야지?
 아저씨, 고맙습니다.

 그다음 장은 읽지 않아도 알 듯했다. 솜사탕을 쥐고 다니던 아이의 손이 끈끈해졌다. 아이는 꼭 잡힌 반대쪽 손을 빼내서 솜사탕을 옮겨 쥐었다가 다시 이쪽 손으로 쥐느라 혼자 걸음이 느려졌다. 어른들은 몇 걸음 걷다 멈춰야 했다. 아이의 속도에 맞추면 될 일이었는데 두 사람은 번번이 아이를 잊기라도 한 듯 성큼성큼 걷다가 멈춘 다음 기다리거나 되돌아왔다. 아이는 솜사탕을 먹지 않고 참았다. 손가락에 닿아 뭉쳐진 아랫부분의 분홍색이 진해졌다. 무엇 때문인지 진해진 분홍색이 무서웠는데 손가락의 불쾌한 감촉까지 더해 메슥거리기 시작했다. 어른들은 아이가 솜사탕을 왜 먹지 않는지 신경쓰지 않았다. 먹지 않는다는 사실조차 알아차리지 못했다. 그들은 간간이 대화를 나누었고 대화 사이에 오래 침묵하면서 방향을 정하지 않고 자꾸 걸었다. 뙤약볕이 제법 강한 날씨였다. 장미가 활짝 피어 있었으니 아마 5월 말이나 6월 초 정도의 더운 날이었을 것이다. 이마와 목덜미에 땀이 송골송골 맺혔지만 아이는 끈끈해진 손을 대지 않으려 기를 썼다. 그랬을 것이다. 정확하지는 않다. 분홍색의 섬뜩함, 끈끈한 감각과 함께 기억에 어렴풋이 남은 것은 어느 순간 왈칵 신물이 넘어와 게웠는데 그게 신발에 떨어진 장면. 다음은 잘 기억나지 않았다. 그대로 축 늘어졌던 것 같고 업혔던가, 안겼던가, 한 자세에서 기억은 끊어 졌다.

그때 그 아저씨가 '호'였을까? 아니다. 이건 아마도 소설일 테고, 영감이 쓰지 않았을 수도 있다. 아무래도 그럴 것이다. 그렇다면 책 속의 '호'가 이 글을 썼을까? 그 역시 알 수 없다. 하지만 둘 중 누가 썼든, 혹은 다른 사람이 썼든 『여름, 비, 소년들』은 영감의 이야기인 것 같았다. 무엇보다도 오래된 책 수백 권을 집에 보관하고 있는 게 그 증거였다. 책에 관해서라면 다르게 해석할 방법이 없었다.

온라인 서점 사이트에서 책 제목을 검색했다. 그 또한 계속 억눌러오던 충동이었다. 알고 싶지 않다며, 정확하게는 알고 싶지 않아야 한다며 억제했던 충동이 최소한으로 쪼그라든 용수철처럼 튀어올랐다. 알라딘에도, 예스24에도, 교보문고에도 책 정보는 없었다. 네이버에, 구글에, 모조리 검색해보고 '호' 자로 끝나지도 않고 영감의 이름도 아닌 낯선 저자명을 넣어보기도 했지만 의미 있는 결과는 아무것도 없었다. 분명히 가격까지 명시된 판매용 책이었는데. 판매하려다 말았는지, 판매하다 회수한 건지 아무것도 알아내지 못했다. 그제야 나는 가까스로 이전의 마음으로 돌아갈 수 있었다. 벽에 부딪히자 마치 벽에는 얼씬도 안 하겠다는 처음의 결심이 흔들리지 않았던 척 그렇게.

그 남자가 다시 온 건 봄도 거의 지나고 더위가 시작되려는 무렵이었다. 라일락이 향을 짙게 내뿜는 날, 이번에는 일행을 데리고 왔다. 담장을 없애버린 집 겸 가게에 예전부터 있던 라일락 두 그루는 손님을 불러들이는 역할을 착실하게 해주었다. SNS에 라일락 아래에서 찍은 사진과 아직 미완성으로 남은 벽면 사진이 자주 올라왔다. 사람들이 친절하게 태그를 붙여놓은 덕에 열심히 찾지 않아도 심심치 않게 사진을 발견할 수 있었다. 손님이 점점 늘어나면서 벽면의 여백이 메워지는 속도도 빨라졌다. 여백이 남았음에도 몇 겹으로 덧붙여진 곳까지 생겨났다. 빈 곳을 남겨둔 채 남이 붙여놓은 책장 위에 덧붙이는 건 무슨 심리일까 간혹 궁금하기도 했다.

내가 말했지?

남자가 놀란 표정으로 벽면을 둘러보던 동행에게 말했다.

궁금한데 말야. 순서대로 읽을 수는 없어.

남자는 전과 같이 책장 뒷면에 풀칠해서 자신이 붙이는 대신 동행에게 건넸다. 형이 동생에게, 혹은 선생이 학생에게 하듯 다감하고 배려심 있는 동작이었다. 남자의 동행이 책장 귀퉁이를 최대한 잘 맞춰서 붙이려고 공들이는 동안 남자는 동행의 등 뒤에 서서 그 모습을 바라보았다. 직감할 수 있었다. 둘 중 하나는 분명 '호'일 것이고 다른 하나는 '나'. 남자는 아마도 조금 관심을 끌게 된 도배 퍼포먼스보다는 활자가 품고 있는 내용 때문에 동행을 가게로 초대한 듯했다.

　남자의 동행은 책장을 붙이고 나서 그 내용을 읽느라 한참 서 있었다. 한 발 뒤로 물러나 있던 남자가 가만히 다가가 동행의 어깨에 턱을 얹고 같은 방향으로 시선을 겹쳤다. 잠시 후 그들은 자리에 앉아 따뜻한 차를 주문했는데 남자는 잔을 내려놓는 나와 눈을 맞추었다. 순간이었지만 그의 눈동자에 어린 수줍음과 자랑 그리고 호의를 나는 읽을 수 있었다.

　그들이 떠나고 나서 남자의 동행이 작업한 부분을 읽었다. 그때까지 대단한 인내심을 발휘했던 터라 남자가 계산을 끝내자마자 나는 벽으로 돌진하다시피 다가갔다.

　문예반에 들어갈 생각은 없었다. 나는 그저 조용히, 아무도 내게 관심을 두지 않게 하는 데에 학교생활의 모든 기운을 쏟을 작정이었다. 그건 어느 정도 자신 있는 일이기도 했다. 어떤 것에도 재미를 느끼지 못하고 공부만 그럭저럭 상위권에 턱걸이하던 나로서는 친구가 없는 일상도 괜찮다고 생각했다. 실제로 언제부터인가 친한 친구를 만들지 않았고 그런 생활에 익숙해져 있었으므로 아무도 말을 걸지 않는 등하굣길이나 자습 시간이야말로 가장 편안하고 충만한 시간이었다. 누구에게도 질문하지 않았고 누군가의 질문에는 다른 질문으로 결코 이어지지 않을 짧고 훌륭한 대답을 늘 마련해두고 있었던 덕에 가능한 평화였다.

　시를 쓰려고.

호가 눈을 찡긋하며 내 반응에 집중했을 때 나는 한 번도 생각해보지 못한 말을 해버렸다.

나는 소설.

문예반에 가서는 쓰는 척했다. 실제로 쓰지는 않았다. 못 썼다. 낙서를 하거나 책을 읽거나 하면서 시간을 때우는 내내, 시를 쓴다는 호의 뒷모습을 훔쳐보는 데에 가진 힘을 다 썼다. 오십분의 시간은 터무니없이 짧게 느껴졌지만 클럽활동이 끝나고 집으로 올 때는 기진맥진해서 가방을 들 수조차 없었다. 누가 보건 말건 가방을 앞으로 끌어안고 터벅터벅 걸었다.

나름대로 훌륭하게 유지되었던 평화는 깨졌다. 시끌벅적한 교실에서 호의 말소리를 놓치지 않으려 귀를 쫑긋거리게 되었고, 등하굣길에서는 혹시 호를 마주칠 수 있지 않을까 공연히 왔던 길을 거꾸로 한참 돌아갔다 거기서부터 다시 뒤를 의식하며 천천히 걷기도 했다. 학교 앞 정류장에서는 버스 두세 대를 그냥 보냈다. 왜 안 타느냐고 누가 물어보면 어쩌나 전전긍긍하며 어떤 대답이 자연스럽게 먹힐까 궁리하곤 했다. 호는 지나치게 쾌활하거나 지나치게 침울했다. 호의 쾌활함은 나를 달뜨게 했고 침울함은 나를 늪에 처박았다.

쉬는 시간, 교실 안이 난장판이 되면 호는 책상 위에 놓인 내 손가락을 손끝으로 쓸고 지나가곤 했다. 다른 곳을 보면서도 호는 싱긋 웃었다. 목덜미까지 달아오른 채 숨이 멎어버리던 나.

찻잔을 잡은 남자의 손가락을 동행이 손끝으로 쓸던 장면이 문장 위로 겹쳐졌다. 그들의 자연스러움과 당당함을 '호'와 '나'는 끝내 가질 수 없었을 것이다. 나는 그것을 알 수 있었다. 그리고 그 결과가 어땠는지도 아주 잘 알 수 있었다. 덕분에 나는 충분히 외로운 놈이 되었지. 물론 '나'가, 혹은 '호'가 나보다 더 외로웠을 것이다. 아무래도 그랬을 것이다. 어쩌면 비교할 수 없을 정도로. 그런데 왜 비교해야 하지? 그것이 무슨 의미가 있나? 내 몫도 감당 못 해 이토록 시시한 인생이 되고 말았는데? '나'가 아무리 외로웠다 해도 그건 '나'가 감당했어야 한다. '나' 선에서 해결했어야 한다. 거기에 나를 끌어들이지는 말아야지.

하나도 읽지 않겠다는 애초의 결심은 현명한 결정이었다. 감정 같은 것이 자꾸 생겨나는 것은 번거로운 일이니까. 충격이나 연민이나 후회 같은 쓸데없는 감정들. 다시 처음으로 돌아가는 게 옳았다. 탁자 위에 쌓아둔 책장을 쓸어 모아 빈 박스에 던져넣었다. 이걸로 됐다, 하는 개운함과 괜한 짓을 벌였다는 자책이 밀려왔다. 가게를 지키는 동안 벽면을 노려보는 새로운 습관이 생겼다. 최소한의 응대 이외의 시간은 그 습관에 할애했다. 그러지 않으려 했지만 뜻대로 잘 되지 않아서 몰두할 다른 대상이 있으면 나을 것 같아 게임 앱을 깔았다. 깨어 있는 대부분의 시간, 핸드폰 게임에 열중하기 시작했다. 블록을 맞추고 숨겨진 물건을 찾고 때려 부수고 쏘아 없애는 행위에 빠져 머리를 텅 비웠다. 별 재미는 없었지만 효과는 있었다. 시간도 잘 갔다.

다행히 손님들은 우려했던 것보다는 벽에 큰 관심을 두지 않았고, 간혹 고개를 갸우뚱하는 이들도 있었지만 그 정도에서 그쳤다. 도배 퍼포먼스를 중단하고 나니 가게 문을 연 이후 처음으로 마음이 평온했다. 매상은 일정 궤도에 올라 적정 수준을 유지했고 날씨마저 화창했다. 내 인생에 평온이 존재할 리 없는데 잠시 그런 줄 알았다. 방심했던 거다. 착각은 며칠 만에 끝났다. 실내가 건조해서였을까. 한쪽 귀퉁이부터 들뜬 책장 하나가 에어컨 바람에 부르르 떨더니 떨어졌다. 투둑. 그리고 또 한 장이 툭.

조곤조곤 수다를 떨던 손님 한 명이 다가가 책장을 주워 들고 말했다.

저기요. 제가 좀 붙여봐도 돼요? 여기 원래 도배하는 카페잖아요.

풀을 내주든가, 책장을 회수하든가. 마음을 정하지 못해 멍하니 책장에 눈길을 주었다. 손님은 조금 기다리다 아쉽다는 듯 책장을 내밀어 내게 건네곤 자리로 돌아갔다.

……하염없이 길어지는 주례사가 현실의 것이 아닌 느낌이었다. 나의 현실은 출입문 옆에 양복을 입고 서서 어금니를 꽉 문 호의 존재였다. 폐부까지 찌르는 것 같았던 그 여름 폭우 속의 숨결과 혀의 감촉도 분명 현실이었으나 동시에 현실이 될 수 없었다. 호가 아직 그 자리에 서 있을까. 하객 쪽으로 돌아섰을 때 호가 사라지고 없기를, 아니, 사라지지 않기를. 내 신경은 온통 거기에만

꽂혀 있었다.

 빌어먹을. 책장을 구겨 휴지통에 버렸다. 잠시 후 꺼내 폈다가 잘게 찢어서 다시 버렸다. 영감은 끝까지 나를 엿 먹이는 중이었다. 영감의 시나리오는 어디까지일까? 어디까지 예상하고 유유히 실버타운행을 택한 걸까? 거기서는 혹시 '호'와 함께일까? 한 권 정도는 남겨둘 걸 그랬나? 눌러왔던 질문들이 은폐물 뒤의 적들처럼 한꺼번에 튀어나왔다. 게임 앱을 열었다. 쉼 없이 출현하는 괴물과 적군을 찌르고 쏘고 폭파했다. 아니다. 그러려고 했을 뿐 잘 되지 않았다. 손이 마음대로 움직여지지 않았고 마음이란 건 게임보다 책의 내용에, '호'와 '나'에게 자꾸 쏠렸다. 다시 시작한 게임은 금방 종료되었고, 곧바로 다른 게임을 시작해봐도 마찬가지였다. 몇 번이나 시작하자마자 죽고, 시작하자마자 튕겨 나갔다. 이만하면 게임 앱을 닫고 지도 앱을 열어봐야 하지 않겠느냐고, 마음 한 자락이 나를 충동질했다. 영감이 있다는 실버타운이 어디인지 한번 확인해보라고, 가지는 않더라도 확인은 해보라는 충동이 게임의 타격감처럼 실감나게 심장을 찔러댔다. 핸드폰을 손에 쥔 채 그 충동을 외면하기는 쉽지 않았다. 금방이라도 굴복하게 될까봐 겁이 났다. 그런 상태를 인정하고 싶지 않아 태연한 척 몇 차례 더 게임을 시도했다가 결국 핸드폰 전원을 끄고 계산대 아래로 던져넣었다.
 가게 문을 닫자마자 뒷정리도 하지 않고 2층으로 올라갔다. 할머니의 자개장에는 이제 내 짐이 들어찬 상태였다. 장롱은 내부가 넓어서 얼마 안 되는 짐들이 다 들어가 있었다. 그 앞에 쭈그려 앉아 자개 문양을 하염없이 바라보았다. 사슴과 거북과 소나무와 바위 들. 할머니가 가르쳐주었던 대로 십장생 중 여덟 개를 하나씩 뇌었다. 나머지 두 개는 아무리 애를 써도 생각나지 않았다. 당연했다. 처음부터 몰랐으니까. 모르면서 잠깐 잊은 척했다. 그게 뭐가 다른지 몰라서.

이것은 소설인가

고은규

장편소설 『쓰는 여자, 작희』 출간

*

　나미가 저격 글을 쓴다는 소식을 전해준 건 인섭이었다. 첫눈이 스산하게 내리던 토요일 오후였다. 인섭은 동문회 모임 날짜가 잡히면 이번에는 꼭 나와달라고 했다. 나는 인섭과 데면데면한 사이였기 때문에 그의 살가운 태도에서 뭔가 목적이 느껴졌다. 아니나 다를까.
　"관철아, 너 알아? 나미가 저격 글 쓰는 거."
　"나미가 누구를?"
　못 본 지 십 년이 지났지만 나미에 대한 기억은 지난달에 만난 사람처럼 선명했다. 나미는 기계공학과의 유일한 여학생인데다가 눈에 띄게 매력적이었다. 그래서인지 나미를 흠모하는 동기와 선후배들이 많았다.

"걔 나한테 왜 그러는 거지?"

순간, 인섭의 이야기를 들어주고 싶지 않아서였을 것이다. 나는 인섭이 듣기에 뜬금없을 말, 그러니까 나미는 아직도 글을 잘 쓰고 있는지 궁금하다고 했다. 인섭은 긴 한숨을 내쉰 후 말했다.

"글 잘 쓰냐고? 지 블로그에다 소설을 끝내주게 잘 쓰고 있잖아."

나는 다소 시큰둥하게 물었다.

"그래, 저격 내용이 뭔데?"

인섭은 기다렸다는 듯이 말을 이어갔다.

첫번째 저격 대상은 나미가 새내기 때 사귄 선배 M이었다. M은 새내기인 나미에게 과도하게 술을 먹였고, 본인의 의사와 무관하게 시도 때도 없이 성적 접촉을 하여 자신을 힘들게 했다는 것이다. 그러나 더 큰 문제는 헤어지고 나서 발생했다. 거의 일 년 동안 스토킹을 했고 그로 인해 나미가 한동안 정신과 치료를 받았다는 것이다. M의 술버릇은 내가 기억하기에도 문제가 많았다. 그는 알코올에 취약한 학우들에게 강압적으로 술을 먹였다. 나도 M 때문에 기온이 영하로 떨어진 날 버스 정류장 벤치에서 눈을 뜬 적이 있었다.

두번째 저격 대상은 동기 E였다. 특목고 출신에 의사 부모를 둔 E는 웬만한 여자들보다 피부가 곱고 늘 단정한 머리 모양을 유지

했다. 외모만 보면 전형적인 모범생처럼 보이는 E였지만 도를 넘는 무분별한 유흥 때문에 나미에게 좋지 않은 병을 옮겼다고 했다. 종강을 앞둔 어느 날, 병결로 학교에 나오지 않던 나미가 핼쑥한 얼굴로 나타나 E의 왼뺨과 오른뺨을 한 대씩 때렸다. 나미의 손바닥과 E의 뺨은 6월의 습기로 촉촉했던 모양이다. 강의실 안을 울린 그 차진 따귓소리는 전날의 과음으로 몽롱했던 내 정신을 단박에 깨어나게 했다. 그때 E는 학우들 앞에서 붉어질 대로 붉어진 양 뺨을 숨기지 못하고 어쩔 줄 몰라 했다.

갑자기 내 마음이 무겁게 내려앉았다.

"너에 대해선 뭐라고 썼어?"

"몰라. 아직은 안 썼으니까."

"아직은 안 썼다고?"

"응, 아직은. 그런데 곧 쓸 거라고 예고했어. 나한테 직접."

"나미한테 무슨 실수한 게 있어?"

"아니, 없어!"

나는 퇴근 후에 나미의 블로그에 한번 들어가보겠다고, 네가 잘못한 게 없으면 두려워할 일이 뭐가 있겠느냐고 말했다. 인섭은 거칠게 숨을 몰아쉴 뿐 전화를 끊지 않았다. 한 손으로 휴대폰을 귀에 대고 다른 한 손으로 가방을 챙겼다.

"인섭아, 나 출근 때문에 전화 끊어야겠다."

"토요일에도 출근해?"

"학원은 원래 주말이 더 바빠."

"아, 주말에도 일을 하다니. 너 힘들겠다."

"······."

"야, 힘내! 그래도 넌 작가가 됐잖아. 우리 동기 중에 책 낸 사람은 너 하나야. 참, 내 여친이 국문과 나왔는데 네 소설 인상 깊게 읽었대."

"그래, 고맙네."

"근데 넌 학원에서 뭘 가르쳐? 수학? 과학?"

"아니, 국어."

인섭은 귀에 거슬릴 정도로 시끄럽게 웃었다. 나는 그의 웃음이 다소 무례하게 느껴진다고 말하고 싶었지만 다음에 통화하자는 말을 남기고 전화를 끊었다.

가방을 메고 거울 앞에 섰다. 원장은 내가 다른 강사들처럼 두발과 의복에 신경쓰길 바랐다. 동료 강사들 대부분이 세련되게 차려입고 다녔다. 나는 손가락으로 덥수룩한 머리카락을 대충 쓸어 넘겼다.

그날 저녁, 낮에 온 인섭의 문자를 확인했다. 혹시라도 통화중에 자신이 말실수를 했다면 미안하다는 내용이었다. 내가 신경쓰지 말라는 답장을 보내자마자 인섭은 전화를 걸었다. 예상했지만 인섭은 또 나미 이야기를 했고 한숨을 쉬었다.

인섭과의 통화 내용을 요약하면 이랬다. 예비 신부와 혼수를 사러 가전 마트에 갔다가 신부가 자리를 잠깐 비웠을 때 한 여자가 자기를 빤히 쳐다보는 걸 느꼈다. 그리고 한눈에 그 여자가 나미란 걸 알았다. 인섭이 어색하게 웃으며 인사를 하자 나미는 냉기 서린 목소리로 말했다. 신기하네. 방금까지도 널 생각하고 있었는데. 근데 너 되게 좋아 보인다……. 인섭은 나미의 말끝에서 섬뜩한 여운을 느꼈다.

인섭이 알려준 나미의 블로그에 들어갔다. 블로그의 이름은 '이것은 소설인가'였다. 나는 멈칫했다. '네', '아니오'로 답을 해줘야 할 것 같았기 때문이다. 나미의 저격 카테고리 '소설'에는 두 개의 글이 포스팅되어 있었다. 인섭이 말하던 M과 E에 관한 만행 일지였다. 나는 왠지 모르게 두근거리는 마음으로 나미의 글을 열었다. 그런데 당연히 1인칭으로 쓰였을 거라 생각했던 만행 일지는 3인칭 관찰자 시점이었다. 사건을 서술하는 자는 감정을 배제했고 문제적 상황을 객관화했다. 표현들은 직설적이라기보다 완곡한 축에 속했다. 그럼에도 글을 읽을수록 이야기 속 주인공의 고통에 깊이 동화되었다.

나미의 블로그에 찾아온 몇몇 네티즌들이 글 안의 배경 묘사 등을 통해 해당 대학이 어디인지를 추측했다. 엉뚱하게 헛다리를 짚는 사람이 대부분이었지만 우리 대학과 학과를 특정하는 사람도 몇 있었다. 나는 다른 카테고리로 들어가서 게시물을 클릭했다. 환자복을 입은 앙상하게 마른 나미가 링거를 맞는 사진이 나왔다. 나는 나미의 퀭한 눈을 보자마자 흠칫 놀라 맥주 캔을 놓쳤고 나도 모르게 두 발로 바닥을 힘껏 밀어냈다. 그 바람에 의자 바퀴가 빠르게 굴러 등받이가 벽에 부딪혔다. 모니터 속의 나미가 나를 보고 있었다. 나는 순간적으로 가슴 언저리에 깊은 통증을 느꼈다.

*

　나미는 강씨, 나는 곽씨라 출석부상으로 가까웠다. 그러다보니 조별 발표를 함께 해야 할 때가 있었다. 그때마다 나미와 한 조가 된 걸 대놓고 부러워하는 녀석들이 있었다. 그런데 나는 3녀 1남의 막내로 태어나 누나들에게 단련이 된 자였다. 누나들은 내가 헛짓을 할 성격이 농후하다면서 남자로서 해야 할 일과 하지 말아야 할 일에 대해 귀에 못이 박히도록 설파했다. 도를 넘는 참견을 견디지 못하고 누나들과 불화하는 날이 있었지만 다행히 나는 참을성이 있는 편이었고 DNA가 완벽히 불일치하는 다른 집안의 여성들과는 별 탈 없이 지낼 수 있었다. 나는 나미가 공대 여신이건 남신이건 그 애가 불편해할 일체의 것을 하지 않았다. 일단 재미없는 농담을 삼갔다. 그 애에게 잘 보이고 싶은 마음이 없었기 때문에 낯 뜨거운 행동을 하지 않았다. 그냥 꿔다놓은 보릿자루처럼 있다가 나미가 뭔가 부탁을 하면 굼뜬 몸을 움직여 대가 없이 도와줬을 뿐이었다. 그 때문에 나미는 1학년이 끝나갈 즈음 나를 춘향이가 향단이 대하듯 편하게 여겼던 것 같다.

　그러나 시간이 한참 지난 후에 알 수 있었다. 나미를 드러내놓고 흠모했던 녀석들은 대부분 나보다 잘났거나, 특히 힘이 셌다.

내 무의식이 어떤 경쟁에서도 그들을 이길 수 없으니 나미에 대한 자연스러운 호감의 싹까지 잘라냈던 것이 아닐까. 그래서 나미와 관계된 일 앞에선 언제나 발화보다 침묵을 택한 것이 아닐까.

제대를 하고 복학을 했을 때 나미는 학교에 없었다. 나미는 어학연수와 질병 등의 몇 가지 이유로 휴학 기간이 길었다. 우리가 다시 만났을 때는 내가 2학점이 부족해 졸업을 못 하고 한 학기를 더 다녀야 했을 때였다. 우리는 글쓰기 교양 수업에서 만났다. 내가 글쓰기 교양 수업을 신청한 건 순전히 강의 시간 때문이었다. 나미는 강의실에서 나를 보자마자 가볍게 손을 잡았다. 나 역시 아는 얼굴 하나 없던 강의실에서 나미를 보니 반가웠을 뿐만 아니라 안도감 같은 것도 느꼈다.

교수는 중년의 남성 소설가였다. 그는 종강 전까지 기승전결을 갖춘 소설을 써서 제출하라고 했다. 일부 학생이 술렁거렸지만 대다수는 이미 수업 내용을 알고 수강을 한 것 같았다.

"관철아, 너 소설 써본 적 있어?"

"소설이라고 하긴 뭣하지만 뭔가 길게 쓴 적은 있어."

"길게?"

"응, 좀 길게."

"언제?"

"중딩 때."

"어머, 중학생이? 어떤 내용이었어?"

"학원물이라고 해야 하나. 호신술 가르치는 선생님 이야긴데,

반 애들이 돌려보며 되게 재밌어했어. 다른 반 애들도 와서 읽고 자꾸 뒷이야기를 쓰라고 했지. 아, 근데 그냥 장난으로 쓴 거라서."

아웃사이더였던 내가 그 글 덕분에 친구들의 관심을 받았던 시절이었다. 그때를 생각하니 입꼬리가 슬쩍 올라갔다.

"그럼, 그걸 다시 써봐."

"그래도 될까? 너무 유치하지 않을까?"

"유치하지 않게 이야기를 바꾸면 되지."

나미의 응원은 졸업도 제때 못 해 구박덩어리였던 나에게 어떠한 활력과 용기를 주었다.

"나중에 다 쓰면 내 글 한번 읽어줄래?"

"응, 읽어볼게."

그때 나는 내 이야기에 빠져 나미에게 너는 어떤 글을 쓸 거냐고 묻지 않았다. 어쩌면 나미는 자신이 쓰고 싶은 글을 이야기했을지 모른다. 그러나 나는 내 글에만 빠져 나미의 이야기를 귀담아듣지 않았다.

교수가 개인 사정으로 휴강을 한 날이었다. 나미는 글쓰기 수업을 같이 듣던 타과의 여학생과 나에게 자신의 자취방에 가서 점심을 먹자고 했다. 나는 얼떨결에 수락을 했고 조금 설렜다.

나미는 집에 도착하자마자 점심 식사를 준비했다. 나는 달리 할 일이 없어 나미의 방을 둘러보았다. 책장이 부족해서인지 벽마다 책이 쌓여 있었다. 나미의 책들은 나미를 보호해주는 방패나 성벽처럼 보였다. 나는 그날 나미가 가진 책에 압도되었다. 책 제목을 하나씩 읽어가다가 눈에 익은 책을 찾았다. 최인훈의 『광장』과 조세희의 『난장이가 쏘아올린 작은 공』과 양귀자의 『원미동 사람들』 총 세 권이었다. 나는 그 책들을 완독하지 않았지만 고등학교에 다닐 때 내신과 수능 대비로 지문을 자주 접했기 때문에 줄거리를 꿰고 있었다. 나는 나미 앞에서 읽지도 않은 『광장』에 대해 떠들었다.

"광장의 주인공이 말야, 남도 북도 아닌 중립국을 선택하잖아. 그 장면에서 뭔가 감동과 비애가 막 밀려오고, 아! 정말 주제를 집약적으로 보여주는 대목이 아닐 수 없었어."

나미는 가스레인지 위에 프라이팬을 올린 후 양념 고기를 덜어냈다. 그러고는 나를 보고 작게 웃었다. 왜 그랬을까. 그 순간 나는 많이 부끄러웠다.

"나미야, 나 이거 다시 읽어보고 싶어. 책 좀 빌려줄 수 있어?"

나미는 조리에 집중하고 있었지만 똑똑한 목소리로 말했다.

"아, 그게 내 책이 아니거든."

"빨리 읽고 갖고 올게."

프라이팬에서 양념 타는 냄새가 났다. 나미가 허둥거렸다. 나는 그때 『광장』을 내 가방에 넣었다.

하지만 그날 이후 나는 책장 한 장을 넘기지 못했다. 아버지의 사업 실패 때문이었다. 당시 누나들은 안정적인 일자리를 구하지 못했다. 전업주부로만 살아온 엄마가 보다못해 식당 일을 시작했다. 엄마는 학점 관리 하나 제대로 못 해 한 학기를 더 다니는 나를 한심하게 여겼다. 이런 분위기 속에서 내가 어찌 책에 집중할 수 있었겠는가.

나는 아파트 상가 안에 있던 작은 학원에 강사로 취직했다. 처음엔 수학을 가르치려 했지만 국어 강사가 말도 없이 그만두는 바람에 국어까지 담당하게 되었다. 그러나 뜻밖에 국어를 배우던 학생들의 반응이 좋았다. 원장은 내가 아이들한테 '먹히는' 캐릭터라며 더 열심히 하라고 했다. 엄마는 내가 기계공학이라는 취업이 잘되는 전공을 살리지 않고 학원에서 뜬금없이 강사 일을 하는 것을 매우 못마땅하게 여겼다. 하지만 나는 당분간은 학원 일을 하겠노라고 고집을 부렸다. 그런데 때마침 학원생의 입회가 늘었고 추진력이 있던 원장은 구멍가게 수준의 학원을 접고 학원가가 밀집한 건물로 확장 이전을 했다. 장사가 잘돼 기분이 좋아진 원장은 근엄한 얼굴로 어서 2학점을 확보해 졸업장을 쟁취하라고 말한 후 급여까지 올려주었다.

나는 일주일 중 하루는 학교에 가서 나미를 만났고 나머지 날들은 돈을 벌기 위해 학원으로 출근을 했다. 그리고 남는 시간 동안은 오로지 글쓰기에만 매달렸다. 글이 무엇인지도 모른 채 머릿속의 문장을 놓칠세라 자판을 빠르게 두드렸다. 어느 밤인가는 똥이 마려워서 화가 났다. 머릿속의 문장이 사라질 것 같아 나는 음성 녹음을 하며 똥을 쌌다. 문제는 교수에게 제출해야 하는 과제였다.

"관철아, 학점이 뭐가 중요해. 졸업만 하면 되잖아. 앞부분만 잘라서 제출하고 너는 쓰고 싶은 이야기를 그냥 쭉 이어 써봐."

"그래도 될까?"

"안 될 게 뭐가 있어."

졸업을 해야 했기에 전개도, 절정도, 결말도 없는 앞부분의 이야기만 과제로 제출했다. 나미는 내 이야기가 매우 흥미 있다고 말했고, 내가 끝까지 쓸 수 있도록 지지와 응원을 아끼지 않았다. 나미의 말이 진심인지 그냥 하는 말인지 의심할 겨를도 없었다.

9월 초에 시작한 소설은 11월 말에 책 세 권 분량이 되었다. 그 긴 글을 꼼꼼히 읽어준 사람은 나미였다. 나는 나미의 조언이 일리가 있어 원고의 반을 버리거나 스토리를 압축했다. 내용상 오류에 대한 지적도 참고하여 수정했다. 완성한 원고를 읽은 나미가 감동이 담긴 목소리로 이렇게 재미있는 이야기는 더 많은 사람이 읽어야 한다고 했다. 문장을 계속 다듬어 문학상 공모에 내보라고 했지만 나는 시작한 이야기의 마지막 문장을 썼다는 그 자체로 내가 할 일은 다 한 느낌이었다.

*

종강 후 나미와 멀어졌지만 가끔씩 학원 일을 끝내고 집으로 오는 길에 나미에게 전화를 걸었다. 나미가 먼저 전화하는 일은 없었지만 내 전화는 꼭 받았다. 딱 한 번 나미가 먼저 전화를 걸어와 노량진으로 거처를 옮기고 공무원 시험을 준비할 거라고 했다.

만 이 년 공부에만 집중할 생각이라 나와도 연락이 어려울 거라 말했다. 설마 했지만 나미는 정말 휴대폰을 없앴는지 연락이 되지 않았다.

누나들은 다음해 봄을 전후로 하나둘 집을 떠났다. 나는 졸지에 가장 아닌 가장이 되었다. 동기들 상당수가 크고 작은 회사에 취업이 되었지만 나는 한창 이력서를 쓰고 있었다. 그런데 그 막막했던 어느 봄날, 생각지도 못한 소식이 나에게 닿았다.

"Z일보입니다."

"네, 신문 안 봅니다."

"아니요. 선생님……"

나는 신문을 구독하라는 광고 전화인 줄 알고 재빠르게 전화를 끊었다. 그러나 그 번호로 다시 전화가 걸려 왔다. 상대방은 자신의 통화 목적이 신문을 구독하라는 게 아니라고 강하게 말한 후 당선 소식을 전했다. 상금은 1억 원이었다. 어안이 벙벙했을 뿐이었다. 나미가 내 원고를 나에게 묻지도 않고 문학상 공모에 냈던 것이다. 나는 신문사 기자와 통화를 끝낸 후 나미에게 전화를 걸었다. 없는 번호였다. 이 예상치 못한 행운에 대해 나미와 꼭 이야기를 나누고 싶었지만 끝내 연락이 닿지 않았다.

나는 당선 이후 한 번도 상상해보지 못한 시간 속으로 들어갔다. 신문사의 요청으로 인터뷰를 했고 신문사에서 주최한 시상식에 갔으며 내가 쓴 장편소설책을 갖게 되었다. 축사를 맡은 한 평론가는 어문 계열 전공자도 아닌 공대 출신이 쓴 소설이라 더 참

신하고, 문학의 지평을 넓혔다는 등의 낯간지러운 말을 했다. 가족들이 나를 대하는 태도도 달라졌다. 상금 중 딱 500만 원을 떼고 엄마에게 모두 주었기 때문일 것이다. 아버지는 내가 외출이라도 하게 되면 구두를 꺼내주며 어디든 가볍게 다녀오라고 했다. 엄마는 내가 귀가를 하면 우리 작가님 오셨냐는 등의 인사를 했다. 그리고 이전처럼 제대로 된 직장을 잡으라는 말은 일절 하지 않고 작품 쓰는 일에만 전념하라고 했다.

아주 짧은 시간 동안은 팔리는 작가가 된 것 같아 뿌듯함을 느꼈다. 허구의 사건을 구상하고 그걸 문장으로 적는 일도 재미가 있었다. 그러나 이러한 기쁨은 어느 순간 사라졌다. 원고를 달라는 재촉 때문이었다. 힘들게 꾸역꾸역 써서 보내면 반응 또한 냉담했다. 내 담당 편집자에게 나미와 같은 응원을 기대하는 것은 무리였다. 글이 잘 써지지 않아 무기력한 날들이 이어졌다. 그럼에도 낮에는 밥벌이를 위해 학원에 나가 아이들을 가르치고 집에 돌아와서는 책상에 앉아 소설을 썼다.

그러던 어느 날, 나는 학원에서 소설가의 아들과 만났다. 고등부 국어 선생님이 연인과 헤어진 후 갑자기 잠수를 타는 바람에 맡게 된 고1 특별반이었다. 내가 수업을 해야 하는 소설은 「황만근은 이렇게 말했다」였다. 소설가지만 소설을 잘 안다고 할 수 없던 나는 그저 참고서에 의존해서 소설을 가르쳤다. 다행히 학생들은 내 농담에 까르르 웃어주기도 하고, 수업 역시 원만하게 진행이 되는 것 같았다. 그런데 딱 한 아이만이 나를 묘한 눈으로 바라보았다. 수업을 꼭 다섯 번 했을 때였다. 그 아이가 나에게 다가와 느닷없는 고백을 했다.

"쌤, 우리 아빠, 도정섭이에요."

"도정섭?"

"소설가 도정섭 몰라요?"

"아, 도정섭? 도정섭 작가님 잘 알지."

잘 안다고 했지만 단편소설 몇 개만 읽었을 뿐이었다. 책 소개 프로에서 보았던 도정섭의 얼굴이 떠올랐다. 그러고 보니 도지한의 얼굴에서 아버지의 모습이 많이 보였다.

"그래, 더 하고 싶은 말 있어?"

버릇인지 지한은 줄곧 팔짱을 낀 채로 이야기했다.

"국어 쌤이 중간고사 범위에 최인훈의 광장을 넣겠대요."

"아, 그래?"

"쌤은 광장 다 읽으셨죠?"

"읽었지."

"어땠어요?"

"음, 매우 심오했고…… 훌륭한 작품이라고 생각한다."

"아, 전 시험과 관계없이 전문을 읽고 싶거든요."

"좋은 태도네. 근데 장편이야. 내용도 관념적이라 어렵고."

"읽을게요. 근데 책이 없어요. 혹시 쌤이 빌려주실 수 있어요?"

아버지가 소설가인 집에는 온갖 책이 넘쳐날 것이다.

"너희 집엔 책 없어?"

"어디 찾아보면 있겠지만 찾다가 실패했어요. 아빠는 책 정리를 잘 못해요. 도서관에 있는 책은 계속 대출중이고요."

책값이 몇 푼이나 한다고, 그렇게 읽고 싶으면 사서 읽으라는 말이 입술을 넘으려던 찰나였다.

"쌤한테 책 없어요?"

"무슨 책?"

"아, 광장이요. 지금 광장 이야기 하던 중이었잖아요."

"있지."

"그럼 빌려주실래요?"

건방진 청소년 새끼. 그러나 나는 얼버무리듯 답했다.

"그래, 알았다."

진심은 아니었다. 그런데 설마 지한이 내 퇴근 시간에 맞춰 기다릴 줄은 몰랐다.

"왜 집에 안 가고?"

"쌤이 책 빌려주신다고 해서요."

정말 성가신 녀석이었다.

도지한의 집은 우리집에서 그리 멀지 않은 아파트였다. 나는 아이를 1층에 있게 하고 집에 올라가서 책을 찾았다. 정리되지 않은 수많은 책 속에서 『광장』을 찾아냈다. 뭔가 아련한 감상에 휩싸였다.

엘리베이터를 타고 내려가면서 책장을 들춰보니 내지가 옅은 커피색이었다. 무엇보다 세로쓰기였고 한자도 많았다. 지한은 친구와 통화를 하다가 나를 보고 전화를 끊었다.

"네가 읽기엔 이 책은 적합하지 않아. 일단 너무 오래됐고 무엇보다 이 책은 내 책이 아니……"

내 손에 있던 책이 지한의 손으로 옮겨갔다. 순간 당황할 수밖에 없었다. 내가 건넨 게 아니라 정확히 말하면 그 애가 빼앗아 간 거였다.

"야, 인마!"

그러나 내 말은 들리지도 않는 모양이었다.

"이거 초판이네요."

지한이 눈을 빛냈다. 나는 책이 오래됐다고만 알고 있었지 그것이 초판인지 몰랐다.

"전 초판으로 책 읽는 거 굉장히 좋아해요."

"……"

"출간일이 단기로 쓰였어요. 책값이 900원도 아니고 900환이고요."

잘못 본 것인가. 맥없이 불빛을 비추는 가로등 아래에서 지한의 두 눈만이 이상하게 반짝거리고 있었다.

"내가 내일 요즘 출간된 걸 사서 널 줄게."

지한의 두 눈꼬리가 힘차게 비상했다.

"쌤, 딱 삼 일만 읽고 줄게요."

"안 돼. 이리 줘."

"아님 이틀만요."

"야, 너 왜 이러니?"

"아빠한테 쌤이 책 빌려주셨다고 말할게요."

"그건 왜지?"

"그냥요. 그러면 그냥 쌤한테도 좋을 거 같아서요."

무슨 의도로 그런 말을 하는지 모르겠다고 따끔하게 한마디를 해주고 싶었다. 하지만 나는 그날 뭔가에 홀린 것만 같았다.

"꼭 이틀이다. 약속 꼭 지켜."

그즈음은 중간고사를 대비하는 기간이라 잔무가 많았다. 다행히 잠수를 탔던 고등부 국어 선생님은 사유서를 쓴 후 수업을 재개했다. 특별반에 들어가지 않으니 지한과 마주칠 일이 없었다. 책을 빌려준 지 삼 일이 지났을 때 나는 일부러 그 애가 수업을 받는 강의실로 찾아갔다. 책을 읽었냐고 물으니 지한은 고개를 가로저으며 아직 못 읽었다고 했다. 이 주가 지났을 때에도 반 정도밖에 못 읽었다고 했다. 그러다 나는 생활에 쫓겨 책을 빌려준 사실을 한동안 잊고 지냈다. 그해 12월 초였다. 온라인 서점에서 도정섭의 신간 광고를 보았다. 두 권짜리 장편소설이었다. 오로지 글만 써서 가족을 먹여 살릴 수 있는 그의 능력이 부러웠다. 그러나 곧 부러움은 불쾌감으로 바뀌었다. 내가 빌려준, 나미의 책이 떠올랐기 때문이다. 다음 날 학원에서 지한을 찾았지만 그 애는 없었다. 담당 강사는 그 애가 특별한 이유 없이 학원을 그만뒀다고 했다. 그날 도지한의 휴대폰 번호를 알아내 책을 돌려줬으면 좋겠다는 문자를 보냈다. 도지한은 바로 문자를 보냈다.

―죄송해요. 아직도 못 읽었어요.

나는 그건 내 알 바 아니니 책을 당장 가지고 오라고 했다. 그 애는 답 문자를 보냈다.

―네.

그즈음 내가 아는 청소년들은 마침표를 찍고 안 찍고에 분명한 의미를 두고 있었다. 그러니까 마침표가 없는 '네'는 순수한 반응이고 마침표가 있는 '네.'는 상대에게 부정적 감정을 내포하고 있다는 의미였다. 나는 도지한의 '네.'를 보자마자 불쾌감이 솟구쳤다. 그리고 끝내 도지한은 책을 돌려주지 않았다.

*

지한의 아버지 도정섭을 만난 것은 송년회 모임에서였다. 엄마와 누나들이 돈을 모아 사 온 질 좋은 모직 코트 안에 부드러운 순모의 목폴라를 입고 베이지색 면바지를 입었다. 우리 가족은 학원 강사가 아닌, 작가로서의 나의 외출에 관심이 많았다.

송년회에는 많은 문인들이 와 있었다. 나는 그 자리가 불편해서 계속 쭈뼛거리다가 다소 지친 표정의 도정섭 작가를 보았다. 아버지는 세상 혼자 사는 게 아니라며 이번 모임에서 문인들을 사귀어보라고 했다. 나도 그러고 싶었지만 그게 쉬운 일이 아니었다. 그날 모인 문인들은 사교적이지 않았다. 아주 소수의 사람들만 여기저기 인사를 하러 다녔다. 그런데 고맙게도 이런 모임 따위를 왜 하는지 모르겠다는 걸 얼굴에 그대로 드러내고 있던, 본인을 수원 사는 시인이라고 밝힌 40대 중반의 남자가 나에게 술을 권했다.

"작가님 이름이?"

"소설 쓰는 곽관철입니다."

"아, 곽 작가님. 한잔하시죠. 제가 곽 작가님 소설은…… 못 읽었습니다만, 이리 만나 반갑네요."

그의 발음은 취기 때문인지 다소 뭉개졌다.

"한잔하세요."

그는 어디서 가져온 건지 위스키병을 기울여 얼음 두 개를 넣고 온더락을 만들어주었다. 얼음이 녹기도 전에 목 안으로 넘어간 술이 속을 활활 불태웠다. 긴장으로 수축되었던 근육들이 다소 편안해졌다. 나는 다시 위스키 몇 모금을 더 홀짝거리다가 도정섭을 보았고 아직도 돌려받지 못한 나미의 책을 꼭 받아야겠다는 생각을 했다.

"작가님 안녕하세요? 저는 소설 쓰는 곽관철이라고 합니다."

내 목소리가 너무 작았나? 그는 나를 무심하게 쳐다보았다.

"아, 전 작가님 댁 근처에 삽니다. 그리고……"

도정섭은 이번에도 말없이 나를 주시했다.

"사실 제가 학원에서 지한이를 잠깐 가르쳤습니다. 지한이가 국어를 좋아하고 특히 책을 열심히 읽으려고 했습니다."

사람이 이 정도까지 말을 하면 아무 말이라도 좀 해줘야 하는 게 아닌가. 그래요? 그렇군요! 이 정도의 엉성한 말도 못 하는 사람인가. 그는 또다시 무표정하게 나를 보았다. 정말이지 나는 그의 반응에 질식할 것만 같았다. 그러나 문득 그가 어쩌면 듣지 못하거나 아니면 말을 할 수 없는 상태일지 모른다고 생각했다. 아차! 그렇다면 내가 괜한 인사를 해서 상대에게 부담을 주는 행동을 하고 있는 것이 아닌가.

그때 책과 관련된 일을 하는 사람이라면 대부분 알 법한, 방송 출연이 잦은 평론가 T가 도정섭에게 다가갔다.

"도 작가님을 여기서 만나는군요."

"아, 선생님."

도정섭의 오른손이 T의 앞쪽으로 뻗어나갔다. 나는 그날 세상에서 가장 얌전한 왼손을 보았다. 그의 왼손은 자신의 오른손을 조심스럽게 받치고 T와 악수를 했다. 나는 책 이야기는 꺼내지도 못한 채 자리로 돌아왔다. 그때까지 나를 지켜보고 있던 시인이 피식 웃으며 술을 권했다. 이후에 도정섭이 내 쪽을 두어 번 보았고 허공 어딘가에서 우리의 시선이 부딪쳤지만 나를 보는 그의 표정엔 변화가 없었다.

"오만한 새끼."

시인은 분명히 이렇게 말했다. 나는 놀란 눈으로 시인을 보았다. 그의 시선은 도정섭에게서 떠나지 않았다.

"저 자식 말야."

"……"

"저 눈빛, 도대체 뭔지 모르겠어. 사람이 인사를 했으면 반응을 해줘야지."

계속 욕해줘!

나는 시인을 향해 주먹을 쥐고 외칠 뻔했다.

모임 장소를 빠져나와 지하철역으로 갔다. 정신은 또렷했지만 몸이 자꾸만 흐느적거렸다. 나는 내 몸이 세상에 정착하지 못하고 위태롭게 미끄러지고 있다고 생각했다. 그리고 약간은 자학하는 기분으로 글을 계속 써야 하나 말아야 하나 그런 생각을 하며 내리지 말아야 할 역에서 하차했다. 낯선 지역이라 가능했을 것이다. 나는 나미에게 여러 번 전화를 걸었고 그때마다 없는 번호라는 안내 음성을 들었다. 그리고 어느 낡은 선술집에 들어가 조금 울었던 것 같다.

*

나미의 블로그에는 인섭으로 추정되는 인물 I를 비판하는 글이 올라왔다. 이전 글과 다른 점이 있다면 3인칭이 아닌 1인칭이라는 것이다. 나미는 I가 자신이 당했던 불행한 일들을 나팔수처럼 떠벌리다못해 가해자의 편을 들어 오랜 시간 고통을 당했다고 밝혔다. 내가 아는 나미는 없는 말을 지어낼 성격은 아니었다. 그렇다고 해도 왜 십 년이나 지난 과거의 일을 폭로하는 것인가. 그래서 얻을 수 있는 것은 무엇인가.

저격의 대상이 된 그 누구도 반박하는 댓글을 달지 않았다. 긁어 부스럼을 만든다는 생각 때문이지 않았을까. 나는 머리가 복잡해서 나미의 블로그를 닫으려 했다. 그런데 커서가 말을 듣지 않았다. 나미의 블로그 제목에 플래시 효과가 있었다. 이,것,은,소,설,인,가,이,것,은,소,설,인,가……. 나미가 나에게 묻고 있는 것 같았다.

마우스의 건전지를 갈아야 했다. 서랍을 열어 건전지를 찾는데 낯선 번호로 전화가 걸려 왔다.

"관철아, 나야……."

그 짧은 순간, 무게중심이 내 공간이 아닌 전화기 저편으로 넘어가는 느낌을 받았다. 나는 붕 뜬 목소리로 말했다.

"나미니?"

나미가 어린아이처럼 까르르 소리를 내며 웃었다.

"내 목소리 안 잊었구나."

"목소리가 그대로야."

"설마."

"정말 그래. 근데 그동안 왜 연락 안 했어?"

"그냥, 어쩌다보니 못 했어."

나미의 고르지 않은 숨소리가 들렸다.

"네가 보낸 원고 덕분에 당선도 됐고…… 그때 많이 통화하고 싶었어. 너, 내 소식 알고 있었지?"

"당연하지. 책으로 보니까 원고로 볼 때보다 더 좋더라."

우리는 더이상 대화를 이어가지 못했다. 어색한 침묵을 깬 건 나미였다.

"너도 봤지? 내가 블로그에 뻔뻔한 놈들에 대해 쓰고 있는 것."

"아니, 몰라."

왜 그랬을까. 나는 순간적으로 거짓말을 했다.

"왜 몰라? 내 블로그 방문자 목록에 네 이름이 있던데."

나는 꽉 쥔 주먹으로 내 머리를 세게 쥐어박았다. 눈물이 핑 돌 정도로 아팠다.

"왜 거짓말해? 너도 나한테 쫄리는 일 있어?"

"쫄리는 일이라니? 그게 무슨 말이야?"

내가 정색을 하고 물었던 탓일까.

"야, 그냥 한 소리야. 왜 그렇게 발끈하니?"

우리는 또다시 침묵했다. 전화기 너머로 음악소리가 들렸다. 제목이 바로 떠오르지 않았지만 나미가 즐겨 부르던 노래인 건 분명했다. 어색한 침묵을 깨기 위해 나미에게 지금 나오는 곡이 무엇이냐고 물으려 했다.

"관철아, 근데 너 전에 나한테 책 빌려 갔지?"

"책?"

"광장 빌려 갔잖아."

내가 잊을 리가 있나. 나미에게 빌렸고 그 책은 십여 년 전 그 망할 놈의 도지한에게 빌려주지 않았나.

"빌려 갔으면 돌려줘야지. 안 그래?"

"맞아, 돌려줘야지……."

"나도 얼마 전에 너한테 책 빌려준 게 생각이 났어. 예전 일을 정리하다보니."

"근데, 나미야. 나한테 지금 책이 없어."

"잃어버렸어?"

"아니, 어떤 건방진 녀석이 빌려 갔어."

"그래? 그럼, 너도 그 건방진 녀석한테 책을 받아야지."

"나미야, 그게…… 내가 그 책을 사서 보내는 건 안 될까?"

나미가 타이르는 듯한 어조로 말했다.

"관철아, 그거 초판이야."

"책값이 얼마나 될까?"

"글쎄. 150은 기본으로 할 거야."

"그럼 내가 그거 돈으로 주면 안 될까?"

나미가 숨을 몰아쉬다가 뭐에 걸렸는지 기침을 토해냈다. 나는 나미의 기침이 가라앉을 때까지 기다렸다.

"나 그냥 책으로 돌려받고 싶어."

나미는 전화를 끊고 몇 월 며칠까지 꼭 택배로 책을 보내달라는 문자를 보냈다. 나미가 남긴 주소는 경기도 의왕의 어느 고시텔이었다. 나는 나미의 책이 집에 있을 리 없다는 걸 알면서도 어딘가 책이 있었으면 좋겠다는 마음으로 책장을 뒤졌다. 책 먼지를 양껏 들이마신 후 나는 나에게 설명하기 어려운 혐오를 느꼈다.

책상에 앉아 도정섭을 검색했다. 이미지 파일을 누르니 여성지에 실린 도정섭의 가족사진이 나왔다. 아내는 단아한 분위기였고 아들과 딸은 건강하게 잘 자란 성인으로 보였다. 도지한의 SNS도 금세 찾을 수 있었다. SNS를 통해 그가 어느 대학에 진학을 했고 어디에서 군 복무를 했으며 복학 후 어떻게 취업 준비에 최선을 다하고 있는지 알 수 있었다. 이젠 그 녀석에게 책을 돌려달라는 메시지를 보낼 참이었다. 그러나 나는 메시지를 쓰다 지우다만 반복할 뿐이었다. 그때도 못 받은 책을 지금 받을 순 없을 것 같아서였다. 나는 불편한 마음을 억누르며 도지한이 아닌 나미에게 전화를 걸었다.

"나미야, 책값은 네가 원하는 만큼 줄게."

"뭐?"

"그 책 빌려 간 애한테 전화 거는 게 어려울 것 같아."

"나한테 이렇게 전화하는 건 편하고?"

"아니, 절대로 편하지 않아."

"근데 왜 불편한 마음이 전혀 안 느껴지지?"

"무슨 소리야. 나 너한테 지금 엄청 미안해하고 있어."

"그래, 그럼. 책으로 돌려줘."

억울함과 슬픔, 이 두 감정이 내 몸 안에서 팽창하고 있었다. 그러다 곧 분노에 휩싸였다. 물론 그 상대는 나미가 아니라 소설가의 아들, 도지한이었다.

―잘 지냈니? 나 곽관철이다. 내가 너한테 책을 빌려주고 못 받은 게 있잖아. 광장이란 소설 말이다.

아이폰 사용자인 지한은 내 메시지를 바로 확인했다. 그러나 아무리 기다려도 답변이 없었다. 나는 통화 버튼을 눌렀다. 전화를 받을 수 없다는 안내 음성이 나왔다. 문자를 보고 차단을 한 게 분명했다.

"아, 뭐 이런……."

아버지가 씩씩거리는 나를 향해 걱정이 담긴 눈으로 물었다.

"왜? 무슨 일 있니?"

나는 구겨진 얼굴을 펴고 심호흡을 했다.

"가정교육을 제대로 못 받은 녀석 때문에 그래요."

아버지가 씨익 웃었다. 그 웃음이 무슨 의미냐고 묻고 싶었지만 그 대신 나는 아버지의 휴대폰을 빌려 지한에게 전화를 걸었다. 이번엔 전화가 연결됐지만 내가 끊었다. 혹시나 싶어 도지한의 SNS에 들어갔다.

책 같은 소리 하네. 신종 보이스피싱인가.
#접근금지 #꺼져버려 #넌누구냐

나는 아버지의 휴대폰을 빌려 뜻을 분명히 밝히는 문자를 보냈다.

─다시 보낸다. 나 곽관철이다. 너에게 빌려준 광장을 돌려받

으려 한다. 지금 원래의 책 주인이 화가 단단히 나 있다. 이제는 돌려줘야 할 때다. 빠른 답변 바란다.

그러나 도지한은 답변은커녕 아버지의 휴대폰마저 차단을 했다. 도대체 이 녀석은 왜 이렇게 소통이 불가한 인간이 됐을까. 나는 몇 시간 뒤 어머니의 휴대폰으로 단호한 문자를 또 한 번 보냈다.

―날 화나게 하지 마라. 난 곽관철이다.

예상했던 대로 답장은 오지 않았고 도지한의 SNS에 새 포스팅이 올라왔다.

스토커 꺼지시고.
#눈에는눈깔 #이에는이빨

그 애의 SNS 친구들이 스토킹 범죄에 대해 같이 성토해주었다. 졸지에 스토커가 된 나는 그들이 쏘아댄 말의 화살에 만신창이가 되었다. 내 이러한 상황을 알 리 없는 나미에게서 전화가 왔다. 보나마나 책 가져오라는 독촉 전화일 것 같아 나는 전화를 받지 않았다. 이날 자정까지 나미는 전화를 세 번 했지만 모두 받지 않았다.
나미의 블로그에 들어간 건 새벽 두시쯤이었다. 나미의 포스팅을 읽다가 가슴이 철렁했다.

빌려 갔으면 제때 돌려줘야 하는 거 아닌가.
잘못했으면 제대로 사과해야 하는 거 아닌가.

*

도지한에게 책을 돌려받기 위한 작전이 필요했다. 문인 주소록에서 도정섭의 주소를 찾았다. 교통편이 애매해 걸어가기로 했다. 나는 오전 여섯시에 일어나 트레이닝복 차림에 러닝화를 신고 도정섭의 아파트 단지로 가볍게 뛰어갔다. 살다 살다 이게 다 뭐 하는 짓인지 모르겠다는 자괴감이 들었고 이어 또 괘씸한 마음에 이를 악물었다.

도정섭의 집은 1층이었다. 최소 50평은 돼 보였다. 나는 단지 안 벤치에 앉아 거실 쪽을 응시했다. 열린 커튼 틈으로 거실을 오가는 사람들을 포착할 수 있었다. 그러나 그것이 누구인지는 알 수 없었다. 휴대폰으로 사진을 찍어 확대를 했다. 역시 알 수 없었다. 진짜 스토커가 된 기분이었다.

오전 일곱시 삼십분, SNS에서 보던 것보다는 체격이 다소 왜소해 보이는 도지한이 집에서 나왔다. 세미 양복 차림에 백팩을 멘 도지한에게서 이십대의 풋풋함이 느껴졌다. 도지한은 아파트 단지에 세워진 공용 킥보드에 올라탔다. 나는 풋풋하지 않은 몸이었지만 그를 따라잡기에는 충분히 날랬다.

"야, 도지한!"

킥보드를 타고 가던 도지한이 놀란 눈으로 뒤를 한 번 돌아보았다. 그러더니 킥보드 속도를 높였다. 나도 한 시간 삼십분을 끈기 있게 기다렸던 놈이다. 지구 끝까지 쫓아갈 기세로 뛰어갔다. 그러다 과속방지턱을 넘기 전 도지한은 일그러진 얼굴로 뒤를 바라보았고 얼마 뒤 어이없이 날아올랐다. 곧이어 퍽 소리가 났고 나는 눈을 질끈 감았다. 어쩌면 눈을 먼저 감고 퍽 소리가 났는지 모르겠다.

'아, 돌겠네.'

눈을 떴을 때 도지한은 바닥에 붙어 있었다. 지나가던 그 어떤 행인도 도지한을 부축하지 않았다. 다행히 도지한은 제힘으로 일어났고 크게 다친 것 같지는 않았지만 집을 나설 때와는 완전히 다른 몰골이 되어 있었다. 모른 척하고 싶었지만 내 발은 빠르게 도지한에게 다가갔다. 공포에 질린 도지한이 뒤로 물러섰다.

"대체 나한테 왜 그래요?"

그는 불안에 물든 눈알을 굴리며 호주머니 안에서 무엇인가를 찾았다.

"내 휴대폰 어디 갔……"

도지한은 양복 상의와 하의의 주머니를 모두 뒤졌지만 휴대폰은 없었다. 내 눈이 인도와 차도의 경계에서 액정이 박살이 난 도지한의 휴대폰을 찾았다. 휴대폰을 주워 도지한에게 건넸다. 도지한은 쓰러져 있던 킥보드를 세우고 다리를 절며 집 쪽으로 몸을 돌렸다. 나는 도지한을 따라가며 말했다.

"너 내 책 언제 줄 거야?"

"도대체 무슨 책을 말하는 거예요?"

"아, 이 새끼 봐라. 니가 꼭 십 년 전 9월 둘째 주 금요일에 우리 집까지 와서 책 빌려 갔던 것 기억 안 나?"

도지한의 두 눈이 마구 흔들렸다. 분명 그날을 기억한 것이다.

"아, 난 또 뭐라고."

"뭐가 어째?"

나는 도지한의 멱살을 잡았다. 그러나 도지한은 내 손을 뿌리치고 액정이 박살 난 휴대폰으로 어딘가 전화를 걸었다.

"엄마, 나 다쳤어요. 못 걷겠어요. 좀 와주세요."

도지한은 전화를 끊고 바닥에 주저앉았다.

"책 줄게요. 근데요. 오늘이 얼마나 중요한 날인 줄 알아요? 쌤, 나 오늘 첫 출근 하는 날이었어요. 어떻게 책임질래요?"

"와, 이거 개새끼네. 너 내가 누군지는 아는 거지? 날 알면서 계속 차단한 거고?"

"오늘 알았어요. 근데 전 쌤 이름 아직 몰라요."

도지한의 비둘기색 양복 바지가 군데군데 피로 물들고 있었다. 아파트 정문 쪽에서 중년 부부가 뛰어오는 게 보였다. 한 명은 도정섭이 분명했고 또다른 사람은 그의 아내로 짐작이 되었다. 나는 그 자리에 더 있고 싶지 않아 집으로 돌아왔다.

다음 날, 모르는 번호로 전화가 왔다. 도정섭이었다. 과거 송년회에서와 다르게 그는 말을 할 줄 알았다. 그러나 여전히 말을 길게 하는 걸 좋아하지 않는 것 같았다. 나는 핵심만 말해야 했다. 나는 당신의 아들에게 책을 빌려줬다. 그리고 빌려준 책을 받기 위해 과거부터 지금까지 많은 애를 썼다. 도정섭은 내 말을 들으려 하지 않고 자기 할 말만 했다. 아들이 미성년자일 때부터 온라인 게임 사이트에서 어울렸던 사람들 때문에 피해의식을 갖고 있다고.

"피해의식 좋아하시네."

내 말을 분명히 들었을 것이다. 그러나 도정섭은 정중한 목소리로 책을 보내주겠다고 했다. 우리들의 대화는 이분 사십오초 만에 끝이 났다.

나는 나미에게 다소 편안한 마음으로 문자를 보냈다. 책을 찾았다고, 십 년 전에 빌려 간 책을 이제 돌려주게 되어 정말 미안하다고. 나미에게서 답장이 왔다.

―관철아, 네가 미안하다고 말해주니 나도 고맙다. 좋은 하루 보내.

문자를 여러 번 읽으며 울컥 치밀어오르는 감정을 추스를 수 없었다.

도정섭과 통화한 지 꼭 삼 일 뒤에 택배가 왔다. 나는 기쁜 마음으로 포장을 뜯었다. 박스 안에는 총 다섯 권의 책이 들어 있었다. 네 권은 도정섭이 쓴 소설과 에세이류였다. 그리고 박스 맨 아래에서 그렇게 기다리던 『광장』이 나왔다. 하지만 내 입에서 깊은 탄식이 흘렀다. 그것은 나미의 초판이 아닌 6판 2쇄의 누가 봐도 손때 하나 묻지 않은 새 책이었기 때문이다. 새 책에서 이렇게 견디기 힘든 역한 냄새가 난다는 것이 나는 의아하고 괴로울 뿐이었다.

그러나 정말 이상도 하지. 그 순간 내 안에서 책을 쓰고 싶다는, 이 일을 소설답게 재구성하겠다는 의지와 욕망이 꿈틀거렸다.

이것은 소설이 될 수 있을까.

2부

설탕공장이 있던 자리

반수연

산문집 『나는 바다를 닮아서』 출간

애나는 빛의 입자를 피어올리며 반짝이는 이스트리버를 바라보고 있다. 10월의 기온은 그다지 높지 않지만 정오의 햇살은 뜨겁게 눈을 찌른다. 애나는 현기증을 느끼며 눈을 감는다. 눈꺼풀 안쪽이 붉어졌다가 검어진다. 짧은 현기증에는 약간의 달콤함이 남아 있다. 김포공항에서 미국행 비행기를 처음 탔을 때, 애나는 그런 종류의 현기증을 처음 느꼈다. 활주로를 빠르게 달리던 비행기가 막 떠오를 때는 내장이 등 뒤로 빠져나가는 것 같았다. 어지러운 것도 같았고, 아랫도리가 간지러운 것도 같았다. 애나는 눈을 감고 두 손으로 배 속의 아이를 감쌌던 걸 기억한다. 애나의 어깨에 부드럽게 팔을 두르고 손을 지그시 누르며 애나를 안심시켰던 남편 조를 기억한다. 그때 애나는 스무 살이었지만 이미 한평

생을 보낸 듯 지쳐 있었다. 사십오 년이 지난 지금, 애나는 강변공원 끝단에 위치한 도그파크 벤치에 기대앉아 지난 시간이 하룻밤 꿈같이 짧았다고 느낀다.

처음 축구를 배우는 아이들처럼 강아지들은 도그파크 이쪽 끝에서 저쪽 끝으로 우르르, 우르르 몰려다닌다. 핀치는 다른 강아지에 섞여 정신없이 뛰어다니다, 애나 앞에 오도카니 앉았다. 마치 할말이라도 있는 듯 애나를 빤히 올려다본다. 애나는 그게 배가 고파서라고 생각한다. 핀치의 몸무게는 고작 3킬로그램이지만 핀치의 주인 크리스티나는 매번 먹이를 저울에 달아 먹이며 다이어트를 시킨다. 애나는 핀치가 안쓰럽다. 산책을 시킬 때면 크리스티나 몰래 뭐라도 숨겨 와 먹인다. 오늘은 얼마 전 펫용품점에서 산 간식을 호주머니에 넣고 나왔다. 이게 다 그 녀석 눈을 봐버렸기 때문이야. 난생처음 자신이 번 돈으로 개의 먹이를 사서 돌아오며 애나는 중얼거렸다. 핀치는 외면할 수 없는 눈빛을 가지고 있다.

애나는 북어포처럼 마르고 쿠키처럼 파삭한 큐브 모양의 간식을 손바닥에 올리고 부순다. 핀치는 가늘고 긴 혀를 날름거리며 순식간에 먹어치우고 아쉽다는 듯 두어 번 더 빈손을 핥는다. 핀치의 혀는 따뜻하고 촉촉하며, 또한 간절하다. 애나는 봉지째라도 털어 주고 싶은 마음을 누른다. 한꺼번에 많이 먹이면 크리스티나가 알아챌 수도 있다. 애나가 블루베리 몇 알을 몰래 먹였던 날 핀치는 피똥을 쌌다. 크리스티나는 온갖 나쁜 추정을 하다가, 결국

엔 자신의 환자들을 기다리게 하고 핀치를 안고 동물병원으로 달려갔다. 애나는 혹시 의사가 블루베리를 찾아낼까 마음을 졸였다. 별별 검사를 다 했지만 원인을 찾지 못했다며 툴툴거리는 크리스티나를 보고서야 애나는 마음이 놓였다.

"오 마이 갓!"

애나는 자리에서 벌떡 일어나며 소리친다. 검은 개가 도그파크에 들어오자마자 핀치를 향해 전속력으로 돌진한다. 핀치의 작은 몸이 충격에 튕긴다. 검은 개는 핀치보다 열 배는 커 보인다.

"개 좀 잡으라고!"

애나는 검은 개를 데리고 들어온 아시아계 여자에게 소리친다.

"우리 개는 안 물어. 장난치는 거야."

개똥이 담긴 초록 봉지를 손난로처럼 두 손으로 감싸고 앉은 여자는 작은 소리로 느리게 중얼거릴 뿐 꼼짝하지 않는다. 핀치는 곧 균형을 회복하고 달아난다. 애나의 평화는 회복될 수 없이 깨어진다. 애나는 개처럼 숨을 헐떡이며 양팔을 벌리고 검은 개가 핀치를 건드리지 못하게 이리저리 뛰어다닌다.

"스톱! 스톱! 딱 건드리기만 해라. 내가 확 물어뻐리끼다."

검은 개의 속도를 따라가지 못해 다급해진 애나는 고래고래 소리를 지른다. 이빨이 몇 없는 애나의 발음은 엉성하게 샌다. 여자는 그제야 자리에서 일어나 검은 개를 불러들인다. 핀치가 어디 다치기라도 한다면! 그건 상상하기도 싫다. 강아지조차 돌보지 못했다는 자책도 괴롭겠지만, 무엇보다 크리스티나가 애나를 가만 두지 않을 것이다. 이때다 싶어 애나를 다시 길거리로 내쫓아버리 거나 감옥에 가둬버릴지도 모른다. 검은 개의 행동을 사랑싸움 정도로 귀엽게 바라보던 사람들은 애나의 독기 품은 목소리에 표정이 굳는다. 애나의 등짝이 금세 기분 나쁜 땀으로 끈적인다.

애나의 기세에 눌렸는지, 사람들의 시선이 거북했는지, 여자는 풀 죽은 얼굴로 검은 개의 목줄을 잡아끈다. 검은 개는 네 다리를 바닥에 힘주어 붙이고 버티지만 곧 포기하고 따라나선다. 초라한 입성과 아직 뉴욕 억양이 입히지 않은 느린 말소리도 그랬지만, 무엇보다 흔들리는 시선에 불안한 기색이 여자의 처지가 애나와 별반 다르지 않다고 말하는 듯하다. 필리핀에서 온 여자일까. 자신의 아이는 본국 누군가에게 맡기고 미국으로 건너와 남의 자식을 돌보는 필리핀계 유모들이 이 동네에는 많다. 그들은 언젠가는 워킹 비자를 그린카드로 바꾸고 아이를 미국으로 데려올 꿈을 꾼다. 애나는 그런 꿈을 가진 여자들이 잠시 부럽다.

검은 개를 끌고 나가는 여자는 입구 휴지통을 지나 고층 아파트 쪽으로 개똥 봉지를 들고 간다. 그 개의 주인도 크리스티나처럼 매일 강아지 똥을 검사하는 사람일 거라 애나는 짐작한다. 검은 개와 여자가 떠나버리자 안심이 되기보다는 멋쩍고 무안하다. 애나는 무안함을 달래려는 듯 두 손을 동그랗게 말아 햇살을 가리며 고개를 뒤로 젖힌다. 친구를 부르듯 머리 위로 지나가는 다리의 이름을 하나씩 부른다. 브루클린아. 맨해튼아. 윌리엄스버그야.

모두 맨해튼으로 연결된 다리다. 아래서 보니 다리는 생각보다 훨씬 크고 길다. 다리 위에서는 잘 보이지 않던 전체적인 구조도 강변에서는 잘 보인다. 이 일대는 한때 세상에서 제일 큰 설탕공장이 있던 자리라고 김 교수는 말했다. 지난 오십 년 동안 그 설탕을 먹었다고도 했다. 이제 이곳에는 노동자들이 넘보기 힘든 고층 아파트와 호텔의 외관을 갖춘 오피스 건물과 설탕공장에서 뜯어낸 의자와 소품을 활용한 놀이터와 바닥에 온화한 빛의 조명이 설치된 강변산책로가 들어섰다. 일 년 전, 애나는 민수가 운전하는 낡은 밴을 타고 윌리엄스버그브리지를 건너 이곳으로 왔다.

"저어기 저 하얀 빌딩 보이죠? 모퉁이에 S라고 적힌 건물이요. 저기가 김 교수님 집이에요. 이젠 맨해튼은 잊고 여기서 행복하게 지내셔야 해요. 강 따라 산책도 하고, 맛난 것도 사 드시고요. 교수님이 월급 넉넉히 주실 거예요."

다리 중간쯤 왔을 때 민수는 빌딩을 가리키며 아이를 달래듯 다정한 목소리로 말했다. 높다란 빌딩과 잘 다듬어진 강변공원을 보자 애나는 다시 주눅이 들었다.

"안 가모 안 되것지예. 쉘터 식구들 묵을 끼나 해줌시로 그냥 이리 살모 안 되까네. 막상 나가 없으마 민수 슨상도 마이 힘들낀데."

애나는 다 끝난 이야기를 다시 꺼냈다. 김 교수는 한 달에 두어 번 식료품이나 약품을 사 들고 쉘터를 찾았다. 애나는 그가 가져온 재료로 불고기도 만들고 백숙도 끓였다. 김 교수는 쉘터 식구들 사이에 앉아 애나가 끓인 음식을 먹었다. 이런저런 이야기를 하느라 앞에 둔 음식이 식어가면 애나는 애가 탔다. 역사나 소설일 때도 있었다. 읽고 있던 책을 펼치고 열정적으로 설명할 때도 있었다. 책으로 배운 우스개를 들려주기도 했지만 반응은 늘 별로였다. 우주가 어떻게 생겨났고, 빅뱅이 무엇인지 말하기도 했다. 애나는 그의 이야기를 거의 이해하지 못했지만 듣는 걸 좋아했다. 테이블에 둘러앉아, 설탕과 크림을 듬뿍 넣은 커피를 앞에 놓고 그의 이야기를 듣다보면 마치 태어나 처음으로 어딘가에 초대받은 근사한 기분이 들었다.

"저 빛은 팔분 전에 태양을 떠나 지금 막 여기에 도착했어요."

김 교수는 출입문 위에 뚫린 쉘터의 유일한 창으로 들어오는 손바닥만 한 빛을 가리키며 말했다. 빛은 시간마다 옮겨다니며 잠시 지하의 공간에 머물렀다. 애나는 빛이 어딘가에서 생겨나 어디에 닿는다는 생각은 평생 한 번도 해보지 못했다. 쉘터 식구 대부분 김 교수의 이야기를 흘려들었지만, 간혹 그와 제법 대화가 통하는 이도 있었다. 그럴 때면 김 교수는 옛 친구를 만난 듯 신이 나서 밤늦게까지 떠들며 놀다 갔다. 그는 언제나 책을 들고 다니고 아는 것이 많아 김 교수라는 별명으로 불렸지만, 쉘터에는 대부분의 시간 벽을 보고 모로 누워 있는 진짜 교수도 있었다.

어느 날부터 김 교수가 오지 않았다. 애나는 출입문을 쳐다보며 그를 기다렸다. 몇 달이 지난 후 그가 아프다는 소식을 들었다. 김 교수가 좋아하는 음식을 만들 때마다 그를 생각했다. 그렇다고 그를 만나기 위해 반듯하고 높은 빌딩으로 올라가게 될 줄은 몰랐다. 그건 아무래도 어색했다. 애나에게는 지하가 익숙했다. 새벽 첫 지하철이 올 때까지 맨해튼의 지하는 평화롭고 아늑했다. 여성용 홈리스 쉘터가 있지만, 애나 바로 옆에서 두 여자가 자리다툼을 하다 젊은 인도계 여자가 칼에 맞아 죽는 것을 본 후로 얼어 죽을 만큼 춥지 않으면 가지 않았다. 가끔 시립도서관에 들러 따뜻한 물로 얼굴을 씻거나 컵라면을 불려 먹었다. 몰래 속옷을 빨아 휴지로 꾹꾹 눌러 말려 그대로 입었다. 책상에 엎드려 설핏 잠이 들면 보안요원이 어디선가 나타나 어깨를 툭툭 쳤다.
"여기서 자면 안 돼요! 나가요!"
책장에서 아무 책이나 뽑아 와 펼쳐놓고 잠들지 않으려 애쓰며 앉아 있곤 했다. 애나가 책을 읽지 않는다는 건 보안요원도 알았지만 그건 문제가 되지 않았다. 앉아 있을 수는 있지만 잠들면 안 된다는 건 아무래도 이상했다.

핀치는 네 다리를 분주히 움직이며 애나를 이끈다. 꼭 어디로 갈지 아는 것 같다. 아파트에서 북쪽 언덕으로 세 블록 올라가면 젤라또가게 옆에 크리스티나가 제일 좋아하는 과테말라 커피숍이 있다. 한 손으로 핀치를 안고 한 손으로 주머니를 뒤져, 몇 번이나 외우려고 시도하다가 너무 길고 복잡해서 포기한 크리스티나의 커피 주문서를 카운터 남자에게 내민다.
"콜드 브루, 오트밀크 콜드 폼, 바닐라 스윗 크림, 하프 스윗, 엑스트라 아이스."

남자는 소리 내어 주문서를 읽으며 눈빛으로 확인한다. 애나는 여느 때와 같이 잘 이해할 수 없었지만 여느 때와 같이 고개를 끄덕인다.

"네임?"

"애나."

애나는 짧게 대답하고, 입안이 보이지 않게 입술로 이빨과 잇몸을 말아 살짝 깨문다.

"헤이, 찰리, 문 좀 열어줘!"

우유 박스를 여러 개 포개어 안고 창고 쪽으로 가던 남자가 카운터 남자를 부른다. 찰리? 애나는 반사적으로 카운터 남자를 쳐다본다. 굽슬굽슬한 머리칼과 유난히 동그란 눈과 윤기 나는 갈색 피부가 아들 찰리를 닮았다고 느낀 순간 심장이 요동친다. 아이가 나를 알아볼까. 나는 아이를 알아볼까. 숨을까. 다가갈까. 찰리를 본 지 삼십칠 년이 지났다. 애나는 다가가 남자의 얼굴을 더 자세히 보고 싶다. 남자의 얼굴은 터무니없이 앳되다. 스무 살이나 되었을까. 어쩌면 십대일지도 모른다. 애나! 커피 다 됐어요. 찰리는 컵에 쓰인 이름을 보며 애나를 부른다. 애나와 눈빛이 부딪히자 희고 고른 치아를 드러내며 활짝 웃는다. 어쩌면 저 모습이 자신이 놓쳐버린 스무 살의 찰리일지도 모른다는 생각을 한다. 검은 커피와 하얀 오트밀크와 더 하얀 휘핑크림이 층층이 색을 달리하는 차가운 커피를 쥐고 다시 한번 그를 본다. 그는 흑인 아시안 혼혈이 아니라 라틴계지만 확실히 찰리를 닮았다.

아파트 복도에 서 있는 크리스티나를 보자 핀치는 꼬리를 빳빳이 세워 상모 돌리듯 돌리며 뛰어간다. 애나는 금세 품이 허전해진다.

"아빠는 자고 있어요. 두 시간에 한 번씩 혈압 체크하고요. 약 드릴 시간 잊지 말고요."

크리스티나는 애나가 들고 오는 사이 엷은 갈색으로 뒤섞인 커피를 낚아채듯 받아 엘리베이터로 향한다. 고맙다는 말은 떡 사 문나. 애나는 돌아서서 중얼거린다. 거리에서 온갖 멸시를 받았지만 크리스티나의 냉정은 어쩐지 다른 종류의 상처를 준다.

크리스티나의 가정의 클리닉은 빌딩 3층에 있다. 그녀는 매일 퇴근길에 회진하는 의사처럼 오분쯤 김 교수의 상태를 살피다가 47층 자신의 집으로 올라간다. 가끔 점심시간에 들러 김 교수에게 링거를 달고, 진통제를 주사한다. 그사이 애나는 강변 산책을 하거나 마트에 장을 보러 간다. 석 달 전부터 크리스티나는 애나에게 핀치 산책과 커피 심부름을 시켰다. 핀치가 애나를 잘 따르고 애나도 핀치를 좋아한다는 걸 크리스티나도 안다. 그렇다고 크리스티나가 애나에 대한 의심을 완전히 거둔 건 아니다. 대놓고 구박하지는 않았지만, 저울에 잰 듯 정확한 친절로 애나를 밀어낸다. 김 교수에 대한 애나의 호의는 의도를 의심받는다. 왜 그러죠? 하지 마세요. 김 교수에게 마사지를 해주거나, 따뜻한 수건으로 몸을 닦아줄 때 크리스티나는 더욱 단호하게 말한다. 애나의 친절은 경계의 대상이다. 크리스티나의 빛나는 아름다움과 생기 넘치는 젊음과 아무것도 두려울 것 없는 지식과 견고한 삶이 부러웠지만 그런 부러움을 갖는 것조차 크리스티나에게 불쾌감을 준다는 걸 애나는 이제 안다.

애나는 김 교수가 깨기를 기다리며 초록색 벨벳의자에 앉아 공과금 고지서 봉투에 글자를 쓴다. 매일 책 제목을 적고 다음 날이면 대부분 잊어버린다. 그래도 애나는 글자 연습을 할 때 자신이 다른 생을 살고 있다는 만족감을 느낀다. 어떤 책은 펼쳐보거나 만져보며 책의 내용을 상상한다. 모르지만 알 것 같다. 그것으로 족하다. 이제 와 글을 안다고 해도 아무 곳에도 도달할 수 없다는 걸 알지만 그건 상관없다. 근래에는 한글 아래 영어로 발음을 적는다. 『남한산성』에 'namhansanseong'이라고 음을 적고 보니 또다른 외국어를 보는 느낌이 든다. 김 교수가 그 책을 찾아달라고 부탁했을 때 발음이 어려워 겁을 먹었지만 의외로 찾기 쉬웠다. 제목이 넉 자인 책은 서른일곱 권이었고, 그중 두번째 글자가 '한'인 책은 한 권이었다. '한'은 애나가 오랫동안 유일하게 쓸 수 있던 자신의 이름 한.애.자 중 한 자였다.『검은 하늘』이라는 책도 있었다. 두 자와 두 자 사이 공간이 있는 책은 일곱 권뿐이었다. 일곱 권을 모두 뽑아 김 교수에게 한 권씩 보여주었다. 김 교수는 애나가 너무 오래 한글을 사용하지 않아 잊어버렸다고 생각하겠지만 애나는 한 번도 한글을 알았던 적이 없었다. 찰리가 유치원에 갈 즈음, 알파벳책을 보며 겨우 영어 읽는 법을 익힌 게 공부의 전부였다.

애나가 민수와 함께 처음 이 아파트에 들어섰을 때 43층 통유리 창으로 보이는 맨해튼의 경치는 입이 쩍 벌어질 만큼 놀라웠지만 그보다 더 애나를 압도한 것은 책이었다. 애나는 평생 그렇게 많은 한국 책을 본 적이 없었다. 김 교수는 초록색 벨벳의자에 앉아 책을 읽다가 그들을 맞이했다. 얼마나 많은 시간 그 의자에 앉아 시간을 보냈을까. 청소를 하다보니 벨벳에 엉덩이가 닿는 부분이 반들반들해져 있었다. 두 달 전, 두번째 간암 수술을 하고 김 교수는 더이상 벨벳의자에 앉지 않았다. 가끔 휠체어에 앉아 창 아래를 바라보긴 했지만 그조차 차츰 뜸해졌다. 요즘은 보행기에 의지해 겨우 화장실에 다녀오는 게 운동의 전부다. 앉아 있는 시간이 줄어들자 말도 함께 줄었다. 대신 잠자는 시간이 많아졌다. 이야기를 하다가 갑자기 기절하듯 잠이 들어 놀란 적도 있었다.

화장실이든 침실이든 여전히 손이 닿는 곳마다 책을 두고 수시로 펼치지만 읽는 것 같지는 않았다. 하루 세 번, 한 주먹씩 먹는 약이 원인일 거라 애나는 믿었다. 깨어난 후에도 한동안 눈에 초점이 없었다. 머리가 맑지 않아. 김 교수는 종종 말했다. 그럴 때면 정신을 버리더라도 고통을 줄이고 싶었던 거리의 시간이 떠올랐다.

오늘따라 김 교수의 잠이 길다. 애나는 한글 공부를 밀쳐두고 방문에 귀를 대본다. 코 고는 소리가 엷게 들린다. 애나는 굳게 닫힌 방문을 열어볼까 망설이다가, 창에 바짝 붙어 서서 강 건너를 본다. 처음 며칠 동안은 창만 바라봐도 속이 울렁거렸지만 이젠 속이 시원하다. 애나가 이십 년 넘게 살았던 맨해튼이 장난감처럼 사소하고, 살과 피와 뼈를 녹였던 거리는 너무 작아 보이지도 않는다. 작은 나무 부두를 출발한 유람선이 종이배처럼 작고 가볍게 지나간다. 하얀 돛을 단 배는 목적지가 없는 듯 부표처럼 떠 있다.

애나는 지난 독립기념일에 수백 대의 배가 강으로 몰려나왔던 광경을 잊을 수 없다.

"뭐시 난리라도 났어예?"

애나는 놀란 목소리로 물었고, 김 교수는 빙그레 웃었다. 독립기념일이라 불꽃놀이 보러 온 배들이라고 크리스티나가 알려줬다. 그날 애나는 발아래서 붉고 파란 불꽃이 춤추는 것을 보았다. 맨해튼 골목에서도 불꽃 터지는 소리를 들었지만, 잘 보이지는 않았다. 빌딩은 높았고 겨우 손바닥만 한 하늘이 열려 있었다. 애나는 계곡처럼 깊고 어두운 빌딩 사이에 누워 불꽃소리가 총소리를 닮았다고 생각했다. 애나에게 빌딩은 거대한 벽이었다. 뚫고 지나갈 수 없고 타고 오를 수도 없는 벽이었다. 많은 날 그 벽에 붙어 잠들었다. 언제나 잠을 깨우는 건 발자국소리였다. 쩌벅쩌벅. 다닥다닥. 애나는 모로 누워 담요를 머리끝까지 올리고 출근하는 사람들의 발이 눈앞을 지나가는 것을 보았다. 그들 중 누군가는 걸음을 멈추고 애나가 죽었을까 흔들어보기도 했다.

아랫니 하나가 며칠 전부터 욱신거리더니 잇몸에서 반쯤 떠올랐다. 애나는 세면대 거울 앞에 서서 손가락 두 개로 이빨을 잡고 이쪽저쪽으로 기울이며 당긴다. 이빨이 뚜둑 뜯기며 살점에서 분리된다. 애나는 양미간을 좁게 오므리고 질끈 눈을 감았다가 뜬다. 그게 전부다. 이제 이런 것쯤은 무섭지 않다. 그러나 여전히 피맛은 싫다. 너무 비려 구역질이 올라온다. 세면대에 뱉어내니 피가 한 주먹이다. 이제 남은 이빨은 여덟 개다. 아랫니는 고작 두 개가 남았다. 온전한 치아를 가진 게 언제였는지. 첫 남편 조에게 맞아 앞니 네 개가 한꺼번에 빠진 것이 시작이었다. 경찰은 조에게 맞았다는 애나의 말보다 계단에서 굴렀다는 조의 말을 더 믿었다. 어쩌면 당연한 일인지도 몰랐다. 저 여자는 한국에서 온 창녀며, 돈을 뜯어내려고 거짓말을 한다고 조가 말했으니까. 목숨 걸고 월남전에 참전한 군인을 이렇게 대우해도 되냐고 소리 지를 땐 애나가 봐도 그럴듯했다. 그는 그때까지도 근처 부대로 출근하는 현역 군인이었으니까. 애나의 어눌한 영어로는 남은커녕 자신조차 설득할 수 없었으니까.

애나는 거리에서 익힌 습관대로 위스키를 조금 머금었다가 삼킨다. 그러고 나면 씀벅거리던 잇몸이 좀 나아진다. 애나는 김 교수가 마시다 만 열댓 병쯤 되는 술병이 완전히 비지 않도록 조심하며 골고루 축을 낸다. 김 교수가 이 술을 마실 날은 어쩌면 영영 오지 않겠지만 완전히 비우고 싶지는 않다.

"야채죽을 쪼매 잡사볼람미까?"

"뭐든 좋아요."

뭐든 맛있다는 게 아니라 뭐든 입에 달지 않다는 말 같아서 애나는 코끝을 찡그린다. 벽을 보고 돌아서서 창 끝에 달린 손잡이를 돌려 창을 연다. 연다기보다는 벌린다. 끝까지 돌려도 통유리창은 겨우 한 뼘쯤 벌어진다.
"바람이 들어와예?"
방 안 공기를 바꾸고 싶은데 그 사이로는 벌레도 들어오지 못할 것 같다고 생각하며 애나는 묻는다. 버튼을 눌러 침대 상단을 조금 세우고 김 교수 등 뒤로 베개 하나를 더 받쳐준다. 그러느라 침대 끝에 둔 책이 애나의 발에 뚝 떨어진다. 얇은 책이어서 아프진 않다.
"책이 허들시리 헤껍네예."
"시를 읽고 있어요. 긴 글은 집중이 어려워서요."
애나는 티셔츠 끝으로 안경을 닦아 김 교수의 얼굴에 끼워준다.
"시라꼬예? 청산리 백계수야, 뭐 그런 시예?"
애나는 김 교수가 접어둔 페이지를 열어 한 자 한 자 읽어본다.
"서서하아그어."
"섭섭하게."
"섭섭하다꼬예? 교수님 지한테 뭐 섭섭해예?"
"하하. 시가 그래요. 내가 아니고 시가."
김 교수가 오랜만에 소리 내어 웃는다. 애나도 따라 웃는다. 김 교수가 가버리면 섭섭할 것 같다. 애나는 문득 그런 것이 두려워진다.

야채죽을 끓이는 대신 무청시래기를 푹 고아 흐르는 물에 몇 번 흔들어 씻는다. 무청을 살짝 눌러보니 벗기기 좋게 물렀다. 뜨물에 된장을 풀고 굵은 멸치 한 줌 넣고 뭉긋하게 끓여볼 심산이다. 말린 무청을 구하기 위해 퀸즈에 있는 한국마트까지 다녀오길 잘했다. 어떡하든 김 교수의 입맛을 찾아주고 싶다. 애나가 끓인 음식을 달게 먹던 김 교수가 그립다. 어느 날 김 교수가 쉘터에 노르웨이 고등어 한 박스를 들고 왔을 때 애나는 미꾸라지 대신 고등어를 푹 삶아 체에 걸러 남원추어탕을 흉내 냈다. 애나 덕분에 뉴욕에서 이런 음식을 다 먹네요. 이걸 여기서 먹을 줄은 상상도 못 했어요. 산초와 들깻가루를 듬뿍 넣은 추어탕을 한동안 우두커니 바라보던 김 교수가 말했다. 김 교수의 고향이 남원이라는 걸 그때 알았다. 몇 개의 산을 넘으면 애나의 고향 함양이었다. 할아버지가 입맛을 잃고 누워 있을 때 아홉 살 애나는 고랑을 헤집고 미꾸라지를 잡아 그걸 끓였다. 일곱 살에 엄마가 죽고 애나는 집안의 유일한 여자가 되어 부엌살림을 시작했다.

 아이고 징글징글헌 영감탱이! 온 동네 사내새끼들은 다 불러가꼬 글을 갈차면서 와 나는 한글도 몬 배우게 해으까.

 열세 살에 집을 나왔다. 돈을 벌어 학교에 다닐 생각이었다. 구로공단 함바집에서 설거지를 하다가 술을 따랐다. 할아버지가 죽었다는 소식을 듣고 친구가 찾아왔다. 몰락한 양반 가문의 마지막 선비였던 할아버지의 시신은 십팔 일 장례 기간 동안 마당에 가매장되었다. 잠이 들면 마당에 묻힌 할아버지가 걸어나와 네 이년! 나를 죽인 년! 소리쳤다. 새벽닭이 울기 전에 애나는 다시 집을 뛰쳐나왔다. 장례는 일주일이나 더 남았지만 애나는 한시도 버틸 수가 없었다. 열여덟 살이 되었을 때 애나는 동두천 기지촌으로 흘러 들어갔다. 작정한 건 아무것도 없었다. 세상이 떠밀 때마다 조금씩 뒷걸음을 쳤을 뿐이었다.

"냄새가 좋지예? 무청을 좀 찌지봐쓰예."

"냄새 때문인가, 고향 꿈을 꾸었소. 요즘엔 꿈이 생시보다 더 생생해요."

김 교수는 헝클어진 머리를 손가락으로 빗어 넘기며 말한다.

"교수님 숟가락을 볼끈 지이소."

애나는 하얀 쌀밥 위에 무청을 올려준다. 된장국물이 밥에 배어든다.

"인자, 천천히 잡솨보이소. 씹을 것도 읍실끼라예."

"그래요. 부드러워요."

"나이들마 부드러븐 기 젤로 맛이 있다임미까."

김 교수는 천천히 입을 오물거린다. 얼굴에 엷은 미소가 번진 것도 같다. 하지만 많이 먹지는 못한다.

아파트 2층 쓰레기 처리장 의류수거함은 유난히 높다. 애나는 까치발을 하고 상체를 통 속으로 구부려 줄무늬 셔츠와 바람막이 점퍼와 파란 여름 원피스와 목에 털이 달린 모직 코트를 건져낸다. 너무 부드러워 조금만 당겨도 찢어질 것 같은 여름 원피스와 물에 젖으면 쇳덩이처럼 무거워지는 코트는 도로 수거함에 던진다. 다시 팔을 휘저어 건져낸 건 베이지색 남자 바지다. 바짓단이 조금 닳은 걸 빼면 아직 쓸 만하다. 민수 슨상 주마 되것다. 쭙다라이 낄다란기 딱이네. 아이고 아까바라. 와 이리 멀쩡한 걸 버리노. 애나는 괜히 무안해서 혼잣말을 한다. 이곳 의류수거함에는 맨해튼 길거리나 쉘터 부근에서는 찾기 힘든 질 좋은 물건들이 많다. 애나는 쓰레기를 버리러 올 때마다 의류수거함을 헤집는다. 따뜻하고 잘 마르는 옷은 씻어 말려서 민수에게 전해준다. 민수를 처음 만났을 때, 애나도 옷을 얻어 입었다. 뽀송뽀송 잘 마른 옷에 얼굴을 묻으니 엷은 꽃향기가 났다. 상표에 한글이 선명하게 박혀 비닐에 싸인 새 팬티를 꺼내 입고, 거울의 수증기를 손으로 닦아내고 오랜만에 자신의 몸을 비춰보기도 했다.

크리스마스 연휴가 시작되는 날이었다. 애나는 일찍 문을 닫은 환전소 기둥에 기대앉아 크리스마스 등 사이로 흩날리는 눈을 쳐다보고 있었다. 연말에는 으레 사람들의 인심이 후해져서 거리에 앉아만 있어도 슬그머니 지폐 한두 장 놓고 가거나, 마실 걸 안겨주는 이가 드물지 않았지만 그날은 특히 운이 좋았다. 따뜻한 걸 사 드세요! 가장자리에 금박 구슬이 달린 갈색 부츠를 신은 젊은 여자가 애나 앞에 쪼그리고 앉아 50불 지폐 두 장을 손에 쥐여 주며 말했다. 그렇게 큰돈을 만져본 건 오랜만이었다. 애나는 먼저 뜨끈한 만둣국을 한 그릇 사 먹기로 했다. 이스트 48번가에서 32번가까지 걸어 내려오며 한국식당에 열 군데쯤 들렀다. 어떤 식당에서도 애나를 들여보내주지 않았다.

"내 돈은 돈이 아이가? 만둣국 한 그릇 묵겠다는데! 돈 줄끼다! 와 몬 들어가게 하노! 이 씨부랄 것들이 와 인간 차별을 하고 지랄이고! 걸뱅이 짓 하로 온 기 아니라꼬!"

애나는 50불짜리 지폐를 흔들며 식당 출입문 앞에서 고래고래 소리 질렀다. 소리를 지르다보니 눈물이 흘렀는데, 칼바람에 금세 차갑게 얼어붙었다.

"어머니, 제가 만둣국 한 그릇 대접해도 되겠습니까?"

누군가 애나의 어깨를 잡았다가 놓았다. 잔뜩 경계하며 고개를 돌리니 사십대로 보이는 남자가 선하게 웃고 있었다. 애나는 남자를 따라나섰다. 남자가 데려간 곳은 열댓 평 남짓한 공간에 마련된 홈리스 한인 쉘터였다. 등받이 없는 빨간 플라스틱의자와 야외용 간이 탁자가 놓인 부엌을 제외하고 방이건 복도건 이층 침대가 따닥따닥 붙어 있었다. 사람들은 침대에 기대거나 누워서 애나가 들어오는 걸 쳐다보았다.

"제가 만둣국 끓이는 동안 따뜻한 물에 좀 씻으실래요? 여기 갈아입을 옷도 있어요."

애나는 가을 겨울 내내 신었던 빨간 장화를 벗었다. 세 겹으로 겹쳐 신은 양말도 벗었다. 겹겹의 옷을 벗어 쌓아놓으니 봉긋한 무덤 같았다. 멸치 육수 냄새가 뿌연 수증기와 뒤섞였다. 애나는 오랫동안 뜨거운 물 아래 서 있었다. 만둣국에는 달걀도 있고 파도 있었다. 잘게 부순 김도 있었다. 그 밤 애나는 화장실에서 제일 가까운 침대 1층에서 잠을 잤다. 얼었던 몸이 녹으며 여기저기 가려웠다. 밤새 피가 나게 긁었다. 아침 일찍 잠이 깬 애나는 찬장을 뒤져 미역국을 끓였다. 열두 명의 쉘터 식구들이 걸신들린 듯 국을 퍼마셨다.

애나는 거기서 꼬박 사 년을 지냈다. 약기운이 사라지면 몸에 벌레가 기어다니는 듯했고, 심장이 이유 없이 쿵쾅거렸다. 한동안은 꿈과 현실이 구별되지 않는 밤을 보냈다. 하루를 꼬박 잠만 잔 날도 있었다. 감당할 수 없는 기억이 공격하는 밤이면 밤새 거리를 걸었다. 벼랑 끝의 짜릿했던 시간이 수시로 유혹했다. 애나는 민수와 함께 땅콩버터와 잼을 바른 샌드위치를 만들어 노숙자들에게 나눠 주러 다녔다. 어느 밤에는 앉은 채 얼어 죽은 이를 보았다. 비닐봉지 스무 개쯤으로 담을 쌓듯 자신의 영역을 표시하고 그 속에서 반듯이 누워 죽은 이도 있었다. 주검을 볼 때마다 자신이 죽어나가는 것 같았다. 그렇게 가버린 이들이 불쌍하고 부러웠다. 그런 날이면 애나는 특히 더 부드러운 밥을 지었다. 밥을 달게 먹는 이들의 못난 입을 보았다. 이빨이 성한 이는 아무도 없었다. 자신의 젖을 빨던 찰리의 무른 입속이 떠올랐다.

어느 새벽 5번 침대 남자는 잠자는 애나 위에 올라타 손목을 꺾고 바지춤을 내렸다. 애나는 몇 남지 않은 이빨로 남자의 손등을 물었다. 남자의 손등은 뜯기지 않았고 이빨은 시큰거렸다. 사람들을 깨울까봐 소리도 지르지 못했다. 가까스로 남자를 떼어낸 애나는 부엌칼을 남자의 목에 바짝 들이대며 말했다. 당장 꺼지라! 배때기를 확 쑤씨삐리기 전에!

다음 날 민수는 애나를 쉘터 앞 공원으로 불러냈다.

"어제 김 교수님 집에 다녀왔어요. 뭘 제대로 드시질 못해서 더 말랐더라고요. 애나가 좀 돌봐주면 어떨까요. 애나한테 부탁해보겠다 했더니 좋아하시는 눈치였어요."

민수의 말이 너무 속상해서 소란 피우지 말고 조용히 아랫도리를 대줄 걸 후회가 될 정도였다.

"나가 더 조심하끼께나 그리 섭섭한 말은 하지 마이소."

쉘터의 유일한 여자이기는 했지만, 나이도 들었고, 음식도 거의 도맡아 했으므로 쉘터를 떠나리란 생각은 하지 못했다.

"언제까지 이런 곳에 사실 순 없잖아요. 제가 수고비를 드릴 형편도 못 되고. 이제라도 밝은 세상에 나가셔야죠."

"슨샘도 참 이상타. 이거는 나를 오데 내삐리는 기라예. 나가 머한다꼬 돈이 필요하거쓰예."

"이빨 하고 싶다고 했잖아요. 찰리도 찾아봐야죠. 어서 저랑 유전자 센터에 가서 등록도 하고요."

언젠가는 찰리를 만나야지 생각도 했지만, 그건 너무 염치없는 짓이었다.

"길거리에서 만나도 지 자식을 못 알아보는 에미가 무슨 에밉미꺼. 나는 볼새 죽은 사람이라예. 죽은 년이 자식이 어딨어예."

조가 반지를 빼놓고 출근했던 날, 애나는 찰리의 손을 잡고 학교까지 함께 걸어갔다. 커뮤니티 센터와 편의점과 도넛가게를 지나 초록색 철조망이 길게 쳐진 운동장의 가장자리를 걷다가 교실로 아이를 들여보내기 전에 애나는 아이를 꼭 안았다. 심장이 녹아내렸지만 맞아 죽고 싶지는 않았다. 인자 너거 엄마는 이 세상에 없다. 애나는 못을 박듯 또박또박 말했다. 찰리는 혼란스러운 얼굴로 애나를 바라보았다. 그것이 찰리의 마지막 얼굴이었다. 그나마 조가 찰리를 끔찍이 여긴다는 게 위로가 되었다. 조의 반지와 현금 700불을 훔쳐 아무 버스나 탔다. 찰리를 데리고 나오면 조는 지구 끝까지 쫓아올 것이었다. 쫓아와서 애나를 반드시 죽일 것이었다. 애나는 애틀랜타와 시카고를 거쳐 뉴욕을 떠돌았다. 이름도 바꾸고, 흔적도 지웠다. 그러는 사이 애나는 미국에도 없고 한국에도 없는 사람이 되었다. 세 명의 남자를 더 만났지만 갈수록 나빠졌다. 꿈이나 희망 따위를 믿는 것보다 더 지독한 바닥으로 떨어지는 것이 편했다. 하루도 찰리를 완전히 떠나지 못했고, 매일 조에게서 도망을 쳤다. 거리에서 비슷한 사람을 보면 며칠이고 약을 먹고 숨었다. 조는 수시로 꿈에도 찾아왔다. 애나는 소스라치게 놀라 깨곤 했다. 깨어보면 닭공장 기숙사일 때도 있었고, 마사지업소 숙소일 때도 있었다. 한국식당 다락방일 때도 있었고, 낯선 남자와 나란히 누운 모텔 방일 때도 있었다.

욕조에 더운물을 받는 동안, 애나는 세면대에 서서 평소보다 더 꼼꼼하게 양치질을 한다. 치과 치료의 마지막 날이다. 몇 개 없는 이빨이지만 잇몸과 혓바닥까지 몇 번이고 칫솔로 문지른다. 시궁창처럼 검은 입속을 의사에게 보여줄 때마다 알몸을 보이는 것처럼 부끄럽다.

"교수님이 이리 나를 쓸모없는 년 취급하모 나는 요게 더는 못 있어예."

애나는 욕조 물을 손으로 휘저어 섞으며 마음에도 없는 엄포를 놓는다. 오늘은 어떡하든 김 교수 목욕을 시키고 치과에 가고 싶다. 애나는 김 교수 살을 만지는 게 그리 어색하지 않지만 김 교수는 애나의 보살핌을 쉽게 받아들이지 못한다. 암만 그래도 어쩔 수 없어예. 크리스티나가 씻기것나, 토요일에 오는 뚱보 매간이 씻기것나. 그래도 나가 백번 낫지요. 엊그제도 혼자 씻고 나오다가 어지러워 휘청 안 했심미까. 오데 뿌사지기라도 하모 우짜껌미까. 어서 들어오이소 고마. 애나는 김 교수를 기다리며 거듭거듭 말한다. 누워 있는 시간이 길어질수록 침대 시트는 더 빨리 더러워졌고 몸냄새는 더 지독해졌다. 벗어놓은 속옷에는 배설물이 묻어 있기도 했다.

오일을 사용하면 마사지가 더 쉽겠지만 너무 미끄러울 것 같다. 애나는 손에 엷게 비누 거품을 낸다. 손바닥과 손가락에 힘을 주어 김 교수의 팔과 어깨와 종아리를 밀어 내린다.

"사람들은 주무르는 기 마사지라꼬 생각하것지만 그기 아이고예. 요래 살을 결 따라 살살 미는 기 마사지라예. 그라다가 요 있지예. 요래 매듭맨키로 딱딱한 기 만져지지예. 그라모 그걸 부드럽게, 요래 요래 부드럽게 밀어서 풀어야 되예."

애나는 사십오 년 전 한쪽 팔에 찰리의 머리와 어깨를 받치고, 거즈를 하얀 비누에 문질러 거품을 내고 작은 손과 볼과 귀를 닦던 것을 기억한다. 김 교수의 헐거운 피부가 애나의 손길을 따라 이리저리 쏠린다. 피부 아래 딱딱한 뼈가 아직 완강하다. 애나는 손가락으로 몇 번이고 작은 원을 그리며 김 교수의 몸을 씻긴다. 신비롭고 아름다운 눈과 몽돌처럼 검고 부드러운 피부를 가진 찰리가, 애나의 손길에 간지러운 듯 물속에서 키득키득 웃던 것이 떠오른다. 완전히 버린 줄 알았던 기억들이 물기를 머금고 수면 위로 떠오른다. 주책스럽게 자꾸 눈물이 나오려고 한다.

"뼈도 뜨시고 차갑고 그런 기 있어예? 그라모 우리 몸은 뭐 때매 식지 않고 이리 뜨뜻한 기라예?"

애나는 딱히 궁금하지도 않은 걸 묻는다. 늘 이상한 질문에 답하기를 좋아하던 김 교수가 오늘은 무릎을 세우고 앉아 대답이 없다. 웃는 거 같기도 하고, 슬퍼진 것 같기도 하다. 그러거나 말거나 애나는 마치 김 교수의 굽은 등을 평평하게 펴기라도 하듯, 등뼈의 개수를 세기라도 하듯, 엄지손가락으로 뼈 사이를 밀고 또 민다.

"교수님. 오늘 지는 틀니를 끼우러 갈끼라예. 아래위 다 틀니로 해 넣기로 했다꼬 말씀드릿지예. 이빨이 몇 개 없으니까 오히려 치료가 더 쉽더라꼬예. 애나가 인자 겁나 이뻐지껌미더. 그라마 지랑 커피 한잔 잡수로 가입시다. 지가 교수님 커피 한잔 사드릴라꼬예. 요기 앞에 과테말라 커피집에 찰리라는 아가 있어예. 그 아는 눈이 똥그랗고 머리가 굽슬굽슬한 기 참 이쁘게 생겼어예. 교수님, 와 말이 없노. 잠미까?"

곤히 잠든 김 교수를 두고 애나는 치과로 향한다. 지하철 두 정거장 거리지만 걸어가기로 한다. 김 교수 집 창으로는 햇빛이 쏟아져 들어왔는데, 거리로 나오니 안개가 무겁게 내려앉아 있다. 애나는 검은 천가방을 어깨에 메고 가방 속의 책이 움직이지 않게 겨드랑이로 꽉 누르고 걷는다. 알록달록한 타코가게와 할랄 푸드를 파는 푸드카트를 지난다. 아직 아이들이 나오지 않은 텅 빈 놀이터도 지난다. 도그파크에는 몇 마리의 강아지들이 뛰어다닌다. 핀치를 괴롭히던 검은 개도 있다. 검은 개는 토이푸들의 똥꼬에 코를 박고 있다. 검은 개를 끌고 온 여자는 고개를 뒤로 젖히고 먼 곳을 바라보고 있다. 여자의 시선이 향한 곳을 따라가보지만 안개 때문에 어딘지 알 수 없다. 애나는 혀로 빈 잇몸을 문지르며 산책로의 끝까지 걸어가, 북쪽으로 방향을 튼다.

치과 대기석에 앉아 책갈피에서 100불짜리 지폐를 하나하나 꺼낸다. 아무렇게나 끼워진 것 같지만 애나는 그 안에 얼마가 있는지 정확히 안다. 틀닛값과 치료비를 지불하고 나면 천 불쯤 남을 것이다. 그 돈으로 고기를 사서 쉘터에서 파티를 할까. 새로 한 이빨로 고기를 우적우적 씹어 먹는 상상을 하자 조금 흐뭇해진다.

"뉴욕 교민 안전수첩? 이런 게 있네요. 구경 좀 해도 되나요?"

치과 데스크 직원이 애나의 책을 보며 호기심 가득한 표정으로 다가온다.

"그기 뭐하는 책이라예?"

책을 건네고 애나가 묻는다.

"어디에 노숙자가 많으니 조심하고, 전철에서는 어떻게 해야 하고 뭐 그런 건데요. 강도를 만나거나 위험한 일을 당했을 때 신고할 전화번호도 있고, 뭐, 그런 거요. 2008년 책이네요. 한 권 있으면 유용하겠어요."

양장본으로 된 하늘색 커버에 얇은 두께, 느슨한 글자를 보고 애나는 시집일 거라 확신했다. 방에 그걸 가져다놓고 잠들기 전에 한 번씩 꺼내 보았다. 언젠가 한글을 알게 되면 읽기도 하고 외우기도 해야지. 월급을 받아 갈피 사이사이 돈을 끼우며, 어쩌면 그리움에 관한 시일지도 모른다고, 어쩌면 애나가 한 번도 해본 적 없는 아름다운 사랑 이야기일지도 모른다고 추측했다. 아니 그런 것이길 바랐다. 그런데 이건 그런 게 아니다. 이런 걸 책이라 불러도 되는 걸까. 애나는 버림받기라도 한 듯 서러운 마음이 든다.

애나는 좁은 계단을 내려와 단풍이 한창인 상수리나무 아래를 걷는다. 안개 속에서 상수리나무 노랑 잎이 공중에 매달린 듯 선명하게 떠 있다. 피자가게 유리에 바짝 다가서서 입을 벌리고 얼굴을 비춰본다. 처음 웃음을 배우는 사람처럼 광대뼈를 힘주어 올리고 입을 쭉 찢어 조금 벌려도 본다. 틀니를 끼우고 나니 입가의 주름이 펴져서 이십 년쯤 젊어진 것도 같고, 밥을 한가득 문 것처럼 어색하기도 하다. 이빨의 이쪽 끝에서 저쪽 끝으로 혀를 굴려

본다. 이빨을 하나하나 세어본다. 혀를 살짝 깨물어보기도 한다.

어느새 젤라또가게 앞이다. 오늘도 그곳은 문밖까지 사람들이 줄을 서 있다. 애나는 느리게 사람들을 지나서 과테말라 커피숍 앞에 멈춰 선다. 달고 진한 커피 한 잔을 생각해내고 혀끝에 침이 고이기를 기다렸다가 문을 밀고 들어간다. 하이, 찰리! 애나는 찰리를 꼭 닮은 찰리에게 인사를 건넨다.

우스운 사랑들

박이강

소설집 『어느 날 은유가 찾아왔다』 출간

* 제목은 밀란 쿤데라의 『우스운 사랑들』에서 가져왔다.

남자가 그렇게 바보 같은 표정을 짓지만 않았어도 은채는 그를 알아보지 못했을 것이다. 토요일 저녁, 식당은 꽤 북적였다. 은채는 계속 걸려 오는 사장의 전화 때문에 식당 밖으로 나가 긴 통화를 마치고 자리로 돌아가던 중이었다. 친구들은 그사이 더 흥이 올랐는지 멀리서도 들릴 정도로 까르르 웃음소리를 내고 있었다. 걸음을 서두르는데, 남자는 길을 가로막듯 서서 얼빠진 얼굴로 은채를 쳐다보고 있었다. 동안과 어울리지 않는 하얗게 센 머리. 분명 눈에 익은 얼굴이었지만 누군지 기억나지 않았다. 그러나 곧 희미한 기억은 선명한 색을 입었고 은채는 반갑게 인사를 건넸다.

권 박사님? 아, 정말 오랜만이에요.

신혼 초 현우와 은채는 몇 번 그들 부부와 식사를 했었다. 권 박사는 사람들과 어울리는 걸 즐기지 않는 현우가 연구소에서 유일하게 가까이 지내는 사람이었다. 그는 하얗게 굳은 얼굴로 멍하니 쳐다볼 뿐이었다. 순간 사람을 착각했나보다 싶어 은채는 당황했다.

……제수씨?

남자가 조심스레 물었다. 그제야 은채는 다시 웃었다.

서울엔 웬일이세요?

학회가 있어서…… 온 김에 동생네랑 식사도 하고…… 그러니까…… 서울은…… 아니 저는…….

그는 머릿속이 엉킨 사람처럼 더듬거리다 혼란스러운 표정으로 이어 말했다.

현우는 본 지 꽤 됐어요.

네…….

두 사람은 간단히 근황을 나누었다. 권 박사는 연구소 예산이 깎이면서 본원에서 점점 찬밥 신세가 되어간다고, 칠 년 전 현우가 있었을 때가 제일 좋았던 시절이었다고 했다. 그들은 비가 억수로 쏟아졌던 날의 바비큐 파티를 추억했다. 은채가 정말 반가웠다고 인사말을 하고 헤어지려는데 그가 머뭇거리다 말했다.

실은…… 돌아가신 줄 알았어요.

네?

사고로 돌아가셨다고.

누가요?

현우가 그렇게 얘기해서…… 그런 줄 알았어요. 아까는 미안했어요.

 이번에는 은채가 혼란스러운 표정이 되자 권 박사는 난감한 표정을 지었다.

 이제부터 우린 각자 인생에서 없는 사람인 거다. 법원 앞에서 현우가 했던 말이 기억났다. 재고의 여지는 없다고 강조하는 듯한 뉘앙스가 평소의 그답지 않게 고압적으로 들렸던 말이었다. 설마 그때 그 말이 이런 뜻이었을까.

 자리로 돌아오자 권 박사와 어떻게 인사를 나누고 헤어졌는지 기억나지 않았다. 은채의 하얘진 머릿속에 현우와 함께했던 시간이 조각 필름처럼 스쳤다 사라졌다. 친구들은 너, 무슨 소원 빌었는지 우리한테 말해줘야 해, 하면서 은채의 생일 케이크 초에 불을 붙였다. 우리 이제 좋은 남자 만나게 해달라 같은 소원은 빌지 말자고 한 친구가 푸념하자 모두가 웃음을 터뜨렸다. 은채가 서울로 돌아온 지 한 달 만에 친구들이 전부 모인 자리였다. 친구들이 부르는 생일 축하 노래가 은채의 귓속에 아득한 메아리처럼 멀어져갔다. 이상한 날이었다. 어떤 이는 태어난 걸 축하해주고, 어떤 이는 오래전에 누군가가 그녀에게 사망 선고를 내렸다는 걸 알려주었으니까.

*

 그날 밤 은채는 잠들지 못했다. 나름 정리가 되었다고 생각했던 과거의 시간이 불쑥 불가해한 의미의 덩어리로 불거져 현재에 당도한 것 같았다. 자신을 향한 현우의 적의가 그렇게 컸는지 상상도 못 했기에 혼란스러움은 더 컸다. 헤어진 지 육 년이 지났지만 현우는 여전히 그녀의 마음속에 있었다. 특히 지난 이 년 동안 시카고에서 혼자 지낸 시간은 현우와의 기억을 새롭게 환기시켰다. 헤어진 걸 후회하는 건 아니었다. 서로 생채기를 내었던 시간을 그리워하는 것도 아니었다. 여전히 그때로서는 그게 최선의 방법이었다고 믿었다. 하지만 후회하지 않으려고 애쓸수록 현우에 대한 감정은 복잡하게 변해갔다. 씁쓸한 뒷맛만 남길 게 뻔한 데이트를 할 때, 낯선 이성에 대해 품었던 실낱같은 기대가 도리 없는 실망으로 끝날 때, 그리고 불 꺼진 침실에 누워 잠을 청하려고 애쓸 때, 은채는 현우가 생각났다. 기억은 청각으로, 시각으로, 때로는 촉각으로 현우를 재현해냈다. 하지만 현우는 마음대로 그녀에게 사망을 선고했다. 그렇게 자기 인생과 다른 이들의 기억에서 은채를 지워버렸다. 아무리 생각해도 이해할 수 없었다. 그게 현우가 자신과의 관계를 정리한 방식이었을까. 하지만 어떻게 그럴 수 있을까. 당장 전화를 걸어 따지고 싶은 마음도 없진 않았지만, 그럴 엄두가 나지 않았다.

　서울에 돌아온 후 은채는 미지근한 물에 손을 담근 것처럼 무덤덤한 일상을 즐기던 중이었다. 무감하게 다가오는 얼굴들, 건물들, 식당들, 대화들, 활자들이 얼마나 편안한 것인지 예전엔 몰랐었다. 그러다 갑자기 한 대 얻어맞은 것만 같았다. 생각할수록 또

렷해지는 감정은 분노였다. 현우에 대해 간직했던 애틋한 기억조차 배반당한 기분이었다. 결국 은채는 침대에서 일어났다. 이어 사방의, 사방이라고 해봤자 소형 아파트의 방 두 개와 욕실, 거실과 이어진 주방의 전등 스위치를 올렸다. 시카고에 나가 있는 동안 세를 놓았던 아파트는 부모님 집에서 옮겨온 짐을 다 정리하지 못해 아직도 어수선한 상태였다.

  은채는 버젓이 심장이 뛰는 자신을 생매장한 현우를 자기도 지워버리기로 했다. 현우의 흔적이 조금이라도 남아 있는 물건은 모조리 찾아 없애고 싶었다. 신발장에서 대형 쓰레기봉투를 찾아내 입을 벌렸다. 이어 집 안 곳곳과 아직 풀지 않은 짐을 뒤지기 시작했다. 현우가 맘에 들어 했던 포스터 액자, 은채에게 선물했던 스키복, 함께 쳤던 포커 카드가 차례로 쓰레기봉투에 내동댕이쳐졌다. 공구함도 있었다. 현우는 공구함에 욕심이 많아 여러 개를 가지고 있었는데, 그의 공구함 하나가 어떻게 그녀의 짐 속에 딸려온 건지 모를 일이었다. 예상과 달리 물건은 계속 나왔다. 나중에는 현우와 함께 골랐던 거실 카펫까지 걷어냈다. 새벽 두시가 지나 있었지만 은채는 아드레날린이 솟구치는 것처럼 이상한 열기에 휩싸였다. 마침내 쓰레기봉투의 배가 불룩해졌을 때 은채는 멈추고 위스키 한 잔을 따랐다. 짧은 결혼이 남긴 흔적이 아직도 저렇게 많이 남아 있었다니. 침대로 돌아가도 잠이 올 것 같지 않았다. 은채는 술병을 들고 작은방으로 들어가 책상 앞에 앉았다. 회전의자를 좌우로 돌리며 밤의 고요를 안주 삼아 위스키를 홀짝였다. 서서히 전신에 퍼지는 나른함이 한참 날뛰었던 마음을 다독였다. 책장 구석에 꽂힌 책 하나가 은채의 눈에 들어온 건 그때였다. 마치 그녀의 미션이 종료되지 않았음을 알리는 신호 같았다. 은채는 망원렌즈의 초점을 맞추듯 눈을 가늘게 뜨고 그 낯선 책에 시선을 조였다. 일어나 책장 앞으로 가 책등에 적힌 제목을 노려보았다.

『우스운 사랑들』.

현우의 책이었다.

*

밀란 쿤데라……. 작가의 이름을 본 순간 은채의 마음속엔 형용하기 힘든 감정이 소용돌이쳤다. 책 전체에 밑줄이 꽤 쳐져 있는 걸 보면 현우가 아끼는 책이 분명했다. 밑줄은 그가 그 책이 얼마나 좋았는지를 가늠하는 잣대였으니까. 도서관보다 더 정교하고 복잡한 자기만의 분류법으로 책장을 정리하는 그가 얼마나 이 책을 찾았을까 싶었다.

동시에 서연을 떠올리지 않을 수 없었다. 그때 서연의 표정과 목소리는 결정적 순간처럼 은채의 기억 속에 각인되어 있다. '어차피 전교 1등'이라는 별명을 가진 서연과 짝이 된 지 며칠 되지 않았을 때였다. 자율학습 시간이 되자 서연은 가방에서 낯선 책을 꺼내 읽기 시작했다. 분명 참고서는 아니었다.

그거 뭐야?

은채가 묻자 서연은 씩 웃으며 말했다.

밀란 쿤데라.

순간 은채는 그게 작가의 이름이라는 걸 깨닫지 못했다. 서연의 입에서 흘러나온 그 이국적인 어감의 다섯 음절은 마치 해리포터에 나오는 '알로호모라'처럼 서연이 속한 다른 세상의 문을 여는 마법의 주문처럼 들렸다. 밀, 란, 쿤, 데, 라. 은채는 다시 책으로 시선을 돌린 서연의 옆얼굴을 바라보며 가만히 입술을 달싹였다.

학교에서 서연은 공부에 관한 한 초능력자 같은 존재였지만, 공부를 잘하지 않았다면 맨날 입고 다니는 후줄근한 갈색 스웨터처럼 눈에 띄지 않았을 아이였다. 하지만 서연에겐 은채로서는 흉내 낼 수 없는 독특한 분위기가 있었다. 특별한 이야기를 숨기고 있는 아이 같았다고나 할까. 은채가 누군가에게 선망의 감정을 느낀 건 처음이었다.

책을 폈다. 처음 몇 장을 넘기자 빨간 줄이 쳐진 문장이 나왔다. 은채는 손에 모나미 153 볼펜을 쥔 현우의 모습이 눈에 그려지는 것 같았다. 그 펜에 대한 현우의 집착은 유별난 데가 있었다. 그는 마음에 드는 물건을 발견하면 '모나미 153이네'라는 한마디로 평하는 버릇이 있었는데, 그건 그 물건이 싸고 실용적이며 무엇보다 기본에 충실한 미덕을 가졌다는 뜻이었다. 가슴에 주머니가 달린 셔츠에 대한 집착 또한 같은 연장선에 있었다. 그의 상의 주머니에는 항상 모나미 볼펜 두 자루의 까맣고 빨간 플라스틱 머리

부분이 밖으로 삐져나와 있었다. 그에게 그건 언제든 손에 잡히는 도구여야 했다.

현우는 꼭 빨간 볼펜으로 밑줄을 그어가며 책을 읽었다. 그 버릇이 은채는 탐탁지 않았다. 책을 끔찍이 아끼는 그의 태도와 이율배반적인 행동으로 보였기 때문이다. 책을 많이 읽거나 아끼진 않지만, 책의 페이지 귀를 접는 것조차 꺼리는 그녀의 눈에 그건 책을 훼손하는 행위였다. 밑줄은 치면서 절대 책에 메모는 하지 않는 것도 이해할 수 없었다.

현우는 책에서 답을 구하는 부류의 인간이었다. 연구소 일로 크게 마음 상하는 일이 생기면 좋아하는 철학책을 다시 꺼내 들었고, 부동산 관련 세금 문제를 알아봐달라고 하면 세무서나 부동산에 연락하는 대신 세금에 관한 책부터 찾았다. 책에서 봤다니까. 그 말은 더는 은채의 반론을 듣고 싶지 않다는 말의 우회적 표현이었다.

페이지를 다시 반쯤 넘기자 앞장에 그어진 밑줄이 빨갛게 번져 비쳐 보였다. 쯧쯧. 다시 앞 페이지로 돌아가 현우가 밑줄을 쳐놓은 문장을 읽었다. 은채는 자기도 모르게 심사가 뒤틀리는 기분이 들었다. 음, 그러니까 우리는 붕대로 눈을 가린 채 현재를 지나가는 것과 다름없고, 시간이 흘러 과거가 되어야만 우리가 겪은 시간의 의미를 깨달을 수 있다고? 그 말은 마치 현우가 책을 빌려 은채에게 전하는 비아냥 같았다. 그가 그 문장에 밑줄을 칠 때의 마음이 궁금했다. 두 사람이 겪은 것 중 자신이 아직도 이해하지 못하고 있는 건 도대체 뭐란 말인가. 은채는 제대로 앉아 책을 읽기 시작했다.

첫번째 이야기에는 젊은 대학교수가 등장했다. 그는 허접한 논문을 쓴 모르는 남자의 얼토당토않은 청을 단호하게 거절하지 못하고 모호한 약속으로 얼버무리는 것으로 상황을 모면한다. 그리고 자신이 한 그 약속으로 인해 계속 상황이 꼬이면서 최악의 결말을 맞는다. 알코올로 나른해진 상태로 이야기를 따라가는 동안 이상하게 은채는 서글픈 기분이 들었다. 남자의 어리석음이 뭔지 알 것 같았다. 잘못된 약속. 남자는 그 약속 때문에 일이 꼬여갈 때마다 자신이 상황을 바꿀 수 있을 거라고 믿었지만 그건 착각일 뿐이었다. 하지 말았어야 할 약속이 고약한 우연과 겹칠 때 인생은 우리에게 혹독하게 책임을 묻는다는 걸 그는 알지 못한 것이다.

첫번째 이야기를 다 읽고 은채는 멍한 얼굴이 되었다. 사방이 고요했지만, 머릿속은 시끄러웠다. 방금 읽은 이야기에 그녀와 현우를 대입시켜 변주한 이야기가 펼쳐지고 있었기 때문이다.

*

은채에게 현우는 '잘 아는 모르는 사람'이었다. 이 표현을 두 사람의 이야기에 그대로 가져다 쓴다면 은채도 빨간 밑줄을 치고 싶어할지 모르겠다. 은채가 서연에게 현우 이야기를 들은 건 각자 다른 대학에 들어간 후 처음 만났을 때였다. 은채와 달리 이과를 택한 서연은 고민 없이 전액 장학금을 받을 수 있는 대학의 화학과로 진학했다. 우리 과에 책 정말 많이 읽는 애가 한 명 있어. 이후에도 서연은 그 애를 자주 입에 올렸다. 그 애가 현우였다. 서연은 현우가 모 국가 연구소에 취직했다고, 그리고 두 사람 다 대전에서 일하게 돼서 졸업 후 오히려 더 자주 본다고도 했다. 그즈음 서연은 은채에게 현우를 소개해주고 싶어했다. 은채가 새로운 연애에 푹 빠져 있을 때였다. 서연은 아쉬워하며 말했다.

현우, 참 좋은 앤데.

그로부터 몇 년이 지나 서연이 현우와 사귀기 시작한 걸 알게 되었을 때, 은채는 왜 자신이 차지할 수 있었던 남자를 빼앗긴 기분이 드는지 이해할 수 없었다. 된통 상처만 남긴 연애를 끝낸 직후여서였을까. 아니면 서연과 있으면 항상 자신이 작게 느껴졌던 학창 시절이 기억났기 때문이었을까. 사회인이 된 서연은 더는 까마득한 먼 곳에 있는 능력자도, 특별한 이야기를 품은 아이도 아니었다. 외국 기업에서 일하며 수시로 해외 여러 도시로 출장을 다니는 은채에 비하면 지극히 평범한 직장인에 불과했다. 하지만 은채는 서연을 만날 때마다 여전히 묘한 감정에 사로잡히곤 했다. 그건 부러움도 거부감도 아닌 그 언저리의 무엇이었는데, 세월이 지나서도 은채는 정확히 그 감정이 무엇이었는지 설명하기 힘들었다.

서연을 이해하는 가장 중요한 키워드는 가난이었다. 은채는 매사에 절대 무리수를 두지 않는 서연의 성격이 신중함이라기보다는 어쩔 수 없이 현실과 타협하고 살면서 생긴 관성이라는 생각이 들었다. 어떤 상황이든 서연은 마음속에 이미 익숙한 결론이 있기 때문에 섣불리 꿈꾸지 않는 게 훈련된 아이 같았다. 꿈을 꾸기는커녕 가능한 목표치를 오히려 한 단계 낮춰서 사는 것처럼 보였다. 은채는 매사에 초연한 듯한 서연의 태도가 불편했다. 원래 말수가 없기도 했지만 서연은 은채가 호들갑을 떠는 일에도 빙그레 웃어 보이는 것으로 대답을 대신했는데, 그럴 때마다 은채는 서연이 더 하고 싶은 말을 감추고 있다고 느꼈다. 은채가 기억하는 한 서연이 그러지 않았던 유일한 순간은 미국에서 돌아와 처음 만났을 때였다. 그때 서연은 이미 취직해서 일을 하고 있었다. 은채는 어학연수가 기대와 달리 정말 재미없었다고, 그래서 부모님께 혼날 각오를 하고 그만두고 몇 달을 실컷 놀다 돌아왔다고 이야기를 늘어놓았다. 서연은 무덤덤한 얼굴로 말했다.

넌 참 쉽구나.

그리고 더는 말하지 않았다. 은채는 그 말이 이상하게 마음에 걸려 서둘러 화제를 바꾸었다. 그후로 서연을 만나 이야기를 나눌 때면 그 말이 생각나 조심스러웠다.

은채가 현우를 처음으로 본 건 서연의 장례식장에서였다. 전날 은채는 서연이 혈액암에 걸렸다는 사실과 그걸 안 지 겨우 육 개월 만에 생을 다했다는 사실을 함께 전해들었다. 도저히 믿기지 않아 밤새 잠을 설치다 다음 날 아침 회사에 휴가를 내고 곧장 장례식장으로 향했다. 대전에 도착해서도 모든 게 거짓말 같았다.

장례식장은 초라했다. 검은 상복을 입은 서연의 엄마는 심하게 휜 등을 구부린 채 쪼그리고 앉아 있었다. 그 모습이 안쓰러워 마주할 엄두가 나지 않았다. 은채는 입구에서 물끄러미 서연의 엄마를 바라보다 부조금 봉투를 꺼냈다. 봉투를 받아 든 남자가 뒷면에 적힌 이름을 보더니 고개를 들고 은채와 눈을 맞추었다. 그는 잠시 망설이다 입을 뗐다.

서연이한테 얘기 많이 들었어요. 정현우라고 합니다.

맑고 정갈한 인상을 가진 남자였다. 정현우. 당연히 은채는 그 이름을 기억했다.

저도 얘기 많이 들었어요.

말이 끝나자마자 은채의 눈에서 굵은 눈물방울이 툭 하고 떨어졌다. 그걸 본 현우의 눈가도 벌게졌다. 은채는 그의 얼굴에 번지는 슬픔에 전염되었다.

연구소 사람들 빼고 서연이 친구는 은채 씨가 처음이에요.

만나본 게요?

아뇨. 여길 찾아준 게. 아, 그러고 보니 만나본 것도 처음이네요.

그때 은채는 오래전에 서연이 소개해주려고 했을 때, 현우를 만났어야 했다고 생각했다.

*

현우와 결혼 후 은채는 종종 속으로 자문했다. 서연이 없었어도 현우에게 그렇게 쉽게 마음을 열 수 있었을까. 마찬가지로 현우도 그렇게 빨리 자신에게 호감을 보였을까. 지금 와서 생각해도 그렇게 급속도로 현우에게 빠져들었던 건 은채로서는 난생처음 경험한 불가항력 같은 것이었다. 막연히 꿈꾸었지만 과연 자기 삶에 존재할지 회의했던 것들이 현우의 출현으로 현실이 된 것 같았다.

두 사람은 장례식이 끝나고 한 달쯤 지나 다시 만났다. 먼저 연락한 사람은 은채였다. 연락을 나누지 못하고 지냈던 서연의 마지막 일 년이 어땠는지 듣고 싶기도 했고 현우에 대해서도 더 알고 싶었다. 다시 만났을 때 두 사람은 서로가 오랫동안 알고 지낸 사이처럼 느껴졌다. 두 사람은 서연을 향한 안타까움과 슬픔이라는 공통분모가 있었기에, 서로에 대한 감정을 재고 가늠하는 거추장스러운 수고 없이 가까워질 수 있었다.

서연이랑 나는 연인이라기보다는 서로에게 유일한 친구 같은 존재였어. 우린 참 비슷한 사람이었지. 서연이가 없으니까 서연이만이 알았던 나의 한 부분도 사라져버린 느낌이야.

은채는 현우를 위로했지만, 시간이 갈수록 자신이 위로받는 느낌이 들었다. 은채는 현우처럼 자기 말에 귀 기울여주는 사람을 만난 적이 없었다. 현우를 만나면 기를 쓰고 앞을 향해 전력 질주하다 멈추고 잠시 고요한 숲속을 산책하는 기분이 들었다. 두 사람은 은채가 출장을 가지 않는 한 매주 토요일에 만나 함께 시간을 보냈다. 점차 서연과 얽힌 추억은 이야기하지 않게 되었다. 번갈아 대전과 서울에서 만났고, 현우는 기차를 타고 서울로, 은채는 자동차를 운전해 대전으로 갔다. 시간이 갈수록 두 사람은 주말을 고대하게 되었다. 그럴수록 서울과 대전의 거리 또한 멀게 느껴졌다. 우리가 같은 도시에 살면 좋을 텐데……. 헤어질 때마다 현우는 그렇게 아쉬움을 표현했다.

너는 서연이랑 참 달라.

언젠가 현우가 그렇게 말했을 때, 은채는 무슨 뜻이냐고 물었다.

너는 서연이와 나랑은 다른 사람이라고.

은채는 그 말을 어떻게 해석해야 할지 몰랐지만, 더 묻지 않았다. 좋은 뜻일 거라고, 그게 아니라면 현우는 아예 그런 말을 꺼내지 않았을 거라고 생각했다. 현우는 자신만의 깊은 웅덩이 같은 걸 품고 있는 남자였다. 함부로 말하거나 쉽게 동요하지 않았다. 거짓말을 할 줄도 몰랐다. 현우가 말해주는 연구소생활은 듣기만 해도 지루했지만, 그는 만족하는 것 같았다. 사교적이지 못하고 융통성 없는 모습조차 표현보다 진심의 크기가 큰 사람의 특징으로 보였다. 만남이 거듭될수록 은채는 예전에 현우, 참 좋은 앤데, 라고 했던 서연의 말을 자주 떠올렸다.

청혼은 급작스러웠다. 현우가 포항에 있는 분원으로 갑작스럽게 발령을 받은 게 결정적인 계기였다. 바이오화학 관련 연구 프로젝트에 오랫동안 관여한 현우는 조직개편에 따라 그쪽으로 가서 프로젝트를 마무리하지 않으면 안 되는 상황이라고 했다. 그는 이 년, 길면 사 년 정도 내려갔다가 대전으로 다시 올라올 계획이었다. 뜻밖의 청혼에 은채는 얼떨떨한 얼굴로 현우에게 물었다.

우리가 서로를 잘 안다고 생각해?

잘 아는 것보다 더 중요한 건 잘 알고 싶은 마음이야.

순간 은채는 현우야말로 잘 알고 싶은 사람이라는 걸 깨달았다. 갑자기 현우와 함께할 미래가, 그 불확실성이 가슴 떨리는 매혹으로 다가왔다. 은채는 무모해지고 싶었다. 몇몇, 아니 사실은 아주 많은 현실적인 문제들은 무시하고 싶었다. 현우라면 기꺼이 그럴 수 있을 것 같았다.

*

다음 날 아침 늦게 일어난 은채는 다시 책을 집어 들었다. 전날 밤 끼워둔 책갈피가 펼쳐 보인 페이지엔 〈히치하이킹 게임〉이라는 제목만이 사각의 여백 위에 덩그러니 쓰여 있었다. 페이지를 넘겼다. 설렘을 안고 막 여행길에 오른 젊은 연인의 이야기였다. 두 사람은 장난삼아 남자는 운전자로, 여자는 히치하이커로 분하는 역할놀이를 시작하고, 점점 그들이 연기하는 역할에 빠져든다. 그리고 자신과 상대의 낯선 모습에 쾌감과 혐오를 동시에 느낀다. 그 과정에서 생긴 미세한 균열은 계속 강도를 더해가고, 두 사람은 걷잡을 수 없는 파국으로 치닫는다. 맞다. 결국 우리는 어떤 역할을 맡느냐에 따라 얼마든지 다른 존재가 될 수 있다. 은채는 이 책을 어떻게 읽기 시작했는지도 잊은 채 오랜만에 소설을 읽는 재미에 푹 빠져들었다.

 그러다 현우가 통째로 밑줄을 쳐놓은 단락에 다다랐을 때, 은채는 멈칫하지 않을 수 없었다. 옛 기억이 되살아나면서 속마음을 들킨 것만 같았기 때문이었다. '그녀가 갑자기 풍덩 빠져든 다른 여자의 삶'으로 시작되는 단락은 히치하이커가 된 여자가 느끼는 일탈의 해방감을 묘사하고 있었다. 은채는 오래전 자신의 마음을 읽는 것 같았다. 이혼 직후 은채를 사로잡은 감정도 해방감이었다. 자신을 옥죄었던 울타리를 벗어나자 얼마나 소중한지 전에는 깨닫지 못했던 것들을 되찾은 기분이었다. 은채는 뻔뻔해지고 싶었다. 그리고 다시는 책임지지 못할 약속은 하지 않으리라 다짐했다. 앞으론 마음 가는 대로 살 수 있었다. 현우가 밑줄을 그어놓은 문장처럼 은채에겐 다시 모든 것이 허락되었고, 무슨 말이나 다 하고, 무엇이든 다 하고, 무엇이든 다 느낄 수 있었다.

 그로부터 몇 년 후 시카고에 도착해 맞이한 첫 출근날, 은채는 현우와의 지난 시간이 간밤에 꾼 꿈처럼 느껴졌다. 그때 그 자리에 머물렀다면 지금, 여기의 이 순간이 없을 수도 있었다고 생각하니 아찔했다. 그리고 안도했다. 꿈꾸었던 삶이 시작되고 있었다.

*

 가끔 현우와 함께했던 기억들이 아련한 향수를 불러일으킬 때면, 은채는 재현된 기억이란 얼마나 허술하기 짝이 없는지를 애써 상기하곤 했다. 향수라니. 그때 얼마나 힘들었는지를 생각하면 어처구니없는 감정 아닌가. 현우를 좋아했던 건 맞다. 분명 이성을 잃을 정도로 좋아했었다. 하지만 꿈에 부풀어 도착한 포항은 지루했다. 못 견딜 정도로 지루했다. 막상 도착해보니 실망스럽고 초라한 휴가를 온 기분이었다. 그렇다고 다시 돌아갈 수 있는 휴가도 아니었다. 시내에서 멀리 떨어진 곳에 자리한 나지막한 높이의 네 동짜리 아파트 단지는 평화로워 보였던 첫인상과는 달리 정체된 삶의 기운으로 가득했다. 은채는 아파트 주민들에게 부장님이 아니라 새댁이라고 불릴 때마다 움찔했다.

몇 달이 지나자, 은채는 하루에도 몇 번씩 자문하지 않을 수 없었다. 도대체 내가 무슨 짓을 한 건가. 그제야 비로소 너 미쳤니, 하고 다그쳤던 부모님과 친구들의 목소리가 들리는 것 같았다. 현우는 일 년 동안 안식년을 즐긴다고 생각하고 편하게 마음을 가지라고 했지만, 포항에서 은채가 일할 만한 회사를 찾는 건 불가능해 보였다. 인터넷을 헤매다 현실로 돌아오면 은채는 휘몰아치는 감정을 주체할 수 없어 자동차 키를 찾아 쥐고 집을 나섰다. 하지만 해안도로를 달리고 또 달리다 집으로 돌아오는 것도 어느 시점이 지나자 시들해졌다.

반면 현우는 새로운 곳에서 누리는 더 단순해진 생활이 더없이 만족스러운 것 같았다. 이 년이 아니라 아예 이곳에 눌러살아도 좋겠다고 농담할 정도였다. 그럴 때마다 은채는 그 말이 농담이 아니라 불길한 전언처럼 들려 귀를 막고 싶었다. 자신이 몰랐던 게 아니니 그의 지나치게 소박한 욕망의 크기를 탓할 수는 없었다. 하지만 갈수록 배우자가 된 현우의 모습은 낯설었다. 현우가 기분 좋은 얼굴로 웃어 보이면 은채는 예전처럼 웃을 수가 없었다. 그나마 겉으로는 평온했던 일상이 흔들리기 시작한 건 은채가 옛 상사의 전화를 받고 난 후부터였다. 한 외국회사의 초대 한국 지사장으로 자리를 옮긴 그의 목소리는 의욕에 넘쳐 있었다. 통화가 끝날 즈음 그는 말했다.

지금 중요한 자리에 한 사람을 뽑아야 하는데 말이야. 추천해줄 만한 사람이 있을까? 초창기 멤버라 메리트가 많을 거야. 잘하면 앞으로 시카고 본사에 가서 일할 수도 있을 거고. 사실 그 자리엔 이 부장이 딱인데, 주말부부를 하라고 할 수도 없고 말이지.

전화를 끊고 은채는 전율했다. 자신이 저지른 결정적 실수를 만회할 명쾌한 해답을 찾은 것이다. 하지만 현우의 반응은 냉랭했다.

주말부부? 난 그런 거 안 믿어. 그럴 거였으면 결혼하자고 하지도 않았어.

그때부터 피곤하고 감정적인 실랑이가 시작되었다. 화가 나서 돌변할 때의 현우는 견디기 힘들 정도로 소심하고 까칠하고 답답했다. 가장 참을 수 없는 건 싸우고 나면 책 속으로 도망을 가버리는 거였다. 그는 꽉 다문 입을 하고 책에만 시선을 고정한 채 온몸으로 냉랭함을 표현했고, 그럴 때 그가 책에 밑줄을 긋는 모습은 은채가 동조할 수 없는 그만의 신념과 편견을 강화하는 행위처럼 보였다.

현우의 책장에 있는 꽤 많은 책에 서연의 흔적이 있다는 걸 은채가 알게 된 것도 그즈음이었다. 그 책들은 표지를 넘기면 맨 첫 장에 현우와 서연이 각자의 필체로 쓴 그들의 이름과 날짜가 적혀 있었다. 현우의 설명에 따르면, 두 사람은 읽고 좋았던 책이 있으면 다 읽은 날 서명을 한 다음 상대방에게 선물했다고 했다. 그러니까 그 책들은 서연이 사서 읽고 나서 현우에게 선물한 책들이었다. 현우에게선 미안해하는 기색이 없었다. 은채 역시 언짢은 티를 내지 않았다. 하지만 그로부터 얼마 지나지 않아 현우의 통장에서 이상한 출금 명세를 발견했을 때는 폭발하지 않을 수 없었다. 이번에도 현우가 전혀 미안해하지 않았기 때문이었다. 그는 당당히 서연의 엄마에게 보낸 돈이라고 말했다.

많이 아프셔. 지금은 식당 일도 청소 일도 다 못 하시고. 너도 잘 알잖아. 아무도 없는 거.

서연과 현우가 사귀었다는 건 은채도 알았고, 개의치 않았던 사실이었다. 하지만 그때부터 은채는 서연의 그림자와 함께 사는 듯한 기분을 떨칠 수 없었다. 넌 서연이랑 참 달라, 라고 했던 현우의 말도 자꾸 생각났고 계속 비교당하는 느낌이 들었다.

다툼이 계속될수록 두 사람 간의 갈등은 단순히 주말부부를 하거나 서연의 엄마를 돕는 문제가 아니라는 게 명백해졌다. 갑자기 봇물이 터진 것처럼 모든 게 타협하기 힘든 문제로 불거졌고, 그들은 서로에 대한 이해 불가능한 심연을, 그 아득한 거리를 고통스럽게 확인해야 했다.

  현우는 끝까지 이혼을 원치 않았다. 이건 의지가 있다면 피할 수 있는 헤어짐이라는 게 이유였다. 그 말에서도 은채는 서연을 떠올리지 않을 수 없었다. 왜와 왜냐하면이 끝없이 부딪치고 짓이겨지는 시간이 지나갔다. 결국 두 사람은 서로에게 더는 왜, 라고 질문할 의욕을 소진했다. 마침내 결혼이 마침표를 찍었을 때, 그들이 통과한 시간은 명쾌하게 정의하기 힘든 한 뭉텅이의 힘들었던 시간에 불과했다. 짧고도 길었던 일 년이었다.

*

  책을 다 읽고 나자 은채는 책을 돌려줘야겠다는 생각이 들었다. 어쨌든 현우를 만나야 할 것 같았다. 헤어진 지 육 년 만이었다. 현우의 전화번호는 아직 휴대폰에 저장되어 있었다. 은채는 망설이다 문자를 보냈다.

  오랜만이야. 잘 지내지? 집에 네 책이 있더라. 전해줘야 할 책 같아서.

  하루가 지나도 답은 없었다. 그사이 현우의 번호가 바뀌었을지도 모를 일이었다. 이틀이 더 지나고 은채는 망설이다 전화를 걸었다. 신호음이 계속 울렸지만 멈추기를 끈질기게 기다렸다. 왠지 현우가 받을 것만 같았다. 마침내 신호음이 멈추고 적막이 찾아왔다.

여보세요?

한참 동안 상대는 아무 말도 하지 않았다.

왜?

현우였다.

며칠 전에 네 책을 발견했어. 『우스운 사랑들』. 기억해? 아끼는 책 같아서. 돌려주려고.

필요 없어.

밑줄을 엄청 그어놨더라.

……용건이 뭐야?

며칠 전에 우연히 권 박사님을 만났다가 놀라운 얘기를 들었어.

알아. 전화받았어.

뜻밖에도 차분한 목소리였다. 은채는 당황했다.

어떻게 그럴 수가 있지? 어떻게 사람을 죽은 사람으로 만들어?

잠시 침묵이 흘렀다. 현우가 말했다.

살다보면 말이야. 죽었어도 여전히 마음속에 살아 있는 사람도 있고, 살아 있어도 내겐 죽은 거나 다름없는 사람도 있어. 그냥 그런 거야. 더는 설명하고 싶지 않다. 이제 우리 그럴 의무 없잖아. 다시 전화하지 마.

은채가 뭐라고 말할 새도 없이 전화는 뚝, 하고 끊어졌다. 은채의 마음속에 있던 무언가도 뚝, 하고 끊어졌다. 불현듯 누구에게도 말한 적 없는 그날의 기억이 수면 위로 떠올랐다. 그날은 일요일이었다. 아침 일찍 은채는 현우에게 거짓말을 하고 허겁지겁 아파트를 빠져나와 시내를 헤매고 있었다. 사후피임약을 구하기 위해서였다. 은채는 그때 자기가 얼마나 두려웠는지를 기억했다. 어쩌면 그날 은채는 자기의 진짜 마음을 알았는지도 모르겠다.

시카고에서 지낸 지난 이 년, 두 번의 혹독한 겨울은 살이 에일 듯한 추위보다 외로움이 더 힘들다는 걸 가르쳐주었다. 여기도 별 건 없구나. 은채는 자기 마음이 다시 서울로 돌아가는 쪽으로 기운다는 걸 알았다. 가임기가 끝나가고 있었다. 이제 더는 막연한 기대와 미련 때문에 괴로울 일은 없을 터였다. 언젠가 현우가 무심코 말해준 서연이 했다는 말도 기억났다. 은채는 내가 갖고 싶었던 걸 다 가진 아이야. 서연이 지금의 자기 모습을 본다면 결코 그런 말을 하고 싶지 않을 거라는 생각도 들었다. 은채는 큰아버지 집에서 자란 현우가 얼마나 자기 가족을 만들고 싶어했는지를 떠올릴 때마다 그와의 사이에 아이가 있었으면 어땠을까 상상했다. 현우를 닮은 아이는 사랑스러웠을 것이다.

언젠가 현우는 말했다. 잊지 않기 위해서 밑줄을 치는 거라고. 은채는 펜을 찾아 쥐고 다시 책을 폈다. 이어 첫번째로 빨간 밑줄이 쳐진 문장을 찾아 그 위에 쭉 줄을 그었다. 현재란 눈을 가린 채 지나가는 것과 다름없다고, 그래서 우리는 시간이 흘러야만 지나온 시간의 의미를 깨달을 수 있다는 말을 더는 보고 싶지 않았다. 당시 이해했던 현재가 지금 되돌아봤을 때 어리석은 착각이었다고 할지라도, 어쨌든 그건 과거의 자신으로서는 엄연한 현실이자 나름의 진실이 아니었던가. 이제 현우가 밑줄을 쳐놓은 문장은 은채가 길게 그은 선으로 지워졌다. 은채는 계속 줄을 그어나갔다.

마침내, 마지막으로 밑줄이 쳐진 문장에 다다랐다. 아름다운 일에 관한 문장이었다. 이 세상에서 정말 아름다운 일……. 그건 어머니가 아들에게 줄 수 있는 모든 것을 주고 그의 삶의 흔적에서 조용히 지워지는 것이라고 했다.

싸한 통증이 가슴을 훑고 지나갔다. 그 문장이 말하는 아름다움 같은 것을 은채는 배운 적이 없고 알지도 못했다. 은채는 깨달았다. 그날, 포항 시내를 헤매고 다녔던 그 일요일, 은채가 알지 못하는 무언가는 죽었다. 그리고 은채의 어느 한 부분도 죽었다. 현우가 밑줄 쳐놓은 문장들을 더는 견딜 수 없었다. 은채는 마지막 문장에 차마 줄을 긋지 못하고 가만히 책을 덮었다. 그리고 조금 울었다.

편지의 시절

하명희

소설집 『밤 그네』 출간

세면대 안에 세숫대야를 가져다가 누런 쑥물을 붓는데 딸이 냄새를 맡더니 이게 뭐냐고 했다. "네 남자친구가 선물해준 쑥차"라고 하자 딸은 이걸 마시라고 준 거지 여기다 왜 따르느냐며 삐죽거렸다. 마시고 난 찌꺼기를 뜨거운 물에 우렸다가 식혀둔 거라고 하니 딸은 "이걸로 세수하려고?" 했다.

"이게 너처럼 여드름 나고 건조한 피부에 좋은 거야. 너도 할래?"

딸은 피부에서 한약방냄새가 나겠다며 엄마나 하라고 하다가 이거 사진 찍어서 남자친구한테 보내야겠다며 핸드폰을 가져왔다. 뭘 이런 걸 찍느냐고 손으로 막다가 쑥이 영어로 뭔지 아느냐고 물었다. 고개를 숙였다가 천천히 들어올리며 "쑤우욱인가?" 하고 장난치는 딸의 입 모양이 오므라들었다.

"모르는구나. 머그워트!"

"머그? 머그컵 할 때 그 머그?"

딸의 입꼬리가 올라가며 흉터가 돋아났다. 응, 그 머그, 라고 대답하는데 이상한 기시감이 들었다. 언젠가 이런 대화를 한 적이 있는데.

"워트가 풀이니까 그럼 머그풀이네. 흙에서 나오는 모양이 컵의 손잡이 같아 보여서?"

분명히 이런 똑같은 대화를 한 적이 있었다.

"엄만 그거 찾아봤어?"

딸이 묻는데 그제야 생각났다. "네가 어렸을 때" 하고 얘기하려는데 딸은 전화가 왔는지 잠깐만, 하더니 방으로 들어가 문을 닫았다. "쑥을 영어로 뭐라고 하게?" 하는 소리가 들렸다. 남자친구에게 온 전화인 모양이었다. 방에서는 한참을 깔깔대는 높은음의 웃음소리가 들렸다. 지금은 스물두 살인 딸이 어렸을 때, 그 막막하던 때, 쑥차를 보내주고 쑥차 세안법을 알려주던 사람이 있었는데. 나는 잘 받았다는 인사 대신 그녀에게 시 한 편을 소개했고, 그 시가 그녀에게 온전히 흡수되면서 시가 사람을 치료할 수도 있다는 걸 발견했었어. 어떻게 이렇게 까맣게 잊고 지냈을까. 그때를, 그녀를.

*

　딸이 12개월 때 모유수유를 끝내고 수월하게 기저귀도 떼면서 공무원 시험을 준비하고 있었다. 언제 취업 자리가 생길지 모르니 이력서와 자기소개서도 써놓았다. 시험에 떨어지면 이전 경력을 살려 출판사에 일자리를 알아볼 계획이었다. 그사이 건강검진 후 종합병원에서 정밀 검사를 받은 시어머님이 자궁경부암 4기 진단을 받았다. 4기라니 뭔가를 선택하고 계획할 여유가 없었다. 남편이 말을 꺼내기도 전에 나는 시어머님을 돌보겠다고 했고, 우리는 앞뒤 생각할 겨를도 없이 경기도 양주에 있는 시부모님 집에 들어가게 되었다. 합가한 지 일 년이 지나 시어머님은 그 집에서 돌아가셨다. 장례를 지내고 나는 생전 처음 번아웃이라는 걸 겪었다. 몇 년 사이 출산과 육아, 두 집 살림과 돌봄이 내 삶을 차지하면서 내가 어디론가 사라지고 누구의 아내, 누구의 엄마, 누구의 며느리만 남은 것 같았다. 시어머님이 돌아가시고 나니 그 자리가 더 확연히 보여서 도망치고 싶은 마음은 더 심해졌다. 특히 혼자 되신 시아버님과 계속 함께 사는 건 내겐 힘에 부치는 일이었다. 아이가 잠든 후 밤잠을 줄이며 준비하던 공무원 시험에서 떨어진 이후에는 의욕도 저하되어 있었다.

　다시 힘을 내어 직장에 나가기 위한 준비를 한 건 딸이 네 살 때였다. 어떻게든 취직을 하려고 그동안 써둔 이력서를 버리고 다시 썼다. 나는 결혼 전에 책임편집한 책과 기획을 부풀려서 이력서를 다시 채웠다. 얼마 뒤 서류에 합격했으니 면접을 보러 오라는 연락을 받았다. 면접을 보게 되었다고 하니 시아버님은 면접이 언제냐고 물었다. 나는 얼른 면접일을 말하고 그날 아이를 봐달라고 했다. 시아버님은 "기원에서 바둑대회가 있는데……"라며, 그러면 딸을 기원에 데려가겠다고 했다. 담배 연기 가득한 기원에 딸을 데려간다는 건 다른 데 알아보라는 말과 같았다. 손녀와 놀아주는 것도 부탁해야 하는 게 화가 나서 동네 어린이집에 전화를 돌렸다. 네 군데에서 퇴짜를 맞으니 오기가 생겼다. 다섯번째 전화한 곳에는 어떻게든 아이를 맡기기 위해, 면접을 보러 가야 하는데 아이를 봐줄 사람이 없다는 사정부터 늘어놓았다. 어린이집 원장은 원래 이렇게 원아를 봐주는 건 하지 않는다고 잘라 말하다가 매몰차게 전화를 끊지 못하겠는지 "아이 키우다보면 별일이 다 생기죠. 면접을 보신다니까…… 그럼 내일 아이를 보내세요"라고 했다. 나는 절이라도 할 것처럼 "고맙습니다, 정말 고맙습니다"를 연발했다.

아침 일찍 아이를 어린이집에 맡기고 서교동에 있는 출판사로 향했다. 면접을 보러 온 사람은 나 말고 두 명이 더 있었다. 편집장은 내 이력 중에 값싸고 얇은 문고를 부활시킨 기획에 관심이 있었고, 문고를 론칭하게 된 과정을 물었다. 나는 다니던 출판사가 80년대에 지하철 문고를 출간한 경험이 있었다고 대답했고, 편집부에서 기획을 수정하고 보완하면서 주제에 맞는 원고를 찾아 필자 리스트를 만들던 일 년 동안의 준비 과정을 이야기했다.

"그 기획을 진행하면서 편집자로서 가장 중요한 건 뭐였어요?"

문고 담당은 윤 선배였지만 나는 눈여겨봐두었던 것을 떠올리며 대답했다.

"편집위원을 선정하고 매달 편집회의를 하며 서른 권의 원고가 들어온 시점에서 분기별로 다섯 권씩 출간하면서 안정적인 출간 텀을 확보했어요. 새로운 시야를 제시하는 시대의 칼날과 같은 논문은 많은데 그것을 대중적으로 읽기 쉬운 문고로 만드는 게 중요했습니다. 거기서 편집자인 제 역할은 저자에게 기획 의도를 정확히 전달하면서 독자를 상상하는 거였습니다."

뭔가 부족한 것 같아서 "1차분 다섯 권이 출간되고 나서는 기획 의도를 책이 보여주니 이후 진행에서는 필자와 원고를 찾는 데 더 집중할 수 있었어요. 그러면서 책은 무형의 기획 의도를 물질화하는 예술 작업 같다는 생각을 했습니다"라는 의견도 곁들였다. 내가 너무 진지하고 경직되어 보였는지 편집장은 "가족관계는 어떻게 돼요?" 하고 물었다. 나는 딸과 남편, 얼마 전 시어머님이 돌아가셔서 시아버님과 함께 살고 있다고 했다. 편집장은 "그렇군요. 내가 궁금한 건, 정소정 씨 가족관계인데……"라고 했다.

"아, 위로 세 살 터울의 오빠와 언니가 있고요. 막내입니다."

그 말을 하면서 나는 거짓말이 들통난 것처럼 얼굴이 달아올랐다.

"면접을 보다보면 이 사람은 첫째구나, 둘째구나, 막내구나, 혼자 자랐겠구나 하는 감이 오는데 정소정 씨는 첫째인 것 같은데 왠지 아닌 것도 같아서 확인해보고 싶었어요."

편집장의 질문으로 내가 번아웃을 겪을 만큼 힘들었던 이유가 이거였구나, 부모 그늘에서 떨어져나와 내 가족을 만드느라고 그렇게 힘들었던 거라는 걸 깨달았지만, 왜 거짓말을 들킨 기분이 들었는지는 알 수 없었다. 가족관계를 물은 편집장의 얼굴을 바라보았다. 당신에게 결혼은 자기 가족에 아내가, 자식이 더해지는 거지만, 내게 결혼은 가족을 떠나 가족을 만드는 거라고 알려주고 싶었으나 얼굴만 더 발개질 뿐이었다.

면접이 끝나고 핸드폰을 켜니 어린이집에서 온 십여 통의 부재중 전화와 문자가 있었다. 문자를 보고 놀라서 전화했다. 사회 초년생인 듯한 앳된 목소리의 여자가 전화를 받았다. 딸이 어디를 얼마나 다친 거냐고 다그쳤다. 여자는 사고가 있었다면서 보호자 동의가 있어야 봉합 수술을 할 수 있다고 했다.

"봉합 수술이요? 얼마나 다친 건데 봉합 수술을 해요? 도대체 이게 무슨 일이야?"

여자는 술래잡기 놀이를 하다가 입가가 찢어졌다고 했다.

"술래잡기하는데 왜 입가가 찢어져요?"

여자는 "알사탕을 입에 물고 있다가 의자에 부딪혀서……"라며 말끝을 흐렸다. 죄송하다며 울먹이는 여자에게 내가 지금 당신 달래줘야겠느냐며 소리쳤다.

응급실에 도착하니 딸이 두 팔을 뻗으며 꾹 참았다가 한 방에 터지는 울음을 터뜨렸다. 너무 놀라서 울음도 막혔던 모양이었다.

떨어지지 않으려고 온 힘을 주고 안긴 아이를 달래면서 얼굴을 보니 말이 안 나왔다. 전화를 받았던 여자는 내 옆에서 죄송하다며 머리를 조아렸다. 얼마나 세게 부딪힌 건지 왼쪽 입술부터 눈가까지 퉁퉁 부어 있었다. 언젠가 뱀에게 물린 개의 얼굴이 비정상적으로 부은 것을 본 적이 있는데 딸의 얼굴이 딱 그랬다.

"어디서 떨어진 것도 아니고 의자에 부딪혔는데 어떻게 이렇게 부을 수가 있어! 진짜 의자에 부딪힌 거 맞아?"

내가 반말로 소리치자 여자는 "술래잡기를 하다가 의자를 못 보고 그대로 달려와서 정통으로 부딪혔는데…… 하필이면 사탕을 입에 물고 있어서……" 하며 같은 말만 반복했다. 의사는 엑스레이를 찍었는데 뼈는 괜찮다며 혹시 모르니 CT를 찍겠느냐고 물었다. 물고 있던 사탕 때문에 볼 안쪽에 크게 빵구가 났는데 입안 상처는 시간이 지나면 아물지만 입가가 찢어진 건 흉터가 남을 수도 있다고 했다. 딸이 나를 꽉 안으며 더 큰 소리로 울어대기 시작했다.

응급실에 있던 여자는 원장의 딸이었다. 원장이 아이들 점심을 준비하는 동안 딸이 도와주고 있었다고 했다. 어린이집 선생님 자격증도 없이 일하고 있었던 거냐고 따지니 원장은 병원비를 낼 테니 소문내지 말아달라며 애원했다. 작은 어린이집을 운영하며 혼자서 애들 먹을 음식까지 준비해야 해서 딸의 손을 빌린 거라고. 대학생이라는 원장 딸도 문자로 딸의 상태를 물으며 엄마가 혼자 애쓰는 걸 도와주려다 이런 일이 생겼다며 사정했다.

딸은 내가 안 보이면 자지러지게 울어대는 통에 화장실에 갈 때도 문을 열어놔야 했다. 화장실을 갈 때마다 아이가 아니라 시아버님 눈치를 봐야 한다고, 이제 분가하자고 나는 남편을 졸랐다. 남편은 내가 일을 하게 되면 그때 내 직장 근처로 집을 알아보자고 했다. 출판사에서는 불합격 통고를 받았다. 나는 출판사에 떨어진 게 그 어린이집에 딸을 맡겨서 생긴 일처럼 참고 있던 화를 그들에게 퍼부었다. 병원에 통원하며 꼬박꼬박 수납 영수증을 찍어 원장이 아니라 원장 딸에게 보냈고, 흉터가 남을 텐데 그건 어떻게 할 거냐고 따졌다. 딸이 분리 불안으로 다른 어린이집도 다닐 수가 없다고, 심리치료도 받아야 한다고 윽박질렀으며, 선생님도 없이 어떻게 어린이집을 운영할 수 있느냐며 거기다 아이를 맡긴 엄마들도 그걸 아느냐고 협박했다. 따지고 들자면 어린이집 원장은 안 된다는 걸 내가 사정을 해서 맡긴 거니까 충분히 변명할 수도 있었는데, 원장과 그의 딸은 내 위악을 그냥 다 받아내고 있었다.

*

공동육아를 하는 동네를 알아보기 시작한 것도 그때였다. 도봉산 근방에 있는 공동체는 건강한 먹거리로 아이들을 키우자는 모토로 조합원들이 텃밭을 함께 가꾸며 어린이집을 운영하고 있었다. 텃밭에서 기른 유기농 식재료로 먹거리를 해결하고, 아이들은 매일 산행하며 나무와 풀과 꽃 이름을 익히며 놀았으며, 부모들의 재능 기부로 프로그램도 다양했다. 어린이집 중심으로 모임이 만들어지면서 동네 도서관도 문을 열었고, 공유 부엌과 공방이 생기면서 가사의 부담을 줄이고 취미를 나누는 방식으로 운영되고 있었다.

공동육아를 하는 어린이집이면 안심하고 딸을 맡길 수 있지 않겠느냐고, 도봉산 근처에 좋은 곳이 있다고 남편을 설득했다. 우리가 가진 돈으로 도봉산 근방으로 이사하는 건 대출을 끼지 않으면 어려운 선택이었지만 남편은 그러자고 했다. 협동조합으로 운영하는 어린이집이어서 회원의 출자금 규모가 크다는 얘기는 이사한 후에나 꺼낼 예정이었다. 그때가 아니면 분가할 기회가 사라질 것 같아 나는 작은 빌라를 알아봤다. 부동산 중개인은 그곳이 학군이 좋아서 전세도 같이 뛰었다면서 요즘에는 초중고만 학군에 들어가는 게 아니라 어느 어린이집을 나왔느냐에 따라 학군이 형성된다며 도봉산 근방은 공기도 좋고 절에서 운영하는 유치원과 믿을 만한 어린이집이 있어서 어린 자녀를 둔 부모들이 선호하는 지역이라고 강조했다. 중개인이 말한 믿을 만한 어린이집이 도봉산 등산로 초입에 있는 거냐고 물었다.

"그 어린이집에 들어가려는 사람들이 이곳으로 이사하면서 매매는 나오자마자 팔려요. 물건이 나올 때까지 기다리는 사람들이 많아서 전세, 월세도 값이 내려가지 않고요. 삼십 년 된 빌라가 나왔는데 이 물건도 금방 빠질 거예요. 보러 가실래요?"

18평 빌라를 보고 온 날 남편은 어린이집에 그만한 돈을 투자할 수 있는 사람들이나 공동육아나 협동조합 같은 걸 하는 거라고 은근히 이사를 포기했다. 내부 수리를 해야 하는 노후 빌라인데도 대출까지 받아야 하는 높은 전세가를 보고는 나도 계약하자는 말이 입 밖에 나오지 않았다.

　공동육아를 포기하고도 오랫동안 나는 머릿속으로 공동육아를 하는 곳에서의 생활을 상상하곤 했다. 그 동네에 있는 도서관에서 할 수 있는 일이 있을 테고, 그곳에 모이는 사람들과 아이들 크는 이야기를 하며 자연스럽게 독서 모임을 만들고, 작가들을 초청해 북토크를 진행하는 프로그램을 제안하거나 글쓰기 합평 모임도 하는. 남편은 우리가 사는 곳에서 공동육아를 함께할 사람들을 모으면 어떻겠냐고 했지만 나는 그럴 의지가 전혀 없었다. 진짜 내가 바란 것은 공동육아가 아니라 분가하는 거였으니까.

　나는 헛헛한 마음을 책을 사서 쌓아놓으며 달래고 있었다. 인터넷 서점을 이용한 것도 그때부터였다. 남들은 한참 전부터 이용하고 있었으나 나는 서점에서 책을 고르는 시간의 즐거움을 편리함으로 대체하고 싶지 않았다. 그러다 한두 번 급한 책을 구매한 이후 포인트가 쌓이고, 책을 살 때 리뷰를 보는 게 도움이 되면서 차츰 인터넷 서점을 이용하는 횟수가 늘었다. 리뷰를 쓰는 사람들은 인터넷 서점에 각자의 서재를 꾸리고 있었다. 서재에는 책과 관련된 이야기가 다양하게 쌓여 있었고, 분야별 '덕후'들의 리스트는 사고 싶은 책을 늘리고 있었다. 내가 올린 첫 리뷰가 뭐였는지는 기억나지 않는데, 어느 날 적립금이 5천 포인트나 들어왔다. '이주의 리뷰'로 뽑힌 거였다. 그날 이후 다른 사람들의 리뷰를 더 꼼꼼히 들여다보았다. 매년 리뷰왕으로 뽑힌 사람들의 서재를 방문했고, 매일 리뷰를 올리는 사람의 글들을 읽었다.

사람들은 서재에 하루하루의 일상도 올렸다. 처음에는 왜 일기를 여기다 쓰고 있지, 싶어서 보지 않았지만 시간이 지나면서 나도 일상의 자잘한 일들을 올렸다. 그러면서 '이주의 리뷰'에 선정되는 건 처음 리뷰를 쓰는 사람들을 끌어들이는 미끼라는 것도 알게 되었다. 그렇다 해도 책을 읽고 이야기를 나누는 서재생활은 내가 찾고 있던 공동체의 모습이었으므로 이런 미끼라면 덥석 물어도 괜찮다고 생각했다. 카메라 기능이 내장된 스마트폰을 사용하면서는 사진도 찍어서 올렸다. 사진과 함께 일상의 일들을 적어나가니 사람들의 반응이 더 빨라지고 댓글도 달리면서 남편과는 할 수 없는 대화와 수다가 가능해졌다.

딸이 신발장에서 꺼내놓은 신발들을 찍어 올리자 다들 킥킥대며 웃었고, 색색이 너무 예쁘다거나 노란 고무신부터 빨간 구두까지 여성의 역사를 네 살 아이가 다 보여준다는 반응이 이어졌다. "신발이 어쩜 다 짝짝이로 놓였을까요?" 누군가 질문하면 저 나이 때는 오른쪽과 왼쪽을 구분하지 못하는 게 정상이라는 댓글이 실시간으로 달렸다. 그중에 "저 신발들, 눈물 나게 아름다운데요. 저는 저 사진을 보는데 왜 눈물이 나올까요"라는 댓글이 눈에 들어왔다. 왜? 왜 눈물이 나올까. 이 사람은 누구지? 댓글을 단 사람의 서재를 훑어봤다. 철학을 공부하는 사람인지 서재에는 동양철학 책들이 빼곡했다. 동안거에 들어간다, 하안거에 들어간다, 마음을 비우려고 단식을 시작했다, 오늘은 보리암에 다녀왔다는 글이 몇 년에 걸쳐 드문드문 걸려 있었다. 다른 반응에는 장난치며 웃었지만 이 사람의 댓글에는 왜 눈물이 나오느냐고 할 수 없었다. 나는 댓글을 쓰다가 지우고 다시 쓰다가 지웠다.

그렇게 시작되었다. 한 사람과 마음을 나누는 시간이. 글을 보고 그 사람의 성향을 눈치채고, 이 사람이라면 내 이야기를 마음 놓고 털어놓아도 좋겠다고 여기고, 날씨와 기분을 살피고, 서로의 건강을 염려하며 행복을 빌어주던 시간이. 서재에 들어가면 그 사람의 글이 있는지 살폈고, 새로운 글이 없으면 방명록에 인사를 남겼다. 그녀의 서재 방명록에는 내가 눈여겨보았던 서평을 쓰던 다른 이도 소통하고 있었다. '너나'라는 닉네임을 쓰는 사람은 르포와 소설에 관심이 있었고, 최근에 나온 르포는 제일 먼저 읽고 리뷰를 올리고 있었다. 왜 닉네임이 너나냐고 물으니 '너나 잘해'의 줄임말이라고 했다. 그들과 아침이든 늦은 밤이든 방명록에서 대화를 나누다보면 그게 속풀이를 하듯 즐거웠다. 우리는 거의 매주 서로의 방명록을 통해 만났으나 일정한 격식을 가지고 거리감을 두었고, 둘 다 진지하게 예의를 지키다가 너나님이 끼어들면 그 웃음에 물들었다. 그렇게 닉네임으로만 소통하다 주소를 주고받고 통성명하기까지는 일 년이 넘게 걸렸고, 그 후로도 육 년을 더 소통하면서도 서로 만난 적이 없었다.

*

아직 남아 있는 인터넷 서재의 방명록을 들여다보았다. 2006년 3월 14일이 통성명을 한 날이었다. 그날은 눈비가 내린 모양이었다. 나는 날이 꾸물꾸물하다고, 기분도 날 따라 변하는지라 이런 날은 조심해야 한다고, 맛난 밥 드시고 하루 잘 보내라는 간단한 인사를 남겼다. 내가 남긴 인사에 너나님이 "캬…… 지금 하늘을 보시라구요. 꽃샘바람이 구름을 흩트리고 있어요. 슥슥, 쥐 알통만 한 꼬맹이 머리를 빠르게 쓰다듬듯. 눈을 감으면 구름의 엷은 잔영이 밀려오네요. 오늘 같은 날은 뜨듯한 방에 누워 눈을 감았다 떴다 반복하면서 하늘만 바라보고 싶다구요. 햐…… 하늘 좀 봐봐"라는 댓글을 달았다. 이어서 그녀가 "기왕 두 분이 다 내 방명록에 오셨으니"라며 "동안거 이후로 절에 가지 않았어요. 어제 잠깐 들렀다 오늘은 재에 갔어요. 얼마나 울었는지 지금까지 눈이 따가워요"까지 쓰고는 한참을 망설였던 게 기억났다.

"믿기지 않아요. 또 일 년이 지나고, 이렇게 몇 년이 지났다는 게. 엊그제는 아니라도 한두 달 지난 것 같은데. 세월은 나만 세워놓고 혼자 떠내려가나봐요. 시냇가 한가운데 어느 돌부리에 걸려 흘러가지 못하고 가만히 있는 걸까요? 그래도 시냇물이 깨끗해서 저도 따라 깨끗해지기라도 했으면 싶어요."

'재'가 뭐지? 제사인가 싶었지만 물어볼 수 없었다. 그녀는 가까운 이와 이별을 겪은 것 같았고, 그 일을 자세히 알려주지도, 그렇다고 과하게 슬픔을 드러내지도 않으면서 슬픔 속에 살아가는 사람처럼 덤덤한 어조로 자신의 상태를 적었다. 나는 그녀에게 왜 그렇게 울었느냐고 묻지 않았으며, 너나님도 섣부르게 장난을 치지 않았다.

"근데 너나님, 방에 누워 있어도 하늘이 보이나요? 오늘은 일이 많이 힘드셨나봐요."

눈치 없이 진지한 그녀의 어조는 항상 상대방을 향해 열려 있었다. 댓글을 달기 전에 상대의 서재에 새로 올라온 글을 다 읽은 후 조곤조곤 이야기하는 사람 같았다. 너나님은 자신이 분신술로 가끔은 '너와나'가 되기도 하고 '너는나'가 되기도 한다면서 "오늘 하늘은 좀 아픈가봐요"라고 했다. 서재에 올린 너나님의 글에는 그날 이주민 노동자들의 강제 추방이 있었고 소식을 듣고 달려온 활동가들의 항의 시위가 있었지만 공권력을 막을 수는 없었으며, 자신은 너무 늦게 도착해 그동안 이웃처럼 지내던 그들과 인사 나눌 시간도 없었다는 이야기가 담겨 있었다. 너나님은 "강제로 추방당한 사람들은 일 년 치 밀린 월급을 받기 위해 불법인 줄 알면서도 남아 있었을 뿐인데, 사장놈이 그들을 고발했을 거"라고 했다. 그러면서 밀린 임금을 받아내기 위해 사장을 고발하도록 도운 자신의 활동이 이런 결과를 가져올 때마다 이 일을 계속 해야 할지 갈등하게 된다고 했다. 그동안 보아온 너나님은 '너나 잘해'보다는 '너는 나'라는 삶의 태도를 품은 사람이었다.

그런 날이면서도 너나님은 자신의 고단함을 누르고 그녀의 아픔이 더 확연히 드러나기를 바라며 무심하게 들어주는 것으로 예의를 지키고 있었다. 서로 얼굴을 보며 관계를 맺지 않아도 되는 편안함이 있어서 그랬을 것이다. 들어주고 받아주고, 쓸어 담아야 할 것들은 스스로 알아서 하면서도 저녁마다, 밤마다 쌓이는 외로움이 아픔인지 고통인지 몰라 헤매며 우리는 각자의 하루를 털어놓고 있었다.

지금 생각해보면 그런 시기, 순수하게 아플 수 있고 쓸쓸하게 웃어넘기던 그때가 내 우울을 치료하던 시기가 아니었나 싶다. 내가 "저녁참에 밖에 나갔다가 하늘을 올려다봤어요. 눈이 맑아지더군요"라고 하면, 그녀는 "님의 맑은 눈에 하늘이 그만 따라 맑아졌겠군요"라는 선문답 같은 답을 했으며, 너나님은 "햐…… 마른 논바닥처럼 감수성이 쩌억쩌억 갈라지는 사람은 제대로 낑길 수나 있겠습니꽈! 혹시 낮술 자셨냐고 통박 먹는 게슴츠레한 눈은 으뚱게 해야 하는 건지. 창살 아래로 부신 봄볕에 몸이 늘어지네요. 꾸벅꾸벅. 스읍, 침 닦고" 하며 우리를 웃겼다. 우리는 슬픔 밖에 비켜서서 웃음을 나누었다. 그러나 깊이를 알 수 없는 각자의 아픔을 외면한 것은 아니라는 걸 편지의 서두에, 혹은 추신에 써넣는 간단한 인사로 안부를 물으며 각인시키고 있었다. 어느 날은 그녀가 하루키 단편을 읽고 서른다섯번째 생일에 대한 소망을 적었다.

"하루키의 단편에 서른다섯 생일을 맞은 남자 이야기가 나와요. 일생을 일흔쯤 산다고 보고, 자신은 이제 꼭짓점을 돌아 반환점에서 있다는 이야기를 하지요. 올겨울엔 저도 서른다섯번째 생일을 맞을 거예요. 소망이 있다면 일생의 반을 비실거렸으니 그날부터 강철 같은 몸이 되었으면 싶어요. 내 소망이 너무 급하다면 마흔이 되기 전에 쉽게 지치지 않는 사람이 되는 거예요. 아침 운동은 쉽지 않네요. 저녁 산책이라도 꾸준히 해야지 합니다. 두 분 모두 건강한 하루 보내세요."

지금은 우리 둘 다 마흔을 훌쩍 지나 쉰 살이 넘었으니 그녀는 지치지 않는 사람이 되었을까. 그녀의 소망에 너나님이 댓글을 달았다.

"에구구구, 정말 건강해지셨으면 좋겠습니다. 골골거리는 냥반들이 을매나 많은지. 차비를 들여서라도 담배인삼공사 견학을 댕겨와야겠어요. 일단 견학을 마치면 공사측에서 담배 한 보루와 홍삼 세트를 공짜로 준답니다. 담배로 망친 몸 홍삼으로 되찾으라니 진짜 병 주고 약 주는 거더라고요. 담배는 제가 가지고 비싼 홍삼은 님들에게 드리면 얼마나 좋을까. 님들은 몸보신해서 좋고, 전 생색내서 좋고. 크크."

너나님의 넉살에 그녀는 "제가 우리집 일터가 뭐 하는 집인지 말씀드렸었는데"라며 약은 충분히 먹고 있다고, 인삼가루도 집에 있다고 했다. 그러면서 "마음만으로 고마워요. 값이 언제 오를지 모른다고 사재기한 담배가 몇 보루 집에 있어요. 필요하시면" 하고 농담을 건넸다. 내가 "전달에 남편 생일이 있었는데요. 동서가 남편 생일 선물로 몇 달은 먹고 남을 쌀을 보냈어요. 진짜 배가 부르더라구요. 이제 생일 선물로 쌀을 줘야겠다고 생각했다니까요" 하고 뜬금없이 끼어들었다. 그녀는 "원하시는 게…… 그러니까 쌀인가? 담배일까요? 겨울은 이미 지났으니 님의 생일도 한참 있어야 되겠군요. 음…… 주소도 없군요" 하고 생기를 되찾았다. 나는 "이참에 주소를 던지셔도 좋습니다. 글러브 끼고 받습니다. 자, 자, 던지세요"라고 했고, 그녀는 "마지막 말씀을 기다렸습니다. 너나님의 '주소 맞바꿉시다' 제안에 얼른 메모 남겼다가 아직도 너나님 주소도 못 받고 그러고 있답니다. 너나님은 반성하라!"라고 했다. 몇 시간 후 너나님이 나타나 "이런 뒷담화가 있나. 치사하다, 쩨쩨하다!"를 남발했고, 우리는 이날 서로의 주소를 주고받았다. 얼마 지나지 않아 그녀로부터 첫 선물이 도착했다.

간단한 쑥물 세안
〈재료〉 쑥 우린 물: 쑥차 마시고 난 찌꺼기를 뜨거운 물에 우려서 식혀두세요.
〈사용법〉 비누 세안 후에 차갑게 식힌 쑥 우린 물에 아침과 저녁 패팅하세요.
건조하면서 여드름 난 피부가 좋아한다고 하네요. 쑥은 공기 중의 독을 막는 식물이래요. 세 번 정도 우려먹는 게 적당해요. 근데 시아버님과 함께 사세요?

김밥을 쌌는데 시어머님이 돌아가시기 전에 볶아놓은 깨에 돌이 섞여 있어서 시아버님이 돌을 씹었다고 쓴 글을 보고 보낸 편지의 내용은 이게 다였다. 우리가 매번 나누던 인사도 생략한 메모였다. 난 이 메모가 이전의 어떤 글보다 다정하게 느껴졌다. 내 글을 보고 시아버님과 같이 사느냐고 물어준 것도 반가웠다. 시어머님은 왜 몇 년 동안 먹어도 남을 깨를 볶아서 냉동실에 넣어두셨을까. 시아버님이 깨에 섞인 돌을 씹었을 때 나는 돌아가신 시어머니가 온전히 내 편이 된 것 같았는데, 이런 날이 올 줄 아셨을까. 그동안 참고 묵혀두었던 말들이 단 한 줄의 질문으로 터져나오려 했고, 간지러웠다.

그녀의 방명록에 쑥차를 잘 받았다는 인사를 남기려다 이전에 나누었던 글들을 다시 읽었다. 이주민 정착을 돕는 활동을 하는 너나님은 일이 바쁜지 언제부턴가 보이지 않아 우리 둘의 대화가 방명록을 채우고 있었다. 통성명을 하고 그녀가 일기 같은 글을 쓴 날짜를 보다가 그날이 음력으로 언제인지 달력을 확인했다. 쑥차는 대구에서 왔고 혹시 그날이 아닐까 싶어서였다. '대구 지하철 화재'를 검색하니 2003년 2월 18일이었다. 관련 기사를 계속 검색했다. 유가족들의 반대에도 불구하고 화재 현장이 훼손되고 전소된 지하철이 청소되었다는 기사와 화재 현장의 사진들을 보았다. 딸이 꺼내놓은 신발 사진에 그녀가 달았던 댓글이 떠올랐다. 그래서 눈물이 난다고 했던 걸까. 감당하기 힘든 슬픔을 겪고 있었구나. 아닐지도 모르는데 모른 척해야겠지. 괜히 음력 날짜까지 확인했다는 후회가 밀려왔다. 그녀에게 무슨 말을 어떻게 해야 할지 알 수 없었다. 그날은 시집을 뒤적이며 밤을 새웠다. 지리산 어디쯤에서 실족하여 사라졌다는 시인의 유고 시집에 실린 시가 시리도록 맑게 내게 들어왔다. 다음 날 아침, 나는 그녀의 방명록에「모든 사라지는 것들은 뒤에 여백을 남긴다」는 고정희의 시를 적고 감상을 남겼다.

"'여백이란 탄생이구나'라고 내뱉기까지 시인은 얼마나 쓸쓸하였을까요. 비어서 쓸쓸하고, 쓸쓸하여서 비어 있는 여백은 시냇물에 시냇물은 없듯이, 없는 것에 시냇물이 쉼없이 있듯이 그저 흐르네요. 우리가 자꾸 넘어지는 것은 일어서서 걷기 때문일 겁니다. 우리가 믿지 못하는 것은 믿으려 했기 때문이겠지요. 보이지 않는 것은 볼 수 없기 때문이 아니라 보이기 때문일지도 모른다는 생각이 드는 아침, 안녕? 쑥차 먹고 우린 물에 세수도 했답니다."

그녀는 "고정희 시인의 시를 천천히 읽어내려가니 코끝이 찡해집니다. 그랬군요. 그래서 그렇게 쓸쓸하고 적막했었군요. 그래요, 그래요, 그래요…… 고마워요"라고 했다. 평소와 달리 너무 짧은 댓글이라 더 할말을 못 했는데 며칠 후 그녀는 "쑥을 영어로 뭐라고 하는지 아세요?"라는 댓글을 달았다. 그녀는 쑥을 영어로 머그워트라고 한다고 했고, 나는 "머그? 머그컵의 그 손잡이요?" 물으며 "지금 쑥을 보며 머그워트라고 하는 모습이 그려져서 배 잡고 웃고 있어요. 이게 뭐라고 이렇게 웃기지?"라고 했다. 그녀는 자신이 내게 웃음을 던질 수 있어서 좋다고 했다. 그날 나는 시어머님의 병간호를 위해 급하게 합가한 일, 처음 겪어본 번아웃과 경력을 부풀려 면접을 봤다가 떨어진 이야기를 털어놓았다. 그러다 아이의 어린이집 사고와 당시 내가 했던 위악에 대해, 나를 더 미워하기 전에 누군가에게 털어놓고 싶었다고 적었다. 잊고 싶고 숨기고 있던 내 모습이었다.

그녀는 "상처가 나면 흉터가 생겨요. 다시는 상처받지 않으려고 자기 살보다 더 딱딱하게 굳어진 흉터가 생기는 거죠. 마음도 똑같다고 해요. 어딘가 상처받으면 다시는 상처받지 않으려고 벽을 쌓는 거죠"라며 "보드라운 아기 살 같은 그런 만남이 가능할까요? 한 번도 상처받지 않은 것처럼 사랑할 수 있을까요?" 묻기도 했으며, "그래도 손을 내밀 수는 있어요. 그 정도의 배짱은 아직 있으니까요"라고 대화하듯 댓글을 달았다. 아침에 일어나니 간밤에 술주정을 한 것처럼 부끄러웠다. 글을 지우려고 서재에 들어가니 그녀는 밤새 뒤척인 건지 새벽에 긴 글을 놓아두었다.

"자려고 누웠다가 다시 앉았어요. 제가 뭐 위로받을 일이 있다고 이상하게 님의 글을 읽으면 위로가 됩니다. 일전에 님이 주신 시를 읽고 어찌 제 마음을 이리 잘 아실까 싶었습니다. 삶과 죽음이 하나라거나 죽음이 삶의 연장이라고들 하지만 저는 잘 모르겠습니다. 모르는 것이라 모르고 맙니다. 제 세포 하나하나가, 제 눈물들이, 제 꿈조차 그렇다고 하면 그때 끄덕이고 말겠습니다. 그러나 살아 있는 것들은 사라진다는 것을 받아들입니다. 그러면 편안해집니다. 살아 있는 것들 속에는 저도 있으니까요. 저도 누군가에게 제가 가진 여백을 더해 여백을 남길까요? 어쩌면 잊히고 싶을지도 모르겠습니다. 내가 잊는 것도 어려운데, 타인이 날 잊는 것을 어찌할 수 있을까요? 큰언니 꿈에 나타난 작은언니가, 내가 작은언니 생각을 안 했으면 좋겠다고 했다네요. 살아 있는 사람이 너무 아파하면 사라진 사람은 잊히고 싶나봅니다. 슬픔이 쏟아지다 모든 것이 예전 같지 않다는 걸 받아들이고 나면 쓸쓸함이 남습니다. 그저 여백이 하나 남는 것이겠지요. 아프지 마세요."

마음에 닿은 시가 파문을 일으키며 그녀를 어루만져주었다는 걸 느낄 수 있었다. 그녀의 슬픔이 작은언니의 죽음과 연결되어 있다는 걸 알게 되었다고 해서 내가 할 수 있는 것은 없었다. 그렇지만 「모든 사라지는 것들은 뒤에 여백을 남긴다」는 시는 그녀를 위로하고 안아준 듯 보였다. 이날 나는 먼저 아팠던 사람이 나중에 아플 사람들에게 건네는 마음이 시가 된다는 걸 그녀의 글을 보며 느낄 수 있었다. 그날 이후 우리는 좀더 가까워졌고, 편해졌으며, 그날그날의 날씨에 기분을 담아 인사를 건네며 지냈다.

"자다가 봉창 두드리는 소리가 오동나무 꽃 필 때 들리는 빗소리 같다"고 하면 "거기도 비 오죠? 꺼먹꺼먹하네요. 다 된 전구가 들어왔다 나갔다 하는 것처럼 마음이 덜렁거려요"라는 식이었다. "빗소리에 깨었습니다. 역시 비가 오네요. 비가 오니 또 잠을 자긴 글렀습니다. 나를 깨운 것은 비와 함께 도착한 그리움일까. 또 자긴 글렀습니다"라고 하면 "이곳에도 비가 옵니다. 오랜만에 들어왔는데 반가운 님이 기다리고 있었네요. 컴퓨터 앞에 오래 앉아 있는 게 좀 힘들어요. 님은 잘 지내세요? 서재에 안 들어와도 잘 아는 친구 생각을 하듯 자주 생각나요. 황사에, 환절기에 독감인 사람이 많던데 괜찮으시죠? 감기 조심하세요"라는 인사가 돌아왔다.

당시 나는 원인 모를 호흡기 질환을 앓고 있었다. 결핵이나 천식, 폐렴도 아닌데 숨이 차고 기침이 끊이지 않았으며 내 힘으로 가래를 뱉을 수 없어서 입퇴원을 반복하고 있었다. 그런 내 상태를 글로 쓴 적이 없는데도 그녀는 어떻게 알았는지 내 글에 숨어 있는 숨 쉬기 힘듦을 읽고 있었다. 한동안 서재에 나타나지 않는 그녀에게 "딸이 오늘은 바람이 맛이 없다고 투덜대서 웃어줬습니다. 어제부터 광풍이 부네요. 자주 못 뵈어도 늘 기다린답니다. 그러다 이렇게 글 조각 남깁니다"라고 하면, 한참 지나 "이곳에도 바람이 많이 불었어요. 북경에 있는 선배 말이 하늘에서 모래를 뿌려대는 것 같다고 해요. 병이 도졌나. 자꾸 잠이 와요. 벌써 두 잔째 차를 마시고 있는데"라며 뒷말이 생략된 글이 남아 있기도 했다. 그녀는 서재에 들어올 때마다 내가 올린 서평에 긴 댓글을 달았다.

"요즘 전쟁에 대한 책을 읽으시는군요. 전 어려서부터 총이 나오는 건 뭐든지 보지 않았어요. 그게 만화든, 책이든, 영화든. 이상하게 보면 울었어요. 어른이 다 되어서도 총이 나오는 영화를 못 봤어요. 결혼하고 많이 나아졌어요. 그게 장애처럼 느껴졌거든요. 이제 총이 나오는 영화도 볼 수 있게 되었어요. 하지만 아무리 재미있게 읽었어도 『삼국지』를 두 번 읽지 못하고, 『레 미제라블』에서 워털루전투 편을 넘기지 못하고, 『춘추』는 읽다 말았고…….
님은 참 열심히 책을 읽으시는군요. 나무는 아래로, 어둠으로 내려가면 갈수록 하늘로, 빛으로 팔을 뻗을 수 있다고 니체가 말했어요. 님은 아래로, 아래로 뿌리내려 그렇게 환한 곳으로, 환한 잎과 열매를 맺으려 하시는군요. 내일도 황사가 온다고 해요. 조심하세요."

마음 둘 데 없을 때 책을 읽으며 위안을 받던 내게 그녀의 관심은 고마웠다. 그녀가 나를 발견해준 것처럼 설레기도 했을 것이다. 우리는 한 번도 만난 적 없는 사람들이 연애하듯 편지를 주고받고 있었다. 나는 아무리 아래로 아래로 뿌리를 내린다 해도 뿌리는 잎과 열매는 보지 못할 거라고, 본다 해도 그런 것쯤 아무것도 아닐 거라고 했다. 그대로, 하던 대로 더 아래로 힘줄을 늘려나가겠다는 서툰 다짐을 적기도 했다.

한 해 두 해가 쌓이며 각자 읽고 있는 책 이야기도 깊어졌다. 17세에 반백이 되어 하고자 하는 것은 많지만 병색이 짙어 학문도 빛을 보지 못하고 기어이 27세에 세상을 등진 당나라 시인 이하(李賀)의 시편을 나누기도 했고, 어느 날은 미야자와 겐지의 「비에도 지지 않고」를 소개하기도 했다.

"서른다섯, 1931년 11월 3일, 비에도 지지 않고 바람에도 지지 않는, 칭찬받지도 않고 걱정시키지도 않는 그런 사람이 되고 싶었던 미야자와 겐지는 이 시를 쓰고 나서 고작 두 해를 더 살다가 숨을 거둡니다. 쑥차를 따라 한입 넣으며 '바보'라고 한번 불러줍니다."

내가 쓴 글 아래 "바보"라는 댓글이 실시간으로 달렸다. 바보, 는 그녀와 같은 시간 이야기를 나눌 수 있는 신호 같았다.

"바보, 그러니까 데쿠노보는 아마도 법화경 '상불경보살품(常不輕菩薩品)'에 나오는 '상불경(常不輕)'인 모양이에요. '나는 그대들을 매우 공경하며 결코 경멸하지 않습니다. 그대들은 모두 마땅히 성불할 것이기 때문입니다.' 상불경의 이 말은 쓰임에 따라 다르겠지만 지금처럼 흉악한 세상에 듣기에는 역시 허망하지요."

덜 익은 생각을 풀고 있는데 그녀는 "여러 해 동안 욕됨을 당하면서도 '나는 그대들을 매우 공경하며 결코 경멸하지 않습니다. 그대들은 모두 마땅히 성불할 것이기 때문입니다'라고 말하는 이 사람은 '그대'의 무엇을 본 것일까요? 그는 경전을 보지 않고 예배만 하였다지요? 자신이 성불하였나봅니다. 자신이 아무것도 아닌 것을 알았나봅니다. 그래서 텅 비어 있는 자신이나 허공이나 그대나 무엇이나 다 하나라는 걸 꼬집으면 아픈 것처럼 그렇게 확연히 알았나봅니다. 그런데도 바보, 그러니까 바보……"라고 했다.

"당시에도 사람들은 그를 욕하고 몽둥이로 때리고 돌을 던졌다고 해요. 그래도 꿈쩍 않는 그에게 사람들은 '상불경'이라는 이름을 주었다고 하고요. 항상 같은 경을 욀 수 있다면, 그것도 돌을 맞아가면서까지 자신의 이익과는 상관없이 같은 말을 되풀이해야 했다면, 그 말에 뭔가가 있으리라 생각했습니다."

더 하고 싶은 말을 끄집어내려고 덧붙이자 그녀는 미야자와 겐지의 시를 보니 천상병의 「나무」가 떠올랐다며 시를 옮겨놓았다.

"모두가 다 썩은 나무라고 하는데 시인은 꿈에서조차 썩은 나무가 아니라고 하네요. 나무의 꿈조차, 뿌리조차 시인의 눈에는 보이는 것일까요? 허망해 보이지 않는 것은 바보 같은 그런 삶이 실제로 존재하기 때문인지도 몰라요. 예수가 자기가 사랑하는 사람만 사랑한다면 그것은 세리들도 할 수 있다고 했다지요? 나무는 조금 썩을 수도 있을 겁니다. 그런데 모두가 썩었다는 그 나무가 썩은 나무가 아니란 걸 시인은 어떻게 알았을까요?"

그녀와 댓글로 대화를 나눌 때면 늘 대답 같은 질문이 남았다. 그녀는 사람들이 떠난 뒤에도 오지 않는, 다시 올 사람을 기다리는 것처럼 질문을 던지곤 했다.

그즈음 뉴스를 통해 알게 된 가습기 살균제 피해에 놀라 나는 내가 쓴 가습기 살균제가 뭐였는지, 피해자 입증을 어떻게 해야 할지 알아보느라 바쁜 나날을 보내고 있었다. 가습기에 낀 때를 소독하느라 넣은 살균제가 폐질환을 일으켰다니 호흡곤란의 원인을 찾던 내겐 충격적인 소식이었다. 입원 증명서와 원인 모를 폐와 기관지 질환에 대한 검사지, 담당 의사의 소견서를 입증 자료로 첨부해 가습기 살균제 피해자 신고를 하느라 몇 달이 훌쩍 지나갔다.

갑자기 내가 서재에서 사라지자 그녀는 "미야자와 겐지란 사람은 튼튼한 몸을 갖지 못한 모양입니다. 사방으로 다니며 사람들을 돕고 싶어도 마음처럼 되지 않았나봐요. 그는 이미 그가 되고 싶어하던 그 바보였는지도 모르겠습니다만 소망하지 않을 정도의 바보가 되기엔 너무 아팠는지도 몰라요. 님의 이야기를 따라와서 님의 이야기 끝에 쪼그리고 앉아 주절거립니다. 아프지 마세요. '그대'를 부르고 갑니다"라는 글을 남겨놓았다.

  그녀는 글의 말미에 내 안부를 적었고, 아프지 말라는 당부를 보탰다. 그것은 시인의 여백에 여백을 더하며 시를 읽은 사람들이 퍼뜨리는 파문 같았다. 이 글 이후 내가 그랬던 것처럼 그녀도 오랫동안 자취를 감추었다. 아프지 말라는 인사는 자신에게 하고 싶은 말이었을까. 그 말을 반복하며 그녀는 작은언니를 보내는 애도의 시간을 건너고 있었을까. 우리는 시를 소개하며 각자의 이야기를 했고, 슬픔을 꺼낼 때도 있었으나 그걸 어떻게 표현해야 할지 모르는 사람들처럼 그 주위를 맴돌고 있었다.

*

  일 년이 지나 나타난 그녀는 그동안 임신을 했고, 쌍둥이를 낳았으며, 육아의 고단함이 정신을 맑게 한다고 했다. 나는 감기가 낫지 않고 길을 걷다가 갑자기 호흡곤란이 와서 고생을 했다고 그간의 일들을 전했다. 그녀도 나도 서재에 글을 올리거나 방명록에 시를 남기며 마음을 나누던 시절을 떠나보내고 있었고, 슬픔이 차올라 마음을 어디에 두어야 할지 모르던 때를 지나고 있었다. 그러다 쌍둥이에게 보낸 망토 선물에 답장하듯 보리암에서 보내온 엽서와 손수건이 도착했다. 오랜만에 서재에 들어가 그녀의 방명록에 인사를 남겼다.

"손 글씨 엽서를 보며 우비를 입고 비를 맞이하는 님을 그려봤어요. 이상하게 한 그루 나무가 겹쳐 보이더군요. 나는 그렇지 못하지만 살면서 나무 같은 사람들을 만나게 되는 행운을 여러 번 만나고 있구나, 생각해요. 이 시간이면 꼬마 둘의 얼굴에 새겨진 세계도 평온할 때겠죠. 고맙다고, 조그맣게 속삭이다 갑니다."

몇 달 후 그녀가 댓글을 달았다.

"제 짧은 엽서에 답장을 주셨군요. 낮에 큰언니의 도움으로 잠깐 절에 다녀왔습니다. 오고가는 길에 비를 만났습니다. 제가 좋아하는 것은 사소한 일이고 사람이 죽고 사는 것은 제가 좋아하는 것에 비길 수 없는 일이지요. 한 번씩 묻고 싶을 때가 있습니다. 님의 폐는 평안합니까? 님이 계신 곳은 숨 쉬기 좋습니까?"

가습기 살균제 피해 환경 조사관이 집에 다녀가고도 한참 지나 환경부로부터 '가습기 살균제 노출 확인자에 해당되지 않는다'는 통보를 받았다. 함께 사는 사람 중 일흔이 넘은 시아버님이나 어린 딸은 피해 사실이 없는데 나만 가습기 살균제 피해에 노출된 것은 피해 환경 조건에 맞지 않는다는 판단이었다. 가습기를 작은방에서 책을 볼 때 사용했다는 내 말은 고려되지 않았다. 가족관계가 어떻게 되느냐고 묻던 편집장처럼 조사관도 어린이와 노약자가 피해에 노출되기 쉽다는 기준에서 환경 조사를 한 거였다. 사망자는 계속 늘어나 천 명이 넘어서고 있었고, 평생 산소호흡기를 달고 살아야 하는 중증 환자들은 피해자 단체를 만들어 대응하고 있었다. 나는 어디에 하소연해야 할지 몰라 헤매고 있었다. 망가진 폐기능으로 달리기를 못 하는 몸이 되었고, 계단을 조금만 올라도 숨 쉬기 힘든데, 더 나아질 가망은 없는 이런 상태로 살아가야 하는데, 피해자가 피해자임을 입증하는 건 더 숨이 막히는 일이었다.

숨 쉬기가 힘들 때 나는 서재에 들어와 그녀의 안부를 다시 읽고는 했다. "님의 폐는 평안합니까? 님이 계신 곳은 숨 쉬기 좋습니까?"라고 발음하기도 했다. 그러면 어느 해에 내가 보낸 시편에 공감하고 위로받던 그녀의 목소리가 들리듯 평안했다. 바람을 가르는 기분을 느끼고 싶은 날, 달리기하고 싶은 날은 아침 일찍 자전거를 타고 동네를 돌았다. 그녀와 대화하던 날들이 그리운 날엔 그녀의 방명록에 "비 그치고 새벽에 싱싱한 햇살을 맞으며 또 한 차례 자전거를 끌고 거리를 뒤졌어요. 참 깨끗해져 있어요. 이렇게 맑은 거리는 이곳에서는 도통 볼 수 없는 풍경이라 입안이 떫어요. 덜 익은 감을 깨물고 끝까지 그걸 오물거릴 때처럼. 뱉기는 뱉어야겠는데 뱉을 곳이 너무 맑아서 삼키는 것이 낫겠다 여겨지는 새벽이었죠. 내 폐를 숲에다 풀어놓고 숨 쉬고 싶어요. ……아이들 깼죠? 두 놈이 동시에 엄마를 부를 땐 어떻게 하세요?"라는 글을 적어두기도 했다. 그러면 얼마의 시간이 지나든 그녀가 답장을 남겨놓는다는 걸 알고 있었다.

"언제 이렇게 글을 쓰셨죠? 오늘에야 제 눈에 띄었네요. 그냥 읽었어요. 음미할 여유 없이. 아이들은 다른 방에서 자고 있어요. 무얼 해도 온통 신경이 거기에 가 있지요. 온통! '폐를 숲에다 풀어놓고'를 '숲을 폐에 풀어놓고'로 잘못 읽었어요. 폐에 숲이 자라면 숨을 쉴 때마다, 이야기 나눌 때마다 푸른 향이 날 것 같아요. 또 들르면 또 읽어볼게요. 이렇게 잘못 읽은 구절이 없는지, 천천히 맛보면서 읽을게요. 잘 자요."

이 글을 끝으로 나는 답장을 하지 않았다. '아프지 말라'는 말 대신 '잘 자라'는 인사는 낮잠 자는 아이의 얼굴처럼 평안했다. 그녀가 사랑하는 사람을 떠나보내는 애도의 시간을 어떻게 보냈을지는 알지 못하지만, 이제는 흘러가는 시간이 자신만 놓아두고 흐르지 않도록 같이 흘러가는 것 같았다. 마흔이 넘으면 지치지 않는 튼튼한 몸을 가지고 싶다던 그녀는 알까. 그 시절 내게 필요했던 것은 아무것도 아닌 이야기를 귀 기울여 들어주는 한 사람이었다는 걸. 지나온 그때가 내게는 누가 누구에게 안부를 보내는 편지의 시절이었다는 것을. 나는 그녀의 방명록에 오래된 인사를 보탰다.

"안녕! 우리 쌍둥이 녀석들은 얼마나 컸을까요? 바람이 맛이 없다던 꼬마는 벌써 대학생이 되었답니다. 오늘은 개기일식이 있었어요. 빛이 우리에게 오는 시간은 팔분 칠초가 걸린대요. 잠깐의 안부도 이런 오랜 시간이 걸리는데……. 우리가 만난 시간이 빛처럼 깜빡일 때가 있어요. 문득 안부 인사 내려놓고 가려고요. 다 달빛 때문이에요."

시립 도서관의 이면

이상욱

소설집 『기린의 심장』 출간

이 이야기의 배경은 아주 오래전이다.

요즘 사람들은 물론이고 그 시절을 보냈던 사람들조차 기억의 밑바닥에 방치해버린, 침전물이 켜켜이 쌓여, 한참을 더듬어야 겨우 윤곽이라도 가늠할 수 있는, 아주 오래전.

아주 오래전에는 지금처럼 고층 아파트가 흔하지 않았다. 국내에서 생산되는 자동차 종류도 몇 개 되지 않았고 서울 지하철 노선도 네 개에 불과했다. 미세 먼지와 기후 위기도 아직 먼일에 불과했다.

아주 오래전의 시간은 지금보다 느리게 흘렀다. 유행은 계절보다 느리게 번졌고, 히트한 가요는 일 년 내내 음반 매장 앞에서 흘러나왔으며, 이야기의 여운은 사람들 마음을 오랫동안 붙잡고 쉬이 놓아주지 않았다. 아주 오래전은 또한 무거웠다. 선생이 학생을 폭행했고, 상급자가 하급자를 폭행했으며, 가난한 자마저 더 가난한 자를 찾아 기어이 폭행했다. 멍이 들고 입술이 찢어지고 피가 흐르는 폭력이 공기처럼 모든 곳에 녹아 있었고 아무도 여기에 이의를 제기하지 않았다.

사람들은 느리고 무거운 시간을 견디기 위해, 느리고 무거운 시간 속에 파묻혀, 느리고 무겁게 책을 읽었다. 아이들도 예외는 아니었다. 어른들은 아이들 앞에 놓인 시간 역시 느리고 무거울 거라 믿어 의심치 않았다. 그들은 아이들이 하루라도 빨리 이 느리고 무거운 시간에 익숙해지기를 바랐다.

느리고 무거운.

그래, 이건 아주 오래전 이야기다.

*

집에서 가장 가까운 도서관은 도보로 삼십분 넘는 거리에 있었다. 다들 시립 도서관이라 불렀고 다른 명칭은 기억나지 않는다. 초등학교 고학년이 된 후로, 나는 주말마다 시립 도서관을 찾았다. 집에 있어봐야 재밌는 일도 없었고, 요즘처럼 티브이 채널이 많던 시절도 아니었다.

일요일 아침. 햇살이 창문을 비추면 나는 조용히 일어나 할머니가 해준 밥을 먹었다. 세수와 양치를 한 뒤 벨크로 달린 운동화를 신고 집을 나섰다. 아직 포장조차 되지 않은 골목길을 벗어나 왕복 4차선 도로를 따라 이십분 정도 가면 시청 사거리가 나왔다. 사거리에서 오른쪽으로, 높은 펜스가 쳐진 미군 아파트 단지를 따라 십분 더 걸었다. 도로 맞은편에 있는 구불구불한 골목이 끝나는 곳에, 도서관은 있었다.

붉은 벽돌로 지어진 도서관은 낡은 3층 건물이었다. 1층은 행정실과 어린이 열람실이었고, 2층은 서고, 3층은 남녀가 분리된 일반 열람실이었다. 지하에 매점이 있었는데 간단한 스낵과 라면 따위를 팔았다. 건물 앞은 주차장이었고, 그 옆으로 놀이터와 벤치가 있었다. 나는 그 놀이터에서 아이들이 노는 걸 거의 보지 못했다. 주택가에서 멀어 접근이 쉽지 않았고 근처에 초등학교도 없었다. 애초에 아이들이 찾을 만한 도서관이 아니었다.

도서관에 도착하면 곧바로 2층 서고로 갔다. 도서 대여 방법을 몰랐던 나는, 책을 골라 벽에 등을 기댄 채 만화책과 어린이 세계명작, 현대소설 따위를 무작위로 읽었다. 몇 장 못 넘기고 덮는 책이 대부분이었지만, 가끔 보석 같은 책과 만나면 다리 아픈 줄 모르고 몇 시간씩 서 있었다. 그러다 배가 고파지면 지하 매점에 내려가 라면을 먹었다. 도서관답지 않은 소란스러움과 싸구려 음식 냄새 가득한 매점을 나는 좋아했다.

점심 이후에는 혼자 그네를 탔다. 매일 날씨가 같았을 리 없음에도 내 기억 속 풍경은 한결같다. 계절은 가을이다. 푸른 하늘 속 하얀 구름이 붓으로 그린 것처럼 선명했다. 바람에 흩날리는 낙엽이 바스락거렸고 세상은 노랑으로 물들어 있었다. 그 노랑은, 빛바랜 폴라로이드 사진처럼 사물과 배경의 경계를 흐릿하게 만들었다. 그네가 노랑을 헤집을 때마다 가슴이 붕— 하고 떠올랐다.

　내가 이면과 만났던 날도 이와 같았다.

　그네를 멈추고 내려왔을 때, 한 아이가 나를 보며 입을 벌리고 서 있었다. 나보다 두세 살 정도 어려 보이는 아이였다. 아이는 키가 작고 말랐다. 머리가 심하게 떡졌고 얼굴은 까무잡잡했다. 낡은 갈색 잠바에 발보다 큰 슬리퍼를 맨발로 신었다. 나는 아이에게 다가가 누구냐고 물었다.

　이면이야, 김이면.

　이면? 이상한 이름이네.

　내 말에 이면이 히죽 웃었다. 콧물이 삐죽 나왔다.

　그네 타려고?

　이면이 고개를 끄덕였다. 그네는 네 개였고, 내가 타던 걸 빼면 전부 비어 있었다.

　그럼 아무거나 타.

　이면은 내 옆 그네에 앉아, 눈살을 찌푸린 채 바닥을 발로 밀기만 했다. 그 모습을 보던 나는, 그렇게 하는 게 아니라고 말하며 그네 타는 요령을 설명했다. 뒤로 갈 때는 발을 접고 앞으로 갈 때는 뻗는 거야. 이면은 제 자리에 앉아 발을 구부리고 뻗었다. 처음에는 그네를 앞으로 밀어야지. 나는 시범을 보이며 설명했다. 이면은 내 그네가 점점 높아지는 걸 구경만 했다. 타던 그네를 멈추고 이면의 그네를 밀었다. 나아갈 땐 다리를 뻗어. 뒤로 올 땐 구부려. 그래, 그렇게 계속하는 거야. 이면은 곧잘 따라 하더니 금방 그네를 타기 시작했다. 이면은 큰 소리로 웃으며 점점 높이 올라갔다. 마지막에는 거의 90도 가까이 솟구쳤다. 나는 이면의 모습에 고양되어 다시 그네에 올랐다. 우리는 경쟁하듯 그네를 하늘로 밀어올렸다. 하늘이 손에 잡힐 것만 같았다.

이면과 나는 삼십분 넘게 그네를 탔다. 바닥에 내려온 이면은 모래밭에 발을 구르며 재밌었다고 소리쳤다.

내일도 타자. 이면이 말했다.

내일은 학교에 가서 안 돼. 토요일에 다시 올게.

학교? 학교에 안 가면 안 돼?

그 말은 이상했다. 이면은 아무리 어려도 3학년은 되어 보였기 때문이다.

너는 학교 안 다녀?

나를 빤히 바라보던 이면은 머리를 긁적이다가, 내 질문에 대답하지 않고 놀이터 밖으로 내달렸다. 슬리퍼를 신었는데도 무척 빨랐다. 나는 다시 서고로 돌아갔다. 벽에 기대어 조세희 소설을 조금 읽다 덮어버리고 집으로 돌아왔다.

할머니와 아버지, 동생이 막 저녁을 먹으려던 참이었다. 나는 아버지 앞에 앉아 저녁을 먹었다. 다음주에 수원에 가도 되느냐는 물음에, 아버지는 단호한 말투로 안 된다고 말했다. 더는 아무 말도 하지 못하고 저녁을 먹었다. 동생이 내 눈치를 보며 청국장을 한술 떴다. 할머니가 상을 물리고 동생과 나는 티브이 앞에 앉았다. 〈유머 1번지〉를 보던 동생이 쉬지 않고 웃음을 터뜨렸다. 할머니가 안 되겠다며 티브이를 껐다. 동생은 천식을 앓았다. 이렇게 웃으면 밤새 휘파람소리를 내며 기침을 했다. 동생은 울었고 티브이를 못 보게 된 나는, 시끄럽다며 동생에게 짜증을 냈다. 나는 이불 속에 엎드려 『나의 라임 오렌지나무』를 읽었다. 열시가 될 무렵 할아버지가 방으로 들어왔다. 외출복을 벗은 할아버지는, 간단한 체조를 한 뒤 불을 끄고 이불에 들어가 티브이를 틀었다. 〈유머 1번지〉는 이미 끝난 지 오래였다. 나는 머리까지 이불을 덮고 눈을 감았다.

이면은 처음 만났을 때와 같은 복장을 하고 있었다. 나와 눈을 마주치자 쭈뼛거리며 다가와 신호등 사탕을 내밀었다. 빨강, 노랑, 초록 중 하나를 고르라기에 빨강을 골랐다. 껍질을 뜯어 나에게 빨강을 주고 자기는 노랑을 먹었다. 초록은 주머니에 넣었다.

오늘도 그네 탈까? 나 매일 그네 탔거든. 되게 잘 타.

나는 그러자고 했다. 우리는 그날처럼 나란히 그네를 탔다. 하지만 첫날처럼 재미있지 않았다. 나는 그네에서 내려왔다. 이면도 따라서 멈췄다.

오늘은 다른 거 하면서 놀자.

뭐 하는데?

활쏘기 구경할래? 저기 화살 쏘는 곳이 있어.

교양서가 10주년

김혜주 作, 묵묵히 자신의 길을 가다, 53.0x 45.5cm mix the medium(2024)

도서관에서 멀지 않은 곳에 국궁장이 있었다. 주말마다 사람들이 몰려와 골짜기 너머에 있는 과녁에 활을 쐈다. 우리는 국궁장에서 조금 떨어진 곳에 나란히 앉아 화살 쏘는 걸 구경했다. 화살 대부분이 과녁 근처에도 못 가고 떨어졌다. 하지만 잘하는 사람도 몇 명 있었다. 나는 이면에게 내기를 제안했다.

한 사람 골라서 편을 먹는 거야. 이기는 쪽이 초록색 사탕 먹기로 하자.

이면은 찬성했고 우리는 각자 잘 쏘는 사람을 골라 편을 먹었다. 국궁 과녁판은 단순했다. 네모난 흰색 나무판 안에 검은색 사각형이 있고 그 안에 빨간색 동그라미가 그려져 있었다. 규칙은 도무지 알 수가 없어 빨간색 원에 많이 맞히는 사람이 이기는 걸로 정했다. 자기편이 활을 쏠 때마다 가슴이 두근거렸다. 나와 편 먹은 사람 활이 과녁에 맞으면 소리를 지르며 좋아했고, 못 맞히거나 상대편이 맞히면 실망했다. 그날 승자는 이면과 편먹은 대머리 아저씨였다. 이면은 두 손을 올리고 승리의 함성을 외친 뒤 초록색 사탕을 입에 물었다. 볼이 볼록 나왔다.

나는 이제 도서관에 갈래.

이면은 고개를 갸우뚱하며 저기서 뭘 하냐고 물었다.

책을 읽지?

나도 읽고 싶어, 책.

그럼 같이 가자. 대신 들어가면 조용히 있어야 해. 안 그러면 아저씨가 혼내거든.

이면이 고개를 끄덕였다.

우리는 2층 서고에 들어갔다. 나는 지난주에 읽던 책을 꺼내 벽에 등을 기댔다. 제목에 난쟁이가 들어가 있어 기대했는데, 읽으면 읽을수록 무슨 소린지 알 수가 없었다. 이면은 책장을 돌아다니며 책을 뽑았다 꽂기를 반복했다. 빨간 표지의 책을 가져와 내 옆에 쪼그려 앉아 책을 펼쳤다. 이면은 마구잡이로 페이지를 넘기다, 책을 바닥에 툭 던져버렸다.

재미없어.

나는 이면이 던진 책을 제자리에 두고, 어린이 명작 코너에서 『꿀벌 마야의 모험』을 꺼내주었다.

이건 재밌을 거야.

벌 싫어, 무서워.

마야는 안 무서워. 아가 벌이라 착해.

이면은 책을 천천히 넘겼다. 시선이 그림에만 오래 머물렀다. 그 모습을 지켜보던 나는, 이면 옆에 쪼그려 앉았다.

내가 읽어줄까?

이면이 고개를 끄덕였다. 나는 사서에게 이 책을 빌릴 수 있느냐고 물었다. 사서는 1층에서 회원으로 등록해야 한다고 말했다. 나는 1층 행정실로 들어가 어렵게 어렵게 회원 등록에 성공했다. 우리는 책을 들고 놀이터 앞 벤치에 나란히 앉았다.

『꿀벌 마야의 모험』. 발데마르 본젤스.

그게 뭐야?

이 책을 쓴 사람 이름이야. 나는 첫머리에 있는 작가 소개를 읽었어. 본젤스는 독일 사람이래.

독일이 어딘데?

아주 멀리 있는 나라야. 비행기 타고 가야 해.

그렇게 멀리에도 벌이 있어?

꽃이 있으니까 벌도 있겠지. 꽃은 어디에나 있잖아.

이면은 더 묻지 않고 코를 훌쩍이며 내 옆에 바짝 붙었다. 나는 책을 소리 내어 읽기 시작했다. 카산드라가 알에서 깨어난 마야를 빠져나오도록 도와주는 장면에서 책은 시작되었다. 카산드라는 나이가 많고 무리의 존경을 받았다는 묘사가 이어졌다.

책을 읽는 동안, 이면은 내 옆에 얌전히 앉아 있었다. 카산드라가 어떻게 생겼느냐는 식의 질문을 가끔 던졌지만, 삽화를 가리키며 이게 카산드라라고 말해주면 알겠다는 듯 고개를 끄덕였다. 책은 소리 내어 읽기에 다소 길었다. 책 읽기에 지친 나는 3분의 1쯤에서 책을 덮고 다음에 마저 읽어주겠다고 말했다. 이면은 마야의 침이라고 외치며 내 허벅지를 엉덩이로 찌르는 시늉을 했다.

너는 벌이 아니잖아.

이면은 그네를 타며 두 팔을 휘저었다.

나는 꿀벌이야.

이면은 책에서 나온 노래를 엉터리 음정으로 불렀다.

네가 꿀벌이면 나는 잠자리 할래. 잠자리가 꿀벌보다 세거든.

내 말에 이면이 노래를 멈췄다.

그럼 나는, 나는, 나는······.

이면은 그네에서 내려와 주변을 두리번거리다 갑자기 배가 고프다고 말했다. 나는 이면을 지하 매점으로 데려가, 라면 두 개를 주문했다. 이면은 라면을 허겁지겁 먹었다. 우리는 식사를 마친 뒤 도서관 뒤쪽 숲길을 걸었다. 숲은 황량했다. 잎이 떨어진 나무는 앙상했고, 늦가을이라 살아 있는 것도 보이지 않았다. 걷는 내내, 이면은 엉터리 노래를 불렀다. 그러다 시간이 되었고, 나는 도서관 앞에서 이면과 작별 인사를 하고 집으로 돌아갔다.

일주일 뒤 도서관에 도착했을 때, 비가 내리기 시작했다. 집에서 나올 때만 해도 오지 않아 미처 우산을 챙겨 오지 못했다. 바람까지 불어 기온이 빠르게 낮아졌다. 몸이 으슬으슬했다. 도서관에도 평소보다 사람이 적었다. 흠뻑 젖은 몸으로 복도에서 책을 읽을 수도 없는 노릇이라, 오늘은 그만 돌아가자고 말했다. 이면이 입술을 삐죽였다.

하지만 복도에서 시끄럽게 굴면 아저씨에게 혼나.

그러면 우리집에 갈래? 이면이 말했다.

너희 집이 어딘데?

이면은 현관으로 달려가 손가락으로 건물 하나를 가리키며, 저기 2층이 우리집이야, 라고 말했다. 이면이 가리킨 건 오래된 다세대주택이었다. 달리면 비를 거의 맞지 않을 것 같았다. 나는 책을 옷 속에 집어넣고 이면과 함께 빗속을 달렸다. 이면은 나보다 몸이 작고 슬리퍼를 신었지만, 따라가기 힘들 정도로 빨랐다.

집은 어두웠다. 불을 켜도 마찬가지였다. 날씨와 상관없이, 어둠은 집 곳곳에 곰팡이처럼 피어 있었다. 축축한 어둠. 이것이 이면의 집에 대한 나의 첫인상이었다. 거실은 온갖 잡동사니로 너저분했다. 바짝 말라 죽은 식물부터, 과자 봉지와 음료수 캔, 먼지 낀 선풍기와 함부로 벗어둔 옷가지. 이면은 살금살금 걸어가 안방 문을 빼꼼 열었다. 누워 있는 여자의 어깨가 눈에 살짝 들어왔다. 이면은 조심스럽게 문을 닫고, 잠든 엄마를 깨우면 안 된다고 말했다.

이 시간에 깨면 화내거든, 엄청 무서워.

이면은 나를 작은방으로 데려갔다. 그 방도 어둡고 지저분하기는 마찬가지였다. 우리는 구석에 몸을 비집고 나란히 앉았다. 나는 지난주에 읽었던 페이지를 펼쳤다. 마야가 집파리 푸크를 만나는 내용이었다. 무례한 파리 푸크를 마야가 붙잡자, 푸크는 마야에게 살려달라고 비굴하게 애원했다. 이면은 자기도 파리가 싫다고 말했다. 나도 그래, 너무 시끄럽고 낮잠을 방해하지. 생긴 것도 징그러워. 마야가 푸크를 죽였으면 좋겠어. 이면의 바람과 다르게 마야는 푸크와 대화를 이어갔을 뿐 별다른 해를 끼치지 않았다. 마야는 꿀벌이니까 파리를 죽일 이유가 없었다. 막상 잠자리가 푸크를 잡아먹는 장면이 나오자, 이면은 손으로 입을 가렸다.

거미줄에 걸린 마야 이야기를 막 읽으려던 참에 방문이 열렸다. 우리는 동시에 고개를 들었다. 여자의 머리는 길고 부스스했다. 자주색 스웨터에 긴 치마를 입었고, 왼쪽 팔목에 금색 팔찌를 찼다. 창백한 피부 탓에 인상이 차갑게 느껴졌다. 그녀는 나와 이면을 번갈아 봤다. 너는 누구냐고, 여자가 나에게 물었다. 나는 자리에서 일어나 공손하게 인사했다.

저는 이면이 친구인데, 밖에 비가 와서 들어왔어요.

정말이야?

유리 긁는 목소리가 이면을 향했다. 이면은 고개를 끄덕였다. 우리를 내려다보던 여자는 문을 쾅— 닫고 방에서 나갔다. 정적이 작은 방을 가득 채웠다.

너희 엄마야?

이면이 내 눈치를 보며 고개를 끄덕였다.

매일 화내는 건 아니야. 잠에서 깰 때만 저래.

이면이 나를 힐끔 보며, 화났어? 하고 물었다.

화나지 않았어. 계속 읽자.

말은 그렇게 했지만, 마음이 불편해 책 읽기가 쉽지 않았다. 하지만 책을 읽지 않으면 이면이 내가 화가 났다고 생각할 것 같아서 참았다. 마야는 거미줄에 걸려서 죽을 뻔했다가 쇠똥구리에게 구조됐다. 이어 노린재와 나비를 만났다. 노린재는 마야가 말을 걸어도 대꾸하지 않았다. 다가가자 고약한 냄새를 뿜었다.

노린재는 친구 없어?

친구가 없는 게 아니라 혼자 있는 걸 좋아하는 거야.

엄마는 늘 나한테 나가서 놀라고 해, 혼자 있고 싶다면서. 나는 혼자 있는 거 싫은데. 그래도 자기 전에는 나를 꼭 안아줘.

너희 엄마도 그냥 혼자 있는 걸 좋아하는 거야.

노린재처럼?

그래, 노린재처럼.

나는 이만 집에 가봐야 한다고 말했다. 우산을 가져오지 않아 젖을 테지만 어쩔 수 없었다. 현관에서 신발을 신는데, 여자가 안방에서 나왔다. 안녕히 계세요, 하고 고개 숙여 인사했다.

남의 집에 올 때는 먼저 어른의 허락을 받는 거야.

알겠습니다.

여자가 내게 천 원짜리 지폐를 내밀었다. 나는 여자 손에 쥐어진 돈을 빤히 바라봤다.

뭐해, 어서 받지 않고!

나는 쭈뼛거리며 돈을 받았다.

현관을 나가자마자 안에서 문을 잠그는 소리가 들렸다. 그러고 보니 책을 두고 나온 게 생각났다. 어쩌지? 대여 기간은 일주일이지만, 두 번 다시 이 집에 들어오고 싶지 않았다. 지금 바로 책을 받아 와야 했다. 손가락이 초인종에 가까워질수록 가슴이 두근거렸다. 끝내 초인종을 누르지 못한 나는 천 원을 주머니에 넣고 발걸음을 돌렸다.

빗방울이 굵어졌다. 집에 반도 못 왔는데 옷과 신발이 흠뻑 젖었다. 나는 두 손으로 어깨를 감쌌다. 집에 오자마자 젖은 옷을 갈아입고 이불로 들어갔다. 몸이 뜨거웠다. 목이 아프고 기침이 나왔다. 이불을 머리까지 덮고 몸을 웅크렸다. 먹어야 낫는다며 할머니가 억지로 나를 밥상 앞에 앉혔다. 물에 만 밥을 억지로 씹어 삼켰다. 아무 맛도 느껴지지 않았다. 할머니는 가루약을 수저에 놓고 물을 따른 뒤 약지로 녹여냈다. 약은 썼고 몸은 욱신거렸다. 일찍 자, 자야 낫는다. 할머니가 말했다. 배불리 먹이고 쉬게 하는 것. 그것이 손주를 대하는 할머니의 방식이었다. 할머니가 나를 다시 이불에 눕히고, 거친 손으로 이마와 얼굴을 쓰다듬었다. 나는 이내 깊은 잠에 빠져들었다.

꿈속에 이면이 나왔다. 깨끗한 얼굴에 새 옷을 입은 이면이었다. 이면은 그네를 타고 하늘로 솟구치며 책에서 나온 노래를 불렀다. 엉터리 음정 박자가 아닌, 제대로 된 멜로디와 아름다운 목소리로, 여름과 삶의 아름다움, 죽음의 숙명을 노래했다.

*

토요일 오전 수업을 마친 나는 곧바로 문방구를 찾았다. 신호등 알사탕, 쥐포, 아폴로 따위를 사 봉투에 넣었다. 천 원이 넘었지만, 가지고 있던 돈으로 해결했다. 집에 가자마자 가방을 내던지고 도서관으로 향했다.

나는 그네에 앉아 이면을 기다렸다. 발로 모래를 찰 때마다 그네가 삐걱거리며 흔들렸다. 이면은 오지 않았다. 늘 이맘때쯤 쪼르르 달려왔는데 이상했다. 생각하고 생각하니, 그게 더 이상한 일이라는 걸 알았다. 이면은 어떻게 내가 여기 오는 걸 알았던 걸까? 매일 여기서 나를 기다렸던 걸까? 나는 이면의 집을 바라봤다. 오늘은 지난주보다 추웠지만, 하늘은 쾌청했다. 나는 과자가 든 봉투를 쥐고 이면의 집 현관 앞에 섰다. 이면의 엄마가 떠올라 차마 초인종 누를 엄두가 나지 않았다. 하지만 눌러야 했다. 오늘은 꼭 『꿀벌 마야의 모험』을 반납해야 했으니까. 호흡을 깊게 들이마시고 초인종을 눌렀다. 빠른 발걸음소리와 함께, 엄마, 하고 외치는 이면의 목소리가 들렸다. 문을 열고 내 얼굴을 확인한 이면이 고개를 숙이고 들어오라고 말했다. 집은 지난주에 봤을 때보다 더러웠고 여자의 모습은 보이지 않았다.

책 어디었어? 오늘은 반납해야 해.

이면이 소파 위를 가리켰다. 나는 책을 들고 이면 옆에 앉았다. 이면은 손가락만 꼼지락댈 뿐 말이 없었다. 나는 과자를 꺼내 하나하나 뜯어 바닥에 늘어놓았다.

먹자. 네 엄마가 준 돈으로 산 거야.

이면은 옥수수 과자를 들고 잠시 바라보다 입에 한 주먹 넣고 우물거렸다. 나도 같이 먹었다. 조용한 거실이 오도독— 소리로 채워졌다. 이면이 갑자기 울음을 터뜨렸다. 나는 당황하여 왜 그러냐고 물었다.

엄마가 없어.

어디 가셨는데?

몰라, 어제 아침에 일어났더니 없어졌어. 원래 밤에 들어오거든. 그런데 안 들어와.

바쁜 일이 있나보지. 오늘은 들어오실 거야.

이면이 고개를 흔들었다.

내가 말 안 들어서 그래. 항상 버리고 갈 거라고 했거든. 엄마는 나를 미워해.

이면은 더 서럽게 울었다. 침을 흘리며 방울 같은 눈물을 쏟아 냈다. 나는 두루마리 휴지를 뜯어 이면의 얼굴을 닦아주었다. 어떤 위로의 말도 나오지 않았다. 휴지는 금방 눈물로 젖었다. 나는 두루마리 휴지를 더 풀었다. 이면은 눈물을 그치고 코를 푼 뒤 휴지를 바닥에 아무렇게나 던졌다.

책 읽어줄까?

이면이 고개를 끄덕였고 나는 책을 펼쳤다. 마야가 꽃의 요정을 만나는 장이었다. 처음으로 밤 산책을 나온 마야는 붓꽃에서 깨어난 꽃의 요정과 만났다. 요정은 빛과 하늘과 영혼의 영원함을 노래했다.

꽃의 요정은 자기가 태어난 꽃을 떠날 수 없다. 혹여나 떠나게 되면, 다음 날 노을이 질 무렵 죽는다. 대신 꽃을 떠나 처음 만난 존재의 소원을 들어줄 수 있다. 인간의 가장 아름다울 때의 모습을 보고 싶다는 마야에게 꽃의 요정은 대답했다. 자, 같이 날아가자. 네 소원은 이루어질 거야.

소원.

이면이 벌떡 일어나, 컵에 수돗물을 따라 마시고 돌아와 앉아, 말라비틀어진 화분을 한동안 바라봤다.

책을 덮고 시계를 보니 어느덧 네시였다. 더는 할 게 없었다. 우리는 나란히 앉아 멍하니 허공을 응시했다. 길게 늘어진 햇살이, 바싹 말라 죽은, 그래서 형체조차 잃어버린 식물을 비췄다. 그 빛이 늘어지고 늘어지다 흐릿한 그림자로 변했다. 이면이 거실 불을 켰다. 끝이 검어진 형광등이 쉬지 않고 깜빡거렸다. 눈이 아팠다. 이면은 아폴로를 쪽쪽 빨아 먹으며 어두운 티브이 브라운관을 바라봤다. 나는 자리에서 일어나 그만 가봐야 한다고 말했다. 이면은 골목이 끝나는 곳까지 내 뒤를 따라왔다. 도로 위로 자동차 불빛이 쉬지 않고 지나쳤다.

나랑 우리집에 갈래?

이면이 고개를 저었다.

엄마 기다려야 해.

우리집 전화번호 적어두고 가자. 너희 엄마 오면 전화할 수 있게.

엄마는 올 거야.

이면은 기어드는 목소리로, 정말이야, 라고 말했다. 나도 그럴 거라고 대답했다. 나는 이면을 두고 도로를 따라 걸었다. 뒤돌아볼 때마다 그곳에 이면의 검은 실루엣이 서 있었다. 몇 번이나 뒤돌아보던 나는, 횡단보도를 건너자마자 숨이 턱에 닿을 때까지 달렸다.

집에는 할머니와 동생뿐이었다. 동생이 색색거리며 누워 있었다. 할머니는 동생 옆에 앉아 티브이를 보고 있었다. 나도 그 옆에 앉았다. 동생은 물을 마시다 기침했다. 할머니가 꿀에 잰 은행을 동생에게 한 수저 먹였다. 티브이에서 어색한 웃음소리가 흘러나왔다. 문득 책을 반납하지 못한 게 기억났다. 책은 이면의 집에 있을 것이다. 반납을 연체하면 연체금을 물고 일정 기간 책을 대여할 수 없었다. 무엇보다 약속을 어겼다는 사실이 마음을 불편하게 했다.

오빠, 어디 갔다 왔어?

시립 도서관.

거기서 뭐 하는데?

책을 읽지.

무슨 책?

오늘은『꿀벌 마야의 모험』을 읽었어. 어린 벌이 세상을 돌아다니는 이야기야.

나는 동생에게 책 내용을 간추려 들려줬다. 동생은 내 이야기를 듣다가 재미없다며 티브이 쪽으로 고개를 돌렸다. 나는 보일러실로 가 대야에 물을 받아 양치와 세수를 했다. 티브이를 보다 열시 무렵 자리를 펴고 누웠다. 잠이 오지 않아 책장 앞에 섰다. 제목이 한자로 된 낯설고 어려운 책들뿐이었다. 나는 구석에 꽂혀 있던『꽃들에게 희망을』을 꺼냈다. 벌써 열 번도 넘게 읽었지만, 선택의 여지가 없었다. 책은 짧았고 다 읽는 데 십분 정도밖에 걸리지 않았다. 책을 머리맡에 두고 똑바로 누웠다. 천장 무늬가 어지러웠다.

이면은 어쩌고 있을까? 엄마가 집에 돌아왔을까? 아니면 아직도 더럽고 어두운 거실에 혼자 앉아 있으려나? 이면은 왜 학교에 다니지 않는 걸까? 왜 아무도 그 아이에게 글을 가르쳐주지 않았을까? 질문이 꼬리에 꼬리를 물고 이어졌지만, 내가 대답할 수 있는 건 하나도 없었다.

그뒤로 나는 한 달 넘게 시립 도서관을 찾지 않았다. 이면과 반납하지 않은 책도 기억 속에서 조금씩 지워졌다. 떠오르지 않은 건 아니었으나, 그때마다 소리 없이 〈클레멘타인〉을 불렀다. '넓고 넓은 바닷가에 오막살이 집 한 채······.' 그사이 가을이 끝나고 겨울이 찾아왔다.

그 겨울의 어느 일요일, 아무런 예고도 징후도 귀띔도 없이 새엄마가 우리집을 찾아왔다. 아버지와 윤수 아저씨가 함께였다. 윤수 아저씨는 낯선 그 여자를 '애들 엄마'라고 불렀다. '애들 엄마'는 무표정한 얼굴로 나와 동생 그리고 집을 살폈다. 우리는 숨죽이고 그 모습을 힐끔거렸다.

할머니가 술상을 차렸다. 술은 주로 윤수 아저씨가 마셨다. 그 앞에서 아버지는 쉬지 않고 담배를 피웠고 새엄마는 두 사람 대화를 듣기만 했다. 동생과 나는 그 자리가 불편해 안절부절못했다. 새엄마는 우리를 향해 자주 미소를 지어 보였다. 나는 새엄마의 시선을 피해 발가락을 꼼지락거렸다. 아버지는 웃고 웃고 또 웃었다. 아버지에게, 할머니에게 혹은 지나가는 아무에게나 묻고 싶었다. 하지만 나는 내가 알고 싶은 게 뭔지 정확히 알지 못했다. 하얀 담배 연기가 머리 위로 긴 띠를 만들었다. 동생이 콜록거렸다. 아버지가 우리에게 나가 있으라 말했다. 나가려는 우리에게 새엄마가 5천 원씩 용돈을 쥐여줬다. 나와 동생은 공손히 인사하고 마당으로 나갔다. 바람이 차가웠다. 동생의 기침이 심해졌다. 들어가라 했지만 싫다며 고개를 저었다. 나는 잠바를 가져와 동생에게 입히고 나도 입었다. 우리는 아무데도 가지 않고 마당 구석에 앉았다.

눈이 오려나봐.

동생의 말대로, 하늘이 물먹은 솜처럼 하얬다.

오빠, 도서관 갔다 올게.

같이 가면 안 돼?

안 돼, 너무 멀어.

고개 숙인 동생을 뒤로하고 혼자 도서관으로 향했다. 주머니에 손을 넣고 땅을 보며 걸었다. 나는 도서관이 아닌 이면의 집으로 갔다. 철로 된 현관문이 그날따라 유난히 커 보였다. 초인종을 눌렀다. 대답이 없었다. 다시 눌러도 마찬가지였다. 가슴속에서 작은 불안이 싹텄다. 나는 떨리는 손을 진정시키며 현관문 손잡이를 돌렸다. 당연하다는 듯 문고리가 돌아갔다.

집은 텅 비어 있었다. 더러운 소파도, 소음을 내던 낡은 냉장고도, 사방에 널려 있던 쓰레기도 보이지 않았다. 가구 모양으로 때가 탄 벽지와 장판에 찍힌 발자국이 어지러웠다. 나는 신발을 신은 채 거실로 들어섰다. 걸음을 옮길 때마다 모래가 서벅거리며 밟혔다. 베란다 창가에는 바짝 마른 화분과 『꿀벌 마야의 모험』이 나란히 놓여 있었다. 허리를 숙여 책을 들었다. 표지에 시립 도서관 관리 번호 스티커가 붙어 있었다.

벽에 등을 기대고 앉아 책을 펼쳤다. 처음부터 마지막 페이지까지 문장 하나하나를 천천히 소리 내어 읽었다. 내 것이 아닌 것 같은 목소리가 텅 빈 거실에 울렸다. 마지막 장면에서 마야는 여왕에게 고향을 떠난 일에 대해 용서를 빌었다. 여왕은 마야의 목을 끌어안으며 자애로운 목소리로 말했다. 너는 고향과 무리를 잊지 않았으니 우리를 저버린 게 아니라고. 그러니 우리도 널 저버리지 않는다고.

나는 이 문장을 여러 번 되풀이해 읽었다. 책을 덮어 화분 옆에 놓아두었다. 처음 놓여 있던 그 자리에 그대로.

이면의 집에서 나와 도서관으로 이어지는 계단을 올랐다. 1층 행정실로 들어가, 동그란 안경을 쓴 여자에게 책을 잃어버렸다고 말했다. 여자는 내 이름을 묻고 도서 대출 일지를 펼쳤다.

변상금은 3천 원이야, 연체금은 2천 원이고.

주머니에서 5천 원권 지폐를 꺼내 내밀었다. 안경 쓴 여자가 대출 일지에 서명했다.

놀이터로 가 그네에 앉았다. 잠시 후 하나둘 눈송이가 떨어지기 시작했다. 손을 내밀어 눈송이를 받았다. 눈송이는 손 위에서 사르르 녹아 물방울이 되었다. 혀로 핥았다. 아무 맛도 나지 않았다. 나는 그네를 뒤로 밀고 앞으로 힘껏 다리를 뻗었다. 그네가 점점 높이 올라갔다.

 그날 저녁, 나를 배웅하던 이면은 말했다. 자기도 날개가 있으면 좋겠다고. 날개라니, 그런 생각은 해본 적 없었다. 하지만 이면이 그런 말을 한 이유는 알 것 같았다. 만일 나에게 날개가 있다면, 만일 그렇다면……

 나는 그네가 가장 높은 곳에 있을 때 몸을 날렸다. 공중에 떠오른 몸이 모래 위로 나동그라졌다. 왼쪽 어깨와 머리에서 둔탁한 통증이 퍼져나갔다. 몸을 일으키려 엎드렸을 때, 이마에서 흐른 피가 모래 위로 뚝뚝 떨어졌다. 놀이터 주변에 있던 몇 명이 걸음을 멈추고 나를 바라봤다. 나는 손으로 이마를 누르고 몸을 일으켰다. 모르는 남자가 다가와 왜 위험한 일을 하느냐며 나를 다그쳤다. 이마를 누른 채 고개를 숙여 죄송하다고 말했다. 내가 무사하다는 걸 확인한 사람들이 각자의 길로 흩어졌다. 쏟아지는 눈속에서도, 사람들은 하나같이 발로 땅을 디디며 걸었다. 나는 이면에게 말해주고 싶었다. 누구도 날개 같은 건 달고 있지 않다고.

 나는 다시 이면의 집으로 들어가, 화분 옆에 놓인 책을 들고나왔다. 집에 오는 내내 젖은 운동화를 타고 냉기가 올라왔다. 그 냉기가 발을 타고 가슴을 지나 하얀 입김이 되어 눈앞에서 흩어졌다. 나는 책을 가슴에 품고 잔뜩 몸을 웅크렸다.

 얼굴 위로 송글송글 물방울이 맺혔다.

가정식 레시피—이별하는 밥

한지혜

소설집 『한 마을과 두 갈래 길을 지나는 방법에 대하여』 출간
산문집 『참 괜찮은 눈이 온다』 출간

처음 그 일은 우연에서 시작되었다. 하지만 어떤 우연은 필연을 동반한다. 사람들은 그런 걸 두고 운명이라고 부른다. 그런데 우연을 운명으로 바꾸는 필연도 실은 스스로의 의지나 선택의 결과는 아닐까. 그러니까 운명이란 애초에 사소한, 의미를 부여하거나 의심하지 않고 그냥 지나친다면 내 삶에 어떤 영향도 끼치지 못하고 지나가고 말 우연을 붙잡고, 쓸데없이 복잡하고 심오한 의미를 부여한 것일지도 모른다. 타당하든 타당하지 않든. 진실이든 거짓이든. 말과 생각을 보태면 어떤 사소한 우연도 운명이라는 거창한 외투를 두를 수 있다. 그리고 남자는 그렇게 하나의 우연을 운명으로 만들었다.

"저는 원래 유품정리사가 아닙니다."

편지의 첫 문장은 일단 그렇게 시작했다. 그렇다면 자신을 무어라 설명해야 좋을까. 남자는 잠시 고민하다가 마침내 적당한 단어를 찾아 편지를 이어갔다.

"저는 이별사입니다. 이별하는 사람이라는 의미지요. 이별 도우미라고 이해하셔도 좋습니다. 물론 제가 만든 이름입니다. 이 이름을 찾기까지 오랜 시간이 걸렸습니다. 제가 무얼 하고 있는 건지에 대해 처음에는 저 자신도 알 수가 없었습니다. 제게 일어난 일을 저 자신에게 설명하고 이해시키는 과정이 필요했습니다."

자신이 정리한 유품을 받을 이들에게 보낸 편지였다. 그들이 누구인지는 남자도 몰랐다. 그들의 주소와 연락처는 죽은 이의 물건에서 옮겨 적었다. 수첩이나 일기장 같은 데서 찾은 것도 있고, 버리지 않고 모아둔 우편물에서 고른 것도 있었다. 비교적 사적인 관계로 보이는 이들의 이름을 골랐으니 아마도 죽은 이의 가족이거나 친구이거나 혹은 지인일 거다 싶지만 어디까지나 추측이었다. 옮겨 적을 만한 연락처가 전혀 없는 때도 있었다. 그런 경우에는 냉장고나 싱크대 혹은 현관에 붙어 있는 배달 쿠폰 같은 데 적힌 연락처를 택했다. 그중에서도 가장 많이 붙어 있는 쿠폰을 발행한 가게나 고인의 주소지에서 비교적 가까운 매장을 골랐다. 그런 식으로 이 사람이 누구더라, 바로 떠올리지는 못해도 희미하게나마 기억할 확률이 조금이라도 있는 상대를 찾았다. 부고장만 보내려다 몇 가지 유품을 함께 보내기로 한 것도 그 때문이었다. 아무래도 편지 한 장보다는 소포를 열어볼 확률이 높았다. 그게 중요했다. 상대가 내용을 읽는 것. 그렇게 이 사람의 죽음을 기억하는 것.

남자는 사람의 존재는 끝내 죽음까지도 잊힐 때 완벽하게 지워진다고 생각했다. 누군가의 죽음을 알게 된다는 건 그가 한때는 살았다는 사실도 떠올리는 거고 그러므로 죽음을 기억하는 건 삶을 기억한다는 의미이기도 했다. 남자는 자신에게 생의 마지막을 맡겼던 사람을 어떤 식으로든 기억하게 해주고 싶었다. 그건 아마도 언젠가 찾아올 자신의 마지막에 대한 바람이기도 했을 것이다.

남자는 가족도 집도 없이 혼자 떠돌던 사람이었다. 기억도 나지 않는 어린 시절에 버려졌고, 보호 기관에서 자라는 동안 가족을 만들어주겠다고 찾아온 누구의 선택도 받지 못했다. 아무도 남자를 데려가지 않았다. 관심을 기울이지 않았고, 사랑하지 않았다. 그래서 남자는 돌봄이 무엇인지 몰랐다.

보호 기관은 통제할 수 없는 어린 존재들이 길거리를 떠돌며 사회에 해를 끼치지 않도록 수용하는 곳이지 '양육'하는 곳은 아니었다. '돌봄'은 더더욱 아니었다. 그러나 남자는 도망치고 싶다는 생각도 하지 않고 순종적으로 지냈다. 기관 밖에서 살아본 적 없는 남자에게 세상은 위험하고 무서운 곳이었다. 놀림과 따돌림과 빵 셔틀과 손가락질과 멸시만으로 존재하는 곳이었다. 물론 수용되어 사는 삶은 남자에게 모멸감을 가르쳐줬다. 하지만 수용소 바깥의 삶도 다르지 않았다. 그래서 남자는 벗어날 생각 같은 건 하지 않았다. 함께 살다 누군가의 가족이 되어 떠나는 아이들도 부럽지 않았다. 그렇게 떠난 아이들이 누릴 행복을 믿지도 않았다. 설레는 마음으로 떠났다가 더 큰 상처를 입고 돌아오는 아이들의 불행이 오히려 현실이었다. 그림자처럼 아무 눈에도 띄지 않고 사는 삶이 그래도 가장 안전했다. 남자는 기관에서의 삶이 나쁘지 않았다. 되도록 오래오래 그렇게 머물고 싶었다.

그런 남자에게 보호 종료는 시련이었다. 아직 스무 살도 되지 않았는데, 인생이 날것 그대로 남자 앞에 섰다. 어디에서 무얼 하든 그를 증명해줄 보호자가 필요했는데, 그런 사람이 있을 리 없었다. 기관에서의 삶이 수용일 뿐이라고 생각했지만, 그 수용이 그래도 남자의 존재에 대한 증명이었다는 사실이 한편으로는 허무했다. 그렇다고 허무에만 빠져 있을 수는 없었다. 스스로 삶을 해결해야 한다는 건 짐작보다 훨씬 혹독했지만 어쨌든 살아야 했다. 그러기 위해서 남자는 감정을 최대한 절제했다. 감정을 숨기는 건 배우지 않고도 알아서 터득해왔던 터라 어렵지 않았다. 남자는 다른 사람에게 마음을 기대지 않았고 자신을 연민하지 않았다. 그 시간에 나가서 일자리를 찾았다. 다행히 아직 인생이 막다른 골목에 이르지는 않았는지 좁고 험해도 길이 나왔고, 작고 약해도 문이 있었다. 그렇게 어렵게 얻은 일용직으로 하루하루를 살았다.

남자는 성실했다. 하루를 꾸준하게 살아야 그다음 하루를 살 수 있다는 걸 일찍부터 배웠기 때문이었다. 세상에 기대하는 것이 없었기 때문에 유혹도 없었다. 술이나 도박, 연애 어떤 것에도 빠지지 않았고, 좋은 옷이나 근사한 음식에도 관심을 두지 않았다. 춤거나 덥지 않으면 됐고, 허기를 채우면 됐다. 그렇게 살아도 돈은 늘 부족했다.

아프거나 다치기라도 하면 큰일이었다. 남자는 버스를 타고 이동할 때 늘 두세 정거장 전에서 내렸다. 많이 걸었고, 저녁이면 방에서 팔굽혀펴기를 했다. 여름에도 미지근한 물을 마셨고, 겨울에는 주머니에 손을 넣지 않고 걸었다. 남자를 받아주는 일터는 대부분 갑옷 없는 전쟁터였다. 가지고 있는 운을 그곳에서 최대한 몰아서 써야 했기 때문에 일터 밖에서는 운을 빌려 쓰지 않아도 되도록 조심하고 또 조심했다. 하루의 몫으로 정해놓은 금액만큼만 먹었고, 생활했다. 남는 돈은 무조건 모았다. 친구도 사귀지 않았다. 기관에서 만났던 이들에게 가끔 연락이 왔지만 자판기 커피 이상은 나누지 않았더니 차츰 그 짧은 연락도 끊겼다. 남자는 아무리 힘들어도 다른 사람에게 도움을 청하지는 않았다. 도움을 받으면 갚아야 할 일이 생기는 법이었다. 갚고 나누고 베푸는 일은 상상만 해도 버거웠다. 남자는 자신을 돌보는 일에만 집중했다.

그렇게 몇 년이 지나 겨우 방 하나 얻었을 즈음, 살면서 한 번도 찾아본 적 없는 어미의 연락처를 받았다. 그런 경우에 대해서 기관에 있을 때부터 많이 들었다. 여러 가지 변형이 있기는 했지만 연락하는 자의 의도는 기본적으로 같았다. 아마도 어미는 살기가 곤란할 것이다. 병이 들었을 수도 있다. 미안했다, 가난이 죄다, 듣지 않아도 들은 것 같은 몇 마디 사과와 눈물로 자신을 거두어주길 바랄 것이다. 연락처를 받고도 연락하지 않았더니 열흘쯤 후에 어미란 자가 직접 연락을 취해왔다. 미리 알려준 번호로 걸었으면 안 받았을 텐데, 마치 그럴 줄 알고 있던 것처럼 '어머니'는 모르는 번호로 전화를 걸었다. 남자는 모르는 번호로 걸려 오는 전화를 피하지 않았다. 대부분은 스팸이거나 피싱이거나 잘못 걸려 온 전화였지만 그중 한 번은 일거리였다.

전화를 받자 저쪽에서 낮은 한숨소리가 들렸다. 이전에 통화를 나눠본 적도 없는데 남자는 대번에 한숨을 쉰 사람이 '어머니'라는 걸 알아차렸다. '어머니'라는 음성은 낮고 빠른 목소리로 바로 용건을 꺼냈다.

너는 나를 부양할 의무가 있어.

네.

당신도 나를 양육할 의무가 있었다고 남자는 말하지 못했다. 가족은 닮기 마련이라고 했다. 그 목소리 어딘가에 자신의 음성도 들어 있는 건가. 처음인데도 기억날 것 같은 목소리였다. 고작 한숨소리를 알아들은 것도 그 때문인지 몰랐다. 마음이 묘하게 울컥했다. 평생을 홀로 섬처럼 살았는데, 자신의 어떤 일부와 처음으로 연결된 순간이었다.

받아 적어라.

빠른 목소리로 '어머니'가 부르는 건 계좌번호였다. 번호를 받아 적으며 남자가 물었다.

어디에 사세요?

다시 한번 한숨을 쉬며 '어머니'가 말했다.

알 것 없다. 때가 되면 알려줄 테니. 한 달에 50이면 된다.

그리고 '어머니'는 전화를 끊었다.

통화 시간을 보니 일분이었다. 태어나서 처음으로 연결된 가족이라는 존재가 일분 만에 다시 사라졌다. 문득 마음이 허했다. 그동안 혼자라서 외롭다는 생각을 해본 적이 없는데, 아니 하지 않았는데, 갑자기 외로웠다. 그동안에 그런 감정을 느끼지 못했던 건 누구와도 연결된 적이 없었기 때문인 모양이었다. 아주 잠깐 어떤 설렘과 아쉬움이 지나갔다.

남자는 가족이 생겼다고 좋아하며 뻐기다가 끝내 파양당하고 돌아왔던 아이들을 떠올렸다. 그 짧은 순간에 뭘 얼마나 누렸다고 세상 억울하고 서럽게 울던 아이들이, 태어나자마자 혹은 자라기도 전에 버리고 사라진 가족보다 짧게는 고작 며칠을 함께했던 가족에게 더 큰 원한을 두던 아이들이 늘 이상했는데, 처음으로 이해가 됐다. 그 아이들이 원한 건 결합이었다. 그리고 안정감이었을 것이다. 자신을 버린 사람들에게는 기대할 수 없던 거였다. '어머니'의 전화를 받으면서 남자가 잠시 가졌던 바람이기도 했다.

'어머니'라니. 새삼 기괴한 단어라고 생각했다. 게다가 부양이라니. 남자를 세상에 버려둔 이가 기대할 덕목은 아니었다. 남자는 자신의 처지를 돌아보았다. 누구를 얹고 갈 상황이 아니었다. 남자는 '어머니'라는 사람이 불러준 계좌번호로 돈을 보내는 대신 살던 방의 보증금을 뺐다. 흔적을 남기면 들키기 마련이었다. 흔적을 남기지 않기 위해 남자는 어렵게 마련한 지상의 방 한 칸을

가정식 레시피 **217**

포기하기로 했다. 애초 가져본 적 없는 것이라 크게 불편하지 않았다. 그렇게 어디에도 머무르지 않고, 누구와도 엮이지 않고 홀로 떠돌며 살던 중이었다.

그런데 갑자기 웬 여자가 끼어들었다. 그 여자, 나이 마흔이 되었는지 안 되었는지 모르겠는 정도의, 젊음도 중년도 자기 것으로 만들지 못한 여자. 그 애매한 나이에 길에서 갑자기 의식을 잃은 여자. 쓰러지면서 아무 상관 없는 남자의 옷자락을 잡아버린 여자. 그때 남자는 뭘 하고 있었더라. 그건 기억나지 않고, 어쨌거나 여자에게 와락 잡히기는 했다. 남자를 방에서 길로 내몬 그 전화가 있고 한 달쯤 지난 날이었다.

모처럼 일이 없는 주말이었다. 남자는 공원에서 하루를 보냈다. 편의점에서 산 김밥을 먹고, 자판기에서 커피를 뽑아 마시고 있었다. 자판기 커피는 남자가 누리는 거의 유일한 사치였다. 400원에 달고 뜨거운 음료를 마실 수 있는 자판기는 점점 찾기 힘들었다. 인근에서는 그 공원이 유일했다. 남자는 그 자판기가 부디 사라지지 않기를 바라며 종이컵을 두 손으로 잡았다. 뜨거운 기운이 기분 좋게 퍼졌다. 가을이 깊어지는 중이었다. 하루가 다르게 날씨가 서늘해지고 있었다. 겨울이 온다는 건 두 가지를 의미했다. 앞으로도 일이 없는 날이 더 많아질 거라는 것, 그리고 바깥에서의 생활이 점점 어려워질 거라는 뜻이었다.

커피를 다 마신 남자는 인근에 있는 건물을 하나씩 돌아보기 시작했다. 날씨가 추워지면 적당히 숨어들 만한 공간을 미리 찾아

둘 셈이었다. 한 곳이 닫히면 다른 곳으로 이동해야 하니 이왕이면 여러 곳을 확보해두는 게 좋았다.

그러다 어느 건물에서인가 밖으로 나오는 여자와 부딪쳤다. 정확하게는 여자가 남자 쪽으로 몸을 기울이며 쓰러졌다. 휘청하며 쓰러지는 여자를 잡는다는 게 떨어지는 여자의 가방을 덥석 잡고 말았다. 상황을 수습해보기도 전에 사람들이 몰려들었다. 누구야, 무슨 일이야. 웅성거리며 그들은 남자와 여자를 둘러싸기 시작했다. 뭐야, 싸운 거야? 남자가 그랬어? 아니야, 애인인가 봐. 데이트하다 쓰러진 거 같아. 남자와 여자를 두고 그 짧은 시간에 여러 추측과 오해가 쌓이고 있었다. 그럴 만도 했다. 여자는 애초 남자를 겨냥하고 쓰러진 사람처럼 잡고 놓지 않았다. 누가 봐도 우연히 부딪친 사이로 보이지 않았다. 저도 모르는 사람입니다, 말할 틈도 없었다. 여자를 떼어내는 게 우선이었다.

그새 누가 신고를 했는지 구급대원이 나타났다. 남자가 여자를 떼어놓을 새도 없었다. 구급대원은 남자에게 여자와 어떤 사이인지 물었다. 여자는 남자의 옷을 움켜쥐고, 남자는 여자의 가방을 들고 있는 그 상황은 스스로 생각해도 가해자인지 조력자인지 가늠하기 애매했다. 구급대원의 질문에 담긴 함의를 이해한 남자가 대체 이 상황을 어떻게 설명해야 오해 없이 벗어날 수 있으려나 말을 고르는데 갑자기 쓰러진 여자가 숨을 쉬지 않는 응급 상황이 일어났다. 여자를 병원으로 긴급 호송 하는 게 우선의 일이 되어버리면서 질문이 흩어진 사이 다른 구급대원이 남자를 구급차에 함께

태웠다. 그는 남자를 보호자라고 오해했다. 그 순간 남자도 보호자는 아니라고 말하지 못했다. 설명하기 어렵고 복잡한 순간이다 보니 치한보다는 보호자로 오해받는 게 낫겠다는 생각도 들었다.

　남자의 옷자락을 잡고 쓰러진 여자는 어느 순간 남자의 손을 잡고 있었는데, 그렇게 센 악력은 처음이었다. 의식을 잃은 사람의 손에 이렇게 힘이 남아 있을 수가 있나. 함께 탑승한 두 명의 구급대원이 손을 떼려고 애를 썼지만 떼어지지 않았다. 여자는 남자의 손이 자신의 남은 생이기라도 한 것처럼 힘껏 쥐고 있었다. 많이 사랑하는 사이인가봅니다. 남자를 구급차에 태운 이가 말했다. 사랑이라니, 우스운 말이지만 이해도 됐다. 사람들은 그렇게 종종 설명이 불가한 상황에 그런 말을 갖다 쓴다. 자라는 순간 남자가 들었던 모든 사랑의 말은 대부분 어처구니없는 상황을 무마하기 위해 쓰였다. 사랑해서 버렸고, 사랑해서 굶겼고, 사랑해서 때렸다. 남자에게 사랑은, 그런 이해 불가 한 폭력의 단어였다.

　그럼에도 남자는 여자를 떠나지 않았다. 병원에 도착한 이후 내내 여자의 가장 가까운 곳에 머물렀다. 처음에는 가방 때문이었다. 얼떨결에 남자에게 던져진 가방을 어디에도 맡길 수가 없었다. 그래서 여자가 응급실을 통해 복잡한 여러 가지 처치를 받고 중환자실로 옮겨지는 동안 남자는 여자의 가방을 꼭 껴안고 가장 가까운 대기실 의자에 앉아 있었다. 그 가방을 보고 병원에서는 남자를 여자의 보호자라고 생각했다. 그럴 만했다. 가방을 훔치려고 했다면 병원에 따라오지 않았을 거고, 얼결에 오게 됐더라도 도망갔을 터였다.

　남자가 그렇게 하지 않은 이유는 따로 있었다. 처음에는 가해자가 되는 일이 두려웠다. 혈혈단신으로 살아온 남자에게 사회는 한 치의 오점도 허락하지 않았다. 사소한 잘못도 남자에게는 거대한 벽이 되었다. 그 현실에 분노해 사방에 쌓인 벽들을 난폭하게 부수며 사는 이들도 있었지만 남자는 최대한 조용하게 수용적으로 사는 방식을 택했다. 살면서 남자가 어떤 형태로든 무사했던 건 죄를 짓지 않았기 때문이었다. 남자는 때리는 쪽보다 맞는 쪽이었고, 훔치는 쪽보다 뺏기는 쪽이었다. 늘 피해자로 남았기 때문에 남자에게만 유독 엄격하고 깐깐했던 신원 조회를 통과했다. 적당히 밟혀주면 딱 그만큼 무시당하는 선에서 살아남을 수 있었다. 모르는 여자의, 뭐가 들었는지도 모르는 가방을 들고 도망가서 겨우 그만큼의 삶마저 망가뜨릴 수는 없었다. 그러므로 얼결에 병원까지 오게 되었을 때도 가능한 한 아무도 모르게, 조용히 흔적을 남기지 않고 도망칠 궁리를 했다. 하지만 도망칠 기회가 생기지 않았다.

　게다가 여자에게도 보호자가 필요해 보였다. 병원으로 옮겨진 여자의 상태는 점점 심각해졌다. 생사를 오고가는 상황이었다. 그녀의 삶을 생과 사 어느 쪽으로 놓을지 결정하려면 모든 순간마다 보호자의 동의가 필요했다. 잠시 머물러보니 병원이란 보호자가 없으면 아무것도 하지 않는 곳이었다. 그리고 무엇보다 날씨가 추워지고 있었다. 병원에는 뜨거운 물이 나오는 화장실도 있고, 자판기도 있고, 푹신하고 긴 의자도 있었다. 아무래도 여자는 금세 병원에서 나올 수 있을 것 같지 않았다. 며칠을 도망칠 궁리만 하다가 도저히 도망치기 어렵겠다 상심한 순간 문득 가족이라는 오해 속에 머물러 있는 동안은 병원에서 지내도 괜찮지 않을까 하는 생각이 들었다. 자신만을 위해서는 아니었다. 얼떨결에 그리되기는 했지만, 며칠 동안 한 사람의 생과 사에 대한 책임을 나눠 지면서 갖게 된 얼마간의 책임감도 있었다.

남자는 당분간 여자의 가족이 되기로 했다. 지하철 사물함에 보관해온 짐을 보호자 대기실로 옮겼다. 여자의 보호자로 지내기 위해 남자는 몇 번이나 여러 종류의 동의서에 보호자 서명을 해야 했는데, 병원에서는 그때마다 누가 보호자인가만 물었지, 관계를 증명하라는 요구는 하지 않았다. 그곳에 머물면서 보호자 면회 시간이 올 때마다 남자는 보호자 대기실에 있는 누구보다 먼저 신청서에 이름을 적었다. 의심받지 않기 위해서이기도 했지만 여자의 상태가 궁금하기도 했다.

중환자실에 누운 여자를 면회하는 일은 차츰 익숙해졌다. 눈을 감고 있는 여자의 얼굴이 어떻다고 말하기는 어려웠다. 그날의 상태에 따라 수시로 달라졌다. 어떤 날은 퉁퉁 부어 있고, 어떤 날은 창백했다. 침대에 붙은 번호가 아니라면 여자를 찾는 일이 어려웠을지 몰랐다. 하지만 그렇게라도 자주 보니 남 같지 않았다. 가족이라는 게 어떤 느낌인지는 모르겠지만 아파 보이면 안쓰럽고 불편해 보이면 편하게 해주고 싶은 마음이 드는 거라면 여자가 진짜 가족처럼 여겨지기도 했다.

그래도 처음에는 어떻게 해야 할지 몰라서 얼굴만 보다 나오는 게 전부였는데, 다른 환자의 보호자들이 얼굴도 닦아주고 손도 잡아주는 걸 보면서 남자도 조금씩 뭔가를 했다. 그러다 한번은 그녀가 움찔하는 느낌에 놀라 그만두었다. 남자는 그녀를 해하고 싶은 마음은 없었다. 그녀가 싫어할 만한 행동도 하고 싶지 않았다. 단지 그녀를 보호하고, 그렇게 해서 자신도 보호하고 싶을 뿐이었다. 남자는 스스로 그녀에게 고용된 자라고 생각하고 그 정도의 거리와 예의를 지키려고 노력했다. 그러다 어떤 날은 손을 닦아주는데, 여자가 남자의 손을 꼭 쥐었다. 간호사는 경련이라고 했지만, 그 순간 구급차를 타고 오는 동안에도 여자가 남자의 손을 그렇게 잡고 있던 일이 떠올랐다. 살았으면 좋겠다, 꼭 살아났으면 좋겠다. 여자가 누군지도 모르면서 구급차 안에서 정말 간절히 그렇게 바랐던 일이 생각났다. 여자가 남자의 손을 잡는 순간 그 마음이 다시 들었다. 그걸 아는지 아무런 반응이 없는 상황에서도 여자는 한 번씩 남자를 붙잡았다.

 그리고 그때마다 남자는 여자가 살기를 바랐다. 누군지, 어떤 일을 하고, 어디에서 어떻게 살아왔는지, 여자에 대해 아는 건 전혀 없지만, 여자가 남자의 손을 잡을 때마다 그런 마음이 들었는데, 어쩌면 그게 세상에 대해 남자가 바라는 마음이었을지도 모르겠다. 누군가 내 삶을 결정해줬으면 좋겠다. 사는 쪽으로, 살아 있는 쪽으로, 당겨줬으면 좋겠다, 하는 바람을 줄곧 품었던 것 같았다. 그러나 누구도 남자를 삶 쪽으로 당겨준 적이 없었다. 왜 그랬을까. 누군가를 돌보는 일은 결심만으로도 이토록 따뜻하고 안정적인 느낌을 주는데, 왜 아무도 나를 돌보려고 하지 않았을까. 마음속에서 뭔가 뜨거운 것이 솟아올랐다. 눈시울도 덩달아 뜨거워졌다. 이 여자를 지키자. 꼭 지키자. 그런 다짐도 했다.

그러다 어느 날 여자가 깨어났다. 깨어난 여자는 남자를 알아보지 못했다. 당연했다. 쓰러진 날 여자는 남자를 처음 보았다. 여자는 깨어는 났으나 모든 기억이 선명하지 않은 상태였다. 자신이 어떤 상황인지 무슨 일이 있었는지 기억하지 못하는 여자는, 자신을 바라보고 있는 낯선 남자가 그때까지 자신을 지키고 보호했다는 걸 듣고, 아마 자신이 남자도 잊은 거라고 생각했다. 그렇지만 궁금했을 터였다. 간호사는 여자에게 아주 오래 누워 있었다고 했다. 그 긴 시간 자신을 돌본 사람이라면 아무 인연이 없는 사이는 아닐 것 같았다. 어떤 각별한 사연이 아니고서야 그러지는 못할 것 같았다. 그런데 그런 사람이 여자의 인생에 존재했던 적이 있던가.
 당신은 누구인가요.
 여자가 물었을 때 남자는 대답하지 않았다.
 우리는 가족인가요.
 역시 남자는 대답하지 않았다.
 혹시, 우리는 헤어졌던 사이인가요.
 이번에도 남자는 대답하지 않았다.
 그렇군요. 그런데도 당신은 나를 지켰군요.

남자의 침묵을 여자는 대답이라고 여겼다. 대답이 필요했던 건지도 몰랐다.

미안해요.

그게 남자가 여자에게 꺼낸 첫말이자 유일한 말이었다.

아니에요. 고마워요. 이제 떠나지 말아요. 당신이 옆에 있어줬으면 좋겠어요.

여자가 남자의 손을 더듬어 잡았다. 의식을 차리자 오히려 악력이 사라졌다. 그리고 악력이 사라진 손은 말랑하고 따뜻했다. 미안하다는 말은 진심이었다. 하지만 그 온기 때문에 그 마음도 거짓말 같았다. 그래서 남자는 여자의 부탁대로 계속해서 여자의 곁을 지키기로 결심했다.

그게 두 사람의 마지막 대화였다. 남자가 고개를 끄덕이는 걸 본 여자는 편안한 표정으로 잠이 들었는데, 그러고 다시는 의식이 돌아오지 않았다. 그리고 두 사람의 대화를 지켜본 간호사가 헤어진 남편 같더라, 혼잣말처럼 중얼거린 말이 퍼져 남자는 여자의 가족을 넘어, 아예 헤어졌던 남편이 되었다. 이제는 돌아온 남편으로 불렸다. 그 상황이 남자는 나쁘지 않았다. 오히려 좋았다. 여자는 남자의 인생에서 처음으로 생긴 가족이었다. 그 이전에 '어머니'라는 존재가 있었지만, 가족이라는 말을 배우기도 전에 남자를 버렸고, 새삼스레 가족이라는 이름으로 나타난 '어머니'는 남자가 피했다. 그래놓고 처음 보는 여자와 가족이 되는 일은 피하지 않았다. 무엇 때문이었을까.

병원에서 남자는 여자를 통해 생의 마지막을 보았다. 혼자는 태어나도 혼자는 죽을 수 없겠구나 싶었다. 버려진 삶을 구하는 이들은 있어도 버려진 죽음을 맡으려는 이들은 없어 보였다. 가족이란 건 삶을 위해서가 아니라 죽음을 돕기 위해서 필요한 존재일지도 모르겠다는 생각도 들었다. 여자는 살아날 가능성이 없어 보였다. 의사도 그렇게 말했다. 그렇다면, 남자는 생각했다. 이 여자의 가족이 되어주자. 가족이라고 나타난 '어머니'에게서 도망치기 위해 방을 빼고 길로 나선 지 한 달도 안 돼 일어난 일이었다. 이 어이없고 황당한 이야기를, 무엇보다도 남자의 진심을 세상은 믿지 않겠지만, 그러나 생각해보면 가족이란 논리도 이성도 뛰어넘는 이상한 공동체 아니던가. 세상이 믿게 하려고 말을 보탤 재주가 남자에게는 없다. 하여 남자는 오직 침묵으로 존재하기로 했다. 남자를 여자의 곁에 잡아두는 어떤 우연과 인력을 운명으로 받아들이기로 했다.

그렇게 남자는 처음으로 자신이 아닌 다른 존재의 보호자가 되었다. 그리고 그는 누구보다도 훌륭한 보호자였다. 병원비를 밀린 적이 없고, 보호자로서 의무를 소홀히 한 적도 없었다. 중환자실에서 찾을 때마다 대기실에 있었고, 필요한 물품을 일러줄 때마다 늦지 않게 병실에 넣어줬다. 여자와 짧게 대화한 날 이후에는 아예 면회 시간이 되면 깨끗하게 정장을 갖춰 입고 나타났다. 꽃다발을 들고 온 적도 있었다. 중환자실에 들고 들어갈 수는 없었지만, 그날의 로맨스는 아름다운 소문이 되어 병동에 남았다. 면회 시간에도 여자를 대하는 태도가 이전과 달랐다. 여자의 얼굴과 손을 닦아주고, 머리를 가지런히 쓰다듬어주고 기도도 했다. 어떤 날은 이마에 가볍게 입을 맞추기도 했다. 그러는 남자의 눈에 눈물이 맺혀 있었다는 소문도 있었다. 남자는 정말로 여자의 남편 같았다.

처음에 남자는 모든 비용을 여자의 돈으로 지불했다. 여자의 신분을 확인해야 해서 열어본 가방 안에는 제법 많은 액수의 현금이 있었다. 통장과 도장도 있었다. 통장에는 비밀번호도 적혀 있었다. 그것이 온전히 여자의 것인지 어쩌면 여자가 누군가에게 훔친 것인지 알 수 없어서 처음 통장에서 돈을 찾을 때는 몹시 두근거렸다. 그러나 아무런 오류도 없이 카드가 승인되었다. 이 많은 돈을 들고 여자는 어디로 가려고 했을까. 혹시 자신의 마지막을 알고 있었던 걸까. 그래서 그 마지막을 책임져줄 사람을 찾고 있던 건 아닐까. 남자는 그 돈이 여자가 이 상황을 염두에 두고 마련한 비용이라고 생각했다. 그래서 그 돈으로 병원비를 지불하고 간병에 필요한 물품을 샀다. 처음에는 남자의 생활비도 그 돈에서 충당했다. 생활비라고 해봐야 간병인 최저 시급보다 못한 액수였다. 여전히 남자는 나중에라도 문제가 될 만한 일은 만들어두지 않았다. 자신을 위해서는 간병인 시급보다 적게 사용하고 있으니 훔치는 건 아니라고 생각했다. 하지만 여자가 깨어나 자신에게 말을 걸었던 날 이후 여자의 돈은 오직 여자를 위해서만 썼다.

그리고 어느 날 여자가 곧 세상을 떠날 것 같다는 연락을 받았다. 통장의 잔고가 바닥을 드러내기 시작할 즈음이었다. 마치 여자가 통장에 넣어둔 것이 돈이 아니라 생명이었던 것 같았다. 사망신고까지 남자가 해야 하는 건지, 해도 되는 건지는 모르겠지만, 어쨌거나 그렇게 되면 더이상 통장에 있는 돈은 꺼낼 수 없을 터였다. 고민 끝에 남자는 남아 있는 돈을 모두 찾았다. 500만 원 정도가 남아 있었다. 그녀의 보호자로 지낸 기간에 남자는 다른 일을 하지 못했다. 그 돈이 남자에게 적지 않았다. 마지막이라고 생각하니 그 돈의 쓰임이 조금 고민되기는 했다. 그동안의 수고에 대한 대가를 생각하면 남자가 그 돈을 모두 갖는다 한들 적으면 적었지 많은 돈이 아니었다.

하지만 여자는 남자에게 최초의 가족이었다. 남자는 그 돈만큼은 끝까지 여자를 위해 쓰자고 마음먹었다. 납골당까지 마련해주지는 못하겠지만 화장은 할 수 있을 터였다. 하지만 화장 절차는 아무래도 증명서류가 필요하니 이제 남자가 할 수 있는 일은 없었다. 마지막 면회를 하러 오라는 연락을 받고 남자는 자신의 짐을 넣어둔 사물함을 비웠다. 그 칸에 남은 병원비와 이후의 절차에 필요할 얼마간의 돈을 담은 봉투를 넣었다. 그리고 아무도 모르게 병원에서 빠져나왔다. 누구도 남자를 잡지 않았다. 그전까지 그토록 어려웠던 탈출이 순식간에 이루어졌다.

남은 돈을 들고, 남자는 여자의 가방에 있는 수첩에 적힌 주소로 찾아갔다. 아마 여자가 살던 집이었을 것이다. 여자의 시신은 거두지 못하겠지만 여자가 살던 삶의 흔적까지는 정리해줄 수 있을 것 같았다. 여자가 자신이 떠난 이후 자신의 유품도 남자가 정리해주길 원했는지는 알 수 없지만, 그러나 남자는 그것이 여자에 대한 마지막 예의이자 배려이자 의리라고 생각했다. 가방에 있는 열쇠로 문이 쉽게 열렸다.

"그 일을 시작으로 저는 세상을 떠나간 사람들이 남긴 물건을 정리하는 일을 하게 되었습니다. 그러나 말씀드렸듯 저는 유품정리사는 아닙니다. 직업적인 유품정리사는 전혀 모르는 이의 죽음을 청소합니다. 의뢰를 받아서 일을 하지요. 저는 오직 아는 사람의 흔적만 정리하고 있습니다. 어떤 식으로든 저와 관계를 맺고 있던 삶이 떠난 자리를 청소하는 거지요. 단순히 유품을 정리하는 데에서 그치지 않고, 그들이 살았던 흔적이 애매한 모습으로 세상에 남아 있지 않도록 합니다. 저는 그 과정을 이별이라고 생각합니다.

삶은 사물과의 관계 속에서 존재합니다. 어떤 사물과 관계하던 삶이 사라지면 그 사물은 물성을 잃고 쓰레기가 됩니다. 저는 저와 이별한 사람들이 남긴 것이 그저 쓰레기로 불리기를 원치 않았습니다. 그래서 저는 그들이 남긴 사물을 그들을 기억하는 사람에게 보냅니다. 부치지 못한 편지를 대신 보내기도 하고. 물건도 보내고요. 물론 누가 떠난 이를 기억하는지는 제가 다 알지 못합니다. 그래서 수첩이나 그들이 가지고 있던 우편물에 적힌 주소를 이용합니다. 그들 사이의 관계는 모르지만 어쨌거나 모르는 사이에 주소나 연락처를 가지고 있지는 않을 테니까요. 당신의 연락처도 그렇게 알게 되었습니다.

 그들의 삶을 정리해주겠다는 건 내가 떠나보낸 이들에게 건넨 나만의 약속입니다. 그렇습니다. 나는 그들이 세상을 떠난 모습을 지켜본 마지막 사람입니다. 그래서 이별사, 이별하는 사람이지요. 아, 떠나보냈다는 말에 다른 오해는 없으셨으면 합니다. 제가 그들을 죽음으로 내몰았다거나 방조했다거나 혹은 그들을 죽게 만들었다는 의미는 더욱 아닙니다. 저는 단지 그들의 죽음과 죽어가는 시간을 지켰을 뿐입니다. 그렇게 그들이 남긴 모든 사물을 그들이 가진 주소로 떠나보내는 일이 저와 그들의 마지막 이별입니다."

 원래 남자의 마지막 문장은 이렇게 끝나야 했다. 남자가 계획한 이별이 거기까지였다. 굳이 여자의 집에 가지 않았다면, 여자의 삶을 마지막으로 한 번 더 들여다보지 않았다면, 그랬을 것이다. 그러나 여자의 집에 가서, 여자의 물건을 정리하면서 남자는 해야 할 일이 하나 더 남았다는 것을 깨달았다.

 여자의 집은 어수선했다. 여자의 가방은 마치 자신의 생을 넣어두기라도 한 것처럼 정리가 잘 되어 있었다. 가방을 보며 남자는 여자가 가방이 아니라 자신의 삶을 들고 다니던 사람은 아니었을까 생각했을 정도였다. 그래서 여자의 집도 가방 속처럼 깔끔할 줄 알았다. 그런데 흩어진 옷가지며 치우지 않은 머리카락, 싱크대에 곰팡이 핀 채 남아 있는 그릇까지. 남아 있는 흔적만 보자면 떠난 사람이 아니라 돌아올 사람이었다. 쌓인 먼지들만 청소하면 남자가 당분간 살아도 괜찮을 정도였다. 놀랍게도 전기도 수도도 가스도 끊이지 않은 상태였다. 불 켜진 밥솥에 딱딱하게 굳은 밥이 유일하게 시간을 증명했다. 그동안 불이라도 나지 않은 게 다행이었다. 남자는 골목에 있는 마트에서 사 온 쓰레기봉투에 여자의 물건들을 이것저것 쓸어 담았다.

그러다 문득 냉장고 앞에서 발을 멈췄다. 여자는 요리에 관심이 많았는지 여기저기 잡지나 신문에서 오려 붙인 혹은 블로그 같은 데에서 옮겨 적은 듯한 조리법들이 꽤 많이 붙어 있었다.

그 조리법들이 남자에게 묘한 느낌을 주었다. 남자는 여자가 먹는 걸 한 번도 본 적이 없었다. 밥을 먹는 여자를 상상해본 적도 없었다. 그런데 그 레시피를 보자 음식을 만들고 차리고 먹는 여자의 모습이 저절로 떠올랐다. 그건 여자를 두고 했던 어떤 상상보다 따뜻하고 살아 있었다. 처음으로 여자의 삶이 보이는 것 같았다.

그리고 동시에 잊고 있던 기억도 떠올랐다. 아주 어렸던 어느 날 먹었던 음식, 그건 남자가 자란 곳에서 먹었던 음식이 아니었다. 동그란 알루미늄 밥상에 놓여 있던 계란찜과 고등어조림과 조개젓. 그리고 된장찌개. 맞은편에 앉아 있던, 떠오르지 않는 얼굴은 여자였다. 엄마였을까. 엄마가 내게 해준 밥이었을까. 남자는 아직 버리지 못했던 연락처로 전화를 걸었다.

왜 돈을 보내지 않는 거니. 너는 나를 부양할 의무가 있어.

마치 어제도 통화했던 사람처럼 '어머니'는 남자를 나무랐다.

밥이 먹고 싶어요.

해 먹으면 되잖니.

'어머니'가 해준 밥이요.

수화기 너머에서 '어머니'가 웃었다.

밥이라니, 밥이라도 먹으라고 그곳에 보낸 거 아니냐. 거기에 보낸 덕분에 밥이라도 먹었으니 고마운 줄 알아라.

된장찌개 끓여줬잖아요. 고등어조림도요.

먹고 죽으려고 해도 없던 밥을 내가 언제 해줬다는 거니. 밥은 지금 내가 먹고 싶구나. 어미 덕에 밥이라도 먹었으면 이제 네가 그 밥을 갚아야 하는 거다.

돈을 보내면 밥을 해줄 건가요.

밥값을 보낸다는 거니.

그게 아니라 그냥 밥이 먹고 싶어요.

애야, 밥은 스스로 지어 먹는 거다.

'어머니'가 처음으로 남자에게 '애야' 하고 불렀다. 예상치 못했던 말에 놀라 남자는 처음으로 해본 밥투정을 거둬들였다. 대신 여자의 집에 오는 길에 봐두었던 마트에 들러 장을 보았다. 쌀과 물을 사고, 계란과 시금치를 사고, 두부와 된장도 샀다. 물을 틀고 싱크대에 쌓인 그릇들을 씻었다. 밥솥에 전원을 꽂고 밥을 지었다. 오랜만에 따뜻한 밥을 먹으면서 남자는 그 밥이 떠난 여자가 남자에게 주는 감사의 선물 같다는 생각이 들었다. 남자는 며칠간 여자의 집에 머물며 여자가 남긴 물건들을 버리고 정리하면서 하루에 한 가지씩 여자가 남긴 레시피대로 밥을 지어 먹었다. 한 사람의 생은 한 사람이 먹고 간 것, 혹은 먹으려고 했던 것일 수도 있겠다는 생각이 들었다. 밥을 먹으면서 이건 여자가 해주는 걸까, 내가 나를 위해 하는 걸까, 궁금해하기도 했다. 입맛에 맞는 조리법은 따로 간직했다. 그리고 그 조리법대로 소박하게 밥상을 차려 제사를 지냈다. 남자는 여자의 삶을 기억하듯 여자의 음식도 기억해주고 싶어졌다. 그래서 모든 걸 정리하면서 오직 한 가지, 여자가 남긴 레시피는 따로 모았다. 언젠가는 '어머니'의 밥을 먹겠다는 다짐도 마음 한쪽에 챙겨두었다.

그렇게 여자의 삶을 정리한 후, 남자는 죽어가는 누군가의 보호자가 되기 위해 다시 병원을 찾아갔다. 그새 남자는 아름다운 소문의 주인공이 되어 있었다. 여자가 죽기 전에도 일종의 전설이었다. 남자 환자를 돌보는 여자 보호자는 흔해도 여자 환자를 돌보는 남자 보호자는 드물고 드문 탓이었다. 병원에 돌아오자 남자는 죽은 아내를 잊지 못해 아내의 흔적을 찾아온 사람으로 격상되었다. 그 로맨스와 신파가 남자에 대한 신뢰를 견고하게 했다. 그런 사람이라면 내 가족을 맡겨도 될 것이다. 환자를 돌볼 이가 필요하던 가족들에게 남자는 좋은 선택이었다. 가족을 돌보지 못하는 죄책감을 좋은 사람에게 맡겼다는 안도감으로 바꾸어 사람들은 보호자의 자리를 벗어났다. 마지막 순간에 남자가 죽은 여자를 두고 도망쳤다는 사실은 어떤 연유에서인지 소문에서 삭제되었다. 오히려 슬픔을 못 이긴 남자가 쓰러져 상을 다 치르지 못했다는 이야기로 변형되어 낭만처럼 떠돌고 있었다. 삶의 끝에 이르면 사람들은 아름다운 이야기에 집착하거나 믿고 싶은 이야기만 믿게 되는 것 같았다.

오해 덕분에 남자는 여전히 병원에 머무르면서 이제는 합법적으로 일을 하게 되었다. 보호자가 (있지만) 없는 환자는 의외로 많았다. 누군가의 보호자였던 이들이나 병원에 근무하는 이들이 착실한 간병인으로 남자를 소개했다. 남자가 환자를 선택할 수 있을 정도였다. 남자는 어떤 환자든 기꺼이 맡지는 않았다. 일단 의식이 있는 환자는 절대 맡지 않았다. 남자는 자신이 여자를 극진히 보살필 수 있었던 건 여자가 자신을 가족으로 믿었기 때문이라고 생각했다. 어떤 관계는 믿음에 의해서만 유지된다. 남자는 자신이 돌봐야 하는 사람에게 그만의 의미를 부여하고 싶었다. 그들의 아들이거나 아버지거나 남편이거나 연인이고 싶었다. 그런 가능성으로 존재할 때 남자는 그들에게 비로소 헌신할 수 있었다. 그런데 그러기 위해서는 그들과 소통하지 말아야 했다. 의식은 그 소통을 방해했다. 의식이 있는 이들에게는 남자의 상상이 끼어들 여지가 없었다. 그들은 무언가가 되고 싶은 남자의 마음을 오히려 참혹하게 짓밟았다. 의식이 있는 환자에게 남자는 고용인일 뿐이었다.

회복할 가능성이 있는 환자도 남자는 맡지 않았다. 임종을 앞둔, 그 임종을 갈무리할 가족이 없는 환자만 돌보았다. 남자가 하고자 하는 건 궁극적으로 돌봄이 아니라 삶을 정리해주는 일이었다. 누군가를 돌보다가 마침내 세상을 떠나면 그가 살던 집에 찾아가 그가 남긴 물건을 정리하는 식으로 죽음 이후까지 갈무리했다. 그게 남자가 원하는 일이었다. 어쩌면 그 일을 하기 위해 누군가를 돌보는 거였다. 그런 이유로 생존 기간이 너무 길어지는 건 곤란했다.

남자는 자신이 돌본 적 없는 이의 죽음 이후를 정리하는 일도 하지 않았다. 어떤 식으로든 삶의 흔적을 본 사람이라야 그 집을 정리할 마음이 생겼다. 의식이 없을 때라도 생을 보고 나면 그에게서 무엇을 남기고 무엇을 버려야 할지 쉽게 판단이 됐다. 한편으로 죽음을 정리하러 갈 때마다 남자는 신기했다. 죽음을 정리해줄 사람도 없는 이들에게 주소가 남아 있다니, 집이 남아 있다니. 거리를 떠돌던 이들은 병원에서도 침대를 차지하지 못했다. 병원 침대에 누우려면 최소한 누군가의 서명은 필요했다. 침대가 없다는 건 서명이 없다는 뜻이기도 했다. 또한 서명이 있는, 그런 서명을 해줄 최소한의 사회적 관계가 남아 있는 이들은 어떤 형태로든 주소가 있었다. 그 사실을 깨닫고 난 후, 남자는 서명이 있는 환자만 돌보았다.

죽은 자의 집은 대체로 비슷했다. 청소가 되어 있는 집은 드물었다. 다들 언제라도 돌아올 것처럼 방바닥에 옷을 던져놓고, 씻지 않은 그릇을 쌓아놓고, 냉장고나 세탁기의 전원을 빼지 않았다. 무엇보다 신기한 건 그들의 집에 빠짐없이 레시피가 남겨져 있다는 것이었다. 잡지나 신문에서 오린 것도 있지만 직접 적은 것도 있었다. 만들어 먹고 싶었던 음식인지 실제 만들었던 음식인지는 알 수 없었다. 어쩌면 기억 속의 음식인지도 몰랐다. 여자의 집에서 여자가 남긴 조리법대로 음식을 만들어 먹던 날, 남자는 그게 여자가 지어준 밥이라고 생각했다. 동시에 그 밥이 여자가 먹고 싶었던 마지막 한 끼일지도 모르겠다는 생각도 했다.

 죽은 자의 집에서 발견되는 조리법이, 식재료가 남자에게는 예사롭게 보이지 않았다. 오히려 무엇보다 강한 삶의 흔적으로, 그 사람 자체로 여겨졌다. 산다는 건 결국 먹는다는 일이었다. 그래서 남자는 죽은 자를 추모하는 마지막 순서로 떠난 사람이 냉장고에 혹은 수첩에 혹은 벽에 붙여놓은 메모에 적은 조리법 중 하나를 골라 정성스레 밥을 지었다. 끓고 있는 냄비를 보고 있으면 "얘야, 밥은 스스로 지어 먹는 거다"라던 어머니의 음성이 가끔 떠올랐다. 남자는 이전에는 자신을 위해 밥을 지어본 적이 없었다. 여자의 집에서 지은 밥이 유일했다. 그 이후의 밥은 오직 망자를 위한 것이었다. 그래서 그렇게 정성스럽게 차린 음식을 그러나 남자는 먹지 않았다. 대신 모든 흔적을 말끔하게 치운 집에 정갈하고 따뜻하게 지은 한 끼를 차려서 남겨두고 나왔다. 마치 오래전, 집에서 망자를 보내던 시절에, 대문에 사자(死者)를 위해 짚신과 동전과 한 덩이 밥을 올려두었던 것처럼, 남자는 망자가 먹고자 했을지 모르는 따뜻한 밥상을 빈집에 차려놓았다. 이별의 마지막 방식이었다.

 그렇게 번 돈 중 일부를 남자는 '어머니'에게 송금했다. '어머니'는 아직도 남자에게 사는 곳을 알려주지 않았다. 여전히 계좌와 전화번호로만 존재했다. 그러나 남자는, 너는 나를 부양할 의무가 있어, 하고 '어머니'가 말했을 때 당신도 나를 양육할 의무가 있었다고 말하지 않기를 잘했다, 하고 생각했다. 가족의 부양이란 삶이 아니라 죽음을 향한 것이라는 걸 남자는 여자를 돌보고, 여자가 떠난 이후 다른 죽음을 돌보면서 깨달았다. 남자는 돈이 '어머니'가 편안한 죽음에 이르는 데 도움이 되리라 믿었다. 언제고 '어머니'가 떠나면 그 흔적도 자신이 정리할 수 있기를 바랐다.

남자는 그 시간을 기다리며 틈틈이 죽은 자들의 레시피를 정리했다. 어느 정도 분량이 모이면 그걸 들고 '어머니'를 찾아볼 생각이었다. 밥을 해줄 수 없다면 이것들처럼 조리법이라도 적어달라고 떼를 써볼 참이었다. 남자는 여자의 집에서 불현듯 떠올랐던 밥상의 기억을 잊을 수가 없었다. '어머니'의 말처럼 남자를 위해 해준 밥이 아니었을 수도 있다. 그러나 분명히 남자가 먹은 밥이었다. 그 맛이 지금도 혀끝에 분명하게 남아 있었다. 남자는 그 밥을 다시 한번 먹어보고 싶었다. 그 밥에 진짜 자신이 있는 것만 같다는 마음이 떠나지 않았다. 그래서 다음 달에도 그다음 달에도 남자는 '어머니'에게 돈을 보냈다. 하지만 돈을 보낸 이후로 '어머니'에게 더이상의 전화는 없었다.

대신 몇 달 후 '어머니'의 주소가 남자에게 전달되었다. '어머니'의 사망을 알리는 통지서가 들어 있었다. 사망 날짜를 보니 놀랍게도 어머니와 마지막 통화를 나누기 이전이었다. 그렇다면 남자와 통화를 했던 '어머니'는 과연 누구였을까. 그걸 알기 위해서 남자는 우선 어머니가 남긴 주소로 찾아가기로 했다. '어머니'가 마지막으로 살았던 곳은 처음 연락을 받았을 때 남자가 도망쳤던 그 방에서 멀지 않은 곳이었다. '어머니'는 남자를 보고 있었던 건가, 그냥 단순히 우연인가, 그나저나 아직 레시피를 못 받았는데. '어머니'의 죽음 앞에서 남자가 처음 한 생각이었다. 슬픔 같은 게 차올랐는데, 그게 받지 못한 레시피 때문이었는지 결국 만나지 못한 '어머니'의 죽음 때문인지 알 수는 없었다.

'어머니'의 죽음은 무연고로 처리되었다. 이미 화장도 끝난 다음이었다. 금융거래가 조회되었기 때문에 혹시나 사망자와 연고가 있나 하여 사망 소식을 보냈다던 기관은 정작 가족이라는 남자의 주장은 묵살했다. 확인할 아무런 증거가 없다고 했다. 이미 재로 변한 '어머니'와 유전자 검사를 할 수도 없었다. 그러면서도 그들은 유골함을 남자에게 맡겼다. 그동안의 보관 비용도 남자에게 받았다.

남자는 그 유골함을 들고 비로소 알게 된 '어머니'의 집으로 찾아갔다. 집은 여전히 '어머니'의 집으로 남아 있는 상태였다. 그런데 뭔가 이상했다. 아직 아무도 정리하지 않았는데, 텅 비어 있었다. 아무것도 없는 건 아닌데, 뭐가 있다고 하기도 어려운 살림이었다. 어질러진 거라곤 우편함뿐이었다. 열어 보니 모두 독촉장이었다. 그나마 독촉장 무더기가 사람이 살았다는 유일한 흔적이었다. 음식을 해 먹고 살지도 않았던 것 같았다. 취사도구도 없고, 냉장고도 없었다. 당연히 싱크대에 쌓인 그릇도 없었다. 시켜 먹지도 않았는지 배달 음식점 전단지도 붙어 있는 게 없었다. 밥을 해준 적 없다더니 남자한테만 해주지 않은 게 아니라 당신에게도 해주지 않았겠구나 싶었다.

언제고 엄마를 찾아가 레시피라도 물어보려던 남자의 마음이 새삼 허망해졌다. 허망한 마음으로 쓰레기봉투를 들고 물건들을 정리하다 마루에 놓인 테이블 밑에서 『가정대백과사전』이라는 두꺼운 책을 찾아냈다. 펼치면 먼지가 훅 올라올 만큼 오래된 책이었다. 한자가 많은 책이었는데, 집수리부터 바느질, 제사 지내는 법, 친족 관계, 상호 호칭에서부터 살림살이 팁까지 '가정대백과사전'이라는 이름이 어울리는 책이었다. 몇 군데에는 '어머니'가 남긴 듯 밑줄도 그어져 있었다. 그중에 조리법도 있었다. 혹시나 기대하는 마음으로 읽었으나 고등어조림이나 계란찜 같은 건 없었다. 비프 부르기뇽이니 나라즈케니 한 번도 들어본 적 없는 음식이었다. 남자는 레시피 찾기를 그만두고 '어머니'의 집에 있는 수첩과 우편물에서 몇 곳의 주소와 이름을 찾아 적어 편지를 쓰기 시작했다.

"제가 편지를 보내는 이유는, 당신이 기억하는(혹은 기억하지 못하는) 그러나 제가 세상에 흔적을 남겨두고 싶은 이들의 부고를 알리고 싶기 때문입니다. 그들의 명복을 빌어주시기 바랍니다. 그리고 그들이 살던 집에 따뜻한 밥 한 그릇 놓아두었으니 혹시 가능하다면 찾아와서 그 음식을 드시고 망자를 기억해주셨으면 좋겠습니다. 더하여 떠난 이들을 위해 무언가를 해주고 싶다면 저에게 답장을 주십시오. 그들이 먹었던 음식에 대한 기록이면 됩니다. 그들에게 만들어주고 싶은 음식에 대한 이야기도 좋습니다. 보내주신다면, 저는 그 음식으로 다시 한번 그들을 위해 밥상을 차리겠습니다. 세상 저편에서 홀로 추운 그 영혼들이 당신이 기억해준 음식의 힘으로 따뜻하게 이 세상과 이별할 수 있도록 말입니다."

밥은 스스로 지어 먹는 거라는 말을 남자에게 한 사람은 누구였을까. '어머니'의 사망 일자는 그 통화를 나눈 것보다 훨씬 이전이었다. 그렇다면 어머니의 영혼이 한 말인가. 그러나 그 말의 주인이 누구인지는 이제 중요하지 않았다. 남자는 그 말을 '어머니'의 유언으로 기억하기로 했다. 밥이 때로는 그 무엇보다 자존이라는 걸 남자는 죽은 자들의 레시피를 정리하면서 깨달았다. '어머니'의 삶에 밥이 없다는 건 그런 면에서 너무나 당연했다.

편지를 쓰고 나니 배가 고팠다. 남자는 '어머니'의 집에 가스레인지를 설치하고 냉장고를 주문했다. 당분간은 이곳에서 살아볼 생각이었다. 빈 벽에 자신이 그동안 모은 레시피도 붙였다. 거기에 적혀 있는 음식들을 이 집에서 하나씩 만들어보기로 마음먹었다. 레시피를 붙이고 남은 자리에 하얀 종이도 붙였다. 자신만의 레시피를 적어둘 자리였다. 남자가 스스로에게 지어줄 밥들의 목록이 될 것이다. 삶이라는 게 실은 한 권의 레시피책이 아닐까, 생각을 하며, 남자가 첫 음식을 적는다. 그것은 바로 밥이다.

3부

ㅂ의 유실

방우리

소설집 『낙원맨션』 출간 예정

* 본문의 단어 뜻풀이는 국립국어원 〈표준국어대사전〉과 〈두피디아 두산백과〉에서 인용하거나 변형하여 사용했다.

어느 날, 읽고 있던 책에서 ㅂ이 사라졌다. 들여쓰기나 띄어쓰기의 간격이 일정하지 않거나 중간중간 글자가 지워진 불완전한 단어들이 페이지마다 몇 개씩 눈에 띄었다. 처음에는 흔히 일어나는 인쇄 오류이거나 집중력 저하로 인한 오독이라고 생각했다. 지워진 글자가 지나치게 많다는 생각을 하면서도 수십 페이지를 넘긴 뒤에야 책 읽기를 멈췄다. 지워진 글자가 있는 문장의 맥락을 확인하며 유추해본 결과 지워진 글자의 자음이 모두 ㅂ이라는 것을 알게 되었다. ㅂ이 사라진 건 그 책에서만이 아니었다. 그 책을 덮은 뒤에도 사라진 ㅂ은 돌아오지 않았다. 다른 책을 몇 권 펼쳐보았으나 어느 책에도 ㅂ이 없기는 마찬가지였다. 내가 가진 모든 책을 일일이 펼쳐본 뒤에도 ㅂ을 끝내 찾지 못했다. ㅂ은 책에서만 사라진 게 아니었다. 노래를 듣는 중에도 ㅂ이 들어가는 가사가 들리지 않았고 동영상을 재생하면 ㅂ이 없는 자막이 나왔다. 심지어는 사람들도 ㅂ을 발음하지 않고 말했다. 노트북에서마저 ㅂ이 표기된 키 캡이 사라진 건 어찌 보면 당연한 일이었다. 읽을 수도 들을 수도 없는 글자를 무슨 수로 쓸 수 있을까. 그제야 이런 의문이 들었다. 왜 하필이면 ㅂ이 사라졌을까. ㄱ이나 ㅁ, 혹은 ㅇ이 사라진 것보다 ㅂ이 사라진 게 나을지도 모르지. ㅌ이나 ㅊ, ㅍ이 사라졌다면 어땠을까. 사라진 글자가 어떤 글자인지 눈치채지 못했을 수도 있을까. ㅂ이 들어가는 단어를 떠올려보았다. 바나나, 부부, 밥, 배롱나무, 병원……. 우리말에는 ㅂ이 들어가는 단어가 생각보다 많았다. 사라진 ㅂ을 대체할 방법을 궁리해보았다. ㅂ과 발음이 비슷한 영문자 B를 쓰면 어떨까. Bㅏ나나, BㅜBㅜ, Bㅐ롱나무. 이런 식으로. 받침이 들어가는 글자를 쓸 때는 ㅇ을 붙여서 쓰면 된다. BㅏB, Bㅕㅇ원. 이런 방법은 아무래도 내키지 않았다. ㅂ을 사용하지 않고 ㅂ이 들어가는 단어를 설명하는 것밖에 방법이 없었다. 바나나는 '외떡잎식물 생강목 파초과에 속하는 열매로, 야구를 할 때 착용하는 손 싸개 모양', 부부는 '남편과 아내를 아울러 이르는 말', 배롱나무는…….

사라진 건 ㅂ이라는 글자뿐만이 아니었다. ㅂ이라는 글자를 읽을 수도 들을 수도 쓸 수도 없게 되자, 급기야 ㅂ으로 시작되는 것들의 이름이 기억나지 않게 되었다. 머릿속에서마저 사라지기 시작한 것이다. 나는 ㅂ으로 시작되는 물건들을 새롭게 명명해야 했다. 방망이는 '무엇을 치거나 두드리거나 다듬는 데 쓰기 위하여 둥그스름하고 길게 깎아 만든 도구'로, 바지는 '아랫도리에 착용하는 옷'으로, 밥솥은 '밥을 짓는 솥'이지만 그 전에 밥에 대해 설명해야 하므로, '곡식을 씻어서 솥 따위의 용기에 담고 물을 알맞게 넣어, 낟알이 풀어지지 않고 물기가 잦아들게 끓여 익힌 음식을 짓는 도구'로 말하면 되었다. 하지만 방망이나 바지나 밥솥과 달리 간단히 설명할 수 없는 것들이 세상에는 무수히 존재했다. 그중 하나가 바로 병이다. 여기서 병은 '생물체의 전신이나 일부분에 이상이 생겨 정상적 활동이 이루어지지 않아 괴로움을 느끼게 되는 현상'을 가리키는 것이 아니다. 병은 내가 아는 사람이며 그의 이름은 십간(十干), 즉 '갑을병정무기경신임계' 중 세번째 글자인 '병(丙)'에서 따왔다. 나는 병에 대해 정의하기 위해 그에 대해 내가 아는 모든 것을 쓰기로 했다.

병은 1987년생으로 한국식 나이로 서른여덟 살이 되었다. 키는 168센티미터, 몸무게는 63킬로그램이며, 어디선가 본 듯하지만 어디서 봤는지는 기억하지 못할 법한 평범한 외모를 지녔다. 혈액형은 A형, 시력은 우안과 좌안이 각각 0.8과 0.7이며 난시가 있어 교정용 안경을 쓰고 다닌다. 살면서 깁스를 한 적이 세 번 있고 실연을 겪은 적도 세 번 있다. 세 번의 직장생활을 했지만 삼 년을 채우지 못했고 마지막 직장에서 퇴사한 뒤 집으로 돌아와 그의 아버지에게 세탁 일을 배우기 시작했다. 세탁소집 셋째로 태어난 병에게는 두 명의 손위 형제가 있는데 그들의 이름은 각각 갑과 을이다. 병은 폭설이 내리던 날 저녁 일곱시경에 태어났다. 병의 아버지는 그가 태어난 날에 대해 이렇게 회고했다.

"세탁소에서 대학병원까지는 십오분 거리였어. 문을 닫고 나왔을 때는 여섯시 이십분경. 이미 해가 저문 뒤였지. 그날은 늦은 오후부터 눈이 내리기 시작했어. 처음엔 희끗희끗 날리던 눈발이 점점 거세지더니 걸어갈 엄두가 나지 않을 만큼 펄펄 쏟아져서 택시를 탔어. 그렇게 큰 눈은 태어난 이래 처음이었지. 그런데 택시가 도통 앞으로 나아가지를 못하는 거야. 당시는 우리 동네에 차가 많지 않았을 때인데다가 날이 궂어서인지 도로도 텅 비어 있었는데, 텅 빈 도로에 쌓인 눈을 뚫고 나아가지를 못하는 거야. 차가 못 나아가면 그냥 내려서 걸어가면 될 것을. 차로도 못 가는 길을 두 발로 걸어서 갈 수 있으리라고 생각을 못 했나봐. 한참을 택시 뒷좌석에 앉아 말없이 기다렸지. 그사이 눈발은 점점 세졌고 도로는 눈으로 뒤덮였어. 손목시계를 보니, 웬걸, 그새 한 시간이나 지나 있었어. 아무래도 이러다가는 오늘 안에 못 가겠다 싶어서 택시에서 내리려고 기사를 불렀지. '기사님, 나 여기서 내릴게요.' 말을 했는데 대답이 없데. '아니, 나 여기서 내려달라고요.' 그래도 대답이 없데. 어깨를 톡톡 쳐도 대답을 않기에 운전석을 봤는데 글쎄, 그 양반이 잠에 든 건지 눈을 감고 있데. 어깨를 두어 번 더 흔들어봤지만 전혀 미동이 없어서 그냥 차 문을 열고 나왔어. 발목까지 쌓인 눈길을 한 발, 한 발, 뚫고 나아가면서 생각했어. 그 사람이 혹시 의식을 잃은 걸까. 내가 도와줘야 하는 건 아닐까. 이 엄동설한에 차 안에 그냥 두면 얼어 죽을 텐데 어떡하지. 나 때문에 죽게 되는 걸까. 내가 죽인 게 되는 걸까. 하지만 뒤를 돌아보지 않았어. 뒤를 돌아보면 이제까지 온 길을 되돌아가게 될 텐데, 내가 갈 길은 뒤가 아닌 앞에 있었거든. '오늘부로 나에겐 먹여 살려야 하는 아이가 셋이나 있어. 아이를 셋이나 먹여 살리기 위해서는 내일 아침 여덟시에 세탁소 문을 열고 초벌 빨래를 마친 옷들을 세탁기에 넣고 돌리고 세탁된 옷을 꺼내 일일이 다림질을 해야 하고 비닐을 씌운 옷들을 집집마다 배달해야 해. 무얼 위해서지? 그다음 날 아침 여덟시에 세탁소 문을 열고 세탁기를 돌리고 다림질을 하고 세탁을 마친 옷들을 배달하기 위해서지. 그건 또 무얼 위해서지? 그다음 날 아침 여덟시에 세탁소 문을 열고 세탁기를 돌리고 다림질을 하고 세탁이 다 된 옷들을 배달하기 위해서야. 그건 또 무얼 위해서지?' 앞뒤 분간도 안 갈 만큼 눈앞은 캄캄하고, 캄캄한 가운데 하루살이떼 같은 눈은 하염없이 내리고. 대학병원으로 가는 길이 어느 쪽인지 알 수 없었지. 나는 앞으로도 뒤로도 갈 수 없었어. 어디가 앞인지 어디가 뒤인지 도대체 알 수가 없었으니까. 단 한 걸음도 떼지 못하고 한참을 멈춰 서 있었지."

병의 아버지는 이 이야기를 누구도 마주 보지 않은 채 독백으로 했다. 결말은 그때그때 달라졌다. 어느 날은 결국 온 길을 되돌아가서 택시 기사를 등에 업고 눈길을 헤치며 응급실에 갔다고 했고, 어느 날은 발이 묶인 채로 눈길 위에서 쓰러졌다가 다음 날 응급실 침대에서 눈을 떴다고 했다. 이 이야기의 어느 버전에서도 그는 결국 병이 태어난 산부인과 병동에 도착하지 못했고, 대학병원의 응급실에서 끝을 맺었다. 병의 어머니는 홀로 아기를 낳은 뒤 곧바로 깊은 잠에 빠져들었기 때문에 병의 아버지가 끝내 오지 못했다는 사실을 알지 못했다. 병은 그의 아버지가, 어머니가 그를 출산하는 순간이자 그가 탄생하는 순간 곁을 지키지 못한 것에 대한 변명으로 그 이야기를 지어냈다고 생각했다. 아무리 폭설이 내렸다 한들 걸어서 십오분 거리를 차를 타고 한 시간이 넘도록 가지 못했다는 게 도대체 말이 되는 소리일까. 병은 아버지가 그 이야기를 꺼낼 때마다 이제 그만 죄책감을 내려놓길 진심으로 바랐지만 이건 병의 욕심인지도 몰랐다. 아직 젊었을 아버지가 짊어져야 했을 눈 더미 같은 삶의 무게를 병이 무슨 수로 짐작할 수 있었을까. (병이 태어났을 당시의 아버지는 지금의 병보다 어렸다.)

 태생이 과묵했던 병의 아버지는 자식 넷을 낳고 키우는 동안 해가 갈수록 말이 늘었다. 말의 대부분은 대화가 아닌 독백이었다. 처음 그의 독백은 짧고 명료했다. "염병할." "성질나." "망했네." 독백은 점점 진화했다. "이게 사람 사는 거냐." "왜 이러고 사냐." "그냥 다 버리고 나가고 싶다. 이놈의 집구석." 물론 병의 아버지는 자식들을 버리고 집을 나가지 않았다. 속에 있는 말들을 독백으로 내뱉는 한, 그는 도망가지 않을 수 있었다. 병이 길에 버려진 강아지를 주워 왔을 때, 강아지를 동물병원에 데려가서 주사를 맞힌 건 가족 중에 아버지가 유일했다. 때를 맞춰 강아지에게 사료와

물을 챙겨주는 것도, 귤 박스를 주워 와 방석을 깔고 담요를 넣어 보금자리를 만들어준 것도, 잊지 않고 산책과 목욕을 시키는 것도 아버지의 몫이었다. 아버지는 그 모든 일을 누가 시키지 않아도 나서서 했다. 하루가 다르게 자라나는 강아지를 자식들보다도 살뜰히 돌봤다. 그러다 세탁기를 돌리거나 설거지를 할 때 혹은 볼일을 보고 변기 물을 내릴 때마다 이런 말들을 중얼거렸다.

"여기가 개집인지 사람 집인지. 개털 날리는 것 좀 봐. 냄새는 또 뭐고. 온몸이 따갑고 가려워서 미치겠네. 지 앞가림 하나 제대로 못 하는 것이 어디서 뭐를 자꾸 주워 오고 있어. 식구들 생각은 하나도 안 하지. 하나도. 병신 같은 것. 어디 가서 사람 구실이나 할는지."

병의 아버지가 중얼대는 말들을 가족들 모두가 못 들은 척했다. 병의 아버지는 자식들 중 누구도 나무라지 않았다. 그는 언제나 참는 사람이었다. 갑이 친구와 싸우다가 교실 창문을 깨부쉈을 때도, 을이 자전거를 훔치다가 걸렸을 때도, 그는 자초지종을 묻지 않았다. 자식들 면전에 대고 큰소리를 내거나 욕을 입에 올린 적도, 손에 매를 든 적도 없었다. 자식들이 용서를 빌 기회조차 주지 않았다. 다만 모두가 듣고 있는 걸 알면서도, 혹은 누군가 듣고 있다는 걸 알기에, 자신의 입속에서 나오는 모든 말을 입 밖으로 내뱉었고, 물소리에 흘려보냈다. 그가 배설하듯 내뱉은 말은 배수로를 타고 하수도를 통과해 하천으로, 강으로, 바다로 떠내려갔다. 아무도 그의 독백에 끼어들지 않았다. 그가 내뱉는 말 한 마디, 한

마디에 응축되어 있는 감정의 농도가 두려웠기 때문이다. 어떤 일은 제때에 바로잡지 않으면 영영 그 때를 놓치게 되는데, 이 역시 그런 일에 해당했다. 빨래나 설거지 혹은 볼일을 마친 뒤엔 언제 그랬냐는 듯이 입을 다물었다. 자식들의 속마음이 어떻든 아버지의 얼굴은 더없이 평온하고 인자해 보였다. 곧 자식들도 저마다의 독백을 하기 시작했다. 누구도 누구에게 대꾸하지 않은 채 '누군가 들으라고 하는 혼잣말'을 하며 서로의 존재를 견뎠다. 그것이 이 집안사람들이 공생하는 법칙이었다.

앞서 말했듯이 병은 지극히 평범한 외모를 가진 사람이다. 그는 태어난 이래로 눈에 띄는 존재인 적이 없었다. 학창 시절 병이 받은 가장 높은 등수는 반에서 3등이었다. 중간고사에서도 3등, 기말고사에서도 3등, 달리기도 3등. 심지어 중학교 2학년 때까지는 반에서 세번째로 키가 컸다. 반 아이들에게 쪽지나 삐삐로, 추파춤스를 받은 적도 없다. 성인이 되어서도 마찬가지였다. 병을 무심결에라도 돌아보거나 병의 뒤를 몰래 따라오거나 병에게 은근슬쩍 말을 거는 사람은 아무도 없었다. 그건 별스러운 일이 아니다. 이 세상에서 주목받는 사람은 극소수이며, 대부분은 병과 마찬가지로 1등과 2등의 주변부를 이루는 대중으로서의 역할을 충실히 해내며 살아간다. 병은 자신에게 주어진 역할을 일찍이 깨닫고는 눈에 띄기 위한 행동을 최대한 삼가며 살아왔다.

그 결과, 병은 본인이 원했던 대로 저채도 저명도 인간이 되었다. 이건 은유가 아니다. 병은 습자지처럼 반투명한 자신의 존재를 몸으로 수없이 감각하며 살아왔다. 이 사실을 강하게 깨달은 건 스무 살 때였다. 대학교 신입생 환영회 겸 개강 파티 날이었다. 천으로 된 소파 등받이마다 기름냄새가 배어 있고 벽에는 철 지난 광고 포스터가 붙어 있고, 전등덮개 안에는 하루살이떼가 죽어 있던 어둑어둑한 호프집, 병이 앉은 테이블에는 병을 포함해 총 여섯 명의 신입생이 있었지만 왜인지 각각 다섯 개의 접시와 스푼, 포크, 잔이 놓였다. 다들 서로의 앞에 식기를 놓아주기 바쁜 가운데 병의 앞에만 아무것도 놓이지 않았다. 이윽고 테이블마다 두 마리의 치킨과 맥주 세 병, 소주 한 병이 놓였다. 병의 잔을 제외하고 모든 잔이 채워졌다. 한 명씩 순서대로 돌아가며 자기소개를 할 때에도 병의 차례를 자연스레 건너뛰었다. 한 학기가 끝나갈 때까지 몇몇 동기들은 병의 이름을 제대로 외우지 못하거나 심지어는 얼굴을 알아보지 못했다. 학교 밖에서도 비슷한 일이 종종 일어났다. 혼자 식당에 가서 주문을 하고 음식이 나오길 기다리던 병을 설거지와 뒷정리를 마치고 문을 닫으려던 사장이 발견해 소스라치게 놀라는 일도 있었고, 버스 안에서 깜박 잠이 든 병을 보지 못한 기사가 종점에서 내리는 바람에 버스 안에 밤새도록 갇히는 일도 있었다. 심지어는 길거리에서 홍보물을 나눠 주거나 전도하기 위해 길을 묻는 이들마저 병을 눈앞에서 지나쳤다. 그럴 때마다 병은 자신의 몸을 내려다봤다. 해가 밝은 날이면 희미하게 바래진 건 아닐까, 비가 오는 날이면 빗물에 지워진 건 아닐까. 병의 몸은 태연스레 그대로였다. 병이 가장 많이 듣는 말은 이런 것이었다. "언제부터 거기 있었어?" 병은 이걸 일종의 은신법으로 삼기로 했다. 무수한 사람들 틈에서 자신의 존재를 감추고 살아가는 것. 그리하여 험난한 세상으로부터 유약한 자아를 보호하며 살아가는 것. 이는 병이 터득한 일종의 생존 기술이었다. 병은 과대표나 조별 과제 발표자처럼 번거로운 일을 맡지 않을 수 있었으며 장기자랑 같은 곤란한 상황에서도 지목받지 않고 넘어갈 수 있었다. 어색한 술자리에서 몰래 빠져나오는 병을 아무도 붙잡지 않았다. 누구의 눈에도 띄지 않는 병은 사라질 수조차 없는 사람이었다.

대학교 졸업반이던 스물세 살, 병의 마음에 파문을 그린 이가 나타났다. 그의 이름은 평이었다. 그해 3월, 한기가 가시지 않은 강의실에서 복학한 선배인 평을 발견한 순간, 습자지처럼 반투명한 병의 마음 위로 물감을 떨어뜨린 듯 무늬가 번졌다. 평의 머리 색깔, 평의 걸음걸이, 평이 자주 사용하는 언어 습관, 평이 좋아하는 음식과 음식을 먹을 때 내는 소리, 평이 다른 사람과 이야기할 때 짓는 특유의 표정 같은 것들을 놓치지 않고 흡수했다. 평의 모습이 시야에서 사라질 때마다 병의 아버지가 때때로 입에 올리던 '십오분 거리를 한 시간 넘게 가지 못하는' 막막함이 병을 사로잡았다.

병의 마음은 십오분 거리를 한 시간, 두 시간을 들여서 가듯 느린 속도로 평에게 다가갔다. 가까이서 본 평은 병만큼이나 자신의 본모습을 감추는 데 능숙한 사람이었다. 평은 자신을 여러 겹의 얇은 막으로 싸고 다녔다. 평은 자신이 꽁꽁 싸매고 있는 심연을 필사적으로 지키려고 했는데, 지나친 방어 태세로 인해 쉽게 들통났다. 평이 지키고자 하는 것은 다름 아닌 믿음 그 자체였다. 평에 따르면 지구는 엄청나게 커다란 동전 모양이라고 했다. 지구는 납작한 원반형으로 되어 있으며 지구의 가장자리는 빙하로 둘러싸여 있고, 그 끝에 다다르면 낭떠러지라고 했다. 낭떠러지 아래로는 아무도 가본 적 없기에, 혹은 갔다가 돌아온 이가 아무도 없기에, 지구 밖의 풍경은 알 수 없다고 했다. 모르긴 몰라도 우리가 익히 아는 우주와는 다를 것이라고 했다. 평은 언젠가 지구의 끝에 가보고 싶다고 했다. 지구의 끝에 발을 디디고 서서 지구 밖을 두 눈으로 보고 싶다고. 끝에 다다라서야 이를 수 있는 '무한의 가능성'을 두 눈으로 꼭 보고 싶다고. 병은 평의 어떤 말에도 반박하지 않았다. '지구는 둥그니까 자꾸 걸어 나가면 온 세상 어린이를 다 만나고 오겠네' 같은 노랫말을 들먹이면 분명 평은 이렇게 말하겠지. "그래서 온 세상 어린이를 다 만나봤어?" 평은 자기가 직접 보고 듣고 겪은 것 외에 무엇도 믿지 않는다고 했다. 모두가 입을 모아 떠드는 말, 허공에 뿌리를 내리고 떠도는 말을 믿지 않는다고 했다. 인공위성이 내려다본 지구의 둥그스름한 형태도, 달의 표면 위를 걷는 영상도 모두 조작된 것이라 했다. 지구에 사는 사람들을 속이기 위해 꾸민 거대한 음모에 불과하다고 했다. 병은 묻고 싶었다. '무얼 위해서지?' 입 밖으로 내지 않은 병의 질문에 평이 답했다. "진실을 감추기 위해서지." "왜?" "거짓을 지키기 위해서지." "왜?" "사람들이 진실을 알면 안 되니까." "왜?" "거짓이라는 게 밝혀지면 안 되니까." 병은 평의 말을 이해하기 어려웠지만 이해되지 않는 것을 이해되지 않은 채로 믿어주기로 했다. 그게 사랑이라고 생각했다. 평의 말처럼 '믿음이란 의지의 문제'일지도 몰랐다. 아버지의 독백이 고백의 형식이듯, 평의 믿음은 불신의 다른 형태였다.

평화, 평등, 평안, 평온, 평소, 평범, 평균, 평면. 이 단어들에 들어가는 '평'은 모두 같은 한자를 쓴다. 한자 '평(平)'의 한글 풀이는 '평평하다, 판판하다, 고르다, 고르게 하다'이다. 그 누구도 다른 누구의 위나 아래에 있지 않은, 모두가 같은 위치상에 존재하는, 평평하고 판판한, 그리하여 평화롭고 평등하고 평안한, 고르게 익힌 부침개 모양의 지구. 평이 사는 세상이었다. 병은 평의 말에 어떤 판단도 내리지 않았다. 맞는다거나 틀리다거나 가타부타하지 않고 고개만 끄덕였다. '평에게는 자신의 말을 있는 대로 들어줄 사람이 필요했던 게 아닐까. 그냥 그걸 해주는 게 내가 할 수 있는 전부가 아니었을까.' 병은 평의 말을 바로잡으려 애쓰지 않았던 이유에 대해 그렇게 생각했다. 드넓고 드넓은, 그리하여 끝이 없어 보이는 지구 어딘가에 명확히 표시된 '끝'이 있다는 사실이 평을 지켜주고 있다고, 병은 생각했다. '끝이 있다는 걸 알고 있는 사람은 그 끝에 섣불리 다가가지 않으니까.' 병이 할 수 있는 일은 평의 내핵을 지켜주는 믿음이란 보호막을 지켜주는 일뿐이었다.

평의 곁에서 병은 외로움을 배웠다. 평이 없을 때에는 알지 못하던 감정이었다. 평은 늘 여기 이곳이 아닌 어딘가 다른 곳을 꿈꿨다. 끝이 존재하는 땅에서의 유한한 삶, 언제고 떠나가거나 떠나보낼 이들, 매 순간 나타났다 사라지는 생각들, 입 밖에 내뱉는 순간 공기 중에 흐트러지는 말들에 마음을 붙일 수 없었기 때문이다. "나는 쉽게 잃을 수 있는 걸 가지고 싶지 않아." 평이 말하는 '쉽게 잃을 수 있는 것' 중에는 자기 자신도 포함되어 있었다. 평은 매일 아침 눈을 뜰 때마다 어제와는 다른 사람으로 태어난다고 했다. 육체의 항상성을 유지하기 위해 자살을 선택하는 세포들처럼, 필요한 기억만 남긴 채 매일매일 죽고 태어나는 과정을 반복하는 중이라고 했다. 오늘의 나는 어제의 내가 선택한 기억을 가지고 태어난 새로운 나일 뿐이라고. 그 사실을 상기하면 자신을 포함한 세상의 그 무엇에도 집착하지 않을 수 있다고 했다.

  그런 이유로 병은 평이 원하는 때에, 원하는 장소에서, 원하는 시간만큼만 함께할 수 있었다. 병은 평이 원하는 때 평의 곁에 있기 위해 같은 자리에서 벗어나지 않았다. 둘의 사이에는 항상 일정한 간극이 있었다. 줄어들지도 늘어나지도 않는 간극이. 걸음을 뗄 때마다 물러나는 지평선에 다가가는 심정으로 평을 바라보며, 병은 처음으로 마음이라는 부위의 위치를 감각했다. 숨이 턱 막힐 때에야 비로소 살아 있음을 느꼈다. 물론 병의 마음 한구석에는 평에게 닿고 싶다는 소망이 몸을 키워가고 있었다. 손을 대는 순간 구름처럼 사라질지라도 한순간이나마 그러안아보고 싶었다.

그러면서도 평이 그어놓은 선을 넘어 한 발짝 다가간 순간, 병을 피해 뒤로 물러난 평이 지평선 너머의 낭떠러지로 떨어질까 두려웠다.

"지구가 기울어지고 있어."

평은 그렇게 말하며 컵에 꽂혀 있던 빨대를 바닥에 던졌다. 빨대가 한쪽 방향으로 굴러갔다. 지진이 일어난 날로부터 며칠이 지난 어느 날이었다. 남부지방에 위치한 해안 도시가 진원지였다. 오래된 아파트 건물이 비스듬히 기울었고, 주차되어 있던 차들이 부딪치는 등 큰 피해가 있었다. 그 도시의 인근 지역은 물론이고 멀리 떨어져 있는 지역에 사는 많은 이들도 결코 일상적이라 할 수 없는 진동을 느꼈다. 지진이 일어난 오전 열시경, 병은 잠을 자는 중이었다. 병이 누워 있던 방이 파도처럼 한차례 출렁거렸다. 물 위에 떠 있는 꿈을 꾸었다고 생각했다. 끝 모를 바다인지 드넓은 강인지 잔잔한 수면 위에 허허롭게 떠 있다가, 느닷없이 밀려온 파도의 움직임을 따라 몸이 잠시 출렁였다고. 파고가 꽤 높아서인지 가벼운 어지럼증을 느끼며 깨어났다.

얼핏 눈을 떠서 꿈인 걸 확인했지만, 그 생생한 감각만은 몸의 어딘가에 통각처럼 새겨졌다. 병이 잠시 눈을 떴다 곧바로 다시 잠에 빠진 사이, 지진과 관련된 속보가 몇 차례 방송되었다. 먼저 진원지인 도시에서 일어난 교통사고가 크게 다뤄졌다. 좌회전을 하려던 차가 갑작스러운 진동으로 인해 방향을 틀지 못하고 그대로 직진했다. 차는 바로 앞 건물로 돌진해 유리 벽을 들이받았다. 건물 1층 커피숍에서 일하던 아르바이트생은 유리 벽을 산산조각 낸 뒤 자신을 향해 달려드는 차를 미처 피하지 못했다. 그는 곧바로 응급실로 이송되었다. 잇따라 몇 차례의 자잘한 여진이 일어났고, 크고 작은 사고가 발생했다. 병은 뉴스를 보지 않았기에 지진이 일어났다는 사실을 알지 못했다. 문득문득 발아래의 진동을 느꼈지만 지진처럼 큰일과 연결 짓지 못했다. 자신에게 일어난 어떤 일도 '별일'로 여기지 못하는 오랜 습성 때문이었다.

"너는 아무것도 안 느껴져?"

불안정한 땅 위에 발붙이고 살아가기 위해, 사람들에게 필요한 생존 능력은 다름 아닌 상상력이었다. 보이지 않는 땅속 깊은 곳에서 일어나는 일들을 저마다의 상상으로 해석하며 파편처럼 곳곳에 흩어진 여진을 견뎠다. 평 또한 지진이 발생한 이유에 대해 나름의 가설을 펼쳤다. 아무도 자각하지 못하고 있지만, 지구는 서서히 기울어지는 중이라고 했다. 미세한 기울기를 따라 냉장고며 세탁기며 수납장 같은 것들이 조금씩, 조금씩 이동하고 있다고. 건전지나 페트병, 연필 등 원통형의 물건을 보이지 않는 경사의 위쪽에 놓아두면 아래쪽으로 도르르 굴러갈 것이라고. 하지만 사람들은 그런 사실을 눈치채지 못한 채, 아주 조금씩 기울어진 그 각도에 맞춰 아무렇지 않은 듯이 살아가고 있을 수도 있지 않느냐고 말했다.

"우리는 빨리 저 위로 올라가야 해."

평의 입에서 나온 짧은 문장 중 두 개의 단어에서 병은 멈칫했다. '우리' 그리고 '위'. 우리라고 함은 말하는 이와 듣는 이, 즉, 병과 평 두 사람을 가리키는 것일까. 아니면 말하는 이와 듣는 이를 포함한 여러 사람을 가리키는 일인칭 대명사, 즉, 병과 평을 포함한 인류 전체를 가리키는 것일까. 그런 의문이 드는 한편 '위'라는 단어가 평의 생에 유례없는 지각변동과도 같은 말이라는 것을 병은 단번에 이해했다. 누구도 누구의 위에 있지 않고 누구도 누구의 아래에 있지 않은 평평한 세상에 돌연 '위'와 '아래'가 생겨난 것이다. 위와 아래가 생겨난 이상 모든 이가 위를 원하게 되리라는 것은 자명한 사실이었다. '위'를 말하는 순간 평의 손끝이 하늘을 가리키고 있었다는 걸 당시에는 알아채지 못했다.

"시간이 없어. 내일 두시에 출발할 거야. 여기서 봐."

집으로 돌아온 병은 정신없이 짐을 꾸리기 시작했다. 평의 주장이 이치에 어긋나는지 그러지 않은지는 중요하지 않았다. 세계의 꼭대기를 향해 떠나는 길, 그 머나먼 여정의 동행으로 평이 자신을 선택했다는 것에 경도되어 있었기 때문이다. 실재하지 않는 지구의 꼭대기에 이를 때까지, 존재하지 않는 세상의 종점에 다다를 때까지, 병과 평은 걸음을 멈추지 않고 앞으로, 앞으로, 앞으로, 앞으로 나아갈 것이다. 그러니까 그 말은, 병과 평은 죽기 전까지 어쩌면 죽는 순간에도 나아가 죽은 뒤까지도 영영 서로의 곁에 함께한다는 뜻이었다. 앞으로 펼쳐질 새로운 삶을 상상하느라 병은 밤새도록 잠을 이루지 못했다. 늘 어딘가 다른 곳에 존재하리라고 막연히 믿었던 자신의 진짜 삶을 향해 한 발 내디딘 듯했다.

그해 2월 두 사람은 나란히 대학을 졸업한 뒤 텅 빈 시간을 허우적대며 보내는 중이었다. 광활한 시간 속에서 평은 아예 길을 찾지 않기로 마음먹은 것처럼 보였다. 병이 일하는 편의점에 불쑥 찾아와서는 폐기 처리 된 지 얼마 안 된 음식들을 모조리 가져갔다. 가져간 음식을 다 먹을 때까지는 병을 찾지 않았다. 아무리 세계에 끝이 있다고 믿는 평이라고 해도 그 시간을 견디는 것이 막막하지 않을 수 없었으리라고 병은 생각했다. 어쩌면 불안감을 감추기 위해서 몸을 숨기는 편을 택했으리라고. 그건 병도 마찬가지였다. 가까운 미래를 생각하면 한가운데가 뚝 끊어진 다리 너머 저편을 보는 기분이었다. 두 눈에 보일 듯 말 듯 하지만 닿을 수는 없는 어딘가, 그곳에 병의 미래가 있었다. 오늘과 연결되지 않는 내일, 마디가 분절되어 토막 난 시간을 별수 없이 견뎠다. 그런 두 사람을 지상으로 끌어낸 것이 바로 지진이었다. 평과 병에게 있어 지진이란, 이제부터 진짜 삶을 찾아가라는 신호와도 같았다. 평과 병 사이에 존재하던 자기장의 범위가 좁혀진 순간이었다.

병은 그날 뜬눈으로 밤을 새웠다. 오전 두시경 한반도 상공 위로 국제우주정거장이 지나가며 병의 눈동자를 잠시 비췄다.

결국 병은 평과 함께 지구의 꼭대기로 가지 못했다. 다음 날 오후 두시, 약속 장소인 편의점 앞으로 갔을 때 평의 모습은 보이지 않았다. 병은 그 자리에 서서 한 시간이, 두 시간이 지나도록 움직이지 않고 기다렸지만 평은 끝내 나타나지 않았다.

　시곗바늘이 다섯시를 가리킨 뒤에야 평이 말한 시간이 오후가 아닌 오전일 수도 있다는 생각을 어렴풋이 했다. 하지만 그땐 이미 늦은 뒤였다. 열다섯 시간만큼이나. 평은 지금 어디에 있을까. 이곳에서부터 열다섯 시간 거리만큼 떨어진 어딘가에서, 존재하지도 않는 세계의 끝을 찾아 무작정 앞으로 나아가는 중일까. 병은 한 발자국도 뗄 수 없었다. 평이 향하고 있는 '위'가 어느 방향인지 알 수 없었기 때문이다.

　나는 병이 거짓말을 하고 있다는 걸 알아챘다. 그날 오후 두시, 병은 자신을 기다리는 평의 뒷모습을 멀찍이서 보았을 테다. 그리고 평에게로 향하던 걸음을 멈추었을 테다. 병은 끝끝내 이해에 도달하지 못할 것이란 걸 예감했을 테다. 존재하지도 않는 세계의 끝으로 가는 고단한 여정을 완주하지 못하고 좌절하기보다는 애초에 포기하는 편을 택했을 테다. 이로써 병은 평을 단 한 순간도 온전히 이해한 적 없었음을 비로소 인정했다. 그의 모든 말에 고개를 끄덕이고 맞장구를 쳐주었지만 그건 진정한 이해가 아니었노라고. 그리고 평도 그 사실을 알고 있었으리라고 말이다. 불완전한 이해의 시도와 예견된 한계. 그게 바로 병과 평이 세계의 끝을 향해 함께 갈 수 없던 까닭이었을 테다.

　세계의 끝으로 가는 대신 집으로 돌아온 병은 아르바이트를 병행하며 부지런히 이력서와 자기소개서를 쓰고 면접을 보러 다녔다. 수개월 후 첫 직장에 입사했다. 그곳에서도 여전히 아무도 병에게 눈길을 주지 않았지만, 누군가 눈여겨보지 않아도 착실히 그 날의 업무를 하며 살아갔다. 아무도 가르쳐준 적 없지만 하루하루에 만족하는, 혹은 만족하지 않더라도 하루 분량의 하루를 살아내는 법을 차차 익혔다. 언젠가 평이 말했던 대로 매일 밤 자신을 죽이고 매일 아침 태어나기를 되풀이하면서 끝이 보이지 않는 날들을 견뎠다.

병은 그뒤로 평을 한 번도 보지 못했다. 그는 정말 세계의 끝에 도착했을까. 끝 너머로 펼쳐진 바깥세상을 눈으로 끝내 확인했을까. 혹은 아직도 끝을 찾아 끝나지 않는 여정을 걸어가는 중일까. 까닭 없이 몸의 균형을 잃을 때마다 하늘을 올려다봤다. 그때마다 반짝이는 무언가와 눈이 마주쳤다.

*

내가 할 수 있는 병의 이야기는 고작 이런 것이 전부다. 이 이상 아무리 길게 이야기해봤자 병에 대한 모든 것을 끝내 말할 수 없다는 걸 안다. 한 사람에 대해 한 권, 두 권, 열 권, 백 권의 책을 쓴다고 해도 그를 온전히 이해하는 일이 불가능하다는 것도. 나는 병의 동생인 정으로, 현재 병과 함께 사는 유일한 가족이다. 병은 옷에 묻은 얼룩을 지우고 소재에 따라 분류해 세탁기에 돌리고 세탁이 끝난 옷을 건조한 뒤 다림판에 올린 옷을 평평하게 다림질하는 일을 반복하며 하루하루를 살아가고 있다. 겉으로 보기에 병의 일상은 평탄하게 돌아간다. 병과 나는 꼭 필요한 말 외에는 대화를 주고받지 않는다. 대신 병은 아버지의 방식대로 독백을 한다.

"아무짝에도 쓸데없는 것. 읽을 만한 글이라곤 한 글자도 못 쓰는 주제에 밤낮으로 노트북만 끼고 앉아 있는 꼴 좀 봐. 내 뼈가 삭든 몸이 축나든 관심도 없지. 지밖에 모르는 게 무슨 책을 쓴다고. 이기적인 것."

독백은 고백의 형식이다. 아무런 언쟁도 갈등도 폭력도 없이 관계의 항상성을 유지하며 살아가기 위한 침묵으로서의 소통 방식. 병은 나의 밥을 차려주고 속옷과 이불을 빨고 내 방을 청소하는 틈틈이 독백을 하고, 나는 병의 말을 받아 적으며 그의 독백을 견딘다. 나는 병의 죽음을 바라면서도 그의 영생을 빈다. ㅂ으로 시작되는 모든 글자들처럼 그가 돌연 내 눈앞에서 사라질까봐 두렵다.

ㅂ 없이 글을 쓰기란 쉽지 않은 일이었다. ㅂ을 잃자 ㅂ이 들어가지 않는 다른 단어들도 하나씩 잃어갔다. 쓰려고 했거나 쓰고 싶던 모든 문장이, ㅂ이 빠져 생긴 구멍으로 빨려 들어가는 듯했다. 글자 하나, 하나는 외따로 존재하는 게 아니었다. 그것들은 거대한 언어 체계의 사슬을 이루는 조각이었다. 글자 하나가 사라짐으로 인해 내 사고를 떠받치고 있던 언어 체계에 금이 간 것이다. 내가 속해 있는 세상이 무너지고 나서야, 그토록 버리고 싶고 떠나고 싶던 수많은 것들이 사실은 나를 지탱해왔음을 깨달아갔다.

한 문장도 쓰지 못하고 몇 날 며칠을 보낸 뒤, 결국 나는 키보드를 고치러 수리센터에 갔다. 노트북을 열어 키보드를 보여주자 수리 기사는 얼굴을 찌푸렸다. ㅂ을 찾지 않고 ㅂ을 제자리에 돌려놓을 수 없다고 말하며 구멍 난 자리와 그 주변을 손으로 더듬었다. 잠시 고민하던 그는 작업대 뒤에 있는 캐비닛의 문을 열고 무언가를 꺼냈다. 노트북 키보드였다. 캐비닛 안을 흘끔 보니 동강 난 키보드를 비롯해 고장 난 각종 전자 제품들이 들어 있었다. 그가 꺼내 온 키보드에도 ㅂ은 없었다. 그는 골똘히 키보드를 바라보며 있지도 않은 ㅂ을 한참 동안이나 찾았다. 그러다가 ㅂ이 아닌 다른 글자 키 캡을 빼냈다. B였다. 그는 ㅂ이 있던 자리에 B를 끼워 넣었다. 그리하여 나는 키보드에 B가 두 개인 노트북을 갖게 되었다.

키보드상에서 ㅂ은 셋째 줄의 두번째 칸에, B는 다섯째 줄의 여섯번째 칸에 배치되어 있다. ㅂ은 주로 왼손 새끼손가락을, B는 주로 오른쪽 검지를 사용해서 쓴다. 물론 내 키보드는 예외이다. 내 키보드에는 B가 두 개인데, 그중 하나를 누르면 B가 아닌 ㅂ이 나타난다. ㅂ을 쓸 수 있게 되자 ㅂ을 읽고 들을 수 있게 되었다. ㅂ을 잃었던 것과는 반대 방향으로 ㅂ을 되찾아갔다. 나는 비로소 병을 병이라고 쓸 수 있게 되었다. 병에 대해 긴긴 설명을 늘어놓지 않아도, 병이라는 글자 하나로 병을 명명할 수 있게 되었다. 병이라는 글자는 병이라는 사람의 총체이다. 더할 것도 보탤 것도 없는, 글자 그대로의 '병'을 쓰며 내가 아는 병의 이야기를 마친다.

내가 알고 있는 비밀이

―

김학찬

소설집 『사소한 취향』 출간

* 제목은 이승열의 노래 〈Secret〉에서 가져왔다.

1

능숙하게 키 캡(key cap)을 깎고 있는 손마디를 기억합니다. 제 몸의 일부를 마저 만들고 있었던 것인지, 이미 저는 완성된 상태였는지 모르겠습니다. 천천히 손이 멀어지면서 달콤한 냄새가 났습니다. 유창목(癒瘡木)의 잔해들이 작업대 위에 흩어져 있었습니다.

유창목은 천천히 자라며 돌처럼 무겁고 단단합니다. 상처 입은 야생동물들이 몸을 문지르는, 치유의 나무이기도 합니다. 덕분에 저는 강하고 향기로운 신체로 태어났습니다. 가벼운 듯 묵직한 감촉, 정확한 등변사다리꼴 모양의 키 캡. 은은한 떨림도 품고 있었습니다.

노인의 입술이 움직였습니다. ･･･ ･･･ ･･･ ･･
･･･ ･･･ ････ 그렇습니다. 저는 노인의 소망과 상상 그 이상으로 구현된 키보드가 분명했습니다.

2

문자의 발명이 인류를 만들었다면 키보드의 탄생은 인류를 도약시켰습니다. 저는 시간의 망각 속에 휘발될 뻔한 지식을 붙잡아 쥐었습니다. 지식에 속력을 부여했고 저자의 생각이 끝나기도 전에 문장을 완성했습니다. 제가 존재하기 전의 문자는 하염없는 당나귀의 걸음걸이와 다르지 않았습니다. 진실로 위대한 발명은 민주주의나 에어컨 따위가 아닙니다.

모든 부품들이 더 빠른 속도와 거대한 용량을 위해 달라지고, 바뀌고, 사라질 때도 저는 그대로 남았습니다. 저는 이미 세계를 무한히 확장할 수 있었으니까요. 원하는 문자는 무엇이든 입력할 수 있고, 어떤 말도 안 되는 구문이라도 구사할 수 있었으니까요. 저는 움직임의 시프트(shift), 통제와 조종의 컨트롤(control), 대안을 제시하는 알트(alternative)를 통해 정해진 규칙 이상의 문자를 만들어낼 수 있습니다. 기계식 타건 감각을 사랑하는 프리랜서도, 조용하고 높이감 없는 팬터그래프를 선호하는 직장인도 모두 저를 사랑합니다. 저렴하면서도 명료한, 대량생산의 대표주자 멤브레인도 마찬가지입니다.

기억해주십시오. 어디까지나 이 모든 변화는 모두 당신을 위한 것이라는 제 마음을. 당신을 만족시켜줄 수만 있다면 저는 무슨 일이라도 할 수 있습니다.

물론 언제까지나 왕좌에 앉아 있을 수는 없습니다. 모든 지혜로운 왕도 늙고 사신이 바삐 왕래하던 왕국도 모래 먼지에 삼켜지니까요. 깃털 펜이나 타자기처럼 저도 실내장식 소품으로 굴러야 할 때가 오기 마련입니다. 하지만 염려할 필요는 없습니다. 그날은 당신의 남은 수명보다 멀리 있을 테니까요. 중요한 건 지금, 당신과 제 대화입니다.

저는 언제나 당신 주변에 머물렀습니다. 당신이 의식하지 않았을 따름입니다. 저를 보지도 않고 타이핑할 수 있게 되었던 때가 언제인지 기억나십니까? 익숙해지면 놓치기 마련이니까, 당연히 잊었겠지요. 괜찮습니다. 하지만 저는 키 하나하나를 뚫어지게 바라보던 당신의 눈동자를 알고 있습니다. 당신의 뜻이 화면에 그대로 표현되었던 순간의 설렘도, 신중하게 누르던 당신의 손가락 끝을 지금도 기억합니다. 괜찮다니까요. 저는 당신 편입니다.

그런데 아깝지 않습니까? 언젠가부터 놓쳐버린 것들 말입니다. 어머니가 흥얼거리던 자장가의 세밀한 음정을, 무릎에서 피가 났던 이유를, 한때 가장 친했던 친구의 이름을, 잊을 거라고는 상상조차 하지 못했던 첫사랑의 냄새를, 처음으로 죽여버리고 싶었던 사람의 얼굴을 떠올리고 싶지 않습니까?

네, 저는 당신이 마음에 듭니다. 당신이 저를 바라보는 이유도 알고 있습니다. 무언가를 진지하게 해보려는 사람은 반드시 저를 찾을 수밖에 없으니까요. 오직 저만이 줄 수 있는 충만함이 그리웠을 겁니다. 환영합니다. 당신에게 제가 품고 있는 무수히 많은 키(key)를 내어드리겠습니다. 만족스러운 순간도 남겨드리겠습니다.

머뭇거리는군요. 막상 어디서부터 출발해야 하는지도 모르겠고, 어딘가 의심스럽나보군요. 이것 또한 좋은 태도입니다. 속임수나 헛소리가 너무 많은 세상이니까요. 저는 당신의 진중한 성격마저 마음에 듭니다. 저는 오래 기다렸습니다.

3

첫번째 인간은, 소진이 불가능한 자산을 갖고 있었습니다. 쓰는 속도는 저절로 늘어나는 속도를 따라잡지 못했습니다. 화산 폭발이나 지진이라면 그의 부(富)를 줄일 수 있을지도 모르겠군요. 따라서 첫번째 인간은 숫자를 입력한다거나 문서를 작성해야 할 이유가 없었습니다.

다라라락 다라라라락. 저는 첫번째 인간이 직접 어루만지고 닦아줄 때를 기다렸습니다. 정성껏 말없이 제 몸에 묻은 자신의 지문을 닦았는데, 가끔은 닦기 위해 타건하는 것처럼 보일 정도였습니다. 아마도, 첫번째 인간은 교환의 원리를 알고 있었던 모양입니다. 타건은 자신을 내어주는 일입니다. 내려치는 힘만큼 키는 다시 손끝을 충실히 밀어냅니다. 밀려난 힘은 인간의 몸에 차곡차곡 되새겨집니다. 손가락에 부담이 적은 키보드라고 해서 예외일 수는 없습니다. 작용과 반작용은 누구에게나 공평하니까요. 정도의 차이일 뿐입니다.

첫번째 인간은 저를 안전한 장난감으로 쓰고 있었습니다. 허공에서 지휘하듯 힘을 빼고 가볍게, 조금씩 아껴가며 가끔씩. 첫번째 인간이 부러우십니까? 글쎄요, 교환의 원리를 알고 있으면 소심해지거나 심드렁해집니다. 제가 보기에 첫번째 인간은 벽에 붙어 몸을 배배 꼬는 어린아이와 별반 다르지 않았습니다. 하긴, 그래서 가문의 재산이 영속되었던 것인지도 모르겠습니다만.

저는 선물되었습니다. 첫번째 인간은 두번째 인간과의 식사권을 비싼 값에 샀습니다. 두번째 인간은 받은 돈을 가난한 사람들을 위해 기부하기로 했습니다. 첫번째 인간은 심심하지 않아서 좋고, 두번째 인간은 기부를 하고 세금을 아낄 수 있어서 좋았습니다. 사람들은 식사권에 붙은 가격이 문학의 가치를 증명해주는 것 같아 응원을 보냈습니다.

첫번째 인간은 두번째 인간의 책을 스무 쪽 정도 읽다 말았지만, 호감을 느끼고 있었습니다. 당신도 그런 마음이 있었을 겁니다. 상대방을 잘 알기에 좋아진 건지, 좋아서 상대방을 알고 싶었는지 모호한 마음이 있었을 테니까요. 꼭 작품을 읽어야 저자를 사랑할 수 있는 것은 아닙니다. 오히려 작품과 무관한 마음이 진정한 사랑일지도 모릅니다.

그래도 역시 작품을 읽고 만났으면 식사 도중 할말이 떨어지지는 않았을 겁니다. 첫번째 인간은 두번째 인간에게 마음에 드는 것이면 무엇이든 하나만 골라보라고 했습니다. 서재에는 유서 깊은 도검과 경매장에 나오지 않을 고서와 공개되지 않은 그림이 있었습니다. 두번째 인간은 서재를 한 바퀴 돌더니 망설이지 않고 저를 골랐습니다.

깜짝 놀랐습니다. 그동안 두번째 인간을 그저 베스트셀러 작가라고 생각했으니까요. 왜, 정신없이 읽기는 했는데 아무 이야기도 아닌 것 같은, 비슷한 내용을 반복하는 것 같지만 거부할 수 없는, 어쩐지 작품을 경멸하는 자신이 멋있게 느껴지는 그런 작가가 하나쯤 있지 않습니까. 두번째 인간은 빙긋이 웃으며 저를 양손으로 집어 들었습니다.

저를 만난 이후 두번째 인간에게는 현현하는 이데아라는 수사가 붙었습니다. 어떻게 노년에도 새로운 세계를 열 수 있었느냐는 인터뷰 질문에 두번째 인간은 진솔하게 대답했습니다. 다만 매일 아침 달리고 스페이스 바(space bar)를 누를 뿐입니다.

첫번째 인간이 작용과 반작용의 법칙을 알고 있었다면, 두번째 인간은 스페이스 바가 존재하는 이유를 이해하고 있었습니다. 스페이스 바는 가장 길고 큽니다. 모든 키는 정중앙이 오목하지만 스페이스 바만 유일하게 배가 볼록합니다. 다른 키와 달리 상황에 따라 스페이스 바는 양손을 번갈아 쓸 수도 있습니다. 스페이스 바의 역할을 정확히 이해하면 문장의 리듬을 간파할 수 있습니다. 스페이스 바를 이해한 작가는 독자를 매혹할 수 있습니다.

   식사 자리 이후 두번째 인간은 매년 노벨문학상 후보로 언급되었습니다. 런던의 도박사들은 그의 수상 여부를 놓고 판돈을 키웠습니다. 사실 두번째 인간의 인터뷰는 노벨상을 겨냥한 것에 가깝습니다. 노벨상은 죽은 사람에게 수여되지 않거든요. 노벨상을 받고 싶다면 무엇보다 상을 줄 때까지 오래오래 살아 있어야 합니다. 그래서 두번째 인간은 계절과 날씨와 습도에 아랑곳하지 않고 매일 아침 달렸습니다.

   안타깝지만 두번째 인간이 노벨상을 받을 확률은 없습니다. 제가 세번째 인간을 만났으니까요.

   화분을 훔치는 사람은 꽃을 사랑하는 사람입니다. 식물의 가치를 정확히 꿰뚫어 볼 수 있는 안목을 가진 사람이기도 합니다. 하지만 세번째 인간을 두고 영리하다고 해야 할지, 어리석다고 해야 할지 여전히 확신하기 어렵습니다. 세번째 인간은 두번째 인간의 책을 전부 읽은 후 깨달았습니다.
   두번째 인간은 반드시 노벨문학상을 받을 것이다. 그러니까 어떻게든 미발표 원고를 훔치면 되겠다.

 발상은 타당했습니다. 원고만 손에 넣으면 여러 방법이 가능하니까요. 폭로할 수도 있고 태워버리겠다고 협박할 수도 있습니다. 슬쩍 고쳐서 직접 발표할 수도 있습니다. 심지어 아무도 보지 못하게 혼자서만 읽을 수도 있습니다. 여기까지는, 언제나 그렇듯 발상은 나쁘지 않았습니다.

 노벨상 발표를 열흘 앞두고 두번째 인간은 칩거했습니다. 아무렇지도 않은 척했지만 매년 노벨상 발표를 앞두면 심장이 미친 듯이 뛰었기 때문입니다. 세번째 인간은 침투 경로와 탈주 방법을 섬세하게 계획했습니다.

 집 안이 지나치게 고요해서 세번째 인간은 연습했던 것보다 더 긴장했습니다. 문득 두번째 인간이 달리기 덕분에 여전히 부담스러울 정도로 건강하다는 사실을 떠올리고 저를 집어 들었습니다. 저는 강하니까요. 문자가 칼보다 강하다는 자기기만을 늘어놓으려는 게 아닙니다. 집에 도검이나 야구방망이가 없다면 키보드는 당신이 가까이서 붙들 수 있는 유일하고 훌륭한 무기입니다. 턱뼈 정도는 쉽게 부술 수 있는, 어디라도 내려찍을 수 있는 네 개의 모서리와 백여 개의 돌기가 있는 가정용 흉기는 키보드가 유일합니다. 특유의 과장된 소리 때문에 상대방에게 심리적인 타격을 줄 수도 있습니다.

하지만 세번째 인간이 저를 휘두르기도 전에 두번째 인간은 거실 한가운데 고요히 쓰러져 있었습니다. 언제 어디서 누구에게 일어날지 모르는 심장마비. 세번째 인간이 침착했다면 두번째 인간은 살아났을지도 모르겠습니다. 세번째 인간은 놀라서 저를 놓아버리는 것도 잊고 도망쳤습니다. 왜, 놓아야 할 것을 떠올리지 못하는 멍청이가 늘 있지 않던가요. 아무도 제가 세번째 인간과 함께 사라진 것을 알지 못했습니다. 완전범죄는 실수로 성립되었습니다.

세번째 인간이 있으면 네번째 인간도, 다섯번째 인간도 있습니다. 병원과 도서관, 함선과 기내, 문자와 숫자와 기호가 존재하는 모든 곳에서 저는 쓰였습니다.

확실하게 깨달은 건 저를 두드리기 전에 손을 씻는 사람이 아무도 없다는 끔찍한 현실입니다. 화장실 변기보다 키보드에 묻은 세균이 더 많을지도 모르는데.

물론 저는 지저분한 상황에서도 훌륭히 주어진 일을 해냈습니다. 하지만 부디 당신은 꼭 손을 씻고 오면 좋겠습니다. 당신과는 오래 함께하고 싶으니까요.

4

캐비닛 위에서 눈을 뗬습니다. 전망이 좋았습니다. 모든 것을 내려다볼 수 있었거든요. 그는 새롭게 나오는 다양한 설명서를 분류하고, 정리하고, 기록하고 있었습니다. 해가 바뀌면 연감을 만들고, 봄이나 가을이면 기획전도 준비하더군요. 사람들은 설명서를 분류하고 정리하는 회사가 있다는 사실에 신기해했습니다.

그의 오전은 두번째 인간 같았고 오후는 첫번째 인간과 비슷했습니다. 매달과 매해는 다르지 않았습니다. 월급이 들어오면 카드 값과 공과금이 나갔고 벚꽃을 바라보고 단풍을 생각하다보면 눈이 내렸습니다. 유난히 더운 여름이 있었고 따뜻한 겨울은 소리소문 없이 지나갔습니다.

당신은 지금 어떻습니까? 심심한 것도 익숙해졌고 자연스럽게 삶은 대단하지 않고 세상은 원래 그냥 그런 것 같지 않습니까? 제 눈은 틀리지 않았군요. 역시 당신에게도 충분한 자격이 있습니다.

그에게는 별다른 의식 없이 그날그날 있었던 일을 쓰는 습관이 있었습니다. 설명서를 정리하듯 회사 사람들의 말과 행동을 틈틈이 날짜별로 기록했습니다. 파일은 수십 개의 폴더 안의 폴더 끝에 저장해두었습니다. 마치 축의금이나 부의금 액수를 남겨두는 것 같았습니다.

누구는 엘리베이터에서 닫힘 버튼을 두 번 빠르게 누른다. 누구는 오늘도 점심 식사 후 테이크아웃 커피를 들고 왔다. 누구는 한

숨을 과장되게 쉰다. 누구는, 누구는, 누구는.

  번거롭고 힘들었지만 매일 한 줄이라도 기록했습니다. 귀찮음을 이길 만큼의 의욕과 성취감이 그에게 있었습니다. 까마득하게 숨겨진 폴더를 여는 것은 어떤 종류의 의지가 필요한 일이기도 했습니다. 신입 사원은 매미가 울다 떨어질 때 입사했습니다.

5

"저, 제 키보드가 사라졌습니다."

  그는 화들짝 놀라며 화면을 바꿨습니다. 상사가 옆에 온 줄 알았나봅니다. 신입은 소리도 내지 않고 그의 옆에 서 있었습니다.
  나보고 뭘 어쩌란 말이지. 대체 회사 안에서 뭘 어떻게 하면 키보드가 없어질 수가 있지.
  그는 신입을 위아래로 훑었습니다. 큰소리로 불평할 수 있는 위치는 아니었으니까요. 그는 눈짓으로 저를 가리켰습니다. 신입은 저를 끄집어 내렸고 먼지가 일었습니다. 먼지를 보며 상사는 츠츳 혀를 짧게 찼습니다. 신입은 저를 닦으며 한글 각인이 없다고 중얼거렸습니다. 그는 한숨을 쉬고 말없이 신입의 손에서 빼앗듯 저를 가져가며 속으로만 혀를 찼습니다.
  자판이란 적응하기 나름이야.
  그는 이미 신입을 좋아하지 않았습니다. 회식 때 신입이 광어

지느러미를 초장에 듬뿍 담갔기 때문입니다. 지느러미가 초장 범벅이 되는 순간 그는 조마조마해졌습니다. 상사가 그 모습을 본다면 회는 그렇게 먹는 게 아니라고 연설을 시작할 게 분명하니까요. 광어의 지느러미란 무엇인가, 광어와 우럭의 수율의 차이는, 횟집에서 내놓은 와사비는 죄다 가짜라는, 수없이 들었던 레퍼토리를 차례로 늘어놓을 게 뻔했습니다.

언제부터인가 들었던 이야기를 또 듣는 게 그에게는 참기 어려운 모욕같이 느껴졌습니다. 왜 나이를 먹으면 식당에서 아는 척할까. 먹은 게 많아서 그럴까, 먹는 생각밖에 머리에 남지 않아서 그럴까. 그는 상사의 눈을 피해 젓가락으로 신입 앞에 놓인 와사비를 툭툭 쳤습니다. 신입은 그의 신호를 이해하지 못했지만 회를 먹는 건 멈췄습니다. 그리고 쓰키다시로 나오는 콘치즈만 먹었습니다. 그는 신입이 콘치즈만 먹는 것도 불쾌했습니다. 상사가 왜 콘치즈만 먹냐고 물을지도 몰랐습니다.

반항하는 건가?

그는 다음 날 회사 앞 카페에서 신입을 봤습니다. 그는 회식 자리 마지막까지 상사를 배웅하느라 피곤했지만 먼저 자리에서 일어났던 신입에게는 적절한 충고가 필요해 보였습니다. 신입은 같은 사무실 직원과 같이 있었습니다. 신입은 같은 사무실 직원을 친근하게 누나라고 부르며 무엇을 마실지 물었습니다. 당신도 알다시피 공사를 구분할 줄 모르는 사람과 엮이면 위험합니다. 그날 이후 그는 신입을 광어 지느러미라고 생각했습니다.

6

"이름이 뭐더라. 그, 머리 큰 신입 말야. 호감은 숨길 수 있어도 싫어하는 건 다 티가 나거든. 너무 뭐라고 하지 마. 너도 이제 책임지는 법을 배워야지."

상사는 그의 된장찌개에 숟가락을 넣으며 신입 이야기를 꺼냈습니다. 또 숟가락. 상사와 밥을 먹을 때면 기분 좋게 버텨낼 수 있는 상상이 필요했습니다. 그는 상사의 머리 크기도 마찬가지라는 것을 떠올렸고 잠깐이나마 유쾌해졌습니다.

유쾌해진 그는 왜 상사의 목소리가 질책하는 투가 아닌지 궁금했습니다. 굳이 나누자면 부드러운 음색에 더 가까웠습니다. 부드러웠기 때문에 그는 의아했습니다. 상사는 여직원에게만 한없이 다정한 사람이니까요. 상사는 집에 가면 딸만 둘이라고 한숨을 내쉬었고 여직원들이 힘들어하는 모습을 보면 안쓰러워했습니다. 그리고 이런 일은 남자가 해야 한다며 츠츳 혀를 차며 그를 불렀습니다.

오후 업무를 시작한 그는 문득 상사가 어떤 사람인지 궁금했습니다.
상사가 이럴 사람이 아닌데, 이건 마치 예외 규정인데, 그럼 내가 알고 있던 상사는 누구였던 것일까.
그는 파일을 열었습니다.

파일에 따르면 상사는 자신의 취향을 숨기지 않는 사람이었습니다. 그가 옆에서 결재를 기다릴 때도 읽던 기사를 멈추지 않았습니다. 정치적인 것이든 음란한 종류든 아랑곳하지 않았습니다. 기사 읽기가 끝나면 결재 내용을 훑고 손을 내밀었습니다. 그의 펜을 받아 알아서 책임지고 잘했겠지, 하면서 서명했습니다. 상사의 연필꽂이에 그가 아끼는 펜이 쌓였습니다. 그는 다섯 개를 기준으로 정해, 상사가 없는 틈을 타 잽싸게 펜을 회수해왔습니다.

파일에 따르면 그가 상사를 신뢰했던 적도 있습니다. 나만큼 이런 쓴소리 해주는 사람도 없다는 말을, 보고서를 수정하며 이건 어디 가서 돈 내고도 들을 수 없는 강의라는 말을, 기회는 얼마든지 있으니 장기적인 회사생활을 위해 이번 승진은 포기하는 게 순리라는 말을 듣고 진심으로 고개를 끄덕였던 적이 있었습니다. 둘이서 소고기를 먹고 상사의 본심은 그런 게 아니었다고 믿기도 했습니다. 등심 반 안심 반은 정말이지 맛있었으니까요. 하지만 보고서는 상사의 이름으로 발표되었고, 그는 그 사실을 한참 후에 알게 되었습니다.

파일에 따르면 상사는 어리석지 않았습니다. 곤란한 질문을 자주 했지만 캐묻지는 않았습니다. 직원들의 외모 품평은 그와 밥을 먹을 때만 했습니다. 술에 취하면 여직원들의 손을 잠깐 잡을 때도 있지만 지나치게 치근덕거리지는 않았습니다. 3차 노래방은 남자 직원 또는 회사를 그만둘 수 없는 여직원만 데리고 갔습니다. 강권은 아니었습니다. 상사는 넘어갈 수도 있는 일과 그냥 지나칠 수 없는 짓을, 해도 괜찮은 사람과 하면 안 되는 사람을 구분할 줄 알았습니다. 외부 사람들은 그에게 상사 정도면 괜찮지 않느냐고 물었습니다.

그는 마침내 파일을 통해 상사를 한 문장으로 정리했습니다.
되는 만큼은—되는 만큼만 하는 사람.
당신도 주변 사람을 한 문장으로 표현해보면 좋겠습니다. 분명 주변에 당신과 나누었던 대화를 기억하지 못하고 같은 말을 반복하는 사람, 모든 대화를 자기 이야기로 끌어가야 만족하는 사람, 궁금하면 아무 질문이나 스스럼없이 하는 사람이 있을 겁니다.
아니, 당신 자신은 제외하고 말입니다. 금방 떠오르지 않습니까?
그는 자신이 내린 정의를 만족스러워했습니다. 만족스러운 만큼 누군가에게 알려주고 싶었습니다. 자신이 알고 있는 사실이 모두에게도 중요할 것 같았습니다. 그는 퇴근조차 잊은 채로 저를 두드렸습니다. 타이핑을 하다보면 문득 상사가 부럽기도 했습니다.

7

우리 회사 다니시는 줄, 이래서 소고기 사주는 사람은 조심해야 합니다. 진상 보존의 법칙은 과학.

첫 글부터 사람들의 공감을 받았습니다. '좋아요'와 '추천'이 늘어났습니다. 일주일 정도는, 어느 커뮤니티에 들어가도 그의 글을 볼 수 있었습니다.

역시 역사는 승자의 것이 아니라 쓰는 사람의 것입니다. 그러니까, 당신도 역사를 가질 수 있다는 점을 상기해주면 좋겠습니다. 당신이 그보다 못할 게 어디 뭐가 있겠습니까. 분명히 당신은 그보다 잘할 수 있습니다.

♥가 늘어나는 순간에는 상사가 이상한 소리를 해도 밉지 않을 수 있었습니다. 그는 자리로 돌아오면 재빨리 파일을 열었습니다. 다음 글도, 그다음 글도 준비해야 했으니까요. 샤워하면서 쓸 내용을 복기했습니다. 중간중간 맞춤법도 틀렸고 비문도 많았지만 진심을 의심하기는 어려웠습니다.

쓰면 쓸수록 혼자 마시는 술이 줄고 출근 시간이 되면 자연스러운 미소가 생겼습니다. 사람들은 그를 따라 상급자에 대해, 사내 정치에 대해, 회사에서 일어나는 각종 차별에 대해 이야기했습니다. 같은 부서 직원이 그에게 너무 공감되는 글이 있다고, 링크를 보내줬을 때는 소리를 지를 뻔했습니다. 그가 처음 올렸던 글이었으니까요.

하지만 시련은 언제나 다가옵니다. 자기 복제의 문제일지도 모릅니다. 올릴 때마다 공감은 반감기처럼 줄어들었습니다. 가장 인기 있었던 건 첫번째 글이었고 아무리 애를 써도 그만큼의 사랑을 받을 수는 없었습니다. 모든 글이 첫번째 글의 연장선에 있었으니 당연한 결과입니다.
 어쩌지. 새로운 일이 일어날 수가 없는데.
 서서히 혼자 마시는 술이 늘었습니다. 신입의 질문에 짜증을 내고 전화를 당겨 받으면 까칠하게 응대했습니다. 하지만 고통은 지나가게 마련이니, 저는 그를 격려해주고 싶었습니다. 기쁜 날은 짧고 쫓기는 마음이 들 때가 많지만, 흔들리지 않고 꿋꿋하게 십 년만 쓰면 개성과 세계관을 얻게 될 테니까요. 그때만 해도 저는 그를 믿었습니다. 지금 당신을 믿고 있는 것처럼 말입니다.

8
 운전면허도 없어요? 남자가 1종 보통이 아닌 경우는 장애인밖에 없어.

 혐오와 차별을 표출하면서도 자신의 말은 그런 뜻이 아니라고 한다, 자신이 지지하는 정치인에 대해 과민하게 반응한다, 상사 욕을 두 시간 반이나 쉬지 않고 하는 사람은 처음 봤다, 아무렇지도 않은 척 회사 사람들을 훔쳐보고 있다, 갈수록 신경질적으로 키보드를 친다고 했습니다. 서늘한 내용과 뜨거운 사진이 나란히 있었습니다. 초점은 빗나갔지만 여느 회사와 다르지 않은 사진이었습니다.
 그는 공감을 누르고, 회사에서 말을 가리지 못하는 건 지능이 낮은 것 같다고 썼습니다. 공감을 누르고 나자 자신이 왜 먼저 이 내용을 쓰지 못했는지 안타까워졌습니다. 낯설지 않은데, 나도 쓸 수 있는 내용인데. 원고를 탐내던 세번째 인간과 같은 얼굴이었습니다. 손목에 힘이 들어갔습니다. 오타가 났고 했던 말이 반복되자 그는 회사 사람들을 아랑곳하지 않고 주먹으로 저를 내리쳤습니다.

탕, 타탕. 세상에, 화가 난다고 저처럼 아름다운 키보드를 때리는 사람이 있을 줄은 몰랐습니다.

미세하게 축이 뒤틀렸습니다. 하나의 키가 잘못된다는 건, 다른 곳에도 문제가 생길 거라는 징조입니다. 모든 키는 완벽해야 합니다. 사소한 키 하나라도 눌리는 감각이 달라지면 모든 입력이 답답해집니다. 완성되어야 할 단어가 깨지고 오타를 수정하는 순간 흐름이 끊기고 생각이 거칠어집니다. 물론 스페이스 바는 제외해야 합니다.

모든 축은 닳습니다. 마모를 이길 수 있는 키보드는 없습니다. 두번째 인간과 살 때, 생각 없는 고양이가 뛰어내려서 죽을 뻔한 적은 있지만 이런 식으로 생을 마감하고 싶지는 않았습니다. 늙는 것도 소중한 기회라는 걸 몰랐습니다. 천천히 쓰임이 다하는 키보드도 있지만 어느 순간 고장이 나버리는 키보드도 있다는 것을 받아들일 수 없었습니다. 저는 아직 살아 있으니까요.

제 축은 오직 저만을 위한 축입니다. 다른 평범한 축으로 대치될 수는 없습니다. 조심스럽게 축을 분리하고 대신할 축을 정교하게 깎아 만들어야만 합니다. 노인이라면 고칠 수 있겠지만 저는 그의 생사도 모릅니다. 과연 키보드를 폭행하는 그가 저를 고쳐줄까요? 그냥 새 키보드를 주문하고 말겠지요.

갑자기 시간이 부족해졌습니다. 그가 알아차리기 전에 해결책을 찾아내야만 합니다. 그는 저를 파괴할 권리가 없습니다.

제가 방법을 찾는 동안 그는 상사 이야기 대신 신입에 대해 쓰기 시작했습니다. 고갈을 이겨내는 가장 쉬운 방법으로 소재의 확장을 선택하더군요. 어느 날 신입은 사무실 일이 너무 바빠 주문한 김밥에서 오이를 하나씩 골라냈습니다. 그는 혹시 오이 알레르기가 있느냐고 물었고 신입은 아니라고, 오이를 먹지 못해 엄마가 싸준 김밥을 그대로 가져온 적이 있다고 대답했습니다. 그가 김밥을 입에 밀어넣는 와중에 신입은 신중하게 오이를 하나하나 골라내고 있었습니다.

그날 오후, 그는 오이를 골라낸 김밥 사진과 함께 *취향은 존중하지만 사회생활을 하려면 편식은 고치는 게 좋다*는 글을 올렸습니다.

오이를 혐오하는 유전자가 있다고, 김밥에서 오이를 하나하나 골라낼 정도면 이해해줘야 하는 것 아니냐는 의견이 올라왔습니다. 과민해 보인다는 말도 있었습니다. 본인의 직장생활부터 돌이

켜보는 게 어떻겠냐는 의견에는 세 자리가 넘는 공감이 찍혔습니다. 회사에 미친놈이 많은 것처럼 느껴지면 그건 보통 본인이 범인이라는 댓글이 가장 인기가 있었습니다. 회사는 다 그런 거라고, 한번 부정적으로 생각하면 끝도 없이 부정적인 생각에만 빠지게 된다고, 월차를 쓰고 정신건강의학과에 가보는 것도 좋은 방법이라는 충고도 있었습니다.

하지만 당신도 좋은 일을 기대하며 사회생활을 하는 건 아니지 않습니까. 그도 마찬가지였습니다. 관성의 법칙 때문에 돌이킬 수도 없었습니다.

9

담담한 태도와 진심만으로는 한계가 있습니다. 원하는 만큼 내어주려면 자기 번제(燔祭)가 필요합니다. 거대한 거짓말을 동원해서라도 고해성사를 시작해야 합니다. 스스로 믿는 거짓말, 악의조차 깨닫지 못하는 순수에 가까운 거짓말을 찾아 자신을 팔아야 합니다. 자아도취 없이는 불가능한 일도 있습니다. 그리고 저는 자아도취에 빠졌던 당신들을 잘 알고 있습니다.

타인에 대한 이야기로 만족할 것인가, 자기 자신을 본격적으로 팔아먹을 것인가. 이제 타인으로 향하는 길은 막혔습니다. 남은 것은 자신이라는 골목뿐입니다.

세상에 공짜는 없고 선택은 당신의 몫입니다. 물론 끝까지 가보는 대신 아무렇지 않은 척 제자리로 되돌아가 태연하게 머물러도 됩니다. 하지만 골목 끝에, 조금만 더 가면, 모퉁이만 돌면 혹시 천국이 있을지도 모르지 않습니까?

그는 반성하는 쪽을 선택했습니다. 돌이켜보면 사소하다면 사소한 일일지도 모르지만 사소한 잘못부터 바로잡아야 한다고, 자신도 똑같이 저질렀던 잘못을 지금부터라도 수정하고 싶다고, 회사는 국가 지원을 받았으므로 이는 세금을 내는 국민에 대한 농간과 다르지 않다는 논리를 준비했습니다.
없는 회의와 가짜 회식을 숫자로만 만들어냈던 일을 고백했습니다. 접대 내역을 밝혔습니다. 거절하지 않은 명절 선물과 소고기의 부위를 나열했습니다. 면접 전에 이미 결정된 청탁과 합격을 합리화하기 위해 서류를 조작한 방법을 설명했습니다. 내규에 벗어난 비용을 어떻게 마련하고 처리했는지, 중간 관리자가 알아서 처리해왔던 공금에 대해 스스로 반성했습니다.
물론 자신을 유추할 수 있는 진짜 정보는 교묘하게 담지 않았습니다.

그리고 회사는 그의 부서 이동을 결정했습니다.

다른 사람을 설득하려면 자신부터 내놓아야 합니다. 그럴듯해지려면 가장 친한 사람이, 어머니가, 연인이 그를 의심할 수 있어야 합니다. 아무 일 아니라고, 그런 행동에는 이유가 있을 거라고, 이것만으로는 판단할 수 없다고 하던 사람도 돌아서서 고민하게 만들어야 합니다. 주변 사람들의 마음에 금이 가고 내 자식, 연인, 내 친구가 지켜지지 않아야 합니다.

모든 것을 고백했다면 적당한 비판과 격려 사이에서 마무리될 수 있었을지도 모릅니다. 하지만 자신을 슬쩍 숨긴 글은 짜증을 불러일으킵니다. 석연치 않고, 속는 기분이 들고, 이용당하는 것 같으니까요. 화가 난 사람들은 집요하게 추적합니다. 한 명을 속일 수는 있어도 모두를 기만할 수는 없습니다. 회사, 직책, 이름이 임원에게 보고되고 부서 이동이 결정되기까지는 사흘이면 충분했습니다.

그를 두고 그럴 사람이 아니라고 고개를 갸웃거리는 직원도 있었습니다. 하지만 그를 변호하려던 직원도, 그럴 사람이 따로 있느냐는 질문에는 수긍했습니다. 부서 이동은 정직이나 감봉에 비하면 가벼운 징계였습니다. 상사가 그를 적극적으로 변호했다는 소문이 무성했습니다. 같은 라인이었다고, 상사가 매번 그를 싸고 돌았다는 말도 있었습니다.

오직 그만 부서 이동을 납득하지 못했습니다.

그는 억울함을 억누르며 인수인계를 준비했습니다. 사무실은 마치 아무 일도 일어나지 않은 듯 조용했습니다. 상사는 츠츳 혀를 찼고 직원들은 그에게 말을 걸지 않고 퇴근했습니다.

부서를 이동하는 날 오전 열시, 그는 파일에 한 줄의 기록을 추가했습니다. 그리고 보내기를 클릭하고 자리에서 일어났습니다.

10

그의 귀에 신입의 웃음소리가 들렸습니다. 그의 눈에 신입과 회사 앞 카페에 서 있었던 직원이 다정하게 사적인 이야기를 나누는 모습이 들어왔습니다.

떠나는 날까지 가르쳐줘야 한다니 어쩔 수 없지.

그는 신입의 어깨를 툭 치며 소곤거렸습니다. 신입은 어깨를 으쓱하고는 그를 따라 옥상 흡연실로 올라갔습니다.

삼십분 후 옥상에서 그가 내려오고, 삼분 후 신입이 사무실 문을 열었습니다.

모름지기 건강하게 오래 살고 싶다면 건강검진을 받거나 자동차를 조심하는 것보다 키보드를 조심해야 합니다. 옆에 있는 누가 휘두를지 모르니까요. 그럴 리가 있겠느냐고요? 그도 똑같이 생각했습니다. 신입이 키보드를 집어 들기 전까지는 말입니다.

그의 얼굴과 제 얼굴이 정확하게 만났습니다. 챠르르륵 그의 얼굴 가죽이 자판을 따라 밀리는 감촉과 함께 키 캡들이 일제히 울부짖었습니다. 다른 어떤 모든 것보다 키보드가 부서지는 소리는 슬프고 가련했습니다. 그의 얼굴은 상상했던 것보다 단단했습니다.

마침내 올 것이 왔습니다.

그가 스스로 너무 빨리 몰락해버려서 해결책은 시작도 못 했습니다. 그의 일그러진 표정은 상황을 이해하지 못했던 것 같지만— 저는 마지막을 받아들였습니다. 다음 생에도 꼭 훌륭한 키보드로 다시 태어나겠다고 다짐했습니다. 신입은 허리에 힘을 주고 회전력을 최대한 살려서 키보드의 두번째 사용법을 정확하게 구현했습니다.

당신도 심장제세동기의 원리를 아십니까? 심장제세동기는 적절한 전기 자극으로 심장의 흐름을 돌려놓지 않습니다. 강한 전기 충격으로 심장을 끄고, 다시 켜서 정상 리듬을 회복시켜버립니다. 물론 소생하지 못할 수도 있지만 그대로 끝장나는 것보다는 나으니까요.

오류는 언제나 더 강렬한 충격으로 상쇄됩니다. 고장 난 곳을 빠르게 고치는 방법은 껐다 켜는 것입니다. 두번째 인간도 제세동기가 있었다면 좋았을지도 모르겠습니다.

그의 뺨과 키 캡들이 만나는 순간 어긋난 축들이 제자리를 찾아갔습니다. 느슨했던 키 캡들의 간격이 정렬되었고 오래된 먼지들이 떨려 나갔습니다. 오히려 예전보다 가뿐해진 것 같은 착각마저 들었습니다. 마치 천국에서 새로 태어나 시간을 무마하고 세계를 팽창시킬 수 있는 힘을 얻은 기분이었습니다. 노인이 저에게 했던 말은 마지막 순간 너는 기필코 강하고 향기롭게 부활하리라는 예언이었을지도 모릅니다.

11

어떠십니까? 어쩐지 우리는 잘 어울릴 것 같습니다.

말하고 나서야 깨닫게 되는 것들, 쓰고 난 뒤에야 의미가 부여되는 것들을 제가 붙잡아드리겠습니다. 필사(筆寫)로는 도저히 따라갈 수 없는 찰나를 붙잡고 당신 마음의 추상에서 진심을 함께 끄집어내면 좋겠습니다.

거절하지는 않겠지요. 제 이야기를 읽은 건, 당신에게도 무엇인가를 진지하게 할 마음이 분명히 있기 때문이니까요. 뻔한 결과가 예상되더라도 하지 않고는 참을 수 없는 말들이 있을 테니까요.

저는 당신의 이야기가 궁금합니다. 당신이 특별히 남기고 싶은 흔적이 무엇인지, 누군가에게 반드시 전하고 싶은 내용이 무엇인지, 저를 통해 표현하고 싶은 당신 자신은 어떤 사람인지, 모든 것을 알고 싶습니다.

당신을 충분히 만족시켜드리겠습니다.

그러니까, 당신도 상응하는 마음을 준비해두면 좋겠습니다.

그렇지 않겠습니까?

시간유영담

채기성

소설집 『우리에게 있어서 구원』 출간

수현에게 처음 의구심이 들기 시작한 건 침대에서 자고 일어난 직후 그녀의 몸에서 매캐하고 비릿한 금속성 물질의 냄새를 맡은 이후였다. 몇 번쯤 비슷하게 깨어나는 일이 반복되면서 나는 그것이 평범한 쇠붙이류가 아니라 짙은 최루탄냄새 쪽에 가깝다는 결론을 내렸다. 결혼해 함께 산 이후, 이제는 그녀만의 내음이라고 해도 무방할 시트러스 오일 향이 은은히 풍기곤 했었는데, 어느 순간부터인가 생소한 냄새가 침대 언저리를 배회하기 시작한 것이었다. 광고회사에 다니는 수현은 요즘 들어 야근이 유난히 잦았고, 그럴 때면 으레 먼저 잠들어 깰 줄 모를 정도로 밤잠이 깊던 내가 낯선 기척에 눈을 뜨는 일이 많아진 것도 그 냄새와 무관하지 않게 느껴졌다. 그 일에 대해 수현에게 섣불리 말을 꺼내지 못한

시간유영담 297

건, 그녀가 밤낮없이 일에 매달리느라 대화할 시간을 찾기 어려운 이유도 있었지만, 괜한 말로 그녀의 기분을 상하게 만들지 않을까 저어되는 마음도 없지 않았기 때문이다.

결국 그 일에 대해 말을 꺼내게 된 건, 예의 그 매캐한 냄새와 함께 깨어나 잠을 설친 새벽이었다. 집에 언제 왔는지 수현이 내 옆에서 얼굴을 외로 꼬고 고요히 잠들어 있었다. 나는 누워 있는 그녀에게로 몸을 기울인 다음 조심스레 숨을 들이마셨다. 다른 때보다는 조금 덜한 듯한, 하지만 어김없이 맡아지는 옅은 최루탄냄새가 신경 능선을 타고 뇌 속에 스며드는 것처럼 느껴졌다. 다시 잠들지 못한 나는 창밖이 푸르스름한 박명으로 밝혀질 때까지 거실을 서성였다. 그녀가 잠에서 깨어나 방문을 열고 나왔을 때 나는 "대체 무슨 일을 하고 다니길래" 하며 신경질적으로 말을 내뱉고 말았다. 밤새 예민해질 대로 예민해져 있던데다, 억누르기만 했던 어떤 의심의 감정들까지 한꺼번에 터진 탓이었다.

"나도 정말 죽겠어. 어제는 새벽 세시가 넘어서야 들어왔다고."

하지만 무연한 눈길로 나를 한번 쳐다본 수현이 아침부터 왜 그러느냐며 피곤하다는 듯 대꾸하자 순간 나는 벽 앞에 선 듯 막막함을 느꼈다. 먹고사는 일 앞에서는 언제나 사소해지곤 하는 미세한 균열들.

"그래, 항상 나 혼자 이 지랄인 거야."

나는 들고 있던 컵을 식탁에 아무렇게나 내려놓으며 중얼거렸다.

"정말 왜 그러는데. 무슨 안 좋은 일 있었어?"

수현이 이맛살을 구기며 물었다.

"내가 기분 탓에 이러는 거 같니?"

나는 고개를 돌려 정면으로 수현을 바라봤다.

"뭐야, 뭔데? 말을 해야 알지."

"몰라서 물어? 너한테서 무슨 냄새가 나는지 정말 몰라서 이래? 그 쇳가루 같은 냄새 때문에 내가 요즘 잠을 못 이뤄. 그거 알고 있어?"

뜻밖에도 수현은 어떤 반박도 없이 우두커니 선 채 서늘한 표정으로 나를 바라볼 뿐이었다. 뭔지 모르게 조금 놀란 듯, 하나로 묶어 올리려 두 손으로 그러모았던 머리칼이 힘없이 흘러 내려왔다. 나중에 돌이켜보면서 그쯤에서 멈췄어야 했던 게 아니었을까 하는 뒤늦은 후회를 하기도 했다. 하지만 그때의 나는 한층 목청을 높여 호소하듯 그녀에게 그동안 드러내지 못했던 속내를 까발리기 시작한 상태였다. 늦은 밤 퇴근할 때 어느 공사 현장이나 최루탄이 난무하는 시위 현장을 지나쳐 온 건 아닌지, 클라이언트의 공장 현장에라도 다녀온 게 아닌지, 그런 게 아니라면 왜 불쾌한 (이 말은 내뱉지 않으려 했지만) 냄새를 몸에 두른 채 집에 오는 것인지부터 시작된 나의 불만은, 서로 마주할 시간조차 모자란 평소의 일상과 더불어 주인의 관심 없이 시들어가는 식물들과 유통기한이 지난 음식들과 서로에게 무신경한 일상까지 파고들어 그녀의 얼굴을 핏기 없는 밀랍 인형처럼 굳어지게 만들고 있었다.

"이제 말 다 했어?"

제 풀에 지쳐 말을 멈춘 내게 수현이 물었다.

"출근해야 하니까 저녁에 다시 얘기해."

"그렇지. 너한테는 언제나 현재란 없지. 항상 다음에, 다음에."

"나보고 어쩌라고!"

새된 소리를 내지른 수현이 눈가에 눈물을 보이더니 이내 흐느끼기 시작했다.

"꼭 이런 시기에 나를 들볶아야 속이 풀려?"

수현이 울먹이는 목소리로 말했다.

"그런 말을 해야겠냐고!"

아연해진 나는 "그런 게 아니라" 하며 손을 뻗어보았지만, 그녀의 매몰찬 손날에 허공으로 툭 떨어져버렸다.

"부탁이야. 예민할 때는 제발 건들지 말아줘."

수현이 쏘아붙였다.

생각과 다르게 수현을 너무 몰아붙인 게 아닌가 싶어 나는 입을 앙다물었다. 여하간 일하느라 밤늦도록 고생하다 집으로 돌아오는 것이니까, 그 시간까지 회사 사무실에 있다는 건, 어쩌면 잔여물처럼 밤에 흩어져 남은 일상의 노폐물을 옷에 묻혀 오는 것일 수도 있을 테니까. 그런 생각 끝에 "광고 일 계속해야 해?" 하고 물은 건 나름 상황을 수습하기 위해서였다. 그러자 수현은 "아무 빚도 없이 사는 사람처럼 얘기하지 마"라며 차갑게 응수했다.

할말이 없어진 나는 머릿속에 어른거리는 의구심을 애써 지우고 그녀에게 미안하다고 말할 수밖에 없었다. 인생의 일부를 소유한 것처럼 구는 은행 대출은 넘실거리는 파도처럼 언제나 우리 삶을 기웃거리다 그 일부를 적셔놓고는 하는 것이었다. 갑작스럽게 쏟아진 비에 옷이 흠뻑 젖은 채로 걸어가는 기분, 대출이란 우리에게 그런 존재였다. 손쓸 새도 없이 잘못 끼워둔 블록 위로 차고 넘치다 종료되어버린 테트리스처럼 백기를 든 나는, 스스로 요즘 부쩍 예민해진 탓이라고 결론을 맺은 후 수현에게 다시 그 일에 대해 언급하지 않았다.

그러나 그후에도 몇 번쯤 이상한 일들이 멎지 않고 잇따랐다. 새벽녘에 들어온 그녀의 옷에 심하게 엉겨 눌어붙은 진흙을 보고는 심장이 쿵 내려앉기도 했다. 외부에서 그녀와 함께 동행해 온 어떤 종류의 흔적들이 날이 지나도 사라지지 않고 불쑥불쑥 불거져 여전히 우리 주위를 맴도는 듯했다. 어떤 날은 그녀가 아니라 내게 정신적인 문제가 있는 건 아닌지 심각한 고민에 빠지기도 했고, 그녀와 나 사이를 집요하게 침투해 들어오는 듯한 비일상적인 느낌이 권태의 감각에서 빚어져 나온 관계의 문제 때문은 아닌가 싶어 부부 상담소를 함께 방문해보자고 수현을 설득할 생각까지 품게 되었다. 하지만 중요한 클라이언트의 대형 프로젝트를 수주하기 위한 제안 작업에 온몸을 갈아넣다시피 하는 그녀를 위해서라도 당분간은 침묵하는 게 좋겠다고 결심했다. 수현이 바쁜 일정을 보내고 어느 정도 공백이 생기면 이 문제에 대해 꼭 서로 긴 대화를 해봐야겠다는 다짐과 함께. 하지만 그 다짐을 한 지 채 며칠이 지나기도 전에 수현은 내 곁에서 완전히 사라져버렸다.

*

 함께 몇 년을 살면서 수현이 가장 낯설게 느껴지던 그 일과 그녀의 실종 사이에는 모종의 연관이 있어 보인다. 그게 아니라면, 수현의 실종을 설명할 어떤 단서나 이유도 없기 때문이었다. 그녀가 어디서 어떤 경로로 동선을 이어갔는지, 어떻게 실종되었는지 알 만한 정보는 어디에도 없었다. 수현이 사라진 마지막 날의 행적은 오후 일곱시 사십분쯤 집으로 돌아오는 모습이 집 앞 골목길 CCTV에서 확인되었을 뿐, 그녀가 집을 빠져나가는 모습은 보이지 않았다. 그날 밤 열한시경에 내가 돌아왔을 때 이미 그녀는 집 어디에도 없는 상태였다. 어질러지거나 없어진 것 하나 없이 오로지 수현만이 그대로 사라진 것이었다. CCTV에 보이지 않는 사각지대로 용케 빠져나간 것이면 모를까, 그녀는 알 수 없는 이유로 집에서 실종된 것이나 마찬가지였다.
 처음에는 잊고 있던, 결혼 전 그녀의 기벽이 되살아난 게 아닌가도 싶었다. 멀쩡히 연락을 주고받다 갑자기 사라져버리는 버릇. 어디론가 대책 없이 무작정 떠나버리는 기질. 휴대폰도 가져가지 않은 채 떠나갔다 돌아와 태평하게 연락하던 수현의 모습을 나는 새삼 떠올렸다. "나한테 연락할 필요가 있는 사람들이나 애태우는 거지, 나는 아무 생각 없이 편했어." 그렇게 말하던 수현 앞에서 제대로 화도 내지 못한 채 안도하던 기억. 결국 폭발하고 말았던 어느 날, 그제야 나를 달래듯 "미안, 하지만 가끔 나는 그런 시간이 필요해"라며 사뭇 진지해지던 그녀의 모습까지. 결혼 이후 수현이 그런 돌발 행동을 보이지 않았던 건, 철이 들어서였을까, 아니면 초 단위로 우리의 삶을 압박해오는 여러 가지 문제에 발이 걸려서였을까, 그래서 반대로 그것들이 그녀를 억압한 끝에 참지 못하고 떠나버린 걸까, 하는 의문과 자책이 시시때때로 맴을 그리듯 의식에 머물렀다. 내가 조금 더 그녀를 현실과 관계의 문제 사이에서 자유롭게 해주었더라면 수현은 떠나가지 않았을까 자문해보기도 했다. 그럼에도, 그 어떤 생각이나 추측과 이뤄내지 못한 잠재된 가능의 끝에도, 그녀가 집으로 돌아오는 일은 일어나지 않았다.

 수현은 아무것도 가져간 게 없었다. 사라지는 데 도움이 될 만한 것들조차 가져간 게 없었다. 옷가지라든가 현금, 신용카드, 휴대폰과 애플 워치, 장신구 같은 것들을 그대로 내려놓은 채, 가위로 오려낸 것처럼 그녀의 존재만이 그대로 사라져버린 것이었다. 그녀가 사라지기 이전의 모든 기록조차 오히려 그녀가 사라질 이유가 없음을 알려주는 지시문 같았다. 그러는 사이 나 역시 그녀가 사라졌던 날에서 조금씩 멀어지고 있었다.

 시간에 대해 말하자면 무력해진다. 아무리 노력해도 수현이 존재했던 시간과 가까워질 수 없다. 그렇게 했더라면 좋았을 어떤 가능들에 대해 떠올리는 순간조차 시간은 흐르고 있으니까. 마치 수평의 에스컬레이터를 타고 지나가는 것처럼 인간은 자기 앞에 일어난 일을 지나쳐 죽음이라는 문을 향해 나아간다. 매 순간 과거가 되는, 지나치고 멀어지는 것을 바라보는 응시의 행위가 그리움 같다는 생각이 들기도 한다. 사람들은 시간이 해결해준다는 말을 쉽게 하지만, 꼭 그런 것만은 아닌 것 같다. 오히려 과거의 어떤 기억이 점점 시간의 수평선에 잠겨 가물거릴 때까지 기다리는 태도에 가까운 것이 아닐까. 어떤 일은 아무리 멀리멀리 보내려고 해도 그럴수록 한 치도 떨어지지 않고, 한 사람의 평생을 따라붙어 다니기도 한다. 기억을 지우고 사는 일조차 쉽지 않은데 떨어지지 않는 기억을 안고 사는 건 어떤 일일지 모르겠다고 나는 생각했다. 수현의 일이 그러했으므로 나는 의식처럼 그녀의 흔적을 찾는 행위를 매일의 의식처럼 해나가고 있었다. 한시도 그녀의 온 기억과 존재가 내 곁에서 떨어져 나가지 않기 때문에. 아니, 혹시라도 그런 일이 일어날까 싶어서라도.

그녀가 몸을 비집고 들어갈 자리가 아닌 틈까지 습관적으로 속속 들여다보는 일에도 기진맥진해지던 토요일 오후, 나는 간간이 수현이 책상으로도 사용하던 수납 겸용 화장대 앞 의자에 앉아 고개를 뒤로 젖혔다. 투명하게 붉어진 눈물이 흘러내리지 않도록 나는 간힘을 썼다. 물방울과 아스라이 겹쳐 보이는 천장에 수현과의 기억들이 빠르게 지나쳐 갔다. 한번 떠올려진 기억은 멈추는 법이 없었고 언제나 의식을 가로질러 뻗어나갔다. 그런 일이 있었는지조차 알 수 없는 사소한 기억의 조각들까지도 어딘가로부터 쓸려 온 것처럼 눈앞에서 어른거렸다. 눈을 깜박이자 그녀의 모습이 사라지고 눈언저리에 맺힌 눈물이 삐져나왔다. 기억은 잡을 수 없는 영역에 존재했고 현실만이 감각되는 것이었다. 그녀가 이곳에 없다는 현재의 감각.

고개를 바로 하고 그대로 멍하니 앉아 있던 나는 순간 얼이 빠진 채 한곳을 응시했다. 화장대 한 귀퉁이에 꽂혀 있는 몇 권의 책들 주변부였다. 앤 카슨, 캐서린 맨스필드, 클라리시 리스펙토르, 헤르타 뮐러와 버지니아 울프를 지나 상대적으로 얇고 작은 책의 책등 한가운데 보이는 '시간유영담'이라는 제목과 바로 밑에 선명히 보이는 그녀의 이름.

박수현 지음

수현과 이름이 같은 작가인가, 그때까지만 해도 나는 그렇게 생각했다. 그녀의 이름은 비교적 흔해 같은 회사 안에도 같은 이름의 여자, 남자 동료들이 몇이나 되었으니까. 나는 손을 뻗어 책의 윗부분을 잡아 끄집어낸 다음 이리저리 둘러봤다. 요즘 책이라고는 보기 어려울 정도로 표지 디자인은 조야했고 종이 질감과 형태도 예스럽기만 했다. 책을 열어 후루룩 대충 넘겨본 다음 다시 책장에 꽂아두려던 참이었다. 그때 내 눈에 언뜻 꽂힌 숫자들이 있었다. 이상하다 싶어 나는 다시 책장의 뒷면을 열어보았다.

초판 1쇄 발행 1987년 12월 5일

증쇄되었다는 정보는 없어, 그럼 1987년의 초판본이라는 얘기인가, 나는 고개를 갸웃하며 책의 이곳저곳을 펼쳐보았다. 책 앞 날개 어디에도 저자의 약력은 보이지 않았다. 맨 앞 장을 넘긴 다음 글을 읽어나가기 시작했다. 나는 언젠가 시간 속에 갇히고 말 것이다, 라고 시작되는 책의 첫 구절부터.

나는 언젠가 시간 속에 갇히고 말 것이다. 누군가 이 책을 보게 된다면 그건 내가 원래 존재하던 시간으로 돌아가지 못하고 있다는 증거일지도 모르겠다. 그러니까 이 책은 그때의 경우를 대비해 만들어놓은 것이라고 할 수 있다. 요즘 들어 더욱, 시간 속에서 헤어 나오지 못할 수도 있다는 두려움이 나를 지배하고 있다. 다른 시간으로 향할 때 나는 이 책을 나의 작은 책상에 놓아둔다. 내가 사라져도 누군가 나의 흔적을 알아봐주기를 바라면서. 그러니까 이 책 속에 담긴 글은 시간 속으로 흘러 들어간 나의 존재를 확인해줄 유일한 흔적이다. 또한 내가 현재의 시간 속에 존재했음을 알려주는 표징이기도 하다. 내가 다른 시간으로 향하는 일을 더이상 시도하지 않았다면, 이 책을 영원히 폐기했을 테지만 그런 일은 일어나지 않았다. 꽤 오랫동안 다른 시간을 오고갔다는 사실만은 진실이라는 것을, 나는 기록하고자 한다. 그런 의미에서 이 책은 돌아가고 싶었으나 돌아가지 못했을 나의 기록이자 시간의 여정을 담은 이야기다.

그 책의 다음 장에는 도면이 하나 삽입되어 있었다. 다른 시간으로 옮겨가는 경로라는 설명이 덧붙여진 그림이었다. 무심코 그림을 지나쳤던 나는 이어진 글을 읽다가 목덜미에 인 소름이 팔까지 쫙 끼쳤다. 도면은 수현과 내가 사는 주택 그대로의 모습이었다. 책에 나와 있는 것처럼 집 현관에서 비좁은 담벼락 사이를 걸어 ㄷ자로 돌아가면 그 끝에 창고가 하나 있다. 그 안으로 들어가면 맞은편 벽에 작은 문이 하나 보였는데, 지금껏 나는 그것이 배전반 시설인 줄 알고 있었다. 한 번도 열어본 적 없던 그 문을 열고 안으로 들어가면 다른 시간으로 이동하게 된다고 책에는 적혀 있었다. 하지만 이어 두 가지를 경계해야 한다고 했는데, 하나는 그 문을 연다고 해서 당사자가 막상 다른 세계로 옮겨갈 수 있을지는 확신할 수 없다는 것과 용케 그렇게 할 수 있다고 해도 영원히 현재로 돌아오지 못할 수도 있다는 점이었다. 거기까지 읽은 나는 어떤 속절없는 예감에 사로잡히고 말았다. 이 책이 어쩌면 정말 그녀가 써내려간 글로 만들어진 것일지도 모른다는 생각과 더불어 내가 책에 나온 모든 사실을 믿게 될지도 모른다는 예감이었다. 어쩌면 이 책이 정말 그녀가 남긴 유일한 기록일 수도 있겠다고 생각하면서도 여전히 이해되지 않는 건, 어떻게 1987년에 쓰였느냐는 점이었다. 그런 모순을 끌어안은 채 나는 창고로 향했고, 그 안의 작은 문 앞에 섰다.

책은 이어 그 앞에서 해야 할 일에 대해 설명하고 있었다. 창고의 작은 문 안으로 들어서는 데까지 성공한다면 문을 완전히 닫아야 한다고. 만약 당신이 다른 시간으로 옮겨갈 수 있는 사람이라면, 아무리 문을 열어보려고 해도 문은 열리지 않을 거라고. 이미 다른 시간으로 이동하는 중이기 때문에. 나는 컴컴한 안쪽으로 들어선 다음 문을 닫았다. 아무것도 보이지 않는 어둠 속에서 문을 당겨보기도 하고 밀쳐보기도 했지만 소용없었다. 어디선가 기차 지나가는 소리가 들려오는 것 같았는데, 어둠 속 저 끝에 소실점처럼 박힌 흰 점 하나가 조금씩 커지며 이편으로 가까이 다가오는 것 같았다. 기차는 어딘가를 지나가는 게 아니었다. 바로 이곳으로, 내 앞을 향해 가까이 다가오는 것이었다. 나는 기차가 다가오는 반대편 방향으로 무조건 뛰기 시작했다. 돌부리가 밟히는 바람에 한 번 휘청인 나는 이곳이 더이상 집 안의 창고가 아님을 깨달았다.

　이 모든 것은 환영일까.

　나는 달리며 생각했다. 그렇다면 잔인한 꿈인 것일까. 수현이 사라진 이후 나는 내내 제대로 잠들지 못했다. 아니, 그렇게 잠드는 것이야말로 수현을, 우리의 시간을 배반하는 일이 아닐까. 함께했던 일상에서 멀어지면서 우리를 둘러싼 것들도 점차 의미를 잃어가는 것 같았다. 그녀가 있던 자리의 흔적마저 사라지는 게 두려웠던 내게, 차라리 그녀에게로 향하는 꿈은, 그건 내가 바라던 꿈이 아니었을까. 관자놀이께로 흐르는 땀을 손으로 닦아내며 나는 달렸다. 수현에게 해야 할 질문이 있었다. 이것이 만약 꿈이라고 해도, 꿈에서라도 해야 할 질문이었다.

　왜 말없이 나를 떠나갔는지. 왜 항상 그렇게 홀로 다른 곳에 머물러야 했는지.

　환한 빛무리가 멀리 고여 있는 게 보였다. 내가 속력을 더 내면서 뛰어가는 동안 그 영역이 점점 커지더니 조금씩 모습을 드러냈다. 아치형으로 둘러싸인 어둠을 뚫고 보이는 바깥세상이었다. 그곳을 향해 나는 질주했다. 어느덧 기차가 굉음에 가까운 쇳소리를 내며 바로 옆까지 다가왔을 때, 세상을 감쌌던 어둠은 사라졌다. 기차와 내가 터널 밖으로 빠져나간 건 거의 동시였다. 칼날 같은 부신 빛이 눈을 찌르는 바람에 나는 눈을 감고 털썩 쓰러지고 말았다. 기차가 멀어지는 소리가 귓속에서 아른하게 들려왔고 입술에서 경련이 일었고 몸살이 난 듯 온몸이 떨렸다. 꿈일까. 여전히 나는 그런 의심을 하며, 어떻게 해서든 깨어나지 않기 위해 혼신의 힘을 다해 한 사람을 생각했다.

수현.

*

처음 다른 시간 속으로 향했던 때를 나는 1986년의 봄으로 기억한다. 그때 나는 기찻길을 걷고 있었다. 너무 늦은 밤이 아니라면 나는 자주 그 기찻길을 걷곤 했다. 다니고 있던 대학교에서 그리 멀지 않은 곳에 위치한 집까지 걸어다니기에도 수월했을뿐더러 나는 그 길에서 종종 남모를 평온을 느끼곤 했다. 가끔 기차들이 지나쳐 가곤 했다. 철로 옆으로도 길은 넓었고 지나다니는 기차들은 느릿느릿 서행했다. 대부분 서울역까지 운행을 마치고 차량기지로 돌아가거나 그곳에서 출발해 서울역으로 향하는 기차들이었다. 가끔 기관사가 작은 들창을 열고 내게 손을 흔들기도 했다. 그런 마주침은 번거롭기도 했지만, 주변에 아무렇게나 난 들풀처럼 자연스러운 길의 일부였다. 사람들은 굳이 철로까지 들어와 걸을 일이 없었기에 나는 그 길이 좋아 홀로 걸었다. 아무도 모르는 나만의 길이었고, 길을 둘러싼 주위의 것들에게서 보호받는 느낌이었다. 언제부터인가 이곳처럼 사람이 희박한 공간을 나는 더 선호해온 것 같았다. 그렇기에 다른 시간으로 옮겨가게 될 수 있었던 걸까. 이 길을 걷지만 않았더라도, 나는 그렇게 할 수 없었을 텐데. 그런 생각을 하면 아득해지지만, 어쩔 수 없었다. 수많은 시간을 오고간 끝에 다시 돌아오게 된 것이니까. 어디가 내가 속한 시간일까, 나는 알 수 없었다. 시간을 거스르다보면 알게 된다. 인간은 시간의 주인이 아니라는 것을. 유구한 시간의 흔적으로 남은 유적지를 여행하듯 지나치는 것 말고는 인간은 과거의 공간과 시간을 소유할 수 없다. 한때의 시간에 머무르며 존재하다 언젠가는 사라지고 마는 존재인 것이다. 시간 앞에서는 아무도 이 세계의 주인이 될 수 없었다. 시간에 저항하기 위해 인간은 자신들의 삶을 역사로 기억하는지 모르겠다.

  시차가 있었다. 처음 다른 시간으로 흘러 들어간 그해로 돌아온 것은 아니었지만, 1987년의 초입이었다. 모든 것이 그대로였다. 다른 시간으로 가버린 사이 화석처럼 굳어버린 그때의 시간이, 내가 이곳으로 돌아오자마자 생기가 돌며 다시 흐르기 시작한 느낌이었다. 정지해 있던 모든 것들이 시간의 침입자로 인해 모두 깨어난 듯한 익숙한 기시감이었다. 무엇보다 형석이 살아 있었다. 그가 죽음을 맞이한 것을 알았을 때, 그와 함께 시간을 보내지 못한 나로서는 그 죽음에 일말의 책임감마저 느꼈다. 하지만 어쩔 수 없었다. 그저 우리는 시차를 두고 지금의 시간을 지나쳐 갈 뿐이었다. 그의 마지막을 함께할 수 없었던 건 유감이었지만, 나도 시간의 먼지가 되어 어딘가로 사라져버릴 것이라는 마음으로 애도하는 것밖에는 방법이 없었다. 숱하게 시간 너머의 다른 세계를 오고갔던 나는, 사라지는 게 그리 두렵지 않았다. 인간이란 한 세계의 시간 일부를 경험하고 목격하다 결국 아무것도 없는 공간으로 걸어 들어갈 뿐인 존재라는 것을, 다른 시간의 경험을 통해 숙명처럼 이해하게 되었기 때문이다. 그런데 다시 돌아와 생생히 살아 있는 그를 마주한다는 게 어쩐지 꿈만 같았다. 이제 나에게는 하나의 과제가 생겼다. 그를 죽음으로부터 분리해 삶을 이어갈 수 있도록 하는 것이었다. 내가 그의 운명을 미리 알고 있기에, 다시 죽음의 그림자가 그의 곁을 서성이도록 두는 일은 없을 거라 생각했다. 그를 만날 때마다, 그의 볼을 쓰다듬을 때마다, 그의 등 뒤에서 그를 안을 때마다 다짐하게 되는 것이었다. 그 무엇도 그 결심을 흔들리게 하는 일은 없을 거라고 여겼다. 적어도 석교가 시간을 거슬러 내 앞에 나타나기 전까지는.

뜻밖에도 석교를 다시 마주치게 된 건 1987년 늦봄의 대학교 교정에서였다. 종합관 건물 행정실에서 복학 절차를 마치고 나오자 자욱한 최루탄 연기가 곳곳에서 피어나고 있었다. 방석모와 방독면을 쓴 채 학내 깊숙이 들어온 전경들에게 쫓겨 달아나던 남학생 하나가 거꾸러지자 연이어 다른 학생들이 그 위로 겹쳐 넘어졌다. 그사이 주위를 둘러싼 전경들이 학생들을 한 명씩 사납게 잡아끌거나 곤봉으로 내리찍는 모습이 보였다. 그 모습을 흘끔거리며 다른 학생들처럼 뒤돌아서려던 순간이었다. 전경의 방패 모서리 끝으로 등허리를 찍힌 채 바닥을 구르는 한 사람의 모습이 웬일인지 익숙하게만 느껴졌다. 숱 많은 곱슬곱슬한 머리칼과 동그란 이마, 갈색 뿔테안경과 하얀 스니커즈와 그 나이 또래보다 가느다란 몸피가 그랬다. 누군가 위험하다며 내 어깻죽지를 잡아끄는 걸 내치고 나는 홀린 듯 그가 있는 쪽으로 몇 걸음이나마 발을 떼었다. 이제는 전경과 뒤엉켜 몸싸움을 벌이고 있는 그의 모습을 자세히 살피다 그가 영락없이 석교라는 사실을 알아버렸다. 그가 어째서 이곳에 있을 수 있는지 나는 잠시 아득한 심정이었다가 그 책, 화장대 한구석에 꽂혀 있을 『시간유영담』을 떠올렸다. 내가 1987년의 그때로 되돌아올 줄 알았다면, 그 책은 이전에 폐기되었어야 마땅했기에 낙담했다. 그 책은 그에 의해서 발견되지 않았어야 했다. 하지만, 책을 발견한 그가 책의 내용대로 집 창고 내부의 문을 열고 시간의 건너편으로 넘어왔다면, 그가 여기 없을 이유도 없었다. 물론 그가 직접 이 일을 실행에 옮기리라고는 생각해본 적이 없었다. 게다가 창고 안에 있는 문을 열었다고 해서 누구나 그 안으로 들어갈 수 있는 건 아니었다. 우연히 누군가에 의

해 그 문이 젖혀지곤 했었어도 아무 일도 일어나지 않았으니까. 석교에게도 다른 세계와 연결되는 전극이 몸 안에서 흐르고 있는지도 모른다는 사실을 나는 미처 깨닫지 못한 것이었다. 하지만 이미 늦은 일이었다. 그가 이곳에 와 있으니까.

종합관에서 한 무리의 학생들이 소화기를 들고 뛰쳐나와 전경들을 향해 분사했다. 새하얀 분말이 전경들의 시야를 가리며 멈칫거리게 하는 사이, 나는 그들 사이로 뛰어 들어가 엎드려 있는 석교의 손을 잡았다. 언제나 따뜻하고 부드러웠던 그의 손은 차갑고 거칠어 낯설었다. 내가 내민 손에 의지해 힘겹게 몸을 일으킨 그가 나를 알아보았다. 보면서도 믿을 수 없어 하는 표정이었다. 자신이 어디에 서 있는지조차 모르는 것 같은 황망한 모습이었다. 다른 세계에 도착해 당황하던 언젠가의 나를 보는 듯했다.

"가자."

숨을 고르며 내가 말했다. 그러자 그가 나를 앞지르더니 앞에서 내 손을 잡고 뛰었다. 후문 쪽으로 향하는 다른 학생들과 다르게 우리는 샛길을 따라 언덕으로 올라갔다. 우리는 한참을 말없이 걷다 어느 지점에서 돌아서 아래를 내려보았다. 전경들이 파도처럼 밀려들자 닿을 듯 말 듯 겨우 몸을 피한 학생들이 건물 안으로 들어가 집기들을 밖으로 내던졌다. 그러나 곧 전경들이 학생들을 끌고 나와 무릎을 꿇려 줄을 세웠다. 그 모습을 뒤로하고 발길을 다시 옮겨 몇 개의 둔덕을 넘어서자 가파른 비탈길이 이어졌다. 나는 길을 걸어 동사무소에 면해 있는 시장으로 그를 데려갈 생각이었다. 그곳이라면 혹시라도 주변에 있을 사복경찰의 눈도 피할 수 있을 거라는 생각이었다.

"문밖으로…… 나오지 못한 거였어?"

그가 입을 열어 더듬더듬 물었다. 나는 옅은 숨을 입 밖으로 내뱉을 뿐 대답을 망설였다.

"책을 봤어?"

결국 대답 대신 내가 되물었고 그는 고개를 끄덕였다.

"문안으로 들어간 이후 어떤 시간과 장소로 향하게 되는지는 책에 나와 있지 않던데."

"기울어져." 나는 그를 보고도 믿기지 않는 심정으로 말했다. 이런 대화를 나누게 될 수 있을 거라고 단 한 번도 상상조차 해본 적이 없었다. "관심을 가진 대상을 향해 점프하듯." 그는 그것이 무슨 말인지 알 수 없을 테지.

시장에서 국밥으로 간단히 요기를 끝낸 다음 우리는 다시 걷기 시작했다.

"돌아가자." 그가 담담한 목소리로 말하고는 "돌아가려면 어떻게 하면 돼?" 이어 물었다. 이번에도 나는 답하지 않았다. 그는 침묵에 잠겼다. 나는 그가 듣고 싶어하는 말을 하지 않았고, 그는 당황 속에 나를 지켜볼 뿐이었다. 나는 완전한 비밀로 묻어놓았던 한 세계를 놀랍게도 지금 그와 공유하고 있었지만 여전히 낯선 비밀이 사이를 가르고 있었다. 나는 그것을 깨야겠다고 생각했다. 한 공원에 이르렀고 우리 둘은 벤치에 앉았다. 힘껏 숨을 고른 나는 입을 열었다. 이제 그에게 모든 걸 얘기해줄 참이었다.

*

 수현의 말을 통해 내가 알게 된 사실이 하나 있었다. 내가 수현을 알게 됐을 때보다 훨씬 전부터 그녀는 자신이 존재했던 과거의 시간으로 돌아가려고 노력하고 있었다는 점이었다. 왜 그렇게까지 과거로 돌아가야 했느냐고 물었을 때 수현은 대답을 망설였다.
 "이제 돌아가자."
 나는 거듭 수현에게 간청하듯 말했다. 창백하다시피 푸르스름해진 그녀의 얼굴에 당혹스러운 낯빛이 서렸다. 수현이 고개를 저었다.
 "여기가 나의 현재야."
 그러고는 나를 향해 고개를 돌리며 덧붙였다.
 "시간을 흘러다니면 알게 돼. 모든 게 다 무의미하다는 걸. 어디에 속하든, 어느 시간에 머무르든, 나는 언제나 이곳으로 돌아오기를 원한다는 걸 깨달았어."
 그렇게 찾아 헤맸던 수현이 바로 앞에 있는데도, 닿을 수 없을 만큼 멀어진 느낌이었다. 나는 조금 침묵한 다음 그녀에게 물었다.
 "나와 함께 살았을 때도 그랬어?"
 수현이 나를 한참을 물끄러미 바라본 다음 입을 뗐다.

"꿈같아."

 수현의 짧은 그 대답에 가슴이 미어졌다. 나를 보면서도 그렇게 말한다는 게 믿기지 않는 일이었다. 바로 눈앞에서 그동안 우리가 쌓아왔던 기억과 추억들이 낱낱이 조각나 어디론가로 흩어지는 것처럼 보였다.
 그러고 난 후 "처음 미래의 시간으로 떠나게 된 건 1986년 봄의 어느 날이었어"라고 시작된 그녀의 얘기는 그후로도 오래 계속되었다. 자주 걷던 철길에서 내려와 그날따라 평소 지나던 곳이 아닌 다른 곳에 위치한 쪽문으로 들어선 다음 나왔을 때 그녀가 발을 디딘 곳이 바로 집 안의 창고였다고 했다. 다시 창고 문 안으로 들어가자, 그녀가 도착한 곳은 1981년이었고, 또 어느 때는 1992년의 낯선 장소였다고 했다. 하지만 다시 돌아가야겠다고 생각하며 보이는 여느 문을 열고 들어서면 언제나, 우리집 창고였다고 회상했다. 그러던 어느 날, 1988년 어느 시점에 자신이 거주했던 곳에 도착한 그녀는 학보사 선배였던 권형석이 1987년에 사망했다는 것을 알게 됐다. 학교 앞에서 전경들과 대립하다 날아온 최루탄에 맞은 후 쓰러져 일어나지 못했다고 했다. 그 일을 안 순간부터 그녀는 언제나 그가 죽은 시점 이전으로 돌아가고자 애썼다. 그러나 단 한 번도 그 시절로 돌아갈 수 없었다.
 "마음이 향하고 싶은 곳으로 시간은 옮겨주는 것 같지만 대개는 그 언저리였어. 항상 원하는 지점에 그대로 착지하는 건 아니었거든. 언제나 실패했기 때문에 계속 시도해볼 수밖에 없었던 거야."

　수현은 그렇게 말했다. 나는 권형석이라는 사람에 대해 물었고, 그녀는 그 시절 사랑했던 사람이라며 담담히 중얼거리다 고개를 흔들며 이내 말을 고쳤다. "지금 사랑하는 사람이야." 그 순간의 내가 할 수 있는 말을 찾을 수 있으면 좋았겠다고 생각한다. 그러나 나는 아무 말도 할 수 없었다. 한참 후에 내가 꺼낸 말은 기껏 그런 것이었다. 우리가 결혼한 이후 그녀가 살았던 그곳에 살림을 차리고 이제 막 팔리기 직전이었던 그 집을 사야 했던 게, 바로 과거의 그 시간으로 돌아가기 위해서였냐고. 그녀는 솔직하게 그렇다고 대답했다. 그가 죽기 바로 이전의 시간으로 돌아가야 했다고, 돌아가 그를 지켜주어야 했다고. 급기야 그녀가 권형석의 죽음에 대해 말하며 그에 대한 죄책감과 회한을 떠올릴 때, 나의 존재는 아무것도 아닌 거냐고 그녀에게 되묻고 싶어졌다.

　"숱하게 시간을 유영해 그 사람을 향해 가는 건, 동시에 나의 존재와 의미를 알아가는 거였어. 나 자신으로 머물렀던 시간을 찾아가는 거."

　그녀가 나를 돌아본다. 나를 헤아리면서도 어쩔 수 없다는 듯 보이는 그 쓸쓸하면서도 모호한 눈빛을 안다. 오래전부터 내게 닿은 눈빛이었다. 말없이 떠나갔다 오면 보이곤 하던 그 눈빛. 강을 거스르기 위해 폭포 앞에서 수없이 뛰어오르는 열목어처럼 그때마다 나를 떠나 과거로 돌아가려고 시도했다는 것을 나는 이제야 알 수 있었다. 이미 그녀에게 나는 되레 과거의 그늘에 가려 희미하게 희석된 존재가 아니었을까, 어쩔 수 없이 짐작할 뿐이었다. 그러므로 이제 와 그녀 앞에 찾아오지 말았어야 했다고, 후회하게 되는 것이었다.

나는 수현에게 왜 『시간유영담』을 집에 남겨둔 것인지 묻고 싶었다.

"그 책은 어떤 이유로 만들어놓은 것인지 물어도 돼?"

"불안해서."

갈라진 목소리로 그녀가 대답했다.

"권형석과 알고 지내던 시간으로 항상 돌아가고 싶었지만 그럴 수 없었어. 이상하게도 시간이 나를 그와 무관했던 시절이나 아니면 그의 죽음 이후의 시간으로만 데려다주었거든. 그러기를 반복하는데 뭔가 전조 증상 같은 게 있었어. 그전까지는 한 번도 그런 적이 없었는데, 집으로 돌아올 때 과거의 시간에서 몸에 밴 체취나 몸에 묻은 것들까지 사라지지 않고 고스란히 딸려 오기 시작했으니까. 알고 있었잖아?"

칼칼한 목소리로 수현이 물었고, 나는 고개를 끄덕였다.

"그러면서 좀 겁이 나기 시작했어. 어쩌면 돌아올 수도 없겠다는 예감 때문에."

그녀가 말했다.

"만약 돌아오지 못하면 누군가 혹은 내가 그 책을 보고 너를 찾으러 와주길 바란다고 썼잖아."

"그래. 책을 만들 때는 그런 심정이었어. 그럴 수 없다면 나라는 존재가 시간 바깥에 있다는 것만이라도 기억해주기를 바라면서."

나는 수현이 못내 야속해지는 심정을 달래면서 말을 이었다.

"만약 그런 상황이 벌어졌다가 어떻게든 다시 돌아온다고 해도, 권형석이라는 사람을 지키기 위해 떠나가는 일은 포기하지 않을 거였잖아."

잠시 껄끄러운 침묵이 흘렀다.

"……어쩔 수 없게도."

책 판권의 '펴낸곳' 옆에는 그녀가 다녔던 대학의 학보사 편집부가 기재되어 있었다. 수현이 우리가 있던 시간으로 결국 돌아오지 못하게 되었을 때, 그녀의 흔적이 어디에서부터 시작되는지를 찾을 수 있는 유일한 단서이자 증거로서. 나 역시 그 부분을 보고 그녀가 다니는 대학으로 찾아간 것이었다. 그곳에서 전경들을 맞닥뜨렸을 때 내 손을 잡았던 수현의 알 수 없는 표정을 나는 기억했다. 놀랐다기보다 난처함에 가까웠던 그 얼굴 표정을.

"그러다 그렇게 원했던 1987년으로 돌아가게 된 것이었고."

나의 말에 수현은 고개를 끄덕였다.

"그래서 그 책이 필요하지 않게 된 거지. 넌 돌아올 생각이 없었으니까."

나는 자조하듯 중얼거렸다.

"내가 차라리 그 책을 발견하지 않았으면 더 좋았으련만."

그런 식으로 서운함을 드러낼 수밖에 없을 정도로 나는 수현에게서 어떤 소외감을 느끼고 있었다. 어쩌면 내가 그녀에 대해 알고 있는 것은 아무것도 없을지 모르는 일이었다. 수현은 내가 그녀를 알았던 시간보다 더 아득히 멀리 있는 사람이었다. 나는 낯선 이질감에 몸을 떨었다. 내가 창고 안의 문을 열고 낯선 시간 속으로 향해 찾으려 한 건 사라진 수현이었다. 다른 사람으로 느껴질 만큼 거대한 거리감과 다른 시간에서 흐르고 있는 그녀의 삶을 마주하기 위해서가 아니었다.

"미안해."

"같이 가자."

동시에 뱉어진 말이었다.

"석교야."

그녀가 나긋이 내 이름을 불렀다.

"그럴 수 없다는 거, 이해해줘."

그렇게 단정적인 어조로 말을 내뱉고 나서 자기 결정을 뒤바꾼 적이 없던 수현을 나는 잘 안다. 내가 가장 잘 아는 사람이 나를 밀어내고 있다.

"돌아가는 방법을 알고 있어?"

수현이 물었다. 나는 이제야 그녀의 내밀한 세계를 공유하게 되었는데, 그녀는 내게 그곳을 빠져나가라고 하는 중이었다.

수현은 내게 돌아가는 길을 알려주겠다고 했고, 우리는 기찻길을 걷는 중이었다. 내가 도착했던 곳과 멀지 않은 곳 같았다.

"돌아가야겠다고 생각하며 걷다가 내가 말한 그 철문으로 들어가."

그렇게 말한 수현은 조금 후 잊은 말이 있다는 듯 나를 불러 세우고 말했다.

"나를 잊고."

그래야만 자신 없이 잘 살아갈 수 있다고 얘기해주는 것처럼 느껴지는 말이었다. 그런 건 마음대로 할 수 있는 게 아니라고 대꾸하는데, 그만 눈앞이 흐릿해졌고 그 모습을 보이기 싫어 돌아선 게 마지막이었다. 나는 기찻길을 걸으면서 수현의 주문대로 돌아가야겠다고 중얼거리다가 멈칫했다. 그녀는 권형석을 어떻게 구해준다는 말일까, 그게 자꾸만 궁금해졌다. 문을 열고 다른 시간으로 들어갈 때는 어떻게든 수현을 찾아 데리고 와야겠다는 다짐뿐이었는데, 그 목적은 이제 사라지고 내게 남은 건, 이제 정말 혼자라는 사실뿐이었다. 나는 주머니에서 『시간유영담』을 꺼내 들었다. 그 책을 보며 다시 궁금해지는 것이었다. 어떻게 그 사람을 구한다는 말일까. 운명을 거스를 수 있다는 말인 걸까. 나는 다시 총총히 앞으로 나아가며 돌아가야지, 돌아가는 게 맞지, 그런 생각을 하는데 어느덧 그녀가 말했던 코카콜라 광고가 새겨진 펜스가 저편에 보였다. 그쪽으로 발을 옮기자 여남은 자갈들이 우르르 무너지듯 발아래로 흘러내렸다. 발 앞꿈치를 뾰족하게 세워 돌 틈으로 밀어넣으며 나는 그 앞으로 걸어 내려갔다. 자갈들이 발 주변으로 버석거리며 흩어졌다. 펜스 한쪽에 함몰되다시피 구겨진 철문이 보였다. 수현이 말한 그 문이었다. 나는 문을 천천히 젖혔다. 안쪽에 컴컴한 어둠이 넘실거리는 게 보였다. 나는 서서히 문을 열고 그 안으로 들어서려다 멈춰 섰다. 내가 그녀에게 물었던 말을 떠올렸다.

"우리의 현재에서는 달랐어?"

"뭐가?"

"거기서 보면 과거가 꿈같을 수 있잖아. 그저 지나간 시간쯤으로. 어쩌지 못하고 그저 지나치고 말. 우리 인생의 어떤 것들은 우리가 어떻게 할 수 없잖아. 그저 시간이 해결해주기를 기다리는 거 말고는."

뭔가를 곰곰이 생각하는 표정을 짓던 수현이 이윽고 입을 열었다.

"나는 1980년대에 머물러 있었던 사람이야. 그때 꿈꾸며 바꾸려 했던 그 미래가 겨우 우리가 살았던 그 시기인가 회의에 빠질 때가 있었어."

그녀가 처연하게 나를 바라봤다.

"나는 미래의 세상을 경험해봤지만, 형석은 그러지 못하고 떠난 거잖아. 그 사람이 자신의 이상으로 바꿔갈 수 있다고 믿는 이 세상이 어떻게 변화해가는지 직접 알아갔으면 좋겠어. 난 더이상 미래의 일이 기대되지 않거든."

마치 혼이 빠져나간 듯 소진된 목소리였다.

"나는 바로 여기에서 아무것도 하지 않고 미래로 가버린 거야. 그래서 내내 공백을 느껴왔어. 그건 마치 시간을 떠도는 유령이 된 기분이었어."

수현의 말을 떠올리자 나는 송연해지는 기분이었다. 그러면서 그녀는 우리가 함께 사는 동안 그런 자신의 모습을 솔직하게 내보일 수 없었던 것을 미안해했는데, 지금 시점에서 그건 너무 미래의 일이지 않으냐며 농담처럼 말하고는 쓸쓸해지던 그때의 마음이 같이 떠올랐다.

나는 재킷의 포켓 주머니에서 그 책을 꺼내어 '시간유영담'이라는 제목을 한참 바라보았다. 어쩐지 이 책은 수현이 내밀하게 시간을 오고갔던 기록만은 아닌 것 같았다. 그녀가 사랑했던 사람에게 닿기 위한 절실한 시도의 기록이기도 했고, 미래를 미리 보아버린 사람의 과거를 향한 부채 의식이기도 했다. 그사이 나는 어디에 존재하는 것인지 갑자기 궁금해졌다. 내가 그녀의 현재가 아니었다면, 나 역시 우리가 함께했던 시간과 공간에 존재할 의미가 없었다. 시간은 혼자가 아니라 누군가와 더불어 교차하는 시선과 관심, 생각 같은 것들에 의해 의미로 새겨지는 것 같았다. 시간은 그렇게 타인을 향해 기울어지는 것 같다고.

나는 책을 펼쳐 그 안의 책장들을 뜯어내기 시작했다. 찢어지고 뜯긴 낱장의 뭉치들을 한꺼번에 철제문 안쪽으로 던져넣었다. 이제 『시간유영담』이라는 책은 이 세상에 존재하지 않을 것이다. 나는 이 책과 관련한 모든 상념과 기억까지 모두 그곳에 의식적으로 던져넣은 후, 지금껏 걸어왔던 곳을 향해 몸을 돌려 뛰기 시작했다. 수현이 권형석을 위해 최루탄을 막아서게 둘 수 없었다. 그렇게 내버려둘 수 없었다. 내 시간은 지금 이곳으로, 이 공간으로, 수현에게로 기울어지고 있었다. 나는 전에 그렇게 뛰어본 적이 없을 정도로 내달리고 있었다. 돌아가야 한다는 말 대신, 그곳으로, 그곳으로 가야 한다고 중얼거리면서.

나의 현재는 바로 수현, 너이기 때문에.

도서관의 괴물

정명섭

장편소설 『살아서 가야 한다』 출간

매끈했던 콘크리트 벽에 균열이 생겼다. 금이 간 벽이 조금씩 부서지다가 마침내 큰 덩어리가 떨어지면서 구멍이 생겼다. 부서진 공간에서 빛이 흘러나왔다. 그리고 잠시 후, 누군가 좁은 구멍을 기어서 안으로 들어왔다. 바닥에 떨어진 사람은 넝마 같은 옷을 두른 덩치 큰 남자였다. 힘겹게 몸을 일으킨 그의 뒤로 깡마른 남자가 구멍에서 빠져나왔다. 그 역시 온몸에 옷을 두껍게 두른 상태였다. 먼저 빠져나온 덩치 큰 남자가 랜턴으로 주변을 비추면서 입을 열었다.

"과, 광욱아. 여, 여기가 정말 지구 최후의 도서관이야?"

덩치 큰 남자의 물음에 뒤따라 통로에서 몸을 빼낸 광욱이 고개를 신경질적으로 끄덕이며 대꾸했다.

"남준아, 그럼 지금 세상에 도서관이 남아 있겠어?"

"하, 하긴, 핵전쟁 때문에 갑자기 겨울이 돼서 종이라면 불을 땔 때 다 써버렸잖아."

광욱이 추위 때문에 손가락을 모두 잃어버린 왼손을 만지작거리며 말했다.

"그래, 추워서 나무는 더이상 자라지 못해. 아무것도 없다고. 하지만 도서관에는 종이로 만든 책들이 많이 있다고 했잖아."

"채, 책을 왜 많이 보관한 거지?"

"사람들에게 빌려주려고 모아놓았다고 했어. 그러니까 여기에는 우리가 평생 따뜻하게 불을 쬐고도 남을 책이 있을 거야."

"새, 생각만으로도 따뜻해지네."

"그러니까 얼른 책이 꽂혀 있는 서가나 찾아봐."

광욱의 채근에 남준이 들고 온 랜턴을 들었다. 랜턴의 희미한 빛이 복도를 비췄다. 일직선으로 된 복도를 본 광욱이 남준에게 말했다.

"저쪽으로 가보자."

"아, 알았어."

남준이 앞장서서 걷다가 다시 뒤를 돌아봤다.

"그, 근데 소문이 사실일까?"

"무슨 소문?"

"도, 도서관을 지키는 괴물이 침입자들을 모두 죽인다는 소문 말이야."

"헛소문이지. 다 죽었으면 그런 소문이 퍼졌겠어?"

광욱의 얘기를 들은 남준이 고개를 끄덕거렸다.

"그, 그러네."

"그만 좀 떠들고 앞으로 가. 딴 놈들이 오기 전에 우리가 먼저 털어야 할 거 아니야."

"아, 알았어. 그런데 왜 자꾸 나보고 앞으로 가라고 하는 거야?"

"랜턴을 네가 가지고 있잖아, 바보야."

바보라는 얘기를 들은 남준은 발끈했다.

"하, 한 번만 더 바보라고 하면 가만 안 있는다!"

"가만 안 있으면 어떡할 건데?"

광욱의 비아냥에 남준이 두툼한 코트 안에서 굽은 칼을 꺼냈다.

"내, 내가 바보일지는 몰라도 칼은 너보다 잘 쓴다고!"

"그래?"

광욱 역시 허리에 차고 있던 쇠사슬을 풀어서 손에 둘둘 감았다. 서로를 노려보던 찰나, 낯선 진동이 울려 퍼졌다. 난생처음 들어본 소리에 놀란 남준이 어두운 통로를 살폈다.

"무, 무슨 소리지?"

"조용히 하고 가만있어, 좀."

몸을 낮춘 광욱의 말에 남준 역시 바닥에 몸을 웅크렸다. 바닥을 따라 울려 퍼진 진동은 점점 더 가까워졌다. 남준이 울상이 된 채 중얼거렸다.

"사, 사서가 분명해. 어떡하지?"

"소문이 사실일지도 모르겠네."

"그, 그런 거 없다고 했잖아."

남준이 따지자 광욱이 대꾸했다.

"그럼 다시 추운 밖으로 나가서 얼어 죽을래? 이제는 불을 땔 나무나 종이는 눈을 씻고 찾아봐도 없단 말이야."

"그, 그렇긴 하지."

남준의 대답을 들은 광욱이 소리가 들리는 복도 끝을 노려봤다.

"여기 있다가 사서 괴물이 나타나면 유인해."

"내, 내가?"

남준의 반문에 광욱이 품속에서 펄스 건을 꺼냈다.

"이거면 괴물도 한 방에 보낼 수 있을 거야. 대신 딱 한 발만 쏠 수 있어서 가까이서 쏴야 해. 네가 복도 끝 우리가 들어왔던 통로로 유인해. 그러면 내가 숨어 있다가 놈의 숨통을 끊어놓을게."

"아, 알았어."

남준의 대답을 들은 광욱은 어깨를 한 번 툭 쳐주고는 복도 끝으로 사라졌다. 홀로 남은 남준은 복도 중간에 웅크리고 앉아서 마른침을 삼켰다. 그리고 두려움을 잊기 위해 노래를 불렀다.

"얼음 세상은 너무 싫어. 따뜻한 세상이 올 거야. 언젠가 언젠가 그날이 올 때까지, 꽁꽁 얼지 말고 버텨요. 우리 모두 그때까지 반드시 버텨요."

같은 노래를 세 번쯤 반복했을 때, 진동이 코앞까지 다가오면서 서서히 실체를 드러냈다. 랜턴의 희미한 빛에 비친 거대한 실루엣을 본 남준은 비명을 질렀다.

"괴, 괴물이다."

복도를 가득 메운 그림자는 앞뒤로 뒤뚱거리면서 다가왔다. 겁에 질린 남준은 광욱이 숨어 있는 곳으로 뛰었다.

"사, 살려줘."

정신없이 달린 남준은 헐레벌떡 통로 끝에 도착했다. 그런데 기다리고 있겠다던 광욱이 보이지 않았다.

"광욱! 어, 어딨어?"

정신없이 두리번거리던 남준은 바로 뒤에까지 다가온 괴물의 기척을 느꼈다. 온몸에 소름이 돋은 채로 천천히 돌아섰다. 그리고 괴물의 붉은 눈을 보고는 거의 정신을 잃을 정도의 두려움을 느꼈다.

"사, 살려줘!"

아무 반응 없이 다가오는 괴물을 본 남준은 쥐고 있던 칼로 힘껏 내리찍었다. 하지만 칼은 괴물의 몸통에 꽂히지 않고 튕겨 나오면서 남준의 아랫배에 꽂혔다.

"크윽!"

어둠 속에 흩뿌려진 자신의 피를 본 남준은 덜덜 떨면서 벌렁 쓰러졌다. 쓰러지면서 천장 쪽을 보게 된 남준은 배신감에 치를 떨었다.

"나, 나쁜 놈."

남준이 마지막 숨을 몰아쉬는 걸 천장에서 내려다보던 광욱은 다가오는 괴물을 향해 신중하게 펄스 건을 겨눴다. 그리고 아래로 지나가는 괴물의 정수리를 향해 펄스 건을 정확하게 발사했다. 푸른빛이 번쩍하면서 정수리를 강타했다. 일격을 맞은 괴물은 빙빙 돌면서 알 수 없는 소리를 냈다. 그러다가 벽에 부딪혀 옆으로 넘어지고 말았다. 광욱은 조심스럽게 복도로 내려왔다. 쓰러진 남준을 힐끔 본 광욱은 괴물에게 다가갔다. 둥근 머리에서는 연기가 피어오르며 불꽃이 튀었고, 원통형의 몸통에 붙은 짧은 다리는 부들부들 떨고 있었다. 다리 끝에 바퀴가 달려 있는 걸 본 광욱이 중얼거렸다.

"바퀴가 고장 나서 이상한 소리가 난 거였네."

그때, 괴물이 삐빅 하는 소리를 냈다. 놀란 광욱이 한 발자국 물러나는데 희미한 소리가 들렸다.

―대출 신청은 1층 창구에서 하십시오.

"뭐, 뭐야?"

놀란 광욱은 같은 말을 반복하는 로봇을 바라봤다. 몸통 아래 적힌 글씨가 보였다.

"도서관 안내용 로봇 34호? 이게 괴물의 정체였어?"

긴장이 풀린 광욱은 껄껄 웃으며 로봇을 발로 걷어찼다. 충격을 받은 로봇은 작동을 완전히 멈췄다. 한숨을 쉰 광욱이 중얼거렸다.

"이걸 괴물로 오해를 해왔군."

기분이 좋아진 광욱은 가볍게 휘파람을 불면서 복도를 걸어갔다. 복도 끝에는 아래층으로 이어지는 계단이 있었다. 계단을 내려간 광욱은 걸음을 멈췄다.

"책이네."

서가에 빽빽하게 꽂힌 책들을 본 광욱은 가볍게 웃었다. 눈에 보이는 책들만 해도 몇 년 동안은 아낌없이 태울 수 있는 양이었다. 핵전쟁으로 인해 핵겨울이 찾아온 이후, 불에 탈 수 있는 나무나 종이는 부르는 게 값이었다.

"이 정도 책이면 평생 따뜻하게 지낼 수 있겠어."

광욱은 책들이 꽂힌 서가 사이로 들어갔다. 서가 중간중간에는 펄스 건으로 부순 것과 같은 도서관 안내용 로봇들이 서 있었다. 로봇들을 지나친 광욱은 책냄새를 맡으며 행복감에 젖었다. 그러는 바람에 뒤쪽에서 다가오는 발걸음소리를 듣지 못했다. 새로운 먹잇감의 움직임을 포착한 괴물은 입을 활짝 벌렸다. 네 갈래로 갈라진 입에서 나온 촉수처럼 생긴 혀가 아무것도 모른 채 들뜬 광욱을 향해 소리 없이 다가갔다.

〈변강쇠가〉 해설

김종광

소설 『조선 청소년 이야기』 『산 사람은 살지』 『성공한 사람』 출간
산문집 『사람을 공부하고 너를 생각한다』 출간

* 볼드체는 〈변강쇠가〉의 진면목을 조금이나마 맛보도록 〈변강쇠가〉 정본에서 그대로 가져온 문장이다. 다만 대화문의 경우 정본은 낫표를 사용했지만, 현대 독자의 가독성을 고려하여 큰따옴표로 바꿨다.

평안도 국경 마을에 옹녀(雍女)가 살았다. 얼굴은 4월에 반쯤 핀 복숭아꽃 같았다. 버드나무 가지**같이 가는 허리가 봄바람에** 흐늘흐늘했다. 찡그리며 웃는 것과 **말하며 걷는 태도**는 중국 역사상 최강 미인이었던 **서시와 포사라도 따를 수 없**었다.

경국지색 포스로 등장했지만 옹녀의 내력은 끔찍했다.

옹녀는 남편을 죽이는 독한 살이 **겹겹이 쌓인 고로**, 남편을 잃어도 **징글징글하고 지긋지긋하게** 새가 **단콩 주워 먹듯이** 했다. 15세에 첫 결혼을 했는데 첫 남편은 첫날밤 잠자리에서 갑작스럽게 다쳐 추위에 떨다가 죽었다. 16세 때 두번째 남편은 중국에서 들어온 피부병에 옮아 튀었다. 17세 때 세번째 남편은 간질병으로 폈다. 18세 때 네번째 남편은 벼락에 맞아 식었다. 19세 때 남편은 대도적으로 이름을 날렸지만 결국 포도청에서 목이 떨어졌다. 20세 때 여섯번째 남편은 무슨 일로 그랬는지는 안 나오지만 독약을 먹고 돌아갔다.

신재효는 한자어를 남발하면서 동시에 순우리말도 알차게, 다양하게 살려 썼다. 정본의 '**죽고, 튀고, 펴고, 식고, 떨어지고, 돌아가니**'는 모두 죽었음을 뜻하는 순우리말이다. 현대에는 이런 발상을 했다는 자체만으로 성인지 감수성에 심각한 문제가 있어 보이겠지만, 19세기라 신재효는 폭주한다.

옹녀는 이후에도 모든 남자를 죽음으로 이끌었다. 남자는 옹녀와 관계를 가지면 당연히 죽었고, 피부 접촉만 있어도 죽었고, 심지어 옷자락을 스치기만 해도 죽었다. 몇 년 동안 너무 많은 남자가 죽어 반경 120킬로미터 안에 성인 남자가 존재하지 않았다.

신재효는 도대체 왜, 이런 말도 안 되는 소리를 했을까. 판타지라고 해도, 마술적 사실주의라고 해도, 우리 고전문학에 넘쳐 나는 자유로운 상상력의 일례라고 해도, 어떻게 저런 초인간적 여성이 있겠는가. 그러니 경국지색 미모로 평안도, 함경도 두 지방을 남자 없는 땅으로 만들어버린 옹녀는 전염병의 은유다. 1821~22년 조선에 들어온 콜레라는 증상이 다양하고도 무시무시했다. 갑작스러운 오한으로 하룻밤 사이에 죽는(**급상한**) 이도 있었고, 피부병(**당창병**), 간질 증세(**용천병**)도 보였다. 고통을 못 이겨 자진하는 사내도 있었다. 수십만 명의 죽음은 벼락 맞아 죽은 것처럼 충격적이었다. 몇 해가 가도 병은 완전히 사라지지 않았다. 툭하면

발병해 사람을 죽였다. 피부 접촉은 당연히 죽고 눈맞춤만 해도, 옷깃만 스쳐도 죽는 듯했다. 병은 피했지만 먹고살기 위해 도적이 된 이도 흔했다. 신재효가 음담패설처럼 써놓은 옹녀의 남편들 사망 보고서는 끔찍한 대재앙을 발칙하게 적어놓은 상여가인 셈이다.

위 숨겨진 알레고리를 대중은 한 번도 들어본 적이 없다. 〈변강쇠가〉를 한번 읽어볼까 했던 건전한 독자도 요 대목까지만 읽고 〈변강쇠가〉를 엽기적인 작품으로 오해하고 읽기를 멈춘다. 옹녀를 19세기 조선을 강타하고 내내 괴롭혔던 전염병의 상징으로 읽기만 해도 〈변강쇠가〉는 전혀 다른 차원으로 읽힐 테다.

왜 남자만 죽고 여자는 안 죽은 걸까? 여자도 수없이 죽었겠지만, 남자가 훨씬 더 죽을 수밖에 없었다. 조선 후기는 여성의 활동에 제약이 상당했다. 활동이 많은 남자가 상대적으로 전염병에 더욱 노출될 수밖에 없었다. 어떤 상황이 되었든 먹고는 살아야 했고 주검도 처리해야 했다.

(다 죽었다면서) 두 도의 그나마 남은 남성을 지키기 위해, 여자들만 사는 땅이 되지 않기 위해, 여자들은 힘을 합쳐 옹녀의 집을 부숴버렸다.

옹녀는 어쩔 수 없이 쫓겨나게 되었는데 **행똥행똥 나오면서** 악을 썼다.

"어허, 인심 흉악하다. 황(黃)·평(平) 양서(兩西) 아니면 살 데가 없겠느냐. 삼남 좆은 더 좋다더고."

양서지방과 삼남지방 사이에는 도성과 기호지방이 있다. 옹녀는 왜 도성과 기호지방을 건너뛰고 말한 것일까?

옹녀는 관서대로의 큰 고을들을 거쳐 개성 청석골에 닿았다. 거기에서 삼남에서 올라온 **천하의 잡놈** 변강쇠와 딱 마주쳤다. 변강쇠는 다정하게 물었다.

"여보시오, 저 마누라 어디로 가시나요."

신재효의 판소리 사설이 전북 방언으로 쓰였을 거라고 넘겨짚는 분들이 있다. 신재효가 전북 고창 사람이고, 고창에서 판소리 학원 같은 동리정사를 운영했고, 대개 전북 출신 소리꾼을 명창으로 키워냈으니 말이다.

신재효는 가급적 서울말로 썼다. 어쩔 수 없이 들어간 방언도 있지만 가능한 한 서울말로 쓰려고 노력했다. 특히 대화문은 전부 서울말이다. 신재효는 고창에 근거지를 두었지만 조선 최고의 소리꾼 양성가였다. 흥선대원군의 총애를 받았고, 흥선대원군이 부를 때마다 서울에 올라가 공연을 펼쳤다. 흥선대원군뿐 아니라, 왕, 왕비, 왕가 인척과 고위 관료와 내로라하는 양반이 다 모인 자리였다. 그런 자리에서 사투리 공연이 가능했을까? 그런 자리에서 공연하기 위해선 서울말 대본이 필요했다.

민중 사이에서 공연할 때는 그 지역 방언으로 고쳐 부르거나 말하면 그만이었다. 전라도에서는 "여보셔라, 저 마누라 으디로 가셔라우", 경상도에서는 "여보시쇼, 저 마누라 어데로 가시니껴", 충청도에서는 "여보시유, 저 마누라 어디루 가시나유", 강원도는

"여보시래요, 저 마누라 어데 가신대요", 이북에서는 "여보시우, 저 마누라 어디메 가시임둥".

처녀 같으면 왜 그런 말을 하느냐고 **핀잔을 하든지 못 들은 체 가련마는 이 자지간나희가 홀림목을 곱게 써서**, 대답해준다.

"삼남으로 가오."

"혼자 가시오."

"혼자 가오."

"고운 얼굴 젊은 나이인데 혼자 가기 무섭겠소."

볼드체(정본에서 발췌한 대목)에 물음표가 없는 이유가 있다. 신재효가 1850~70년 사이에 친필한 〈변강쇠가〉 포함 판소리 여섯 마당은 발견되지 않았다. 1898년 이전에 시골 유학자 유충석이 신재효의 친필본을 필사했다는 언문본과, 1898년에 유충석이 다시 필사하면서 한자어로 쓸 수 있는 것을 다 한자어로 쓴 국한문본, 이 두 판본이 〈변강쇠가〉 원전에 해당한다. 원전은 현대 독자가 읽기에 불가능하다. 지금과 철자법이 너무나 다르고, 세로쓰기고, 띄어쓰기가 전혀 안 되어 있고, 문장부호도 전혀 사용되지 않았다. 지금 책으로 나오고, 인터넷에 올라 있는 모든 〈변강쇠가〉 혹은 『변강쇠전』이 정본으로 사용한 텍스트는 〈변강쇠가〉 최고 전문가인 새터 강한영 박사가 1973년에 낸 교주본이다. 강한영은 낫표를 쓰고 쉼표, 마침표를 찍었으며, 현대 맞춤법에 맞게 교정했고, 띄어쓰기를 했으며, 뜻풀이를 달았다. 물음표만은 사용하지 않았다.

옹녀는 황진이가 지은 시 빤치게 답했다.

"나와 함께 갈 사람은 그림자뿐이라오."

그림자 대신 옹녀와 함께 갈 사람이 되고팠던 변강쇠는 다짜고짜 제의한다.

"어허, 불쌍하오. 당신은 과부요, 나는 홀애비니 둘이 살면 어떻겠소."

"내가 상부 지질하여 다시 낭군(郞君) 얻자 하면 궁합(宮合)을 먼저 볼 것이오."

옹녀는 진심이었다. 죽은 남편들이 하나같이 지질했다. 또 남편을 얻는다면 같이 살 만한 사주인지 궁합을 맞춰보고 싶었겠다.

"불취동성(不娶同姓)이라 하니, 마누라 성씨가 누구시오."

"옹(雍)가요."

여주인공은 이래서 '옹녀'다. 사실 '옹녀'라는 단어는 〈변강쇠가〉에 단 한 번도 등장하지 않는다. 대중이 편의상 부르는 호칭일 뿐이다. 필자도 편의상 '옹녀'를 주어로 사용하고 있다. 신재효가 사용한 주어는 **'이년, 여인, 계집'**이었다.

그제야 강쇠도 자기 성씨를 밝힌다. 덧붙여 나이를 묻는다.

"예, 나는 변 서방인데 궁합을 잘 보기로 삼남에 유명하니, 마누라 무슨 생이요."

강쇠는 자신을 '서방'이라고 했다. 총각은 아니고 혼인은 했었다는 의미겠다. 국한문본과 교주본에서 옹녀의 '옹'은 한자로 표기되었으나, 변강쇠의 '변'은 한자로 표기되어 있지 않다. 거의 모든 한자어를 병기한 판소리 여섯 마당 필사자 유충석은 왜 변강쇠의 '변'에 한자를 표기하지 않은 것일까? 혹시 똥오줌 변(便)으로, 그러니까 똥강쇠로 읽어주기를 바란 것일까. 현대에도 '똥'을 부정적인 의미의 접두사처럼 사용하는 이들이 있다. 앞서 변강쇠를 '**천하의 잡놈**'이라고 했으니 강쇠의 이름 앞에 똥이 붙는다고 해도 이상할 것은 없다.

옹녀는 갑자년에 태어났다고 대답했다. 쥐띠다. 19세기에 갑자년은 1804년, 1864년이다. 신재효가 〈변강쇠가〉를 집필한 것은 1850년 이후지만 〈변강쇠타령〉은 이전에도 불렸다. 1821년 중국에서 들어온 전염병의 상징인 옹녀는 1804년생일 수밖에 없다.

옹녀가 태어난 해를 알았으니 〈변강쇠가〉의 시대적 배경을 유추해보자. 옹녀는 스무 살 이후 아무 남자나 다 죽게 만드는데 **윤달 든 해면** 더 많이 죽게 했다고 나온다. 쫓겨난 때가 몇 살인지 알 수 없지만 최소 23세 이상일 것이다. 출생년도 1804에 23을 더하면, 변강쇠와 옹녀가 만난 시기는 1827년 이후다.

강쇠도 제 나이를 밝힌다. 강쇠는 임술년에 태어났다. 개띠다. 임술년은 1802년과 1862년이다. 1802년생이 틀림없다. 옹녀보다 두 살 많다.

변강쇠는 사주팔자 보는 사람이나 겨우 알아들을 수 있는 말로, '뜨거운 물 같은 자신과 단단한 쇠 같은 당신은 음양오행으로 볼 때, 서로 도우며 잘 살 수 있는 상생이니 하늘에서 내려준 부부나 마찬가지'라고 너스레를 떨었다. 한마디로 이렇게 말한 것. '우리

는 생년만 따져보아도 궁합이 아주 잘 맞는 사이다.'

변강쇠의 말은 아직 끝나지 않았다. 쇠뿔도 단김에 빼자고 달려든다. 띠 궁합도 맞고 마침 혼인하기 좋은 날이고 우리 사이를 방해하는 것도 없고 짝이 맞으니 오늘 혼인하자고.

계집이 허락한 후에 청석관을 처가로 알고, 둘이 손길 마주 잡고 바위 위에 올라가서 대사(大事)를 지내는데, 신랑 신부 두 년놈이 이력(履歷)이 찬 것이라 이런 야단(惹端) 없겠구나.

한데 둘이 처음 하는 짓이 뜻밖이다. 애무도 아니고 관찰이다.

의뭉한 변강쇠가 옹녀의 두 다리를 번쩍 들고 옹녀의 성기를 바라보며 지껄여댄다. 이 대목이 바로 세계문학사상 유례없는 19금문이다. '**이상히도 생겼구나. 맹랑히도 생겼구나**'로 시작해서 열세 번의 비유를 한다. 현대 독자가 설명 필요 없이 알아들을 비유 하나만 소개하자면 '**도끼날을 맞았던지 금 바르게 터져 있다**'. 그러고는 종합 정리 하는 문장을 하나 더 사용한다. **곶감 있고, 으름 있고, 조개 있고, 연계 있고, 제사장은 걱정 없다.**

어쩐지 터무니없는데, 더 터무니없는 장면이 이어진다. 이번엔 옹녀가 변강쇠 성기를 가리키며 노래한다. 똑같이 '**이상히도 생겼구나. 맹랑히도 생겼구나**'로 시작해서 '**냇물가에 물방안지 떨구덩 떨구덩 끄덕인다**' 같은 비유 열세 번을 하고, 역시 종합 정리로 끝맺는다. **물방아, 절굿대며 쇠고삐, 걸낭, 등물, 세간살이 걱정 없네.**

변강쇠와 옹녀의 15행 랩 배틀 같다. 신재효가 치밀하게 집필했다는 걸 알 수 있다. 하필이면 비유의 대상이 생식기 외음부여서 그렇지, 비유 자체는 탁월하다. 원래 읽고 음미하는 글이 아니라 판소리로 부르기 위한 대본으로 쓰였다는 것을 잊으면 안 된다. 대중에게 정서만 생생히 전달된다면 최고의 비유 아닐까. 판소리 사설에서 내용을 따지는 것은, 아이돌의 노래에서 가사를 따지는 것만큼 무의미하다. 케이팝 가사가 아이돌이 춤추고 노래하는 데 맞춰져 있듯이, 판소리 사설의 문장은 판소리할 때 아니리하고 소리하고 몸짓하는 데 맞춰져 있다.

판소리의 3대 요소가 소리(창), 아니리, 발림이다. 소리는 가락에 맞추어 높이 부르는 노랫소리, 아니리는 창을 하는 중간중간에 가락을 붙이지 않고 이야기하듯 엮어나가는 사설이다. 발림은 몸동작이다.

〈변강쇠가〉 언문본도 국한문본도 친절한 설명은 없다. 이 부분을 창으로 해야 하는지, 아니리로 풀어야 하는지, 발림을 어떻게 하라는지 일절 적혀 있지 않다. 그렇지만 발림은 당연히 짐작할 수 있고, 어디를 창으로 하고 어디를 아니리로 했을지 누구나 쉬이 파악할 수 있다. 강쇠가 여성 성기를 빗대고, 옹녀가 남성 성기를 빗대는 이 대목이 바로 창으로 하는 부분이다. 요 부분만 따서 부르는 게 〈기물타령〉이다.

이것들이 또 뜸을 들인다.

강쇠가 여인 업고, 가끔가끔 돌아보며 사랑가로 어른다.

변강쇠의 '사랑가'는 역사와 문학에 지식이 상당한 사람이나 겨우 알아들을 수 있을 만큼 한자어 남발이다. 게다가 길다. 처음엔 '**사랑 사랑 사랑이여**'로 시작해, 역사상 이름난 제후들과 경국지색들을 죽 열거한다. 여자 때문에 나라 망했다는 미친 헛소리를 하기 위해서가 아니다. 왕과 절세미녀가 운명적으로 만나 사랑했듯이, 너랑 나랑 운명적으로 만나 사랑하게 되었다는 얘기다. 다음엔 '**네 무엇을 가지려느냐**'로 시작해서 온갖 진기 보화들을 열거하는데 결국 자기 성기가 최고라는 얘기다. 세번째로 '**네 무엇을 먹고 싶어**'로 시작해서 온갖 먹거리 타령을 하는데, 결론은 자기 성기 맛이 최고 좋을 것이란다.

강쇠가 마무리했다.

"여필종부(女必從夫)라고 하니 자네도 날 좀 업소."

〈변강쇠가〉는 매우 남녀평등적이다. 그래서인지 강쇠는 옹녀를 업고서 말도 안 되는 말을 지껄이고는 내가 했으니 너도 해보란다. 남녀의 평등을 논할 때 신체적 차이는 항상 심각한 화두다. 강쇠의 신체에 대해 자세히 묘사된 적이 없지만, 덩치가 좋을 듯하다. 옹녀도 미인이라고만 나왔지 몸무게에 대해서는 안 나왔지만 버드나무 가지급 허리를 가졌으니 가볍겠다. 강쇠가 옹녀를 업는 것은 누가 봐도 말이 된다. 옹녀가 강쇠를 업는 것은 말이 안 된다.

하지만 옹녀는 힘이 셌던 모양이다. 옹녀는 강쇠를 업었고 무겁지도 않은지 까불기까지 하며 노래했다. 강쇠가 했던 방식을 그대로 사용하여 가사만 바꿔 강쇠가 했던 만큼 노래한다. 변강쇠와 자기의 사랑이 세상에서 가장 드높다고, 존귀하다고, 폭넓다고, 굵고 단단하다고.

신재효도 대단하지만 필사자 유충석도 대단한 한문 실력자다. 신재효는 다종다양한 책에서 취한 한자어를 남발했지만 언문으로만 적어놓았다. 필사자 유충석은 언문만 보고 비교적 정확하게 한자를 병기했는데, 신재효만큼 다종다양한 책에 정통했기에 가능한 작업이었겠다.

만약 영화였다면 관객들, 열받았겠다. 대체 이것들이 언제 하겠다는 거야? 소리만 오지게 하잖아. '호환마마보다 무서운' 그 짓거리는 언제 하냐고?

영화 〈변강쇠〉가 상영된 것은 1986년이었다. '미성년자 관람불가' 딱지를 붙여놓았다고 미성년이 안 보았을 것인가. 이대근 배우와 원미경 배우가 열연한 〈변강쇠〉는 본 사람은 적어도 모르는 사람은 없을 만큼 유명하다. 덕분에 이 영화의 원작인 〈변강쇠가〉는 호환마마보다 무서운 음란물의 대명사로 자리매김했다.

발가벗은 남녀가 서로의 성기를 보고 갖은 말장난을 해대니 음란하지 않다고는 할 수 없다. 하지만 이 정도로 음란물의 상징이 된 건 아니겠지? 얼마나 어마무시한 섹스 묘사가 나오기에 호환마마보다 무섭다는 것일까. 호기심 넘치는 독자라면 침을 꼴깍꼴깍 삼켰으리라.

허무하게 이렇다. **년놈 장난 이러할 때, 재미있는 그 노릇이 한 두 번만 될 수 있나. 재행(再行)턱 삼행(三行)턱을 당일에 다 한 후에.**

정말로 위 문장뿐이다. 포르노 못지않은 구체적인 묘사를 기대했던 독자들이 어이없어하는 모습이 보이는 듯하다. 이 뒤로도 섹스를 묘사하는 문장은 결코 나오지 않는다. 따라서 〈변강쇠가〉에 덧씌워진 최강 음란물이란 이미지는 억지 누명에 가깝다.

변강쇠와 옹녀는 이젠 무얼 할까? 먹고살 걱정을 했다. 사랑이 이루어지면, 그다음에 남는 것은 먹고사는 걱정뿐.

대중은 먹고사는 이야기는 재미없어했다. 나 먹고사는 것 자체가 지루하고 짜증나는데 남들 먹고사는 얘기를 읽고 보라고? 그래서 대중의 기호와 취향에 맞춰 먹고사는 걱정 따위는 달나라에 던져버리고, 죽기 살기로 사랑을 위해 투쟁하는 이야기만 하는 것이다. 다른 장르도 마찬가지다. 정의 구현이 이루어질 때까지, 성공할 때까지, 권력을 잡을 때까지, 부자가 될 때까지만 재미있다. 정의를 구현한 이후, 성공한 이후, 권력을 쟁취한 이후는 재미가 없다. 이를 알면서도 신재효는 먹고사는 이야기로 돌진했다. 즉 신재효는 〈변강쇠가〉를 단순히 대중의 기호와 취향에 맞춰 쓴 게 아니었다.

소리가 아니고 아니리일 때는 빠른 속도로 진행된다. 변강쇠와 옹녀는 집필 당시 한반도 최고의 도회지였던 곳들을 돌아다녔다. 원산(元山), 강경(江景), 전북 줄포(茁浦), 전남 영광 법성포(法聖浦).

한국 역사상 최고의 음란녀로 낙인 찍힌 옹녀는 실상 생활의 달인이었다. 옹녀는 어떻게든 먹고살아보려 했다. 옹녀는 **애를 써서 들병장사 막장사며, 낯부림, 넉장질**로 엽전 100닢, 1천 닢을 벌었다. 옹녀는 성만은 팔지 않았다는 걸 명심해야 한다. 읽어보지 않은 독자가 오해하는 것 중의 하나가 바로 이거다. 옹녀는 성을 팔아 돈을 번 적이 없는데도 매춘부로 아는 것. 옹녀는 절대로 매춘부가 아니었다.

변강쇠는 옹녀가 번 돈을 온갖 노름질과 못된 짓으로 날려먹는다. 급기야 강도질에 준하는 주먹질까지 서슴지 않았다. 주제꼴에 남의 싸움에 끼어들기까지 했다. 그것도 모자라 의처증이 심각해 옹녀를 때리기까지 했다. 이러니 옹녀가 살 수 있었겠는가. 그동안은 어떻게 참고 살았는지 모르겠지만 비로소 옹녀는 강쇠를 달랜다. 옹녀의 고상한 말을 알기 쉽게 옮겨보자.

"네 좆 가지고서는 도시 살림 못 해. **돈 모으기 고사(姑捨)하고 남의 손에 죽을 테니, 사람 하나 없는 곳으로 들어가자.** 밭농사나 지어 먹자. 네가 땔나무 풀이라도 베러 다니면 노름도 못 하겠지. 네가 다른 여자를 볼 일도 없으니 내가 **강짜**할 일도 없잖아. **산중으로 들어갑세.**"

뜻밖에도 강쇠는 흔쾌히 동의한다.

"**그 말이 장히 좋의. 십 년을 곧 굶어도 남의 계집 바라보며, 눈웃음하는 놈만 다시 아니 보거드면 내일 죽어 한이 없네.**"

그나마 쓸 만한 살림살이를 짊어지고 지리산 속으로 깊이깊이 들어갔다. 재수도 좋지 그 깊은 골짜기에 빈집이 한 채 있었다. 강쇠와 옹녀는 질솥 단지를 **걸고, 방 쓸어** 섬 가마니 **펴고, 낙엽을 긁어**다가 저녁밥 지어 먹고, 터 누르기 삼삼구(三三九)를 밤새도록

했다. 이후로 강쇠는 일을 전혀 안 해본 놈답게 **낮이면 잠만 자고, 밤이면 배만 타니**, 구체적으로 나와 있지 않지만 낮에 먹을거리를 구하려고 혼자 열심히 일했을 옹녀는 참다못해 바른말을 했다. 옹녀는 『사략』도 읽고 『맹자』도 읽은 여성이었다. 강쇠보다 언어 표현 수준이 더 높다. 옹녀의 문자말을 막말로 바꾸면 이랬다.

"야, 남편 들어봐. **사람마다 직업 있어** 부모 모시고 자식 키우고 아내 거느려. 근데 넌 뭐냐? 네 신세를 **생각하니 어려서 못 배운 글을 지금 공부할 수 없어. 손재주도 없으시니** 뭐를 만들어 팔 수 있나. **밑천 한 푼 없으니** 장사도 할 수 없고. 그러니까 남편 네가 할 수 있는 노릇은 몸 쓰는 일밖에 없어. 산밭이라도 많이 일궈야지. 콩, 팥, 기장, 조, 담배 농사 지어야지. 주위를 둘러봐. 온갖 나무가 있잖아. 땔감 천지야. 장작도 얼마든지 팰 수 있어. 땔감이든 장작이든 **나무를 많이 하여 집에도 때려니와 지고 가 팔아 쓰면 부모 없고 자식 없는 우리 둘이 생계가 넉넉할 새. 건장한 저 신체에 밤낮으로 하는 것이 잠자기랑 그 노릇뿐. 굶어 죽기 고사하고 우선 얼어죽을 테니 오늘부터 지게 지고 나무나 해 와.**"

강쇠는 투덜거렸다. "**어허 허망하다.** 잘 달리는 중국산 말도 허리나 다리가 부러지면 **왕십리 거름**이나 나르고, 잘나가던 **기생이 그릇되면** 길가에서 막걸리나 판다는 말, 남 얘기인 줄만 알았다. 근데 **나 같은 오입장이가 나무 지게**를 져? 남의 일 아니고 내 일이니 하고 싶지 않지만 **자네 말이 그러하니 갈밖에 수가 있나.**"

이번에도 강쇠는 옹녀의 말에 순순히 따르기로 한 것이다. 가만히 보면 강쇠는 옹녀의 말을 거부한 적이 없다. 도회지를 떠나 산속으로 가자고 했을 때도 군말 없이 따랐다. 강쇠가 도회지에서 온갖 나쁜 짓을 할 때 옹녀는 왜 아무 말도 않고 도저히 살 수 없을 때까지 참은 것일까? 그 지경에 이르기 전, 강쇠를 타일러 말할 수 있었지 않을까. 강쇠가 아무것도 안 했는데 어떻게 굶어 죽지 않고 얼어죽지 않은 건지 의문이지만 얼마의 시간이 흐르고서야 옹녀는 타이르는 말을 한 것일까? 이렇게 말 잘 듣는 강쇠라면, 더 일찍 말을 했어야지. 필자는 개연성과 핍진성이 부족하다고 시비 거는 것인데, 물론 허망한 짓이다. 〈변강쇠가〉도 요즘의 영화, 드라마 못지않게 개연성과 핍진성으로부터 자유로웠다는 걸 강조하고 싶을 따름이다.

신재효는 강쇠의 나무하러 가는 복색에 대해서도 한참 얘기하는데, 건너뛰자. 없는 형편에 나름대로 차려입은 강쇠는, 아무것도 없는 놈인 줄 알았는데 **낫**, **도끼**, **점심 구럭**(도시락), **지게**, **담뱃대**, **담배**까지 장착하고 나선다. 강쇠는 천천히 노래 부르며 나무꾼 모인 곳을 찾아가는데, 기생방에서 기생들과 노래하며 놀던 놈이라 노래하는 **목구성**이 나무꾼들과 달랐다. 강쇠는 〈초군타령〉을 해댄다. 타령 가사에는 신재효가 단순히 말장난을 즐긴 게 아니고 비판과 풍자를 담았다는 것을 알 수 있는 대목이 많다. 두 대목만 쉽게 풀이해봤다.

"누가 가르쳐주었든 간에 인간이 불을 써서 먹고살게 된 것이 과연 편한 일일까. 오히려 날이 밝을 때부터 일을 하게 됐잖아. 사람은 편하자고 엄청난 것들을 만들었는데 갈수록 사람은 더 편하지 않고 죽도록 일만 하잖아."

"중국을 봐봐. 무슨 나라든 멸망하고 별의별 일이 생기잖아. 어느 때가 되었든 **불쌍한 게 백성**뿐이라니까. 백성은 일 년 사계절 **놀 때 없이 손톱 발톱이 잦아지게 밤낮으로 벌어도** 춥고 굶주림을 이기지 못해. **불쌍하다!**"

신재효는 강쇠의 입을 빌려 나라와 사회의 해결될 수 없는 착취 구조를 한탄한 것이다. **예쁜 계집, 좋은 주효(酒肴), 잡기(雜技)로 벗을 삼아 세월 가는 줄 모르고** 살고 싶었던 강쇠는 징징댔다.

"저 험한 바위 겹겹한 낭떠러지 높은 데를 어떻게 기어올라가? **다리 아프게**. 간다고 쳐. 억새풀, 가시넝쿨 어떻게 베? **손이 아프게**. 벴다 쳐. 너무 묶어서 한 짐 되면 어떻게 지고 와? **어깨 아프게**."

그렇게 다니다가 초군 아이들을 만난다. 아이들은 **지게 목발 뚜드리며** 여러 노래를 부르고 있었다. 그 노래 가사가 또 한참 나온다. 아이들이 부른 노래 제목만 적어보겠다. **방아타령, 산타령, 농부가, 목동가**. 신재효는 아이들의 입을 빌려 당시 유명한 민요들의 가사를 죄 적어놓은 거다.

강쇠는 **도끼를 빼어 들어 메고 이 봉 저 봉 다니면서 그중 큰 나무는 한두 번씩 찍**어보기도 하지만 그 어떤 나무도 벨 의지가 없다. 그 나무를 벨 수 없는 이유를 또 한참 부르는데 그 대목이 이른바 〈나무타령〉이다. 포기한 강쇠는 **우물가 좋은 곳에 점심 구력 풀**

어놓고 단단히 먹은 후에 부쇠를 얼른 쳐서 담배 피워 입에 물었다. 솔 그늘 잔디밭에 돌을 베고 누우면서 당나라 시조 한 구 읊는다. 그러다가 잠이 들었다. 깨어보니 **하늘에 별이 총총, 이슬이 젖는 밤이고 눈앞에 장승이 하나 서 있었다.**

당나라 시는 물론 『시경』까지 빠삭한 강쇠는 뻔뻔하기 이를 데 없는 놈이다. 뻔뻔하지만 옹녀한테 미안한 마음은 있었던지 아니면 옹녀의 잔소리가 듣기 싫었던지 나무하러 왔다는 건 안 잊었다. 보통 사람은 마을의 수호신으로 여겨 감히 범접하기도 두려워하는 장승을 나뭇감으로 점찍었다. 신재효도 강쇠가 지게를 지고 왔다는 게 기억났다. 지게 찾아 가지고 온 강쇠를 보고, **장승이 화를 내어 낯에 펏기 올리고서 눈을 딱 부릅떴다.**

장승이 화를 낸다고?

〈변강쇠가〉는 판타지의 세계로 상승한다. 동양 이야기에서 판타지는 몹시 자연스러운 것이었다. 서양 사람들은 마르케스의 『백년의 고독』 등을 보고 '마술적 사실주의'니 해가면서 판타지 세계를 아무렇지도 않게 쓰는 것에 대단히 놀라워했다. 동양 사람들은 서양 사람들의 호들갑이 어이없다. 동양 이야기에서 현실과 판타지의 자유 왕래는 너무나 자연스러웠다. 장승이 화내고 말하고 넋이 자유로이 이동하는 것은 일도 아니었다.

장승은 그렇지 않아도 무섭게 생겨 보통 사람은 장승이 웃는 것만 봐도 겁부터 먹는다. 장승이 화나서 눈까지 부릅떴는데, 강쇠는 오히려 큰소리로 꾸짖는다. 감히 장승 따위가 사람한테 **눈망**

울 **부릅**뜬다고. 강쇠는 장승이 무슨 대응을 할 겨를을 주지 않고 달려들었다. 강쇠는 말만 잘하는 게 아니었다. 힘도 셌다. 쉬이 뽑힐 수 없는 장승이건만 혼자 안아서 뽑아버렸으니 말이다.

옹녀는 돌아온 남편을 주물러주고 밥부터 차려준다. 대체 무슨 밥이었고 불은 뭘로 땠는지 궁금하다. 이윽고 남편이 해 온 장작 나무를 보았는데 영락없이 벼슬아치 행색이다. 당시 벼슬아치들이 장승이나 다름없는 것들이라는 풍자겠다. 〈변강쇠가〉는 파격적이다. 무려 마을의 수호신 장승을 뽑아 땔감으로 쓰려고 가져왔다. 신재효는 보통 사람은 상상하기도 힘든 얘기를 쓴 것이다.

관계한 남자들이 (강쇠 빼고는) 갖은 이유로 죽는다는 것 빼고는 옹녀는 뭐 하나 모자람이 없는 여인이다. 한심한 남편을 지극으로 봉양해왔다. 강쇠 못지않게 아는 것도 많다. 뻔뻔하고 자기 생각만 하는 강쇠에 견주면, 옹녀는 양심과 상식이 있는 어진 사람이다. 그러니 강쇠가 가져온 장승을 보고 보통 사람보다 더 놀랐을 것이다.

옹녀는 전통 신앙 체계에 길든 여인이었다. 장승에 붙어 있을 나무신도 두려웠고 나무를 혹시 때게 된다면 그 꼴을 보게 될 부엌신도 두려웠다. 원래대로 해놓고 **진언 치고 다른 길로 돌아**오면 귀신들의 해코지를 막을 수 있다고 믿었다. 옹녀의 두려워하는 말을 듣고 강쇠는 거세게 야단쳤다. 그간 강쇠는 온갖 미사여구를 동원하여 좋게좋게 얘기해왔다. 처음이자 마지막으로 가부장스럽게 말했다.

"참사람이 타 죽어도 아무 탈이 없는데 나무로 깎은 장승 인형 패어 때는 게 뭐 어때서? 요망한 말 다시 말라."

옹녀가 어떻게 나올까? 궁금해한 것이 허무하게도 옹녀는 더 말리지 않는다. 아무런 반응을 하지 않는다. 화 안 내던 강쇠가 화를 내서 무서웠던 것일까? 토속신앙을 무시하는 강쇠의 담대한 말에 매혹되어 부정적인 마음을 떨쳐버린 것일까?

부부는 **밥상을 물린 후에 도끼 들고 달려들어 장승을 쾅쾅 패어 군불을 많이 넣고 훨썩 벗고 사랑가로 농탕**(弄蕩)**치며, 개폐문**(開閉門) **전례판**(傳例板)**을 맛있게 하였다.** 그동안은 불도 안 땐 방에서 했나?

강쇠에게 별안간 뽑히기 전에 화가 나서 눈을 부릅떠 판타지의 시작을 알렸던 함양 장승의 넋은 어찌 되었나. 본격적으로 장승들의 넋이 판타지를 펼친다. 함양 장승의 넋은 하늘에 떠서 울다가 원수 갚을 마음을 품는다. 혼자는 강쇠를 상대하기 어렵다고 겁먹은 나무귀신은 **대방**(우두머리)을 찾아가 억울함을 호소하기로 마음먹는다. 과연 귀신은 귀신이다. 어떻게 갔는지 한 글자도 안 썼을 만큼 너무 쉽게 서울로 간다.

함양 장승의 장황한 한잣말을 간단히 해보자.

"강쇠 놈한테 겁나게 당했슈. 그놈 그냥 놓아두면 지리산 일대 장승을 다 아궁이에 때버릴 겁니다. 제 복수도 해주고 후환도 막으소서."

또 한참 이른바 〈장승타령〉이 이어지고, 대방은 전국 팔도 장승에게 통문을 돌린다.

"변강쇠라는 놈이 만 번 죽어 마땅한 죄를 지었어. 이놈 죄를 가볍게 처리할 수 없잖아. 다 모여. **변강쇠 놈 죽일 꾀를 각출의견(各出意見)해보자.**"

장승들이 모여 회의를 연다.

"변강쇠 옹녀 두 놈 다 잡아다가 여기서 목을 베 죽입시다."

대방이 칭찬해주고 반박한다.

"여기가 마침 목 베는 사형장이니 우리 귀신도 여기 분위기를 따르자는 말씀 **상쾌**하기는 하다. 하지만 옹녀는 죄가 없어. 옹녀는 말렸다고. 걔는 봐주자. 그리고 강쇠 놈 목도 뚝딱 베버리면 싱겁잖아. 강쇠란 놈 자기도 모르게 죽어버리면 다른 인간 놈들이 우리가 강쇠 놈 죽인 뜻을 알겠냐고. 다른 방법 없어요?"

"강쇠 놈이 우리 장승을 불살라 죽였으니 우리도 강쇠 놈을 불태워 죽입시다."

대방은 또 반대한다. 아까와 같은 이유다. 강쇠 놈이 제 죄도 모르고 쉬이 죽을 거라는 것. 심지어 누가 죽였는지도 모를 거라는 것. 과연 대방의 입맛에 맞는 의견이 나올 수 있을까?

"우리 장승 귀신 머리 숫자대로 **병(病) 하나씩 가져가자.** 강쇠의 정수리에서 **발톱까지, 오장육부 내외 없이, 새 집에 앙토하듯,** 종이 가게에서 종이 벽에 붙이듯, 장판지에 기름 먹이듯 **겹겹이 발라버리자.**"

대방의 마음에 꼭 맞는 의견이었다. 민주적인 의사 결정이 이루어지나 싶었지만 결국 대방 마음이다. 대방 마음에 맞으면 그걸로 끝이었다. 대방은 구역 결정도 아무런 의견도 듣지 않고 제 마음대로 했다. 구역 배정에 따지는 귀신도 전무했다. 장승 귀신들이 강쇠의 몸뚱이에 병을 도배하는 모습을 그린, 흥미진진한 장면 묘사를 기대한 독자라면 허탈하겠다. 싱거워서 소개하기도 민망하다. **사냥 나온 벌떼같이 병 하나씩 등에 지고, 함양 장승 앞장서서 강쇠에게 달려들어 각기 자기네 맡은 대로 병도배(病塗褙)를 한 연후에 아까같이 흩어진다.**

　이야기는 잠깐 시간을 거슬러 올라간다.

　강쇠는 장승을 때고 별 탈 없이 아침을 맞이했다. 일어나자마자 아내의 두 다리를 들여다보았다. 그러고 한잣말로 지껄인 소리를 최대한 쉬이 풀어보자.

　"당신이 동티 날 걱정을 했지만 봐라, 아무 일 없잖아. 당신의 음부, 내 성기 아무 문제 없이 정상이잖아. 무슨 병이 난다고 겁먹었던 거야."

　강쇠는 **아침밥 끼니 삼아 한 판을 질끈하고 장담**했다.

　"이 근방 **장승** 다 뽑아 올 거야."

　그래놓고는 돌연 '**그날 저녁 일과(日課) 하고 한참 곤케 자노라니 천만 의외 온 집안이 장승이 장을 서서 몸 한 번씩 건드리고 말이 없이 나가거늘**'이라는 구절이 나온다. 장승 귀신들이 다녀간 뒤, 강쇠는 말도 할 수 없었고 눈도 뜰 수 없었다. 온몸이 **결박**된 것처럼 꼼짝할 수 없었고 각양각색으로 쑤셨다. 강쇠는 **제 소견도 살 수 없**을 듯했다. 옹녀가 깨서 보니 강쇠가 꼭 송장 같았다. 신음 소리가 나니 숨은 붙어 있다. 옹녀가 미음을 쒀서 먹여보려고 했지만 이가 꽉 다물려 있어 미음이 안 들어간다. 온몸을 만져보니, 종기들이 터져서 피고름이 낭자하다. 냄새가 지독하다.

갑자기 신재효는 병 이름을 대기 시작한다. 정말 많이 댄다. 조선 시대에도 이렇게 많은 병이 있었구나 싶을 정도다. '**풍두통(風頭痛), 편두통(偏頭痛), 담결통(痰結痛) 겸하고**' 같은 구절이 총 33구다.

옹녀는 남편의 상태에 너무 놀라서 건넛마을 송 봉사를 찾아갔다. **지리산중 찾아가니 첩첩한 깊은 골짜기**라고 했는데, 그래도 사는 사람이 있었던 모양이다. 송 봉사는 매우 길게 점치는 소리를 해대는데 도저히 요약할 수도 없이 복잡하다. 하여간 옹녀와 이런 대화도 한다.

"네 남편 나무인지 사람인지 모르겠다."

"장승 패 때서 동티 난 건가봐요."

"**그러면 그렇지**. 네 남편 살기 글렀어. 그래도 원이나 없게 **독경**이라도 받아보시든가."

송 봉사가 변강쇠의 집에 와서 경을 읽어주는 과정이 지루하게 이어진다. 경을 읽은 송 봉사는 돈 대신 다른 욕심이 있었다. 옹녀는 돈 말고 다른 것으로 지불할 생각이 없다. 오히려 점잖게 "**어, 앗으시오**" 꾸짖었다. 송 봉사는 **안개 속에 소 일하러 나가듯** 나가 버렸다. 옹녀는 비로소 의원이나 불러다 침도 맞히고 약도 지을 생각을 한다.

고전소설 판타지에서 개연성과 핍진성 따지는 것은 정말 한심한 일이지만, 그래도 도저히 말하지 않을 수 없다. 아니, 가족이 아프면 제일 먼저 의원한테 가야 하는 거 아닌가. 점부터 치다니! 깊은 산골이라 의원이 없어 점부터 치러 간 줄 알았다. 그런데 침도 놓을 줄 알고 약도 쓸 줄 아는 의원이 근처에 있었던 것이다. 이런 게 반전일까?

이씨 성 가진 진사가 의과 합격자인지, 그냥 일반 시험 합격자인데 의술을 익힌 것인지는 알 수 없다. 이 진사가 가까운 마을에 살고 있었다. 이 진사가 와서 변강쇠의 맥을 짚는데, 진맥 창 혹은 진맥 아니리를 한다. '**신방광맥(腎肪胱脈) 침지(沈遲)하니 장냉정박(臟冷精薄)할 것이요**'와 같은, 굳이 무슨 소리인지 알고 싶지 않은 구절이 일곱 개 나온다. 그리고 결론 삼아 한다는 소리가 "**암만 해도 죽을 터이나 약이나 써보게 건재(乾材)로 사 오너라**"였다.

당연히 옹녀가 이 약재들을 못 사 올 줄 알았다. 이후 전개를 보면 사 왔다. 약재들을 이용하여 지은 한약 이름이 줄줄이 나오니 말이다. 언제 한약을 달이고 어떻게 먹였는지 전혀 안 나온다. 그냥 느닷없이 위 많은 약을 암만 써도 효과가 없단다.

다음엔 탕약이 아니라 환약 이름을 열거한다. 환약 만드는 약재 또한 옹녀가 사 왔는지 캐 왔는지, 이 진사는 그 약재들로 어떻게 얼마의 시간이 걸려 환약을 만들었는지, 그 환약을 강쇠에게 어찌 처방했는지 전혀 나오지 않는다.

환약도 소용이 없자 이번엔 한 가지 약재만 써보겠단다. 순서가 이상하다. 한 가지 약재로 안 되면 약재들을 섞는 거 아닌가. 다 섞어서 탕으로도 먹이고 환약으로도 먹인 연후에 한 가지 약재를 쓰다니. 어쨌든 **단방약**(單方藥)은 현대 독자들도 몇 개는 알아들을 수 있다. 지렁이집, 굼벵이집, 우렁탕, 섬사주(蟾蛇酒)며 무가산(無價散), 황금탕(黃金湯)과 오줌찌기, 월경수(月經水)며 땅강아지, 거머리, 황우리, 메뚜기, 가물치, 올빼미를 다 써보았지만 효험 없다. 옹녀는 이렇게 잡다하게 많은 것을 언제 어디서 어떻게 구해왔을까.

이제 더이상 치료 방법은 없는 걸까. 아니다. 침이 남아 있었다. 이 진사는 "**침이나 주어보자**" 하더니 혈맥을 외우면서 한참 침을 놓는다.

정리를 해보자.

강쇠가 걸린 병 이름이 99개. 이 진사가 처음 강쇠를 진맥했을 때 언급되는 맥 이름이 8개. 이 진사가 옹녀에게 사 오라고 한 약재 이름이 42개. 이 진사가 만든 탕약 이름이 18개. 이 진사가 만든 환약 이름이 12개. 이 진사가 단방약으로 언급한 약재로 쓰는 것이 14개. 침을 놓은 혈맥 이름 34개. 도합 227개다.

신재효는 도대체 왜 이 지루하고 긴 한의학 용어들을 끼어놓은 것일까. 이 대목이 없어도 이야기에는 아무런 문제가 없다. 오히려 손해다. 〈변강쇠가〉에서 가장 재미없는 부분이니까. 그럼에도 불구하고 굳이 끼어놓은 이유가 있다면, 민중이 대략 어떤 병증이 나타나면 어디가 무슨 문제인 것을 얼추 가늠하도록 하고, 즉시 의원에게 가서 전문적인 약재로 탕이나 약을 지어 먹도록, 정 어려우면 들에서 산에서 집에서 구할 수 있는 약재들이 있으니 그걸 채취하여 달여 마시도록, 판소리로써 알려주자는 갸륵한 생각을 가졌던 것은 아닐까.

이 진사는 그 많은 탕약과 환약을 제조해주고, 침까지 놓아주었다. 한데 돈을 달라는 얘기도 없고 돈을 받았다는 얘기도 없다. 설마 공짜로 해주었단 말인가? 허준(許浚)도 우러러볼 의원은 포기하고 떠나갔지만, 이 놀라운 의술에 하늘도 감복했던지 강쇠가 말을 한다. 강쇠가 옹녀의 손을 **덥벅 잡고** 눈물 흘리며 한다는 소리가 길기도 하다. 단순 정리하자면 이렇다.

"백년해로 못 하고 나 먼저 가게 됐다. 그러나 나는 성인들처럼 서럽지 않다. 다만 혼자 남게 된 당신이 걱정이다."

아내 걱정은 몇 소리 더 이어진다. 사람은 죽을 때가 돼서야 철이 든다더니, 강쇠가 다 죽게 되니 생각이란 게 생긴 모양이다. 그러나 강쇠는 상식을 초월하는 놈이었다. 이어지는 말이 참으로 별나고 괴상했다. 염습과 입관, 그 남자도 하기 어려운 일을 옹녀 손수 하란다. 상여를 따라가란다. 무덤 앞에 움막을 짓고 삼 년 동안 강쇠의 넋에게 아침저녁을 올리란다. 강쇠 네가 부모님이야? 여기까지도 이거 미친놈이다 싶은데, 삼년상 마치고 자살해서 저승으로 찾아오란다. 저승에서 다시 부부의 연을 맺잔다. 진짜 미친놈이다.

신재효는 강쇠의 입을 빌려 신랄한 풍자를 한 것인지도 모른다. 조선 사회 특권계급은 남편 잃은 여성에게 수절이 아니면 죽음을 강요했다. 그것도 남편 삼년상은 다 치르게 한 다음에. 그야말로 미친 풍습이었다. 강쇠의 유언은 아직 끝나지 않았다. 무시무시한 저주와 같은 마지막 말을 토한다.

"내가 지금 죽은 후에 사나이라 명색(名色)하고 십 세 전 아이라도 자네 몸에 손대거나 집 근처에 얼씬하면 즉각 급살(急煞)할 것이니 부디부디 그리하소."

유언을 마친 강쇠는 손을 뻗어 옹녀의 **속옷** 사이로 집어넣었다. 아내의 성기를 **쥐고 불끈 일어서서 우뚝** 섰다. **두 다리는 건장**해 보여 마치 화살을 쏘려는 활 같았다. **바위 같은 두 주먹**을 높이 쳐들었다. 쇠방울 같은 눈을 **부릅**떴다.

뭐야? 도로 살아난 건가? 뭘 하려는 거지? 옹녀를 때리려고 하나? 긴장한 것이 허무하게도 이렇게 이어진다.

갑자기 벌떡 일어나 청중(독자)을 무섭게 한 강쇠는 **상투 풀어 산발하고, 혀 빼어 길게 물고,** 온몸에서 피고름을 뿜어내더니, 그의 자랑이었던 좆도 그저 **뻣뻣**하였고, 결국 **목구멍에 숨소리 딸각**하더니, **콧구멍에 찬 바람**이 휭 하여, 장승처럼 우뚝 서서 죽었다.

여기까지가 〈변강쇠가〉의 전반부다. 후반부는 옹녀가 변강쇠의 시체를 치우기 위해서 벌이는 고군분투기로 정의할 수 있는데 역시 자못 길다. 전반부 해설만으로도 대중의 〈변강쇠가〉에 대한 오해를 푸는 데 충분하다고 자부하지만, 여기서 그치면 섭섭할 독자를 위하여 후반부도 대강 해보겠다.

옹녀는 한참 신세타령 삼아 곡을 했다. 그러고는 남편 시체를 치워줄 남자를 찾아 대로변까지 나아간다. 이상하다. 이 진사와 점쟁이 사는 건넛마을에는 왜 가볼 생각을 않는 걸까? 그 마을에는 남자라고는 이 진사와 점쟁이밖에 안 사는 건가? 시냇가에서 재차 긴 신세타령 곡을 하다가 옹녀는 갑자기 신상 정보 두 가지를 밝혔다. '22세 겨우 넘어 삼남을 찾아왔다.' 그러니 지금은 23세라는 것. 강쇠는 일곱번째 남편이라는 것.

이때 색주가에서 곡차 마시고 오는 듯한 중이 등장한다. 중의 복색과 행동거지를 길게 묘사한다. 옹녀와 중은 부조리 희곡에서 나올 법한 대화를 나눈다. 결국 중이 송장을 치워주고 옹녀와 살기로 한다. 둘은 옹녀 집으로 가게 되는데, 실은 여기서 〈변강쇠가〉의 가장 음란한 문장이 나온다.

중놈이 좋아라고 장난이 비상하다. 여인의 등덜미에 손도 썩 넣어보고 젖도 불끈 쥐여보고 허리 질끈 안아보고 손목 꽉 잡아보며, "암만해도 못 참겠네, 우선 한번 하고 가세."

굳이 〈변강쇠가〉에 음란죄를 묻고 싶다면 바로 위 두 문장을 따져야 한다. 옹녀는 멋진 말로 달랬지만 쉬운 말로 바꾸자면, "시체 치우고 해."

옹녀뿐 아니라 중도 축지법을 쓰나보다. 두 사람은 순식간에 깊은 산속 집에 돌아왔다. 어이없게도, 중은 강쇠의 송장을 보자마자 죽어버렸다. 중답게 합장을 하고. 강쇠의 저주가 실현된 것이다.

옹녀는 또 신세타령 곡을 하는데 '**사십구일 구병(救病)할**'이라는 구절을 섞는다. 갑자기 이게 뭔 소리인가. 이 진사가 와서 탕약 지어 먹이고, 환약 만들어 먹이고, 단방약 먹이고, 침놓고 하는 데 며칠이 걸렸다는 언급은 없었다. 그게 하루 이틀에 가능한 일은 아니었겠다. 사십구 일이나 걸릴 만한 치료 과정 같기도 하다. 그러면 그렇다고 얘기를 했어야지, 이제 와서 갑자기 사십구 일 동안 강쇠를 돌보았다고 하면 당황스럽다.

어쨌거나 옹녀가 한 말을 쉬이 정리하면 이랬다.

"야, 너 죽은 건 자업자득이잖아. 너를 묻긴 묻어야 할 거 아냐. 묻을 사람, 어렵게 **후려** 왔다. 몸도 안 주고 말로. 근데 시샘을 해서 죽여? 송장만 치우면 네 말대로 수절할 테니까 제발 시샘하지 마."

신재효도 옹녀가 또 대로변 가서 남자를 후려가지고 오기엔 지루하다고 판단한 모양이다. 이번엔 남자가 찾아오게 만들었다. 돌연 초라니 광대가 옹녀 집으로 들어온다. 광대답게 별소리를 지껄이는데 짖는 개한테도 타박한다.

"**나를 보고 짖느니 네 할애비를 보고 짖어라, 퉤.**"

옹녀네 집에 개도 있었던 말인가. 광대는 굉장한 분량으로 타령도 하고 아니리도 한다. 하지만 변강쇠의 서 있는 시체를 눕히지도 못하고 괴이한 모습으로 죽었다. 옹녀는 치워야 할 시체가 하나 더 늘고 말았다. 정신이 혼미해진 옹녀는 담배를 피워 물었다.

풍각쟁이 한 패—노래쟁이, 퉁소쟁이, 가야금쟁이, 북쟁이, 검무쟁이—가 들어온다. 무인지경이라면서 사람들이 막 찾아온다. 타령과 아니리로 이 다섯 명을 어찌나 상세히 묘사하는지 질린다. 신재효가 개연성은 덜 신경썼지만 세부 묘사는 집요했다.

옹녀는 사내가 다섯 명이나 되고 재주들이 대단해 보이니 해볼 만하다 싶었다. 염려가 없지는 않아서 방에 들어가지 말고 툇마루에서 일단 놀아보라고 했다. 풍류 들으면 풍류를 **맛있어**하는 강쇠가 **감동하여** 누워버릴지도 모르니까. 그럼 **묶어내기 쉬울** 거 아닌가.

풍각쟁이들은 옹녀의 말에 선뜻 따른다. 툇마루에 늘어앉아 노래 부르고 연주한다. 그에 맞춰 검무쟁이가 한바탕 칼춤을 춘다. 정말 감동했는지 아니면 재미있어(맛있어) 그랬는지 강쇠의 넋이 **쌍창문**을 연다. **으슥**한 기분에 **독한** 냄새에 저도 모르게 풍각쟁이들은 강쇠의 시체를 보고 말았다.

노래쟁이는 〈초한가〉 몇 구절 한 뒤에 **부채를 쫙 펼치며 숨이 딸각** 끊어졌다. 가야금쟁이는 "어쩌고저쩌고 **이백으로 한 짝**, 이러쿵저러쿵 **두보로 한 짝**" 타령하고 가야금을 한 번 퉁긴 다음 식었다. 북쟁이와 검무쟁이는 또 뭐라고 주절거린 다음에 죽을까? 혹시 지루해할 관객이 있을지도 모른다. 신재효도 그래서인지 두 사람은 굳이 소개 안 해도 될 심심한 구절로 죽여버린다. 한 사람이 남았다. 퉁소쟁이는 맹인이다. 맹인이라 강쇠를 보지 못했다. 그럼 맹인은 살 수 있을까? 신재효는 맹인의 목숨만은 살려줄 것인가? 맹인은 시체에서 풍기는 독한 냄새에 온몸의 힘이 빠져 죽고 말았다. 앞의 네 사람이 너무 무섭고 놀라운 형상에 심장마비로 죽은 것이라면, 통소쟁이는 독가스 중독으로 죽은 것.

예상 밖의 서술이 또 이어진다. 옹녀는 툇마루에서 죽은 시체 다섯 구를 하나씩 방으로 옮겼다. 남편 시체는 안아보지도 않았던 옹녀. 아무리 가볍다 하더라도 남자 시체인데 **하나씩 고이 안아** 옮겼다. 한방에 시체들을 다 놓아두고 보니 여덟 구다.

이때 뎁득이라는 서울 출신 남자가 또 갑자기 집으로 들어온다. 뎁득이랑 옹녀는 한참을 설왕설래한다. 뎁득이는 꼼수가 달랐다. 갈퀴로 변강쇠의 눈을 긁어내리려고 한 것. 강쇠 눈을 안 보면 안 죽을 테니까. 그렇지만 실수로 아래 눈시울을 긁었다. 그랬더니 강쇠 시체의 눈이 더욱 불거져 **호랑이가 앙 하는** 모양새가 되었다. 뎁득이는 이제까지의 당찬 모습과는 달리, **그물의 내**(냄새) **맡은 숭어처럼, 선불 맞은 호랑이 닫듯** 달아났다. 엄청 빠른 속도로 도망쳤다는 건데, 옹녀도 엄청 빠르다. 뎁득이를 따라잡아서는 물었다.

"너는 이름이 뭐야? 어찌 알고 우리집에 왔어?"

"네 소문이 **삼남 천지에 떠들썩**해. 그래서 찾아왔어."

아까도 말했지만 그런 소문이 날 만한 개연성이 없다. 소문이 날 수도 없는데 그 소문이 충청도, 경상도, 전라도에 다 났다니 과장법도 이런 과장법이 없다. 옹녀가 또 물었다.

"너같이 서울 출신 건장한 사내가 그깟 송장이 무서워 날 버리고 가겠다는 거야? 내가 그렇게 네 눈에 안 들어?"

뎁득이는 옹녀의 등을 치며 말했다.

"정이 문제지. 너 같은 미인 보면 정이 있다가도, 송장 보면 정이 떨어진다니까."

옹녀가 질렀다.

"너처럼 풍채 좋은 사람이 송장한테 쫓겨나다니 쪽팔리지 않아. 너 그냥 가면 나 꽉 죽어버릴 거야. 그러니까 **날 살리쇼, 날 살리쇼.** 그래도 그냥 갈 거면 나부터 죽이고 가."

옹녀는 뎁득이한테 결사적으로 매달렸다. 온갖 아양을 떨면서 매달렸다. 뎁득이는 더러운 옷깃으로 옹녀의 눈물을 씻겨주었.

"안 갈게, 안 간다고. **죽으면 내가 죽지 자네 죽게 하겠는가.**"

다시 집으로 돌아왔고, 뎁득이는 뭔가 새로운 꾀가 났다. 미션은 강쇠의 시체를 눕혀놓는 것이다. **떡메로 뒷벽을 쾅쾅 치니** 강쇠의 시체가 벽에서 떨어져 젖혀졌다. 옹녀 생각에 뎁득이가 아무리 장사라고는 하나 혼자 송장 여덟을 치우기는 어려워 보였다. 근처 마을로 일꾼을 얻으러 갔다. 각설이패 세 명이 달려들었다. 각설이패의 〈영남 장타령〉, 〈공부타령〉이 한바탕 나온다. 옹녀가 말했다.

"노래 잘하는 건 알겠어. 하지만 내가 필요한 건 시체 치울 사람이야. 돈 많이 줄 테니까 갈 생각 있어?"

이렇게만 말했는데, 각설이패는 다 알고 있다. 이미 뎁득이가 강쇠를 벽에서 떼어낸 것까지. 뭐, 옹녀가 독자 모르게 알려줬다

〈변강쇠가〉 해설 367

고 하자. 각설이패는 **송장 하나**에 **닷 냥**을 요구했고, **술**에, **밥**에, **고기**까지 **잘 먹**여달라고 했다. 그렇게 옹녀가 각설이 셋을 데리고 왔다. 뎁득이와 그들은 인사도 안 나눈 건지, 인사도 나누고 그랬지만 신재효가 안 적은 건지, 바로 작업에 들어간다. 시체 두 구씩 섬 가마니로 곱게 쌌다. 세 부분으로 나누어 짐줄로 단단히 얽었다. 짚으로 또 쌌다. 또 새끼줄로 돌돌 묶었다.

 강쇠가 사망한 이후 시간의 흐름은 전혀 짐작할 수 없다. 옹녀를 비롯해 나오는 사람들이 밥도 안 먹고 자지도 않고 계속 뭔가를 했기 때문이다. 강쇠가 사망한 이후 일어났던 그 많은 일을 개연성 있게 생각하자면 몇 날 며칠이 흘렀을 것 같다. 어쨌거나 **새벽달이 못 떨어져 네 놈이** 각 시체 두 구씩 지게에 **짊어지고** (옹녀는 뒤따라) 북망산으로 향했다. 뎁득이와 각설이패는 상여가를 잔뜩 부른다.

 어차피 깊은 산속 아무도 안 사는 곳인데 집 근처 아무데나 묻으면 안 되나? 이 집에 계속 살 작정이라 멀리 묻으려는 것인가?

 순조롭게 흘러가는 듯했다. 신재효는 다시 반전을 제시한다. 상여꾼들이 잠깐 쉬기로 했는데, **그만 땅하고 송장하고 짐꾼하고 삼물조합(三物調合) 꽉 되**었다. 어떻게 해봐도 떨어지지 않았다. 네 놈은 울 수밖에 없었다. 옹녀가 강쇠 시체에게 빈다. 쉬운 말로 바꿔보자.

 "여보, 험악하게 방에서 썩을 걸 저 네 사람 덕으로다 염습하려고 네 송장을 나르는 중이잖아. 갈수록 **변괴**냐. 못 살겠다. 집에서 보았던 변괴는 우리끼리 보았지만, 이런 대로변에서는 창피하잖아. 빨리 떨어져. 너 묻은 다음에 묘 지키며 수절한다니까."

옹녀가 나머지 송장에게도 빌었다. "중, 광대, 풍각쟁이들, 너희도 다 **맛**(나를 어떻게 해보려는 기대감)**에 겨워 이 지경이** 된 거잖아. 누굴 원망하고 탓해. 정말 나를 창피하게 할 거야? 너희들 땅속에 내려놓을 시간이 늦어진다고. 빨리 떨어져."

뎁득이가 뜬금없이 밥 타령을 한다. 또 오래 고생할 각오를 했는지 비 가릴 덮개 만들 짚을 구해 오란다. 이렇게 해서 〈변강쇠가〉를 이끌어왔던 옹녀가 퇴장한다.

움 생원이 등장해서는 아무 생각 없이 송장 묶은 짐에 손을 넣었다가 역시 붙어버린다. 사당패들이 나타나 움 생원 양반을 보자 인사를 드렸다. 움 생원이 담배를 줄 테니 놀아보라고 꼬신다. 사당들은 밥보다 담배를 좋아했나보다. 당시는 담배 자체가 큰돈이기도 했다. 사당 한 명씩 차례로 개인기를 펼친다. 여기도 엄청 길다!

그 고장 향청의 우두머리인 옹 좌수가 등장한다. 움 생원과 옹 좌수는 동무였다. 친구는 친구를 옆에 앉혔다.

"네가 낮부터 이런 길가에서 창녀 데리고 놀 사람은 아닌데?"

"내일모레 환갑여. 살날이 얼마나 남았다고 따져. 막 놀아보세."

옆에 앉았던 옹 좌수도 엉덩이가 붙어버렸다. 기가 막히게도 사당패들도 역시 붙어 있었단다. 움 생원은 농담한다. **송장 풍년**이라고.

상황을 정리해보자. 이곳은 참외밭 근처다. 송장 네 짐에 뎁득이, 각설이패 세 명, 움 생원, 사당 여섯 명, 옹 좌수, 총 최소한 열두 명의 산 사람이 붙어버렸다. 이걸 구경하러 무수한 사람이 몰려들어 **전주장(全州場)이 푼푼하다.**

신재효는 대체 이야기를 어떻게 이어나갈 것인가?

굿을 한다. 굿하는 악공들을 불러왔고, 굿상을 차렸다. 모든 비용은 좌수가 부담했다. 악공들 중에서 목청 좋은 이가 넋두리를 한다. 이 넋두리가 몹시 길다. 지금까지도 누가 새로 나와서 타령을 하든, 아니리를 하든, 뭘 하면 길었는데 이 넋두리에 비하면 적은 분량이었다. 도무지 언제 끝날지 모르겠는 넋두리는 또 갑자기 끝나버린다.

우두커니 짐꾼 넷만 남겨 놓고 위에 붙은 사람들은 모두 다 떨어져서, 뎁득이 각설이에게 각각 하직하는구나.

헐. 이게 뭐야. 그렇게 안 떨어지던 움 생원의, 사당들의, 옹 좌수의 몸이 갑자기 다 떨어졌다는 것. 무슨 까닭인지 뎁득이와 각설이 3인방은 그대로였다. 개연성 따지면 안 되지만, '왜?' 소리가 절로 나온다. 하직 인사라도 재미있게 혹은 의미 있게 하고 갈 줄 알았더니 안 나온다.

생원, 사당들, 좌수는 왜 떨어진 거야? 등짐을 안 졌기 때문에?

뎁득이, 각설이 3인방은 왜 계속 붙어 있는 거야? 지게를 졌기 때문에?

뎁득이가 송장들에게 뭐라고 해댄다. 뎁득이 말 역시 강쇠, 옹녀의 말처럼 중국 역사와 문학에 정통한 사람이나 알아들을 수 있는 소리다. 쉽게 풀어보자면 이런 소리였다.

"변강쇠 당신 술 마시기 대장이요, 기생방에서도 대장이었어. 항우 뺨치는 사람이었지. 그런 사람이 갑자기 죽으니 원통 안 하겠어? 분해서 눈감을 수 없지. 그래서 송장도 뻣뻣이 선 거잖아."

"중 자네는 부처님의 제자로서 불도를 잘 닦았으면 가는 데마다 절이고, 나중에 극락세계 가서 부처 될 거였잖아. 거, 잠시 음욕을 못 참아 비명횡사하고 거적 쓴 송장이 되었냐."

"광대, 네 주제 파악을 해야지. 동냥하고 고사 지내는 게 네 일이야. 분수에 안 맞게 미인을 생각해? 그러니 네 명대로 못 살고 붙어 죽은 거야."

"풍각쟁이 5인방, 너희들은 다 오입 욕심이 있었어. 이렇게 저렇게 싸돌아다니면서 풍류로 먹고산 놈들이잖아. 세상사에 눈치도 환하고 경계도 잘 알 거 아냐. 근데 바보들이니? 여자는 하나고 너희는 다섯이잖아. 누구 혼자 좋은 꼴 못 보니까, 한꺼번에 다 달려들어 한꺼번에 못으로 죽냐."

"이 세상 원통함은 다 버려. 염라대왕 찾아가서 절절히 빌어봐. 잘되어서 후생에 복을 타고 태어날 수 있잖아. 부귀가에 다시 태어나서 평생 놀게 될 수도 있어. 어떻게 해야겠어? 당신네 신체가 잘 묻혀야 된다고. 너희들 잘 묻어주고 내가 제사까지 지내줄게. 그러니 제발 떨어져줘요."

지금까지 상황으로 보건대 이런 말로 떨어질 것 같지 않다. 아까부터 계속 이런 얘기를 해왔잖은가. 또 헐 소리 나오게 신재효는 쓴다.

애긍히 빈 연후에 네 놈 불끈 일어서니 모두 다 떨어졌다. 북망산 급히 가서 송장짐을 부리니 석 짐은 다 부리고

이렇게 쉽게 떨어져줄 게 왜 그토록 안 떨어졌었단 말인가.

참 멋진 사나이들이다. 그런 일을 당하고도 매장을 포기하지 않는다. 상주도 없는데. 정말이지 옹녀는 도대체 어디까지 갔기에 아직 안 오고 있나? 옹녀가 떠난 뒤로 시간이 얼마나 흐른 건가? 옹녀는 어디서 무얼 하고 있다는 얘기가 나오려나. 이들의 목적지인 북망산은 대체 어디인가? 지리산 어느 봉우리인가?

뎁득이 진 송장은 강쇠와 초나라 등에 붙어 뗄 수 없다. 각설이 세 동무는 여섯 송장 묻어 주고 하직하고 간 연후에.

이건 또 뭔가. 왜 뎁득이 진 송장만 안 떨어진단 말인가. 송장이 등짐에서 떨어지는 데 가장 큰 공헌을 한 것은 뎁득이다. 뎁득이가 송장들을 놀리고 야단치고 위로하고 저승에 가서 빌라고 달래서 겨우 떨어진 것이다. 근데 왜 아무것도 안 한 각설이들은 떼어주고 뎁득이는 안 떼어주나. 제일 공로 많은 사람이 오히려 푸대접받는 인간 세상의 일면을 풍자한 건가? 각설이 3인방은 뎁득이를 어떻게든 도와야 할 것 아닌가? 자기들끼리만 가버렸다고? 의리 없는 것들이다. 자기들이 졌던 송장은 묻고 갔으니 그나마 다행이지만.

  열받은 뎁득이는 두 그루 나무 사이 빈틈으로 달려갔다. 등에 붙은 등짐이 나무 그루에 걸려 세 도막 났다. 시체들이 세 부분으로 잘라졌단 말인가? 상상만 해도 끔찍하다. 아래위 도막은 날아갔지만, 가운데 도막, 즉 등에 붙은 부분은 그대로였다. 뎁득이는 곧장 다음 수를 생각해냈다. 뎁득이는 폭포 옆 절벽을 찾아갔다. 등에 붙은 시체인지를 박박 갈아대면서도 타령했다.

  "여덟 송장이 옹녀랑 관계하려다가 관계해보지도 못하고 죽었는데 그로부터 거울로 삼을 만한 게 있다. 여자를 탐하지 말라. 그렇건만 철모르는 내가 여덟 송장처럼 오입 마음을 품었구나. 그렇지만 구사일생했으니 좋다. 오입할 마음조차 품지 말고 사람 되세."

  뎁득이가 시체를 다 갈아버린 후에, 이야기판에서 돌연 사라졌던 옹녀가 불쑥 돌아왔다. 뎁득이는 '나는 서울로 돌아가서 조강지처랑 살겠다, 너는 제대로 된 남자 만나서 백년해로해라' 하고는 가버렸다.

  다시 옹녀의 이야기가 시작되는 걸까? 앞으로 옹녀는 어떻게 살아갈 것인가? 신재효는 급히 이야기를 끝내버린다. 옹녀 이야기는 혹시 속편으로 쓰려고 했었을까? 신재효의 난해한 마무리 말을 풀어보자.

  "뎁득이의 행동은 개과천선이잖아! 자, 지금까지 변강쇠와 옹녀 이야기 잘 들었지. 이 사설, 남자 여러분 잘못을 반성하는 데 본

보기로 삼을 만하지? 미인이랑 살면 변강쇠처럼 신세가 안 좋다고. 변강쇠는 그래도 남편이니까 상관없지. 중, 광대 초라니, 풍각쟁이 5인방 왜 죽었어? 미녀를 탐했기 때문이지? 뎁득이, 각설이 3인방 왜 그렇게 고생했어? 역시 미녀를 탐했기 때문이지? 남자 여러분 함부로 미인을 탐하면 변강쇠처럼 돼. 변강쇠는 그래도 살아보기나 했지, 강쇠 시체 보고 죽은 놈들처럼 돼."

그러고는 이 말로 진짜 끝을 낸다.

이 사설 들었으면 징계가 될 듯하니.

무슨 징계가 되는지 모르겠다. 관객에게 작별 인사를 한다. 작별 인사도 한잣말로 했지만 쉽게 풀이하면 이렇다.

"노인은 백 년 동안 복을 누리시오. 소년은 평생 늙지 마시오. 성군이 다스리는 태평한 세상 영원하옵소서."

이상 미흡한 해설이지만, 독자 여러분이 〈변강쇠가〉가 이야기보다는 민요, 타령, 판소리 가사 등을 채집해놓는 데 목적을 둔 글임은 짐작하고도 남을 테다. 필자가 지루하다고 말한 부분들이 다 공연 장면이었다. 읽기에는 졸리지만 공연으로 본다면 신명 났을 테다. 하여 〈변강쇠가〉는 소설이 아니라 사설(판소리 대본)인 것. 그래서 신재효를 조선의 셰익스피어—셰익스피어는 그때까지 구전과 기록으로 전해오던 모든 민담, 노래 등을 집대성해 4대 비극과 4대 희곡을 집필했다—라고 칭송하는 사람들도 있는 것이다.

출간기념 파티

초판 1쇄 인쇄 2024년 9월 13일
초판 1쇄 발행 2024년 9월 25일

지은이 고은규 김종광 김학찬 박이강 반수연 방우리
　　　 부희령 이경란 이상욱 정명섭 채기성 하명희 한지혜

편집 정소리 이고호 이원주 | 디자인 윤종윤 이주영 | 마케팅 김선진 김다정
브랜딩 함유지 함근아 박민재 김희숙 이송이 박다솔 조다현 정승민 배진성
저작권 박지영 형소진 최은진 오서영
제작 강신은 김동욱 이순호 | 제작처 천광인쇄사

펴낸곳 (주)교유당 | 펴낸이 신정민
출판등록 2019년 5월 24일 제406-2019-000052호

주소 10881 경기도 파주시 회동길 210
문의전화 031.955.8891(마케팅) | 031.955.2692(편집) | 031.955.8855(팩스)
전자우편 gyoyudang@munhak.com

인스타그램 @gyoyu_books | 트위터 @gyoyu_books | 페이스북 @gyoyubooks

ISBN 979-11-93710-52-4 04810
　　　 979-11-93710-51-7 (세트)

* 교유서가는 ㈜교유당의 인문 브랜드입니다.
　이 책의 판권은 지은이와 ㈜교유당에 있습니다.
　이 책 내용의 전부 또는 일부를 재사용하려면 반드시 양측의 서면 동의를 받아야 합니다.